Wolfgang Burger
Heidelberger Wut

PIPER

D1601404

Zu diesem Buch

Wenn Erwachsene verschwinden, tauchen sie meistens früher oder später wohlbehalten wieder auf. Deshalb nimmt Kriminalrat Alexander Gerlach die Frau zunächst nicht sonderlich ernst, die ihren Nachbar Xaver Seligmann als vermisst meldet. Momentan hat er auch ganz andere Probleme am Hals: zum Beispiel einen Bankraub, der noch immer nicht aufgeklärt ist, weshalb ihm die Presse die Hölle heiß macht. Aber dann findet man in Seligmanns Haus Blutspuren, und es mehren sich die Hinweise, dass er der große Unbekannte sein könnte, der beim Bankraub im Hintergrund die Fäden zog. Und welche Rolle spielte er bei der brutalen Vergewaltigung einer Schülerin vor einigen Jahren? Dass über all diesen Ereignissen Gerlachs Privatleben wieder einmal durcheinander gerät, ist kein Wunder. Er schafft es nicht einmal, seine Tochter Sarah zum dringend nötigen Zahnarztbesuch zu bewegen. Zum Glück. Denn dieser Umstand wird ihr am Ende das Leben retten …

Wolfgang Burger, geboren 1952 im Südschwarzwald, ist promovierter Ingenieur und hat viele Jahre in leitenden Positionen am Karlsruher Institut für Technologie KIT gearbeitet. Er hat drei erwachsene Töchter und lebt heute in Karlsruhe und Regensburg. Seit 1995 ist er schriftstellerisch tätig. Die Fangemeinde seiner Alexander-Gerlach-Romane wächst stetig. Sie waren bereits zweimal für den Friedrich-Glauser-Preis nominiert und standen mehrfach auf der SPIEGEL-Bestsellerliste. Die Gesamtauflage seiner Bücher liegt bei über einer halben Million.

www.wolfgang-burger.com

Wolfgang Burger

HEIDELBERGER WUT

Kriminalroman

PIPER

München Berlin Zürich

Mehr über unsere Autoren und Bücher:
www.piper.de

Für Charlotte

MIX
Papier aus verantwor-
tungsvollen Quellen
FSC
www.fsc.org   FSC® C083411

Originalausgabe
1. Auflage Februar 2007
11. Auflage November 2015
© Piper Verlag GmbH, München/Berlin 2007
Umschlaggestaltung: semper smile, München
Umschlagabbildung: mauritius images/CuboImages
Satz: EDV-Fotosatz Huber/Verlagsservice G. Pfeifer, Germering
Gesetzt aus der Sabon
Druck und Bindung: CPI books GmbH, Leck
Printed in Germany   ISBN 978-3-492-24786-3

1

Noch eine Minute.

In sechzig Sekunden wird einer der beiden Männer dort drüben tot sein. Und ich soll entscheiden, welcher. Da stehen sie am Fenster, jenseits der breiten Straße, die seit einer Weile gesperrt ist und ganz menschenleer und totenstill.

Der schwarz vermummte Scharfschütze kniet vor mir und ist die Ruhe selbst. Sein schweres Präzisionsgewehr hat er auf der Fensterbank aufgelegt. Verschmolzen mit seiner Waffe, ein verlässlicher Handwerker des Todes. Balke, bleich wie noch nie, sieht fassungslos mit halb offenem Mund abwechselnd zu mir und auf dieses offene Fenster jenseits der Straße. Klara Vangelis, die sonst gar nichts umwirft, hat sich abgewandt, kann nicht mehr hinsehen. Und Seligmann, dieser Idiot, er hat mir das eingebrockt. Der Mann, der so viele Menschen ins Unglück gebracht hat. Er oder der Zahnarzt, dessen Namen ich mir einfach nicht merken kann, einer von beiden soll nun also sterben.

In spätestens fünfzig Sekunden.

»Chef!«, flüstert Balke mahnend, als hätte er Sorge, ich hätte stehend das Bewusstsein verloren. »Chef!«

Die Gewehrmündung bewegt sich kaum merklich und unendlich langsam ein klein wenig nach rechts.

Aber ich kann das doch nicht! Ich kann diese Entscheidung nicht treffen. Ich bin Polizist. Meine Aufgabe ist es, Menschen zu beschützen, Leben zu retten und nicht, über ihren Tod zu bestimmen. Ausgerechnet jetzt fällt mir der Moment ein, als ich den Namen Seligmann zum ersten Mal hörte und natürlich nicht ahnte, was auf mich zukam. Wann? Vor drei Wochen? Vor vier? Eines weiß ich noch, es war an einem Freitag. Und plötzlich ist diese Wut da. Diese alles vernichten wollende, gnadenlose Wut, die meine Zähne ganz von alleine knirschen lässt. Sollen sie doch alle beide verrecken dort drüben! Was geht es mich an?

»Noch zwanzig Sekunden«, sagt Balke leise.

Diese Wut, die mich in der nächsten Sekunde zum Platzen bringen wird.

Wut auf wen?
Ja, auf wen eigentlich?

Ich hatte es eilig an jenem Freitag, daran erinnere ich mich noch gut. Es war schon später Nachmittag, und ich kam von einer nervtötend langen Besprechung mit der Staatsanwaltschaft, wo man dringend auf irgendwelche Akten und Ermittlungsergebnisse meiner Leute wartete, denn nächsten Mittwoch sollte die Hauptverhandlung beginnen. Außerdem waren die Herrschaften natürlich nicht begeistert, dass wir den Bankraub mit Geiselnahme noch immer nicht aufgeklärt hatten, der jetzt schon vier Wochen zurücklag. Immerhin gab es hier eine erste kleine Spur.

Ich hetzte die lichten Treppen der Polizeidirektion hinauf zum zweiten Stock, zur Chefetage, wo auch mein Büro lag. Um fünf, in zwei Minuten, hatte ich einen Termin bei Polizeidirektor Liebekind, meinem Vorgesetzten. Der schätzte es nicht, wenn man ihn warten ließ, und ich hatte meine ganz speziellen Gründe, ihn bei Laune zu halten.

Ein schlanker junger Mann kam mir entgegen. Er trug eine derbe Lederjacke, die nicht recht zu seinem schmalen Gesicht passen wollte, und einen schwarzen Motorradhelm unterm Arm. Unsicher sah er mir ins Gesicht, als wäre er sich unschlüssig, ob er es wagen durfte, mich anzusprechen. Sein Alter schätzte ich auf Mitte zwanzig, intelligente, wache Augen und weiches, langes Haar – meine Töchter wären entzückt gewesen.

Mein Gefühl täuschte mich nicht.

»Sind Sie nicht von der Kripo?«, fragte er, als ich an ihm vorbeiwollte. »Ich kenn Sie aus dem Fernsehen.«

»Ja«, keuchte ich, vom Laufen ein wenig außer Atem.

»Hätten Sie vielleicht ein paar Sekunden Zeit für mich?«

»Nein«, sagte ich und blieb stehen. »Ja, wenn es wirklich nur ein paar Sekunden sind. Worum geht's denn?«

»Um meine Mutter.« Er sprach mit angenehm leiser Stimme, senkte den Blick, spielte mit zartgliedrigen Fingern an seinem furchterregenden Helm mit dunklem Visier herum, der zu ihm passte wie ein Hammer in ein Nähkästchen. »Bitte verzeihen Sie, dass ich Sie aufhalte. Aber sonst will ja hier keiner mit mir reden.«

»Aber machen Sie es bitte kurz.«

Aus irgendeinem Grund mochte ich den ratlosen Kerl. Ich war Vater zweier Töchter, und für weitere Kinder war es mit meinen vierundvierzig Jahren schon ein bisschen spät. Aber wenn ich jemals noch einen Sohn haben sollte, dann bitte einen wie diesen hier. Wäre es anders gewesen, ich hätte ihn vermutlich stehen lassen. Jemand ging in meinem Rücken die Treppe hinunter, grüßte und wünschte mir ein schönes Wochenende. Ich grüßte zurück, ohne hinzusehen.

»Was ist mit Ihrer Mutter? Steckt sie in Schwierigkeiten?«

»Nicht wirklich«, erwiderte der junge Mann ernst und sah mir endlich ins Gesicht. Seine Augen waren dunkel, die Wimpern ungewöhnlich lang, der Blick verzagt. »Es ist wegen unserem Nachbar. Sie macht sich solche Sorgen um ihn.«

»Warum?«

»Er ist verschwunden. Und Mom ist total durch den Wind deswegen. Ich hab ihr gesagt, dann ruf doch die Polizei an, sollen die sich drum kümmern. Aber sie traut sich nicht. Und da hab ich gedacht, bevor sie mir noch völlig durchdreht, mach ich's eben.« Er schluckte. »Ich meine, wenn einer auf einmal spurlos verschwunden ist, dann sind Sie ja wohl zuständig, oder nicht?«

Ich sah auf die Uhr. Noch eine Minute. Ich hatte keine Ahnung, was Liebekind von mir wollte. Aber wenn er mich zu so unchristlicher Zeit zu sich bestellte, dann war es wohl wichtig.

»Seit wann ist Ihr Nachbar denn weg?«, fragte ich ungeduldig.

»Seligmann heißt er. Seit zwei oder drei Tagen. Genau weiß Mom es auch nicht. Bestimmt ist er bloß verreist, mal ein bisschen weggefahren, hab ich ihr schon tausendmal erklärt. Er ist ja alt genug, er ist nämlich schon Rentner. Aber Mom ist völlig aufgelöst, weil er ihr nichts gesagt hat.«

»Ist er denn gesund?« Ich tippte mir an die Schläfe. »Hier?«

Mein Gegenüber schenkte mit ein Lächeln, bei dem meinen Töchtern die Luft weggeblieben wäre. »Er ist nicht verrückt oder so was. Ein komischer Vogel, okay. Aber er weiß, wer er ist und wo er ist.«

»Aber warum ist Ihre Mutter dann so beunruhigt?«

»Tja, wenn ich das wüsste.« Betreten senkte er den Blick. Zuckte die Achseln. »Sonst sagt er eben immer Bescheid, wenn er mal länger wegbleibt. Er hat Haustiere, irgendwelche Amphibien, Spinnen, solches Zeug, und Mom versorgt die dann normalerweise. Aber diesmal hat er ihr nichts gesagt.«

Nun hatte ich wirklich keine Zeit mehr.

»Hat jemand in der Nachbarschaft einen Schlüssel zu Herrn Seligmanns Haus?«

»Mom hat einen. Meinen Sie denn, sie dürfte mal reingucken? Auch wenn er sie nicht drum gebeten hat? Das würde sie bestimmt beruhigen.«

»Sagen Sie Ihrer Mutter, sie soll ruhig in das Haus gehen und nach den Tieren sehen. Und falls Ihr Nachbar später Ärger macht, dann soll er sich an mich wenden.«

»Danke.« Der junge Mann wirkte sehr erleichtert. »Danke, dass Sie sich die Zeit genommen haben. Mom wird bestimmt froh sein.«

Ich nickte ihm zu und wandte mich zum Gehen.

»Wie ist eigentlich Ihr Name?«, rief er mir nach. »Und warum sieht man Sie im Fernsehen?«

»Gerlach«, erwiderte ich über die Schulter. »Ich bin hier der Kripo-Chef.«

Als er ging, bemerkte ich, dass er das eine Bein ein wenig nachzog.

2

Auch Liebekind machte sich Sorgen, ich sah es auf den ersten Blick. Beim letzten Glockenschlag der nicht weit entfernten Lutherkirche hatte ich an seine Tür geklopft.

»Dieser leidige Fall Melanie Seifert«, stöhnte er, als ich vor seinem ausladenden Schreibtisch aus dunklem Holz Platz nahm, der mich immer an einen Beichtstuhl denken ließ. Vielleicht, weil ich nun schon seit Monaten mit seiner Frau schlief und ständig fürchtete, er könnte dahinterkommen. Wie üblich drehte mein Chef zwischen Zeige- und Mittelfinger eine seiner heiligen Zigarren, die er niemals ansteckte, sondern lediglich mit verzückter Miene betrachtete und hie und da ein wenig beschnüffelte. »Die Presse gibt einfach keine Ruhe deswegen.«

»Was sollen wir machen?« Offenbar ging es auch heute nicht um Theresa. Lautlos aufatmend lehnte ich mich in dem altmodischen, bequemen Stuhl zurück. »Die Staatsanwaltschaft hat die Akte geschlossen.«

Der Fall Seifert machte seit Tagen Schlagzeilen in einem bestimmten Teil der örtlichen Presse. Das fünfzehnjährige, ein wenig pummelige Mädchen war kurz vor Mitternacht auf dem Heimweg von einer gut gelungenen und sicherlich nicht ganz alkoholfreien Party gewesen. In der Straßenbahn kam sie mit einem etwa zehn Jahre älteren Mann ins Gespräch. Der hatte ihre Ausgelassenheit und blitzenden Augen falsch gedeutet, war mit Sicherheit auch nicht der Hellste, und am Ende hatte es ein wenig Geschrei gegeben. Zwei beherzte Fahrgäste waren eingeschritten, der Straßenbahnfahrer hatte unverzüglich über Funk die Polizei gerufen, und im Grunde war nichts passiert, was nicht jeden Tag tausend Mal irgendwo geschieht. Ein Mann versucht, an ein Mädchen heranzukommen, sie will nicht und weist ihn ab.

Selbstverständlich hatte der Kerl sich dabei ungewöhnlich dämlich angestellt, aber Melanie hatte sich zu wehren gewusst, und vermutlich wäre alles längst vergessen, hätte nicht ein eifriger Journalist eine Woche später herausgefunden, dass es sich bei dem Möchtegern-Casanova um einen vorbestraften Sexualstraftäter handelte.

Nun war das Geschrei groß. Der Täter hatte im Alter von neunzehn Jahren wegen eines minder schweren Delikts anderthalb Jahre auf Bewährung bekommen. Melanies Verehrer war dumm, das stand außer Zweifel, und er hatte sich gewiss nicht korrekt verhalten. Aber er hatte definitiv nicht versucht, ihr Gewalt anzutun. Der Mann arbeitete als Hilfskraft in der städtischen Gärtnerei und war dort als langsam, aber zuverlässig und harmlos bekannt. Leider hatte das Thema für bestimmte Menschen jedoch beträchtlichen Sex-Appeal. Unschuldige

Mädchen, die von schlimmen Männern bedrängt werden, das verkaufte sich eben immer wieder gut.

»Vor allem dieser eine Schreiberling …?« Liebekind schob seine schwere Brille in die Stirn und kniff die Augen zu Schlitzen. »Wie hieß er? Eichendorff?«

Er sah eindeutig noch schlechter als ich, was mir eine kleine, gemeine Befriedigung verschaffte. Seit einem halben Jahr musste auch ich eine Brille tragen, und ich hasste das blöde Ding immer noch.

»Möricke. Jupp Möricke.«

Ärgerlich wedelte er mit einem dreispaltigen Zeitungsausschnitt. »Sie möchten es vermutlich nicht lesen?«

»Danke. Ich kann mir denken, was drinsteht.«

Wie konnten wir ein solches Monster frei herumlaufen lassen? Was musste noch alles geschehen, bis wir diesen Wüstling endlich in Sicherheitsverwahrung nahmen? Das waren die Fragen, die derzeit in Teilen der Presse, genauer im Kurpfalz-Kurier, eifrig diskutiert wurden.

Liebekind, ein Zweimeter-Riese mit silbernem Haarkranz auf dem schweren, runden Kopf, knallte den Artikel verächtlich auf einen seiner Papierstapel. »Mir ist zu Ohren gekommen, dieser Herr Möricke versuche, seine Geschichte ans Fernsehen zu verkaufen. Sollte sich ein Sender finden, der darauf einsteigt, dann helfe uns Gott. Und außerdem fängt er anscheinend an, andere ungelöste Fälle auszugraben.«

»Wir haben Mitte Juni. Die Saure-Gurken-Zeit steht vor der Tür.«

»Der Mann scheint einen regelrechten Krieg gegen uns anzuzetteln.« Mein Chef zeigte mir einen anderen Zeitungsausschnitt. »Das hier ist von gestern. Hier geht es um diesen Bankraub, der leider Gottes noch immer nicht aufgeklärt ist. Nicht eben ein Ruhmesblatt, Herr Gerlach.«

Polizeidirektor Doktor Egon Liebekind war dafür bekannt, seine Worte sorgfältig zu wählen. Diese bedeuteten einen Anschiss erster Klasse, das war mir klar. Dringend Zeit, ein paar Punkte zu machen.

»In der Sache gibt es einen ersten Erfolg. In Südspanien ist gestern ein Geldschein aus der Beute aufgetaucht.«

»Spanien? Wir hatten doch bisher gar keine Spur in diese Richtung?«

»Nein, das ist auch völlig neu. Möglicherweise verstecken sich die beiden Täter irgendwo in der Umgebung von Málaga und warten ab, bis sich hier die Aufregung gelegt hat. Die spanischen Kollegen sind bereits alarmiert. Früher oder später dürfte die nächste Banknote auftauchen.«

Achtsam legte Liebekind seinen überdimensionalen schwarzen Glimmstängel beiseite. Wir kamen noch kurz zu den Themen des Tages. Es waren erfreulich wenige. Abgesehen von dem schon erwähnten Banküberfall, der sich in Eppelheim ereignet hatte, einem westlichen Vorort Heidelbergs jenseits der Autobahn, stand nur der übliche Kleinkram auf meiner Liste. Deshalb beschäftigte sich ein Teil meiner Leute zurzeit damit, ungelöste alte Fälle wieder hervorzukramen und daraufhin zu überprüfen, ob sich eine Wiederaufnahme lohnen könnte.

Die Kriminaltechnik hatte in den letzten Jahren faszinierende Fortschritte gemacht, und schon mancher Mörder, der sich längst in Sicherheit wiegte und seine Tat vergessen glaubte, hatte eines Morgens sehr verdutzt ins Auge des Gesetzes geblickt, als er die Tür öffnete.

»Sie blicken dauernd auf die Uhr«, sagte Liebekind, nun schon wieder freundlicher. »Haben Sie noch einen Termin heute?«

»Elternstammtisch. Die zweitgrößte Katastrophe nach Kindergeburtstag.«

Er brauchte ja nicht zu wissen, dass ich zuvor noch mit seiner Frau ins Bett steigen würde. Theresa, meine Geliebte. Immer wieder und immer noch fühlte ich diesen heißen Stich im Bauch, wenn ich an sie dachte. Ich konnte nur hoffen, dass Liebekind in diesem Moment keine Veränderung in meinem Gesicht bemerkte.

Leider würde unser Abend heute nur kurz sein, denn der Elternstammtisch war nicht erfunden. Es gab irgendein Problem mit der Klasse, welches, hatte ich nicht recht verstanden. Ich hatte auch nicht die geringste Lust hinzugehen, aber meine Töchter lagen mir ständig in den Ohren, ich würde mich viel zu wenig für ihr Fortkommen in der Schule und stattdessen zu sehr für ihre abendlichen Freizeitaktivitäten interessieren.

Ich erhob mich. »Am Montag lasse ich überprüfen, ob der Name Möricke in unseren Akten auftaucht. Vielleicht ist es ja eine Art Rachefeldzug gegen uns, was er treibt. Wenn es so ist, dann können wir den Spieß umdrehen und seinen Kollegen von der Konkurrenz einen kleinen Hinweis zuspielen. Dann wäre er der Blamierte und würde sich vielleicht ein anderes Ziel suchen für seine Attacken.«

Theresa erwartete mich mit dezent indigniertem Blick. Genau wie ihr Mann konnte auch sie es nicht leiden, wenn man sie warten ließ. Aber ich kam nur dreieinhalb Minuten zu spät, und sie war noch nicht wirklich sauer.

»Schimpf mit deinem Gatten«, sagte ich nach einem hastigen Kuss. »Er konnte sich wieder mal nicht losreißen von mir.«

Wie üblich trafen wir uns in der kleinen Wohnung ihrer Freundin Inge in der Blumenstraße, praktischerweise nur ein paar Schritte von meinem Büro entfernt. Ich hatte diese Inge noch nie zu Gesicht bekommen, da sie schon seit über einem Jahr in Sydney arbeitete und lebte. Theresa sah hier ein wenig nach dem Rechten, goss die Pflanzen und missbrauchte in schamlosester Weise Vertrauen, Bett und Bad ihrer ahnungslosen Freundin.

»Egonchen?«, fragte sie milde und knabberte ein wenig an meinem linken Ohr. »Er hat doch nicht etwa Verdacht geschöpft?«

»War rein dienstlich. Und jetzt will ich nichts mehr davon hören. Ab sofort bin ich nämlich im Wochenende.«

Aufatmend fielen wir aufs Bett und begannen unverzüglich, uns gegenseitig zu entkleiden. Wenn nichts dazwischenkam, dann trafen wir uns zweimal die Woche, und diese wenigen Stunden mit Theresa waren kostbar für mich. Aber heute war ich unkonzentriert. Der Beruf war noch zu nah, meine Leidenschaft halb gespielt, und natürlich blieb das meiner Geliebten nicht lange verborgen.

»Was ist?« Sie hörte auf, mich zu streicheln. »Stress im Büro oder mit den Töchtern?«

Ich erzählte ihr Melanie Seiferts Geschichte. Ernst hörte sie zu, während ihre Fingerspitzen über meine Brust strichen.

»Eure Gefängnisse wären vermutlich ziemlich überfüllt, wenn ihr jeden Kerl einsperren wolltet, der in der Straßenbahn ein Mädchen anbaggert.«

»Na ja«, seufzte ich, »ganz so harmlos ist die Geschichte nun auch wieder nicht.«

»Zwischen einem Flirt und sexueller Belästigung liegt eben oft nicht mehr als ein Missverständnis.«

Theresas Fingerspitzen wanderten abwärts. Ich rollte mich auf den Rücken und genoss ihre Zärtlichkeiten mit geschlossenen Augen.

»Ich weiß nicht, wie ich darüber denken würde, wenn einer meiner Töchter so was passieren würde. Sie sind kaum jünger als Melanie, und das ist schon ein verflixt gefährliches Alter. Die Mädchen wissen einfach noch nicht, was sie anrichten können, wenn sie einem Mann schöne Augen machen.«

Unser Gespräch erstarb. Wir konzentrierten uns wieder auf die Sprache unserer Hände. Ich roch Theresas Duft, spürte ihre Haut, die Hitze ihres erregten Körpers, und endlich war mein Kopf nicht mehr im Büro, sondern dort, wo er hingehörte, bei meiner Geliebten, deren Berührungen und Geruch ausreichten, mich in wenigen Minuten die Welt außerhalb dieses Raums vergessen zu lassen. Mit ihr gab es keine gemeinsamen Sorgen, keinen Alltag, zwischen dessen unendlich langsamen aber so elend gründlichen Mühlrädern nicht wenige Beziehungen früher oder später zu Staub zerfielen. Unsere glücklichen Stunden verbrachten wir zusammen, den weniger erfreulichen Rest getrennt.

Theresa war keine Nymphomanin. Sie war nicht süchtig nach Sex, hatte sie mir einmal gestanden, sie war süchtig nach Sex mit mir, und von Liebe wollte sie nichts hören. Aber auf gewisse Weise liebte sie mich dennoch glühend, dessen war ich mir sicher. Vor einiger Zeit war ich zu der Überzeugung gelangt, dass mein Chef impotent war und seine Frau sich bei mir das holte, was sie bei ihm nicht bekam.

Endlich gab es in meinem Kopf keine Polizeidirektion mehr, keine Angst, ihr Mann könnte uns auf die Schliche kommen, keine unbeaufsichtigten, ewig herummaulenden Töchter, sondern nur noch diesen süßen Nebel, der einen jede Vorsicht und Vernunft vergessen lässt. Für eine Weile gab es nur noch zwei Menschen auf der Welt, zwei Körper, vier Hände, Lippen, Wärme, Schnurren, Feuchtigkeit, Stöhnen, Glück.

Später leerten wir gemeinsam die Sektflasche, die noch von Dienstagabend im Kühlschrank stand. Theresa rauchte, und wir sprachen über Belangloses. Sie zeigte mir ihre neue, kostbare Unterwäsche, die ich in der Eile natürlich nicht gebührend bewundert hatte, warf mir mit sanfter Nachsicht vor, ich hätte schon wieder nicht bemerkt, dass sie beim Frisör war. Teure Unterwäsche und immer wieder neue Frisuren waren ihre Leidenschaften. Andere Frauen sammelten Schuhe, Theresa sündhaft knappe Slips aus kostbaren Materialien und edle Büstenhalter, die mehr präsentierten als verbargen.

Der Elternstammtisch, zu dem ich natürlich ebenfalls zu spät kam, war einer jener Anlässe, bei denen man begreift, wie leicht auch der friedfertigste Mensch zum Amokläufer werden kann. Thema des Abends war ein Französischlehrer, der von der Klasse viel verlangte und entsprechend schlechte Noten verteilte. Noch vor meiner Ankunft hatten sich zwei Fraktionen gebildet. Die eine war der unerschütterlichen Überzeugung, der Mann sei im Recht, Kinder müssten gefordert werden, da sie sonst nie die für den Lebenskampf unverzichtbare Härte entwickelten. Klassenarbeiten konnten gar nicht schwer und die Benotung nicht streng genug sein, solange nur ihre eigenen Kinder ordentliche Zeugnisse heimbrachten.

Die zweite Partei, zu der auch ich mich zählte, war der Ansicht, mit vierzehn Jahren habe ein Mensch noch das Recht, hin und wieder ein wenig Kind zu sein. Zu träumen, zu spinnen, sich für andere Dinge zu interessieren als unregelmäßige Verben und Karriere.

Wie erwartet, tobte der Streit ebenso erbittert wie ergebnislos. Ein Kompromiss war schon aus Prinzip nicht möglich, da beide Fraktionen sich im Besitz der Wahrheit wussten, was für sich genommen oft genug Anlass für Mord und Totschlag ist. Und schließlich ging es hier um die Kinder und damit um nichts Geringeres als die Zukunft der Welt.

Mein vorsichtiges Argument, Jugendliche sollten zwar in der Schule fürs Leben lernen, diese könne das Leben aber nur bedingt ersetzen, ging im allgemeinen Tumult unter. Bald bestellte ich mir einen zweiten Spätburgunder und hielt den Mund.

Am Ende wusste niemand mehr, was nun eigentlich das Ziel dieser merkwürdigen Veranstaltung gewesen war, und mir brummte der Kopf, weil die Hälfte der Anwesenden im Gefechtseifer tapfer zu rauchen begonnen hatte. Und selbstverständlich war man zu keinem Beschluss gekommen.

Als ich um halb elf nach Hause kam, lagen meine Zwillinge vor dem Fernseher und guckten einträchtig irgendeine amerikanische Serie, deren Thema einsame Hausfrauen und Sex zu sein schien. Ich setzte mich zu ihnen, stibitzte hin und wieder einen Kartoffelchip aus ihrer Tüte, trank ein Glas Merlot dazu und amüsierte mich zu meiner Überraschung nicht einmal schlecht. Erst als die Sendung zu Ende war, fiel mir auf, dass Sarah etwas mühsam lachte, während Louise und ich uns kugelten, weil wieder einmal ein trotteliger Gatte seine Angetraute zusammen mit seinem besten Freund nackt im Kleiderschrank fand.

»Was ist?«, fragte ich Sarah, als wir den Fernseher ausschalteten. »Schlechte Laune oder schlechte Noten?«

»Nichts ist«, erhielt ich zur Antwort. »Bin bloß müde.«

Doch nicht schon wieder Liebeskummer?

»Zahnweh hat sie.« Louise erntete einen bitterbösen Blick von ihrer Schwester. »Schon seit ein paar Tagen.«

»Dann solltest du vielleicht mal zum Zahnarzt gehen«, schlug ich vor. »Ist nicht gut, so was lange mit sich herumzuschleppen. Das kann sogar lebensgefährlich werden.«

Bei den letzten Worten war meine Stimme leiser geworden. Vera, meine Frau und die Mutter meiner Töchter, war vor nicht einmal zwei Jahren nach einem Zahnarztbesuch wegen eines vereiterten Weisheitszahns völlig überraschend gestorben.

»Wir haben ja gar keinen Zahnarzt«, schimpfte Sarah. »Unserer ist in Karlsruhe, aber von da mussten wir ja weg. Und außerdem ist es schon viel besser. Heute Morgen war die Backe noch ganz dick! Und jetzt – guck mal.«

»Stimmt«, bestätigte Louise. »Heute früh war's noch viel schlimmer.«

»Das ist mir gar nicht aufgefallen.«

Sarah warf mir einen wütenden Seitenblick zu und sich selbst eine Handvoll Chips in den Mund. »Wann merkst du schon mal was!«

Jetzt erst erkannte ich, dass nicht nur Theresa beim Frisör gewesen war. Beim Frühstück hatten meine Töchter die gerstenblonden, glatten Haare noch lang getragen, jetzt waren die Mittelscheitel zur Seite gerutscht, das Haar ein gutes Stück kürzer, eine raffinierte Strähne fiel übers linke Auge. Die beiden wirkten plötzlich zwei Jahre älter.

»Hübsch«, sagte ich lahm. »Wirklich!«

Ein kurzes Lächeln blitzte in vier wasserblauen Augen. Mir machte es zu schaffen, wie rasch meine Kinder sich in den letzten Monaten zu attraktiven jungen Frauen entwickelten. Anfangs hatten sie noch rührend ausgesehen mit ihren bauchfreien Tops an den mageren Körpern, ihren harmlosen Versuchen, älter zu wirken, als sie waren. Natürlich hatten sie längst ihre Tage, was ich aber nur daran gemerkt hatte, dass auf einmal blassblaue Kartönchen mit Tampons im Bad herumlagen, und ihre Formen wurden von Monat zu Monat fraulicher, reifer, runder.

Ich dachte an mein Gespräch mit Theresa und diese unselige Geschichte in der Straßenbahn. Die Vorstellung machte mir zu schaffen, wie auch meine Töchter, ausgestattet mit Kinderseelen, aber auf einmal mit Körpern heranreifender Frauen, ahnungslos durch die Welt stolperten. Ihr Wissen über Sex und Liebe bezogen sie im Großen und Ganzen aus dem Fernsehen und ihren Bravo-Heftchen. Immerhin wurden dort auch Themen wie ungewollte Schwangerschaft und Geschlechtskrankheiten behandelt, wie ich mich vergewissert hatte. Mehrfach hatte ich versucht, mit ihnen über diese Dinge zu sprechen, aber es war mir nicht gelungen. Obwohl wir sonst über alles reden konnten, diese Themen waren tabu, und ich hätte nicht einmal sagen können, ob das an mir oder an meinen Mädchen lag. Und dabei gab es doch zur Zeit sicherlich nichts Wichtigeres in ihrem Leben.

Sarah fühlte mit der Zunge nach ihrem schmerzenden Zahn und versprach missmutig, gleich morgen alle ihre Freundinnen anzurufen und sich nach einem akzeptablen Zahnarzt zu erkundigen. Und gleich am Montag, ehrlich, ganz bestimmt, würde sie sich um einen Termin kümmern.

»Aber nur, wenn du mitkommst!«

»Sarah, du bist doch kein Kind mehr! Ich bin schon mit zehn allein zum Zahnarzt gegangen!«

»Mama ist aber immer mitgekommen! Und sie hat auch immer Angst gehabt.«

»Und du bestimmt auch«, assistierte Louise. »Du willst es bloß nicht zugeben.«

»Angst ist dazu da, dass man sie überwindet.«

»Quatsch. In der Schule haben wir gelernt, man hat Angst, damit man sich nicht unnötig in Gefahr begibt.«

Manchmal finde ich, die Schule sollte sich nicht um alles kümmern.

»Jetzt guckt erst mal, welcher Zahnarzt euch gefällt, und dann sehen wir weiter, okay?«

»Du hast dann doch wieder keine Zeit, wetten?«, zischte Sarah.

»Habt ihr schon Pläne fürs Wochenende?«

Sie sahen mir beunruhigt ins Gesicht. »Wieso?«

»Wir könnten mal wieder was zusammen machen.«

Ihre Mienen wurden misstrauisch. »Was denn?«

»Ich koche uns was Schönes, und wir essen am Sonntag mal wieder so richtig gemütlich zusammen.«

»Du kochst?«, fragten sie erschrocken.

Jetzt war ich doch ein wenig beleidigt. Gut, es war noch nicht so lange her, dass ich beschlossen hatte, ordentlich kochen zu lernen. Ich hatte mir Bücher gekauft, aus dem Internet Rezepte heruntergeladen, Experimente durchgeführt, und inzwischen fand ich die Ergebnisse meiner Bemühungen gar nicht mehr so übel. Meine Töchter waren in diesem Punkt jedoch hartnäckig anderer Ansicht.

»Ihr dürft aussuchen, was es gibt«, schlug ich vor. »Aber sagt nicht wieder Spaghetti mit Nutella.«

Sie wechselten einen Blick.

»Pizza«, schlug Louise ohne Begeisterung vor. »Pizza geht immer.«

»Oder Döner«, meinte Sarah.

Sie sahen mich an. »Hamburger! Selber gemachte Hamburger, das wär doch mal cool!«

»Mädels, ich hatte nicht vor, einen Schnellimbiss aufzumachen. Ich wollte was Richtiges kochen. Außerdem soll man nicht ständig Fleisch essen. Das ist ungesund.«

»Du hast aber gesagt, wir dürfen uns was wünschen!«

So einigten wir uns schließlich doch auf Pizza. Ein Rezept für den Teig musste ich irgendwo haben, und der Rest konnte kein Problem sein. Um meinem Gewissen etwas Gutes zu tun, würde ich eine große Schüssel Salat dazustellen, den ich aber vermutlich alleine verspeisen würde.

Meine Töchter hassten nun mal alles, was gesund war.

3

Die morgendliche Routinebesprechung am Montag hatte eben begonnen, noch hatten nicht alle meine Mitarbeiter Platz genommen, da klingelte das Telefon. Sönnchen, meine unersetzliche Sekretärin, hatte sich unter zahllosen Entschuldigungen krank gemeldet, deshalb hatte ich unter ihrer telefonischen Anleitung die Gespräche direkt auf meinen Apparat geschaltet. Obwohl der Sommeranfang nicht mehr weit war, grassierte in Heidelberg die Grippe.

Den Namen der Frau verstand ich wegen der Unruhe im Raum nicht. Nur, dass sie mir etwas Wichtiges mitteilen wollte und sehr aufgeregt war. Nachdem ich mich vergewissert hatte, dass weder sie noch sonst jemand in akuter Gefahr schwebte, bat ich sie, in einer halben Stunde wieder anzurufen.

Als sie hereinkam, war mir sofort aufgefallen, dass Klara Vangelis sich übers Wochenende äußerlich sehr verändert hatte. Wie üblich kam sie edel gekleidet, heute in einem Designerkostüm aus sandfarbenem Leinen. Auch dieses hatte sie bestimmt selbst geschneidert, wie die meisten ihrer Sachen, die sie sich von ihrem Gehalt niemals hätte leisten können. Dazu trug sie halbhohe, farblich perfekt abgestimmte Pumps und einen absolut unpassenden, dicken Stützverband ums Genick. Und sie machte nicht die Miene, als wollte sie gefragt werden, was ihr zugestoßen war.

In der üblichen Montagmorgen-Muffeligkeit berichteten meine Leute unter häufigem Gähnen von den bescheidenen Fortschritten ihrer Arbeit. Ich hörte nur mit halbem Ohr zu und war mit meinen Gedanken und Gefühlen noch im Wochenende. Und auf Sylt.

Beim sonntäglichen Mittagessen hatten meine Töchter mir nämlich eröffnet, sie seien ab Mittwoch verreist. Klassenfahrt nach Sylt, sechs Tage lang und zweimal zweihundertneunzig Euro teuer, all inclusive außer Getränke und Privatvergnügen. Einer der Vorteile von Zwillingen ist, dass man über viele Dinge nur einmal nachzudenken braucht. Einer der Nachteile ist, dass alles das Doppelte kostet. Auf meine Frage, wieso um alles in der Welt ich das erst jetzt erfuhr, erhielt ich zur patzigen Antwort, vor ungefähr acht Wochen hätte ich einen Wisch unterschrieben, auf dem alles haarklein erklärt sei, und sie könnten ja wohl nichts dafür, dass ich immer alles vergaß. Am Mittwoch würden sie in aller Frühe fahren und – dieser Halbsatz versöhnte mich augenblicklich – erst am Montagabend zurückkommen.

Ein töchterfreies Wochenende! Welche Möglichkeiten! Wenn ich ein wenig Glück hatte, dann war auch Liebekind unterwegs, was wegen seiner Lehrverpflichtungen an der Polizei-Führungsakademie in Münster gar nicht so selten vorkam, und Theresa und ich konnten noch heute daran gehen, Pläne zu schmieden für zwei herrliche freie Tage.

Ich bemühte mich, nicht an unpassenden Stellen zu lächeln, während meine Leute ohne mich diskutierten.

Die Pizza am Sonntag war mir ganz gut geraten, wenn auch der Teig ein wenig zu dick war, was jedoch nur mich störte. Meine Töchter hatten mehr der Form halber ein wenig herumgenörgelt, weil ich nach ihrer Ansicht mit der Salami zu sehr gegeizt hatte. Den Salat, dessen aufwändige Sauce mich eine halbe Stunde Arbeit gekostet hatte, rührten meine Mädchen – wie befürchtet – nicht an. Sarahs Zahnschmerzen waren schon am Samstag verschwunden gewesen, und natürlich sah sie nicht ein, wozu ein Mensch, dem überhaupt nichts fehlte, einen Arzttermin brauchte.

Das Heidelberger Wochenende war einigermaßen ruhig gewesen, schnappte ich nebenbei auf. Zwei Kneipenschlägereien, eine Festnahme wegen Hehlerei, ein paar Bagatellen, die alle mit Alkohol oder anderen Drogen zu tun hatten. Und mit den Touristenströmen waren natürlich die Taschendiebe zurückgekommen.

Als die Sprache auf den Bankraub kam, den Klara Vangelis und Sven Balke bearbeiteten, meine besten Mitarbeiter, zwang ich mich zuzuhören. Vangelis, eine ebenso spröde wie verlässliche und intelligente Kollegin, war trotz ihrer jungen Jahre schon Erste Hauptkommissarin. Ansonsten war sie griechischer Abstammung, hübsch, stets sehenswert korrekt gekleidet und mit einem Vater gestraft, in dessen gut gehender Taverne sie abends und an den Wochenenden regelmäßig aushelfen musste. Humor war nicht ihre Stärke. Schon gar nicht, wenn sie mit einem Genickverband verunstaltet war, der das Design ihres Outfits gründlich aus dem Gleichgewicht brachte. Ich entdeckte, dass sie auch eine gut überschminkte Beule an der linken Schläfe hatte. Bei passender Gelegenheit musste ich unbedingt ihren Bürogenossen Balke fragen, was da passiert war.

Balke nahm das Leben eher von der leichten Seite. Bis vor wenigen Monaten hatte sein Diensteifer unter seinen ständig wechselnden Liebschaften gelitten. Aber seit er mit seiner Nicole zusammenlebte, wirkte er ausgeglichener, friedlicher und schien sogar ein wenig zuzunehmen. Morgens kam er ordentlich rasiert zum Dienst, und an Montagen wirkte er nicht mehr, als hätte er seit Freitagabend durchgemacht. Dafür achtete er seit neuestem auf die Einhaltung der Dienstzeiten und pünktlichen Feierabend. Balke stammte aus Norddeutschland, was man bei jedem Wort hörte, das er sprach.

»… eine Spur von Bonnie and Clyde«, hörte ich Vangelis sagen.

Ich setzte mich gerade hin.

»Der Saab steht in Málaga auf einem Hotelparkplatz nur wenige Kilometer von der Bank entfernt, wo der erste Schein aus der Beute aufgetaucht ist. Und die zwei – wenn sie es denn sind – haben anscheinend ein Zimmer in diesem Hotel, schreiben die spanischen Kollegen.«

Irgendein Witzbold bei uns hatte das junge Bankräuber-Pärchen Bonnie and Clyde getauft, da wir bisher nicht einmal ihre Namen kannten. An einem frühen Mittwochmorgen vor gut vier Wochen hatten die beiden den Leiter der Eppelheimer Sparkassen-Filiale mitsamt seiner Frau aus dem Bett geklingelt, ihm zwei großkalibrige Pistolen unter die Nase gehalten und ihn sehr rasch davon überzeugt, dass mit ihnen nicht zu spaßen war. Offenbar nur um seine Entschlossenheit zu demonstrieren, schoss der männliche Täter den Filialleiter in den Oberarm. Die Verletzung war zum Glück nicht weiter schlimm gewesen, aber danach erfüllten die Überfallenen jede Forderung des Gangsterpärchens ohne Zögern oder gar Widerspruch.

Die Frau, nach Aussage des Ehepaars höchstens Anfang zwanzig, blieb mit der Gattin im Haus zurück, während der einige Jahre ältere Mann zusammen mit dem Filialleiter zur Bank fuhr. Die ganze Zeit über, fast neunzig Minuten lang, hatten die Täter per Handy in Verbindung gestanden, und ihre Drohung war so unmissverständlich wie glaubhaft gewesen: Wenn während der Fahrt oder in der Bank irgendetwas schiefging, dann war der Filialleiter Witwer.

Es war nichts schiefgegangen.

In der Bank hatte der Täter zusammen mit seiner Geisel einige Minuten auf die Kassiererin warten müssen, da auch der Filialleiter den Safe nicht alleine öffnen konnte, und die beiden dann gezwungen, die Beute in zwei mitgebrachte Müllsäcke zu stopfen. Am Ende schloss er alle beide im Safe ein und wünschte noch einen angenehmen Aufenthalt, und Minuten später waren Bonnie and Clyde mit etwas über anderthalb Millionen Euro im Kofferraum spurlos verschwunden. Fast spurlos.

Den Fluchtwagen, einen klapprigen schwarzen Fiesta älteren Baujahrs, entdeckten Spaziergänger gegen Mittag desselben Tages in einem Wäldchen östlich von Lampertheim. Und am nächsten Morgen hatte sich ein Zeuge gemeldet, ein zappeliger Herr in den Siebzigern, der dort oft seinen afghanischen Windhund spazieren führte. Er behauptete, das Fahrzeug gesehen zu haben, mit dem das Pärchen seinen Weg fortsetzte. Ein zwei Tage zuvor in Koblenz gestohlener Saab sei es gewesen, der fast einen Tag lang einsam in einem Waldweg parkte, ganz in der Nähe der Stelle, wo wir später den Fiesta sicherstellten. Und nun stand dieser Saab also seit über einer Woche unberührt auf dem Parkplatz eines sündteuren Hotels am Strand westlich von Málaga.

»Sie sollen übrigens kaum aus dem Bett kommen, unsere zwei Süßen«, meinte Balke fröhlich. »Wir müssen den Spaniern nur noch bestätigen, dass es die Richtigen sind, und wir haben einen Fall weniger auf der Liste.«

»Und, sind sie es?«

Wortlos reichte er mir einige großformatige Fotografien über den Schreibtisch. Das junge Paar eng umschlungen beim Bummel über irgendeine südliche Einkaufsmeile. Auf dem zweiten Foto saßen sie entspannt plaudernd auf einer Parkbank im Schatten einer großen Platane, auf dem dritten waren sie lachend beim Taubenfüttern, und auf den restlichen Bildern aßen sie königlich zu Abend auf einer Terrasse mit Meerblick und Sonnenuntergang.

Der Mann war groß gewachsen, überschlank und hatte einen mürrischen, leicht hochmütigen Zug um den Mund. Sie dagegen – ein Kind von zwanzig Jahren, das schwarze Haar im praktischen Pagenschnitt, die dunklen Augen voller Staunen und Lebensfreude. Zwei gefährliche Straftäter, beide sicherlich noch immer bewaffnet, strahlend glücklich, sehr verliebt – Bonnie and Clyde.

»Wie soll man da nicht neidisch werden?«, maulte Balke. »Wir sitzen hier im Dauerregen, und dieses Ganovenpärchen macht sich ein lockeres Leben in der Sonne. Manchmal frage ich mich echt, ob ich mir nicht die falsche Seite ausgesucht habe.«

»Fragen Sie sich das übermorgen noch mal, wenn die zwei in U-Haft sitzen«, erwiderte ich. »Hat der Filialleiter die Fotos schon gesehen?«

Vangelis nickte, soweit es ihr Verband zuließ. »Herr Braun hat sie eindeutig identifiziert. Seine Frau mussten wir gar nicht bemühen. Er hat uns gebeten, sie zu schonen. Sie leidet anscheinend immer noch sehr unter den Ereignissen.«

»Unter welchen Namen sind die zwei im Hotel angemeldet?«

»Unter falschen«, erwiderte Vangelis. »Das habe ich gleich abklären lassen. Sie reisen mit gefälschten Papieren. Susanne Bick und Horst Schröder.«

Wieder läutete mein Telefon. Wieder war es diese Frau. Seit ihrem ersten Anruf waren exakt dreißig Minuten vergangen.

Ich legte die Hand vors Mikrofon, wechselte Blicke mit meinen Leuten, Balke sammelte seine Fotos wieder ein.

»Geben sie den Spaniern grünes Licht und bereiten Sie schon mal alles für den Auslieferungsantrag vor.«

Das allgemeine Stühlerücken begann, und ich wandte mich wieder dem Telefon zu. Die Stimme klang hell und jung. Die Frau wirkte nervös und sehr unsicher.

»Mein Sohn, er war am Freitag bei Ihnen, David, Sie erinnern sich? Ich spreche doch mit Kriminalrat Gerlach?«

»Das stimmt. Aber an einen David ...«

»Ich bin Ihnen so zu Dank verpflichtet, dass Sie persönlich mit ihm gesprochen haben. Mein Mann sagt ja auch immer, man soll lieber gleich mit den wichtigen Menschen sprechen, wenn man nicht von Pontius zu Pilatus geschickt werden möchte. Deshalb nehme ich mir jetzt auch die Freiheit, mich direkt an Sie zu wenden und ...«

»Bitte, Frau ... «, im anfänglichen Durcheinander hatte ich ihren Namen wieder nicht verstanden. Endlich wurde es ruhiger. Vangelis war die Letzte, schenkte mir ein notdürftiges Lächeln und zog, wegen ihrer Halskrause streng erhobenen Hauptes, die Tür hinter sich zu. »Könnten Sie mich bitte noch einmal kurz darüber aufklären, worum es eigentlich geht?«

»Ach herrje, da stürze ich wieder einfach so mit der Tür ins Haus. Aber es ist ... Ich bin so in Sorge, es geht um unseren Nachbarn, Herrn Seligmann.«

Jetzt erinnerte ich mich. »Ist er immer noch nicht aufgetaucht?«

»Ich komme mir so dumm vor. Sie haben ja gewiss viel zu tun, und nun komme ich und ...«

»Was ist denn mit Ihrem Nachbarn?«, fragte ich beruhigend. Es hatte keinen Zweck, sie ausreden zu lassen, sonst würde ich vermutlich vor dem Mittagessen zu nichts anderem mehr kommen.

»Ich habe getan, was Sie mir geraten haben. Erst habe ich mich nicht getraut, aber dann war ich heute Morgen doch in seinem Haus. Die Tiere müssen doch versorgt werden. Nein, ich habe nichts von ihm gehört. Sein Wagen ist auch verschwunden, ich habe in der Garage nachgesehen. Und jetzt möchte ich eine Vermisstenanzeige aufgeben. Man nennt das doch so?«

»Wie war noch mal Ihr Name?«

»Braun«, erwiderte sie. »Rebecca Braun.«

Ich notierte mir die Adresse, damit sie das Gefühl hatte, ernst genommen zu werden.

»Frau Braun«, sagte ich dann ruhig. »Es ist wirklich sehr lobenswert, dass Sie sich so um Ihren Nachbarn sorgen. Wenn es das öfter geben würde, dann müssten manche alten Menschen nicht wochenlang tot in ihrer Wohnung liegen, bis jemand etwas merkt. Aber auf der anderen Seite, bitte verstehen Sie mich richtig, Herr Seligmann ist ein erwachsener Mensch. Er ist nicht geistig verwirrt, hat mir Ihr Sohn gesagt. Und deshalb darf Herr Seligmann verreisen, wohin und so oft er will. Jahr für Jahr verschwinden in Deutschland zigtausend Personen, und die allermeisten tauchen früher oder später kerngesund und in bester Verfassung wieder auf.«

»Aber hier ist es anders, bitte, so glauben Sie mir doch. Ich sagte Ihnen doch, ich war in seinem Haus und ...« Ihre Stimme erstarb.

»Haben Sie dort irgendwas gefunden, was Ihre Sorge bestätigt?«

»Ja«, erwiderte sie mit erstickter Stimme. »Blut.«

Jetzt endlich fiel bei mir der Groschen. »Frau Braun, Sie wohnen in Eppelheim in der Goethestraße. Ihr Mann arbeitet doch nicht etwa bei einer Bank?«

»Aber ja. Natürlich.«

Ich drückte die Kurzwahltaste, die mich mit Klara Vangelis verband.

»Lassen Sie alles stehen und liegen. Wir treffen uns unten auf dem Parkplatz.«

Rebecca Braun, eine zierliche, ernste Person, hatte dieselben wachen, dunklen Augen wie ihr Sohn. Die Farbe ihres schlicht geschnittenen Kleids, ein dunkles Grün, harmonierte mit ihrem lockigen, rötlich-braunen Haar, das sie im Nacken zu einem losen Knoten gesteckt hatte. Ihr Alter war schwer zu schätzen. Ihren Sohn hatte ich auf fünfundzwanzig geschätzt, also musste sie die vierzig schon hinter sich haben. Manche beneidenswerten Menschen altern eben langsamer als andere – ich zählte leider nicht dazu.

Das graue Haus ihres Nachbarn in der Eppelheimer Goethestraße war Stein gewordener Durchschnitt. Nicht besonders klein, nicht auffallend groß. Nicht ärmlich, aber auch nicht teuer. Das zweistöckige Gebäude mit spitzem Giebel stammte vermutlich aus der Nachkriegszeit, als Wohnungsnot und knappe Mittel den Baustil diktierten. Ob es schon immer grau gewesen oder nur lange nicht gestrichen worden war, konnte ich nicht erkennen. Von den hölzernen Fensterrahmen blätterte der Anstrich.

Rebecca Braun führte uns über einen halb zugewachsenen Kiesweg zum Hauseingang. Alles wucherte hier, blühte, wie es gerade passte.

Damals hatte man sich noch ordentliche Grundstücke leisten können. Die neueren Häuser in der Umgebung standen auf deutlich kleineren Flächen. Dort wuchsen auch keine riesigen alten Bäume und ungebändigten Rosenbüsche wie hier. Die Familie Braun selbst bewohnte einen ebenso großzügigen wie gesichtslosen Bungalow, dessen regelmäßig gemähter Rasen an die Wildnis grenzte, die wir gerade durchquerten. Weiter hinten schimmerte nebenan bläulich ein Pool.

Hier, bei Seligmann, schimmerte nichts.

Das Wetter war endlich erträglich geworden. Nachdem es in den letzten Tagen fast ohne Pause geregnet hatte, wagte sich heute eine kraftlose Sonne heraus, und ich begann zu schwitzen, obwohl es noch keineswegs warm war. Dieser verwirrte Sommer wusste einfach nicht, wofür er sich entscheiden sollte. Aber das war kein Wunder, er war ja noch jung.

Die Ähnlichkeit unserer Führerin mit ihrem Sohn war selbst von hinten unübersehbar. Auch sie war zart gebaut, hatte dasselbe weiche Haar, dieselbe sympathische Zurückhaltung und leichte Nervosität. Außer dem vielleicht etwas zu breiten Ehering trug sie keinerlei Schmuck. Ihr Parfüm war dezent und frisch wie das einer sehr jungen Frau.

Als sie uns die Tür ihres verschwundenen Nachbarn aufschloss, zitterten ihre schmalen Hände.

»Bitte«, sagte sie so verhalten, als würden wir einen heiligen Ort betreten, und ließ uns den Vortritt. Wir durchquerten einen im Dämmerlicht liegenden, schmucklosen Flur und betraten einen überraschend geräumigen Wohnraum. Hohe Bäume und ewig nicht beschnittene Büsche vor der Terrassentür und den beiden Fenstern verdunkelten das Zimmer. Hier war lange nicht gelüftet worden.

»Puh«, seufzte Vangelis. »Wenn ich in dieser Finsternis wohnen müsste, würde ich auch eines Tages auf Nimmerwiedersehen verschwinden.«

Frau Braun drückte einen Lichtschalter, Energiesparbirnen flackerten auf, und es wurde ein wenig heller. Das Erste, was mir ins Auge fiel, waren die Terrarien, eines neben dem anderen, die ganze Seitenwand entlang. Dort raschelte es hin und wieder, aber Tiere konnte ich aus der Entfernung keine entdecken. Dennoch grauste mir vor diesen gläsernen Gefängnissen.

Der Rest der Einrichtung war schlicht, ein wenig heruntergekommen, jedoch nicht verwahrlost. In weitläufigen Regalen standen und lagen Bücher über Bücher in sehenswerter Unordnung. Eine in die Jahre gekommene, ehemals kostbare Stereoanlage mit riesigen Boxen, achtlos hingeworfen ein guter Sennheiser-Kopfhörer, daneben eine beeindruckende Sammlung von Langspielplatten, auch einige wenige CDs. Ansonsten angenehm wenig Technik. Der Fernseher stammte vermutlich noch aus der Zeit der Außerparlamentarischen Opposition, das grüne Telefon mit schwarzen Tasten hing noch an einer

Schnur. In diesem Haus schien die Zeit vor vielen Jahren zum Stillstand gekommen zu sein.

Wir betraten die altmodisch und zweckmäßig eingerichtete Küche.

»Sehen Sie«, sagte unsere Führerin im Flüsterton. »Das ist doch Blut, nicht?« Mit Schaudern deutete sie auf einige große, dunkle Flecken auf den blassgrauen, an vielen Stellen gesprungenen Fliesen. Im Raum hing ein Geruch, als gehörte der Mülleimer dringend geleert.

Vangelis ging mit einem unterdrückten Seufzer in die Hocke. Vielleicht hatte sie auch Verletzungen an Stellen, die man nicht sah?

»Haben Sie irgendetwas angefasst?«, war meine erste Frage an Frau Braun.

Erschrocken verschränkte sie die Arme vor der Brust und schüttelte den Kopf.

»Stimmt.« Meine Kollegin strich sich eine ihrer dunklen Locken aus dem Gesicht. »Das könnte wirklich Blut sein. Es ist schon einige Tage alt.«

Ich zückte das Handy und forderte Verstärkung an sowie die Kollegen von der Spurensicherung. Dann ging ich mit Frau Braun zurück ins Wohnzimmer.

»Sehen Sie nur.« Ratlos wies sie in die Runde. »Sonst ist er so ordentlich.«

Inzwischen hatten sich meine Augen an das Dämmerlicht gewöhnt. Ein gläserner Aschenbecher lag am Boden, in zahllose Scherben zerborsten. Daneben eine zerbrochene Flasche, die einmal einen Dreiviertelliter billigen Birnenschnaps enthalten hatte, Zeitungen, Bücher, sogar einige Schallplatten ohne Hüllen und schonungslos zertrampelt, was mir fast körperliche Schmerzen bereitete. Auch hier entdeckte ich auf dem matten Linoleumboden die gleichen dunklen Flecken wie in der Küche. Unter einem der Heizkörper schließlich zusammengeknüllt ein kariertes Flanellhemd, das mit Blut besudelt war.

»Ich kenne es«, murmelte Rebecca Braun erbleichend. »Es gehört ihm.«

Erst jetzt fiel mir auf, dass der Teller des Plattenspielers sich noch drehte. Lämpchen glimmten, die Anlage war eingeschaltet. Ich betrachtete die Platte, die da seit Tagen Karussell fuhr. Mozart, das Requiem. Wie passend.

Als ich näher herantrat, entdeckte ich in einem der Glaskästen den Kopf einer großen Schlange, die zusammengerollt halb unter einem Stein verborgen lag. Ich wurde mir nicht klar darüber, ob sie mich beobachtete oder einfach nur im Halbschlaf vor sich hinstarrte. Als ich jedoch einige Schritte zur Seite trat, bewegte sich der Kopf mit. Nach und nach erwiesen sich auch andere Terrarien als belebt. In dem einen lebte eine fette schwarze Spinne, die sensibler veranlagten Menschen wochenlang Alpträume beschert hätte. In einem anderen klebte ein regloses Reptil kopfüber an der Frontscheibe und beobachtete mit äußerster Konzentration etwas, was für den Rest des Universums unsichtbar blieb.

»Hübsch, nicht?«, meinte Frau Braun, als sie meinen Blick bemerkte. »Ich finde das Grün so schön.«

»Na ja.« Ich räusperte mich.

Vangelis kam aus der Küche. Mit leiser Genugtuung bemerkte ich, dass auch sie Abstand zu den Tieren hielt.

»Was halten Sie davon?«, fragte sie missmutig. »Diese längliche Blutspur auf dem Couchtisch, die könnte von einer Messerklinge stammen.«

Während wir auf die Kollegen warteten, besah ich mir den Inhalt der Bücherregale. Xaver Seligmann musste im Lauf seines Lebens ein Vermögen für Literatur ausgegeben haben. Etwa die Hälfte waren Sachbücher. Eine Sammlung, die einem Professor für Zoologie Ehre gemacht hätte. Beim Rest handelte es sich um ein wildes Kunterbunt von Romanen, längst veralteten Reiseführern, Bildbänden und Zeitschriften, alles ohne erkennbares System in die Regale gestopft. Vangelis öffnete die Terrassentür, um Luft hereinzulassen.

Die Plattensammlung verriet Ordnungssinn und Liebe zur Klassik. Sie begann links oben mit Gregorianischen Gesängen, ging durch alle Epochen, um rechts unten mit Orff, Schönberg und Riehm zu enden. Unterhaltungsmusik kam nicht vor. Nicht einmal Jazz. Der Verschwundene musste ein ernster und nachdenklicher Mensch sein.

Draußen bremste der graue Kombi der Spurensicherung.

Rebecca Braun sollte Recht behalten. Schon nach wenigen Minuten war klar, dass es sich bei den Flecken im Haus ihres Nachbarn tatsächlich um Blut handelte. Die Frage war: Hatte er sich – vielleicht bei der Küchenarbeit versehentlich – geschnitten, oder hatte es hier eine Messerstecherei gegeben? Hinweise auf einen Kampf fanden die Kollegen allerdings nirgendwo im Haus. Die Spur auf dem Couchtisch passte zu einem schmalen Ausbeinmesser, das im Messerblock auf dem Kühlschrank fehlte. Es war verschwunden, ebenso wie der Wagen des Vermissten. War er selbst damit gefahren, oder lag er im Kofferraum? Tot oder nur verletzt? Wie immer am Beginn einer Ermittlung sagten wir ziemlich oft »vielleicht« und »vermutlich« an diesem Vormittag.

So wurde Xaver Seligmann, vor seiner Pensionierung Lehrer für Mathematik und Biologie, offiziell als vermisst gemeldet. Auch die Beschreibung seines uralten babyblauen Mazda Coupé wurde in einen Polizeicomputer getippt, und die üblichen Prozeduren begannen, während ich und meine Leute immer noch in Eppelheim waren und nach Spuren, Hypothesen, Erklärungen suchten.

4

»Können Sie sagen, wann Ihr Nachbar verschwunden ist?«, fragte ich die Nachbarin, als wir später im Garten auf einer wurmstichigen und etwas wackeligen Bank Platz nahmen. Wir waren beide froh, an die frische Luft zu kommen. »Ungefähr wenigstens?«

»Ich habe natürlich schon darüber nachgedacht. Vergangenen Mittwoch, da habe ich ihn zum letzten Mal gesehen. Später nicht mehr.«

»Haben Sie in den Tagen davor etwas Auffälliges bemerkt? Unbekannte Besucher? Oder ein Auto, das sonst nie hier parkte?«

Sie schüttelte den Kopf. »Alles war wie immer. Auch Herr Seligmann war eigentlich wie immer.«

»Was genau war an diesem Mittwoch?«

Wenn ich sprach, hing ihr Blick an meinen Lippen, als würde sie ständig fürchten, etwas zu überhören.

»Er hat morgens seine Mülltonne herausgestellt. Wir haben uns über den Zaun gegrüßt. Zum letzten Mal gesprochen habe ich ihn am Montag. Da ging er wie üblich einkaufen, ich hatte im Garten zu tun, wir haben ja so schrecklich viele Schildläuse dieses Jahr, und er hat mir einen Trick verraten dagegen: Spiritus. Es scheint tatsächlich zu helfen.«

»Hat Herr Seligmann Verwandtschaft?«

Sie wandte die Augen ab und betrachtete einen Rosenbusch in der Nähe.

»Über solche Dinge haben wir nie gesprochen. Nur, dass er früher einmal verheiratet war, weiß ich. Aber er ist schon lange geschieden. Die Ehe hat wohl auch nicht lange gehalten.«

Ich machte mir eine Notiz. »Nur zur Sicherheit: Ist er auf Medikamente angewiesen?«

»Er hat es am Herzen. Dagegen nimmt er Tabletten, das hat er mir einmal gesagt. Wenn er die nicht regelmäßig nimmt, dann kann es wohl problematisch werden.«

»Ihr Sohn sagte mir, Ihr Nachbar sei auch früher hin und wieder verreist. Wohin fährt er dann für gewöhnlich?«

»Zweimal die Woche macht er einen Ausflug. Montags und donnerstags, immer nachmittags gegen zwei fährt er los. Ich habe ihn nie gefragt, wohin. Das geht mich ja auch nichts an. Außerdem hatte ich das Gefühl, er mochte nicht darüber sprechen.«

»Wie lange bleibt er für gewöhnlich fort?«

»Abends um sieben, spätestens halb acht, ist er immer zurück.«

Der Platz in Seligmanns Garten war hübsch und angenehm. Wir saßen im Schatten, die Rosen dufteten, eine Amsel sang über uns in einer alten Tanne. Plötzlich verstand ich den Besitzer dieses Dschungels. Auch mir gefiel die Wildnis hier tausendmal besser als die gepflegte grüne Wüste nebenan.

»Den Rasen mäht mein Mann.« Meine Gesprächspartnerin konnte offenbar Gedanken lesen. »Mein Reich ist der hintere Teil. Dort, wo die Rhododendren stehen.«

»Wissen Sie, ob Herr Seligmann auch vergangene Woche seine Ausflüge gemacht hat?«

»Am Montag ja. Ob er am Donnerstag gefahren ist, kann ich nicht sagen. Ich war am Nachmittag in der Stadt. Ich …« Sie spielte eine Weile mit ihren zerbrechlichen Mädchenfingern. »Ich muss manchmal ganz plötzlich fort. Aus diesem Haus. Ich bekomme manchmal regelrechte Erstickungsanfälle seit dieser Geschichte …«

»Als Sie als Geisel gehalten wurden?«, fragte ich vorsichtig.

Sie schloss die Augen und nickte. »Manchmal, vor allem, wenn ich allein bin, muss ich auf einmal an die Luft«, flüsterte sie. »Unter Menschen. Ich kann das Alleinsein so schlecht ertragen, seither. An manchen Tagen geht es schon wieder recht gut. An anderen … Mein Mann arbeitet natürlich tagsüber. Und David ist ja auch nur selten da.«

»Ein sympathischer Junge, übrigens. Was macht er?«

»Er studiert Psychologie, hier an der Universität. Anfangs war er einige Semester in Marburg. Im kommenden Winter macht er Examen.«

Ein kleiner Schwarm Spatzen landete zeternd vor unseren Füßen, ohne uns zu beachten. Die Vögel stritten einen Augenblick herum und stoben wieder davon. Auf der Straße fuhr langsam ein dunkler Mercedes vorbei.

»Wo war Ihr Sohn eigentlich an dem Morgen, als Sie überfallen wurden? Es war noch vor acht. Da finden ja wohl keine Vorlesungen statt.«

Jetzt glänzte ein wenig Stolz in ihren Augen. »David ist sozial sehr engagiert. Er hilft in einem Heim für mehrfach behinderte Kinder, wenn Not am Mann ist. In Mannheim drüben. Seit Wochen ist er jeden Morgen zwei Stunden dort, um beim Frühstück zu helfen, von sechs bis acht. Anschließend fährt er meist direkt in die Uni.«

»Kommen wir noch einmal zum vergangenen Montag. Das war heute vor einer Woche. Nachdem Herr Seligmann vormittags einkaufen war, haben Sie ihn also nur noch einmal gesehen?«

Sie nickte ernst. »Am Mittwochmorgen.«

»Aber gehört vielleicht? Man kennt doch die Geräusche, die ein Garagentor macht, den Klang eines Wagens.«

»Nein, auch nicht gehört. Aber das bedeutet nicht viel. Vor allem nachts höre ich nichts. Ich nehme Schlaftabletten. Ich muss. Ich …«

Ihr Blick irrte ab, als hätten ihre Gedanken plötzlich die Richtung verloren.

»Herr Seligmann war früher Lehrer, sagte mir Ihr Sohn.«

»Am Hölderlin-Gymnasium, drüben in Heidelberg.« Sie machte eine nervöse Handbewegung irgendwohin. »Jetzt ist er in Pension. Seit acht oder neun Jahren schon.«

»Er ist doch noch nicht einmal sechzig. Und da ist er schon so lange pensioniert? Ist es wegen seiner Herzkrankheit?«

Sie hob die Schultern. »Er konnte seinen Beruf nicht mehr ausüben. Mehr weiß ich nicht darüber.«

»Mit Menschen hat er wohl nicht viel Kontakt?« Ich lächelte sie an. Aber ihr Blick blieb traurig.

»Er liebt die Ruhe«, sagte sie leise. »Sie haben sich ja vorhin seine Platten angesehen.«

Ihre letzte Bemerkung verstand ich nicht. Immerhin hatten sich auch Bruckners Neunte und diverse Wagner-Opern in der Sammlung befunden.

Vangelis kam hinaus in den Garten, um mir Bericht zu erstatten. Die durch den Verband erzwungene Kopfhaltung ließ sie noch unnahbarer wirken, als sie war. Und ihre Miene verriet, dass sie durch und durch wütend war.

Ich musste später unbedingt Balke interviewen.

»Das Messer haben wir nicht gefunden. Und auch sonst nichts Konkretes. Immerhin eine schwache Spur von der Küche durch den Flur bis zur Tür, die direkt zur Garage führt. Jemand scheint in Blut getreten und dann in die Garage gegangen zu sein.«

»Seligmann?«

Sie zuckte die Achseln und verzog das Gesicht vor Schmerzen. Sie musste am Wochenende einen Unfall gehabt haben. Etwa mit dem Auto? Das wäre kein Wunder, schließlich fuhr sie immer wie eine Verrückte.

»Die Spusi kann nicht mal die Schuhgröße ermitteln.« Vangelis hielt das Gesicht kurz in die Sonne und sah dann auf die Uhr, wozu sie den Arm ziemlich hoch halten musste. »Sven ist inzwischen auch hier. Wir fangen dann mal mit den Nachbarn an.«

»Der Vermisste ist übrigens geschieden«, sagte ich, als sie sich zum Gehen wandte. »Versuchen Sie, seine ehemalige Frau aufzutreiben.«

Vangelis verschwand wieder im Haus, aus dem leise, heimelige Geräusche drangen. Ich lehnte mich zurück und atmete tief ein. Eigentlich hätte ich längst wieder an meinem Schreibtisch sitzen und Verwaltungsarbeiten erledigen sollen. Aber soweit ich wusste, standen in meinem Kalender für den Vormittag keine wichtigen Termine, und Papierkram läuft ja zum Glück nicht weg. Hier, in dieser milden Luft, die nach Frühsommer und Frieden duftete, im Schatten dieses verwunschenen Gartens, war es allemal schöner als in meinem tristen Büro. Und außerdem konnte es ja nicht schaden, wenn ich meinen Leuten ein wenig Arbeit abnahm. Die Erfolge der ersten Stunden sind so oft entscheidend für die Aufklärung eines Falls. Wobei die ersten Stunden hier schon einige Tage zurücklagen.

Ich lächelte meine Gesprächspartnerin an, um meine Frage ein wenig harmloser scheinen zu lassen. »Wie ist denn Herrn Seligmanns Verhältnis zu den Nachbarn?«

»Er lebt mit niemandem im Streit, wenn Sie das meinen«, erwiderte sie eine Spur irritiert. »Aber wenn jemand so für sich bleibt, natürlich wird da geredet. Es ist ihm gleichgültig, wie die Leute über ihn denken.«

Außerhalb des Schattens, in dem wir saßen, wurde es jetzt von Minute zu Minute heller. Sonne und Wärme setzten sich durch. Die Bank knarrte leise, als ich die Hände im Genick verschränkte.

»Abgesehen von diesen Ausflügen, muss er auch sonst manchmal verreist sein. Schließlich haben Sie hin und wieder seine Tiere gefüttert.«

Rebecca Braun biss sich auf die schmale Unterlippe. »Im Frühjahr fährt er meist für zwei Wochen in den Süden. Er kennt da einen kleinen Ort in der Provence, hat er mir einmal erzählt. Der ist so etwas wie seine zweite Heimat geworden. Und im Herbst manchmal für einige Tage in die Alpen. Wandern. Er liebt die Natur.«

Nun fiel mir auch beim besten Willen nichts mehr ein, was ich noch fragen konnte. Seufzend erhob ich mich. Es half nichts, ich musste an meinen Schreibtisch zurück. Wenn wenigstens Sönnchen da gewesen wäre.

Rebecca Braun reichte mir die Hand, lächelte zum ersten Mal ein wenig und drückte überraschend fest zu.

»Wenn Sie mit meinem Mann sprechen – das werden Sie doch tun?«

»Vermutlich.«

»Würden Sie ihm … Er muss vielleicht nicht erfahren, dass ich diesen Schlüssel habe, weil …«

»Hätte er denn was dagegen?«

»Natürlich nicht.« Sie sah einer Maus nach, die durchs Gebüsch huschte. »Es ist nur … er kann Herrn Seligmann nicht besonders gut leiden. Und er ist manchmal ein wenig impulsiv.«

»Ihr Mann ist also kein Freund Ihres Nachbarn?«

»Nein«, erwiderte sie, nachdem sie ernsthaft über meine Frage nachgedacht hatte, »aber auch kein Feind.«

Der Inhaber des Edeka-Lädchens an der Eppelheimer Hauptstraße bestätigte mir, dass der Vermisste am vergangenen Montagvormittag zur üblichen Zeit sein Geschäft betreten hatte.

»Der Herr Seligmann kauft ja immer das Gleiche«, brummte er. »Nudeln, ungeschälten Reis, mal auch ein paar Eier, bisschen Gemüse, hin und wieder ein Stückchen Fleisch. Und seinen Trollinger natürlich, trocken. Er sagt, Trollinger tut seinem Magen gut. Von anderen Weinen kriegt er leicht Sodbrennen, sagt er.«

In dem Geschäft duftete es nach dem üblichen Durcheinander von Gewürzen, Käse, Obst, frischem Brot, Schinken und Wurst. Der weiße Kittel des Inhabers, Herrn Widmer, wie ich seinem schief hängenden Namensschildchen entnahm, war nicht übertrieben sauber. Sein verbindliches Lächeln wirkte ein wenig krampfhaft. Ich bekam Hunger, obwohl es noch nicht einmal elf war.

»Ist Ihnen irgendwas aufgefallen an ihm?«

»Aufgefallen?«, fragte er unwillig. Offenbar ging ich ihm auf die Nerven. »Was sollt mir an dem auffallen? Der war genau wie immer.«

Die Schlange an der Kasse wurde langsam länger. Zwei ältere Damen mit Mini-Umsätzen in den Körben spitzten schamlos die Ohren. Ein kurzsichtiger Student mit Ziegenbart, einem Baguette unterm Arm und einer Wurst-Tüte in der Hand langweilte sich.

»Wie ist er denn immer?«, fragte ich unbarmherzig.

»Schweigsam.« Herr Widmer spielte an seiner Kasse herum. »Bisschen arg schweigsam ist er halt, der Herr Seligmann.«

Mein Gesprächspartner hatte das Pensionsalter sicherlich längst überschritten. Seinen kantigen Kopf zierte eisgraues, militärisch kurz geschnittenes Haar, und seine Miene wurde von Satz zu Satz mürrischer. »Um was geht's denn eigentlich?«

»Er wird gesucht. Seit vergangenen Mittwoch hat ihn niemand mehr gesehen.«

»Gesucht?« Er musterte mich, als würde er in meinem Gesicht nach einem versteckten Grinsen suchen. »Bisschen blass ist er mir vorgekommen, jetzt fällt's mir ein. Hab ihn noch gefragt, ob er jetzt auch krank wird. Bei dem komischen Wetter diesen Sommer, nicht wahr. Erst wochenlang Regen und Kälte, jetzt auf einmal diese verrückte Schwüle. Kein Wunder, dass alle Welt krank ist. Ich fang wahrhaftig noch an, auf meine alten Tage an den ganzen Klimaquatsch zu glauben!«

»Meine Sekretärin hat es auch erwischt. Was hat er geantwortet?«

»Nichts.« Mit energischen Bewegungen begann der alte Mann, den Einkauf der ersten Dame in die Kasse zu tippen. Ein Fläschchen Kirsch, einmal Marlboro, Salami abgepackt, zwei Brötchen, ein Katzenmenü Gourmet Kaninchen/Wildschwein, ein Joghurt, Birne, vollfett. »Den Kopf hat er geschüttelt«, fuhr Herr Widmer fort, ohne aufzusehen. »Geschwätzig ist er ja nicht gerade.«

Das »im Gegensatz zu anderen Leuten« verkniff er sich.

Die aufgeregte Kundin fand es sichtlich schade, dass sie nun nicht mehr länger zuhören durfte. Herr Widmer half ihr beim Einpacken.

»Muss an seinen Viechern liegen, denk ich immer«, murmelte er nebenbei. »Wenn einer Tag und Nacht mit solchem Gekreuch zusammenlebt, Schlangen, Spinnen, ich bitte Sie, da muss der Mensch doch komisch werden. Wiedersehn, Frau Knobloch. Bis morgen dann.« Er fixierte mich über seine schmale Brille hinweg. »Darf's sonst noch irgendwas sein?«

Sein Blick stellte klar, dass mir als Nicht-Kunde mehr Gesprächszeit nicht zustand. Inzwischen baute die nächste Kundin ihre Sächelchen auf dem Band auf. Sie ließ sich reichlich Zeit dafür.

Ich bedankte mich übertrieben freundlich für die Auskünfte und ging. Als ich schon in der Tür war, fiel mir mein Kühlschrank ein. Heute musste ich ohnehin noch einkaufen, warum sollte ich das nicht gleich hier erledigen? Das Lächeln des Ladenbesitzers wurde deutlich wärmer, als ich mir einen Korb nahm.

Natürlich hatte auch die kräftige junge Frau hinter der Fleisch- und Wursttheke unser Gespräch mitgehört.

»Also, ich find ihn ganz nett, den Seligmann«, sagte sie leise, als sie mir meine Tüte reichte. Offenbar wollte sie vermeiden, dass ihr Chef mitbekam, was sie mir anvertraute. »Okay, er quatscht nicht viel. Aber seine Augen – der ist schon in Ordnung. Und mir ist er allemal lieber als die Omas, die einen eine Viertelstunde lang volltexten, bis sie ihr Achtel Lyoner und bisschen Hackfleisch gekauft haben.«

Sie strahlte mich an und ließ mich ihr Zungen-Piercing bestaunen. Ich wunderte mich, wie problemlos sie damit sprechen konnte. Am Ende meines Spontaneinkaufs enthielt mein Korb ungefähr dasselbe, was auch Xaver Seligmann vor ziemlich genau sieben Tagen erstanden hatte. Nur die Mengen waren größer, und hinzu kamen einige Fertiggerichte, die meine Töchter in die Mikrowelle werfen konnten, wenn sie sich nach der Schule mal wieder selbst verköstigen mussten. Und an Stelle des Trollingers hatte ich drei Flaschen sizilianischen Nero d'Avola gewählt.

»Der Kurier«, brummelte Herr Widmer, als er meine EC-Karte mit Schwung durchs Lesegerät zog. »Meistens hat er montags den Kurier gekauft. Und am Donnerstag die Zeit.«

»Am Donnerstag?«, fragte ich. »War er da noch mal hier?«
»Nein, war er nicht«, versetzte mein Gesprächspartner, als
wäre meine Frage eine Zumutung. »Und ich hab mir gedacht,
hat ihn am Ende doch die Grippe erwischt.«

Als ich kurz vor Mittag in die Direktion zurückkehrte, saß zu
meiner Überraschung meine Sekretärin an ihrem Schreibtisch
im Vorzimmer. Sonja Walldorf, die auf der Anrede »Sönnchen« bestand, seit ich sie kannte, sah bemitleidenswert aus.
Die Nase lief, die Augen tränten, aber sie wollte nichts hören
von Bettruhe, Aspirin und Kamillentee.

»Ich bin noch nie krank gewesen und hab nicht vor, ausgerechnet jetzt damit anzufangen«, erklärte sie kategorisch.

»Sie sehen wirklich schlimm aus, Sönnchen. Und Sie werden
mir außerdem die halbe Truppe anstecken. Und drittens waren
Sie erst Ende April drei Tage krank, als Sie sich beim Tennis
den Knöchel verrenkt hatten.«

»Knöchel verrenkt ist ja keine Krankheit, sondern ein
Unfall.«

Die Logik der Frauen ist für einen Mann nicht immer leicht
verständlich.

Ich stellte meine Tüten auf einen Stuhl und bat meine tapfere
Sekretärin, die verderblichen Sachen bis zum Abend in einem
Kühlschrank zu verstauen.

»Auf Ihrem Schreibtisch liegt übrigens ein Fax«, schniefte
sie und nieste zweimal herzhaft. »Ich glaub, es ist ziemlich
wichtig.«

Hoffentlich steckte sie mich nicht auch noch an. Ein Schnupfen war das Letzte, was ich jetzt brauchen konnte.

Das Fax war sogar äußerst wichtig, wie ich auf den ersten
Blick sah, obwohl der Spanier, der es geschrieben hatte, ein
wirklich originelles Englisch gebrauchte. Bonnie and Clyde
waren entwischt. Offenbar hatten die beiden bemerkt, dass sie
beschattet wurden. Irgendwann war es den Beamten der Guar-
dia Civil, die das Hotel observierten, merkwürdig vorgekommen, dass man die beiden überhaupt nicht mehr zu Gesicht
bekam. Stunden, einen halben Tag, einen ganzen schließlich.
Aber erst, als ein in der Nähe geparkter Mercedes vermisst

wurde und ein Augenzeuge eine recht gute Beschreibung des Pärchens gab, das mit dem Wagen davongebraust war, wurde den südspanischen Kollegen klar, dass ihnen einen böser Fehler unterlaufen war.

Das Hotelzimmer hatten sie heute Vormittag verlassen gefunden, die Rechnung war unbezahlt, der Saab stand einsam auf dem Parkplatz wie seit Tagen schon, und Bonnie and Clyde waren samt ihrer Beute spurlos verschwunden. Und hatten mindestens vierundzwanzig Stunden Vorsprung.

»Bockmist, verfluchter!« Balke schlug sich mit beiden Händen auf die Knie. »Und wir waren so nah dran!«

Vangelis' Reaktion beschränkte sich auf ein kurzes Schnauben und das Hochziehen der rechten Augenbraue.

»Immerhin haben die Spanier unter dem Beifahrersitz des Saab ein Handy gefunden«, sagte ich. »Das könnte uns ein Stück weiter bringen, wenn wir Glück haben.« Ich wandte mich an Balke. »Sie lassen sich bitte die Nummer durchgeben, sobald die Spanier die Karte geknackt haben.«

Er nickte. »Würde mich auch mächtig interessieren, mit wem die zwei in letzter Zeit so telefoniert haben.«

»Sie denken an die Theorie mit dem unbekannten Dritten?«

»Woher wussten die zwei, dass ausgerechnet am Tag des Überfalls so viel Geld im Tresor war?«, fragte Balke zurück. »Es muss einen Informanten gegeben haben.«

Im Vorzimmer nieste Sönnchen wie zur Bestätigung drei Mal hintereinander.

»Sven hat Recht«, meinte Vangelis. »Und eines geht mir in diesem Zusammenhang seit heute Vormittag nicht mehr aus dem Kopf: Als Nachbar hört man doch bestimmt dies und das ...«

»Sie meinen, Seligmann ...?«

»Wir sollten zumindest einmal darüber nachdenken, ob dieser so plötzlich verschwundene Nachbar nicht irgendwas mit dem Bankraub zu tun haben könnte.«

Sönnchen nieste ein viertes Mal.

5

Unser Labor brach diesmal alle Rekorde. Bereits am späten Montagnachmittag, nur sieben Stunden nach Rebecca Brauns Anruf, flatterte ein erster, vorläufiger Bericht auf meinen Schreibtisch. Die Blutspuren in Xaver Seligmanns Wohnzimmer waren zwischen drei und fünf Tage alt. Und das Blut stammte mit großer Wahrscheinlichkeit von nur einem Menschen.

»Ob der Seligmann heißt, wissen wir natürlich erst nach den weiteren Analysen«, sagte Vangelis, als wir uns am nächsten Morgen noch vor dem Kaffee wieder gegenübersaßen. Heute schien es ihr schon wieder etwas besser zu gehen. Die Beule war abgeschwollen, hatte dafür allerdings deutlich an Farbigkeit gewonnen. Noch immer war es mir nicht gelungen, Balke auszuhorchen. Sönnchen wusste jedenfalls nichts, das hatte ich schon herausgefunden, und die erfuhr in der Regel jeden Klatsch, der im Haus zirkulierte.

»Wissen wir inzwischen, wann genau er verschwunden ist?«

»Offenbar in der Nacht von Mittwoch auf Donnerstag.« Vangelis blätterte in ihrem Notizbüchlein, das sie vermutlich sogar mit ins Bett nahm. »Ich habe gestern mit dem Briefträger gesprochen. Er hat Seligmann am Mittwochvormittag ein Einschreiben ausgehändigt, und anscheinend ist er der Letzte, der ihn gesehen hat. Seligmann hätte einen ziemlich verstörten Eindruck gemacht, sagte er.«

»Und eine mächtige Fahne gehabt«, ergänzte Balke.

»Dieses Einschreiben, haben Sie das gefunden?«

»Ja. In kleine Fetzen zerrissen im Papierkorb. Es war vom Ordnungsamt. Er weigert sich seit Monaten, ein Strafmandat zu bezahlen, und steht kurz vor der Klage. Er soll irgendwo zu schnell gefahren sein.«

»Finden Sie bitte heraus, wann und wo.«

Vangelis schenkte mir einen dieser Blicke, die mir hin und wieder bewusst machten, wie oft wir unser Überleben nur der abendländischen, christlichen Kultur verdanken. Du sollst nicht deinen Vorgesetzten erschlagen, nur weil er hin und wieder dämliche Bemerkungen macht.

»Haben Sie schon alle Nachbarn erreicht?«, fragte ich Balke, der heute ein wenig abwesend wirkte.

»Alle bis auf das Ehepaar Habereckl«, antwortete mir Vangelis, bevor er den Mund aufbekam. »Die wohnen genau gegenüber von den Brauns und sind zur Zeit in Urlaub. Mit einem Wohnmobil und leider ohne Handy.«

»Dieser Seligmann soll schon die Tage vor seinem Verschwinden irgendwie komisch gewesen sein.« Balke setzte sich aufrecht hin. »Ein besonders aufmerksamer Nachbar schräg gegenüber hat spät nachts noch Licht bei ihm gesehen. Das hat ihn gewundert, weil man sonst die Uhr nach seinem Wohnzimmerlicht stellen konnte. Und nach dem Mittwoch hat ihn dann definitiv niemand mehr gesehen.«

Sönnchen kam und brachte unseren Frühstückskaffee. Ihr Blick war schon wieder ein wenig klarer als gestern, aber ihre Nase leuchtete wie die von Rudolph, dem Rentier. Als sie wieder draußen war, verschränkte ich die Hände im Genick und streckte die Beine unter den Schreibtisch.

»Nehmen wir mal an, Seligmann hat wirklich was mit diesem Bankraub zu tun. Er hätte die Brauns monatelang mit dem Feldstecher beobachten können, vielleicht sogar ihre Gespräche belauschen, ohne dass irgendwer etwas gemerkt hätte.«

Vangelis nippte an ihrem Cappuccino. »Er ist übrigens Kunde der betroffenen Filiale. Ich habe die Kontoauszüge in seinem Schreibtisch gesehen.«

»Vielleicht ist er auch mal zufällig dabei gewesen, wie dort über die viele schöne Kohle geredet wurde, die demnächst im Tresor liegt?« Balke hatte sich einen doppelten Espresso machen lassen und leerte ihn in einem Zug. »Und nachdem der Überfall so wunderbar geklappt hatte, hat er noch eine Weile gewartet, damit es nicht so auffällt, wenn er sich verkrümelt.«

»Klingt gut, erklärt aber nicht die Blutspuren im Haus«, gab Vangelis zu bedenken. »Was halten wir denn von dieser Version: Vielleicht hat er sein Haus gar nicht freiwillig verlassen? Vielleicht wusste jemand, dass er einen Teil der Beute in seinem Haus versteckt hatte?«

»Die Kontoauszüge«, sagte ich. »Hat er vielleicht Schulden gehabt?«

»Es war zwar nicht viel Geld auf seinem Konto, aber Schulden hat er keine.« Vangelis platzierte ihre Tasse vorsichtig auf meiner Schreibtischecke und erhob sich. »Wenn unsere Überlegungen stimmen, dann suchen wir ab sofort eine Verbindung zwischen Seligmann und Bonnie and Clyde.«

Als die beiden gegangen waren, legte ich die Füße auf meinen Schreibtisch, zog den Laptop auf meinen Schoß und ließ meinen Sessel gemütlich nach hinten kippen. Seit unsere Computer vernetzt waren, konnte ich jederzeit den Terminkalender meines Chefs einsehen. Das hatte ich natürlich schon gestern getan, aber auch jetzt wurde ich wieder enttäuscht – für das kommende Wochenende hatte Liebekind nichts eingetragen. Also war er zu Hause, und aus meinem geplanten Kurzurlaub mit Theresa würde nichts werden. Im E-Mail-Eingang befand sich außer einigen Angeboten für preiswerte Penisverlängerung und todsicher wirkende Potenzmittelchen nach uraltem indischen Geheimrezept nichts von Interesse. Ich schickte Theresa eine kurze Mail mit ein paar virtuellen Küsschen und dem erneuten Hinweis, dass ich am Wochenende für alle Arten von Schandtaten zur Verfügung stünde.

Nebenan diskutierte Sönnchen eifrig am Telefon über Hausmittel gegen Schnupfen.

Nur zum Zeitvertreib suchte ich im Internet ein wenig nach Rezepten für das Wochenende. Theresa liebte die französische Küche, aber das Angebot an appetitanregenden Menüvorschlägen war so gewaltig, dass ich erst den Überblick und bald auch die Lust verlor.

So stellte ich den Laptop an seinen Platz zurück und betrachtete eine Weile missmutig die Unordnung auf meinem Schreibtisch. Schließlich nahm ich die Füße vom Tisch und zog mein Jackett über. Die Unordnung hatte Zeit bis morgen, und um die Menüfolge am Wochenende konnte ich mich auch noch kümmern, wenn klar war, dass Theresa wirklich kam.

Mein Vorzimmer duftete nach Eukalyptus und Kamille.

»Ich bin mal für eine Weile außer Haus«, erklärte ich meiner Sekretärin. »Wenn Liebekind anruft, bin ich bei der Staatsanwaltschaft.«

»Und wenn er nicht anruft?«, fragte sie aus tränenden Augen blinzelnd. »Wo sind Sie dann?«

»Bei diesem Bankmenschen in Eppelheim, der letzten Monat überfallen wurde.«

»Ich werd's niemandem verraten.« Meine unübertreffliche Sekretärin tupfte sich die entzündete Nasenspitze. »Aber nur, wenn Sie mir hinterher erzählen, was Sie rausgefunden haben!«

Heribert Braun trieb Sport, das sah ich sofort. Allein vom Rasenmähen hatte er diese breiten Schultern nicht. Blick und Händedruck waren die eines Menschen, der im Großen und Ganzen mit sich und seinem Leben zufrieden ist. Obwohl ein paar Jahre jünger als ich, hatte er schon eine beachtliche Stirnglatze. Vielleicht als Ausgleich trug er einen kräftigen und sauber ausrasierten Schnurrbart im gut gebräunten Gesicht. Die kleine Sparkassen-Filiale, der er vorstand, lag schräg gegenüber dem Eppelheimer Wasserturm an der Hauptstraße. Draußen im Schalterraum, den ich eben durchquert hatte, warteten zwei adrette junge Damen und ein älterer, ein wenig griesgrämig dreinschauender Mann dezent gähnend auf Kundschaft. Braun konnte seine Leute durch gläserne Wände im Auge behalten. Nur deshalb trauten sie sich vermutlich nicht, sich zu setzen.

»Was macht Ihre Verletzung?« Ich konnte keinen Verband entdecken.

»Nicht der Rede wert.« Demonstrativ machte er ein paar Verrenkungen mit der linken Schulter. »Ich kann sogar schon wieder ein bisschen Tennis spielen. Wenigstens hat dieser Gangster gewusst, wo er hinschießen muss, damit nichts Wichtiges kaputtgeht.«

Wir nahmen am Besprechungstisch Platz. Alles in seinem nicht übermäßig großen Büro sah exakt so aus, wie ich mir den Arbeitsplatz des Leiters einer kleinen Bankfiliale vorgestellt hatte. Nicht billig – kein Kunde soll das Gefühl haben, seine Bank müsse sparen –, aber auch keinesfalls kostspielig – er soll auch nicht fürchten, die Bank werfe sein sauer erarbeitetes Geld zum Fenster hinaus. Selbst Brauns Rasierwasser passte ins Konzept. Kaum zu riechen, aber angenehm.

Er zupfte einen Zahnstocher aus einem bunten Keramik-Töpfchen auf seinem beneidenswert aufgeräumten Schreibtisch und begann darauf herumzukauen.

»Ich gewöhne mir mal wieder das Rauchen ab«, erklärte er mit einem schmalen Grinsen. »Das hilft ein bisschen.«

Obwohl er unverkennbar zur Korpulenz neigte, waren seine Bewegungen kraftvoll, zielsicher und elastisch. Der Mann trieb nicht einfach Sport, er trainierte regelmäßig. Niemals werde ich Menschen verstehen, denen es Freude macht, in aller Herrgottsfrühe durch Wälder zu rennen und arme Tiere zu erschrecken oder abends auf einem staubigen Tennisplatz herumzutollen. Ich selbst habe nach dem Aufstehen nicht die geringste Lust auf körperliche Tätigkeit. Und abends, nach einem langen Bürotag, noch viel weniger.

»Wegen Seligmann kommen Sie?« Sein Grinsen erlosch. »Ihre hübsche Kollegin war gestern Abend noch bei uns daheim und hat mir ziemlich große Löcher in den Bauch gefragt. Aber ich kann nur wiederholen, was ich ihr auch schon gesagt habe: Ich kenne unseren komischen Nachbarn praktisch gar nicht. Er interessiert mich nicht besonders, und er ist mir auch nicht übermäßig sympathisch, wenn ich ehrlich bin.«

»Gibt es konkrete Gründe für diese Abneigung?«

»Selbstverständlich gibt es die.«

»Dürfte ich erfahren, welche?«

»Würde Ihnen das in irgendeiner Weise weiterhelfen?« Braun sah auf seine sehnigen Hände. »Wissen Sie, ich stecke da nämlich in einem kleinen Dilemma. Seligmann ist, oder besser war, Kunde bei uns. Und da werden Sie verstehen, dass ich ... Man soll ja über Tote nichts Schlechtes reden. Und über Kunden schon zweimal nicht.«

»Was bedeutet das, er war Kunde?«, fragte ich. »Und warum sollte er tot sein?«

Braun sah wieder auf. »Ich weiß gar nicht ... Sie haben Recht, das ist mir nur so rausgerutscht. Irgendwie hatte ich automatisch das Gefühl, den sehe ich nie wieder. Dass er Kunde war, bedeutet, dass er letzten Mittwoch seine Konten aufgelöst hat. Am Nachmittag ist er hier aufgetaucht und hat alles abgehoben. Alles in allem dürften das ungefähr … Aber das darf ich Ihnen ja eigentlich gar nicht sagen.«

»Er hat sein gesamtes Geld abgehoben?«

»Und die Konten aufgelöst. Das Girokonto und ein kleines Sparbuch.«

»Hat er irgendwelche Gründe genannt?«

»Nein. Und ich habe ihn auch nicht danach gefragt. Er ist als Kunde kein großer Verlust.«

Sein Telefon klingelte. Er sprang auf und sprach kurz mit einer Frau Hannemann, die sich nach irgendwelchen Zinssätzen erkundigte. Dann nahm er wieder Platz und sah mich auffordernd an. Das Service-Lächeln in seinem Gesicht verglimmte. Aus dem Schalterraum hörte ich Stimmen. Offenbar war inzwischen Kundschaft gekommen.

»Können Sie mir wenigstens einen ungefähren Anhalt geben, über welche Beträge wir sprechen? Fünfstellig? Mehr?«

Braun zog eine schiefe Grimasse. »Okay, was soll's. Circa neunzehnhundert hat er mitgenommen, alles in allem. In kleinen Scheinen, das wollte er ausdrücklich so. Er wollte immer kleine Scheine.«

»Das bedeutet aber doch, dass er sein Verschwinden geplant hat«, überlegte ich.

Braun erwiderte meinen Blick ruhig und nicht unfreundlich.

»Halten Sie es für denkbar, dass er etwas mit dem Bankraub zu tun hat?«

»Seligmann?« Er lachte auf. »Der Mann ist doch eine Memme! Der kann ja nicht mal eine Fliege erschlagen!«

»Das brauchte er auch nicht. Falls unsere Theorie stimmt, dann blieb er die ganze Zeit im Hintergrund. Irgendwer muss die Informationen beschafft haben. Die beiden Täter wurden vor der Tat nie auch nur in der Nähe Ihres Hauses gesehen.«

Die Miene meines Gesprächspartners verfinsterte sich allmählich. Im Schalterraum lachte eine Frau schrill auf. Ein Mann stimmte ein. Dann war es wieder still. Vermutlich wurde Heiterkeit hier nicht gerne gesehen. Geld ist schließlich eine ernste Sache. Braun warf den zerkauten Zahnstocher in den Aschenbecher und nahm einen neuen.

»Da ist natürlich was dran«, sagte er langsam. Mit zusammengekniffenen Brauen sah er hinaus in die Schalterhalle, nickte zerstreut jemandem zu.

»Halten Sie es für möglich, dass er von dem Geld in Ihrem Tresor wusste?«

»Denkbar ist alles. Er ist ja ziemlich oft hier gewesen. Auffallend oft, könnte man jetzt sogar sagen.«

»Wie oft?«

»Zweimal die Woche, Dienstag und Freitag, immer zur gleichen Zeit am Nachmittag, kurz bevor wir zumachen. Seligmann-Time haben meine Leute schon gesagt, wenn er draußen seinen alten Mazda abgestellt hat.«

»Der Mann hat wirklich merkwürdige Gewohnheiten.«

»Er hat immer nur kleinere Beträge abgehoben. Mal zweihundert, mal zweihundertfünfzig. Er ist einer von diesen altmodischen Käuzen, die EC-Karten für Teufelszeug halten. Der will Bargeld in der Hand haben.«

Ich verschwieg, dass auch mir große, vornehm knisternde Geldscheine wesentlich sympathischer waren als all dies langweilige, bunte und so offensichtlich wertlose Plastik.

»Vier-, fünfhundert Euro in der Woche …«, sagte ich nachdenklich.

»Hab mich auch schon gefragt, was er wohl anstellt mit dem Geld.« Braun nickte. »Ich weiß ja, wie er so lebt. Das Haus ist bezahlt, die letzte neue Hose hat er sich vor zehn Jahren geleistet, und sein Auto ist praktisch schon ein Oldtimer. Trotzdem hat er am Ende des Monats seine Pension immer komplett verbraten. Früher hat er sogar noch einiges an Ersparnissen gehabt. Aber die hat er über die Jahre auch ausgegeben. Vor ein paar Monaten hat er sogar mal nachgefühlt, ob er eventuell eine Hypothek auf seine Ruine kriegen könnte.«

»Wie kam es überhaupt, dass Sie am Tag des Überfalls so viel Geld hier hatten?«

»Ein Kunde hatte eine größere Menge Bargeld angefordert. Normalerweise haben wir hier höchstens fünfzigtausend liegen.«

»Zu welchem Zweck braucht ein Mensch anderthalb Millionen in bar? Kommt so was öfter vor? Und wer außer Ihnen wusste davon?«

»Ja, das kommt alle paar Wochen mal vor. Jeder meiner Mitarbeiter weiß davon. Und ich kann natürlich nicht kontrollieren, wem die es abends in ihrer Stammkneipe weitererzählen. Ich schätze mal, zehn Menschen kommen schon zusammen, wenn Sie mich dazurechnen, und meine Frau natürlich.«

»Ihre Frau?«

Braun knispelte an seinen kurz geschnittenen Fingernägeln. »Irgendwas muss man ja reden an den Abenden. Viel Aufregendes gibt's ja sonst nicht.«

»Sie haben den ersten Teil meiner Frage noch nicht beantwortet.«

Braun lachte lautlos. »Wozu einer so viel Bargeld braucht? Das kann ich Ihnen sagen. Der Kunde hat eine Erbschaft gemacht. Und er hat nicht vor, mehr Steuern als unbedingt nötig auf seine Erträge zu bezahlen.«

»Das heißt, er wollte das Geld ins Ausland schaffen?«

»Was denken Sie denn?« Plötzlich war er sehr ernst. »Wir sind hier eine Bank und nicht das Finanzamt. Deshalb hat es mich nicht zu kümmern, was meine Kunden mit ihrem Geld anstellen.«

Brauns letzte Worte hatten scharf geklungen.

»Das ist mir natürlich klar«, versuchte ich ihn zu beruhigen. »Und selbstverständlich werde ich Sie nicht nach dem Namen des Auftraggebers fragen.«

Er entspannte sich und lächelte wieder. »Ihre Kollegin hat mir gestern erzählt, Sie sind dem Ganoven-Pärchen dicht auf den Fersen? Meinen Glückwunsch! Ich hoffe sehr, die zwei sitzen demnächst im Knast.«

»So weit sind wir leider noch nicht.« Ich berichtete ihm von den jüngsten Entwicklungen in Spanien.

»Sie haben die Dreckbacken praktisch schon gehabt, und sie sind Ihnen ausgebüxt?«, fragte Braun in einer Mischung aus Empörung und Mitleid.

»Ich kann nichts dafür. Südspanien liegt außerhalb meines Zuständigkeitsbereichs«, erwiderte ich freundlich.

»Schade eigentlich.« Er war schon wieder halb versöhnt. »Ist recht nett da unten. Wir sind da vor Jahren mal im Urlaub gewesen.«

»Hier gefällt es mir bisher auch ganz gut.« Ich erhob mich, reichte ihm die Hand. »Ich hatte es mir nur ein bisschen ruhiger vorgestellt, ehrlich gesagt.«

»Tja«, meinte Braun mit listigem Grinsen. »Die Zeit der Romantik ist sogar in Heidelberg vorbei. Nur die Amis und die Japsen haben es anscheinend noch nicht gemerkt.«

Vangelis bat dringend um meinen Anruf, erklärte mir meine Sekretärin aufgekratzt. Es gebe gute Neuigkeiten.

Bonnie and Clyde waren endlich identifiziert. Gestern Nachmittag hatte unsere Pressestelle zwei der Fotos veröffentlicht, und tatsächlich hatte sich bereits am Vormittag eine junge Frau aus Wiesbaden gemeldet, die die beiden von früher kannte. Unsere beiden Bankräuber hießen Jannine von Stoltzenburg und Thorsten Kräuter.

»Er stammt aus Mainz, das Mädchen aus Wiesbaden«, berichtete mir Vangelis am Telefon. »Mit den Familien habe ich schon gesprochen. Die waren natürlich völlig aus dem Häuschen. Vor allem die von Stoltzenburgs hatten bisher keinen Schimmer von der Karriere ihrer vornehmen Tochter.«

»Da kann die Presse ja endlich mal wieder was Nettes über uns schreiben.«

Die Schlinge zog sich zu. Wir wussten, wie sie aussahen, wir kannten ihre Namen. Nun konnte es nur noch eine Frage von Tagen sein, bis die beiden hinter Gittern saßen. Beschwingt machte ich mich an meinen ungeliebten Aktenstapel, und ich kam erstaunlich gut voran. Als Sönnchen mich darauf hinwies, es sei längst Essenszeit, hatte die Unordnung auf meinem Schreibtisch bereits sichtbar abgenommen.

Mein Optimismus sank ein wenig, als ich von Vangelis erfuhr, die Spanier hätten das Fluchtfahrzeug der Gesuchten ausgebrannt in einem Steinbruch irgendwo nördlich von Málaga entdeckt. Er sank weiter, als um vier immer noch keine Antwort von Theresa da war und ich zudem entdeckte, dass mein Chef nach wie vor keine Reisepläne fürs Wochenende gemacht hatte. Und er verlosch endgültig, als die Leitende Oberstaatsanwältin Frau Doktor Steinbeißer anrief, um mich höchstpersönlich zur Schnecke zu machen, weil die versprochenen Akten immer noch nicht eingetroffen waren, was, wie ich zerknirscht zugeben musste, wirklich eine außergewöhnliche Schlamperei war. Es fiel mir nicht schwer, den Schuldigen zu ermitteln, Rolf Runkel natürlich, der mit seinen Gedanken vermutlich mal wieder mehr bei seiner vielköpfigen Familie war als bei seiner Arbeit.

Runkel schien von Verhütung nichts zu wissen oder zu halten, jedenfalls wurde seine Frau, eine nach Balkes Worten sensationell übergewichtige Filipina, exakt alle achtzehn Monate schwanger von ihm. Ich zitierte ihn zu mir und brüllte ihn eine Weile ohne viel Begeisterung an. Aber es half nichts. Hinterher fühlte ich mich kein bisschen besser.

Inzwischen regnete es draußen wieder.

Ich war in einer merkwürdigen, halb wehmütigen, halb wütenden Stimmung, die ich mir selbst nicht erklären konnte. Sollte dies etwa das erste Anzeichen einer kommenden Erkältung sein? Vielleicht lag es einfach daran, dass ich hungrig war. Trotz Sönnchens Ermahnung hatte ich heute auf das Mittagessen verzichtet. Ich lag inzwischen drei Kilo über meinem absoluten persönlichen Alarmgewicht, zum Joggen war ich seit Wochen nicht mehr gekommen, und jetzt half eben nur noch Fasten.

Den Rest gab mir kurz vor sechs eine dünne SMS von Theresa, in der sie ohne Begründung oder gar schlechtes Gewissen unser abendliches Treffen absagte. Ich konnte ihr nicht einmal einen Vorwurf machen, denn wir hatten uns nichts versprochen, uns zu nichts weiter verpflichtet, als ehrlich miteinander zu sein. Aber gerade heute hätte ich sie gerne getroffen, geredet, mich ein bisschen trösten lassen. An Tagen wie diesem wurde mir bewusst, dass ich sie ein bisschen mehr liebte, als gut für mich war. Als ich mich später auf den Heimweg machte, gelang es mir nicht einmal, mich über meinen ordentlich aufgeräumten Schreibtisch zu freuen.

Meine Töchter traf ich zu Hause beim chaotischen und lautstarken Packen für die morgen früh beginnende Klassenfahrt. Natürlich hatten sie vorher nicht nachgedacht, so dass sie dreimal zum Drogeriemarkt flitzen mussten, um in letzter Sekunde irgendwelche in meinen Augen vollkommen unnötigen Dinge zu besorgen. Mitten in dem Tumult legten sie mir ein Dokument vor, das ich noch unterschreiben müsse. Ich sollte mein Einverständnis damit erklären, dass meine Mädchen bis zehn Uhr abends ohne Begleitung Erziehungsberechtigter durch Westerland ziehen durften. Dort solle es megacoole Discos und Boutiquen und obergeile Fast-Food-Schuppen geben, erklärten mir meine Zwillinge mit leuchtenden Augen. Und alle in der Klasse brächten natürlich diese Einwilligung der Eltern, absolut alle, das sei vollkommen normal.

Seufzend rang ich mich zur Unterschrift durch, und das lautstarke Einpacken, Umpacken und wieder Auspacken ging weiter. Dann, als die zahllosen Gepäckstücke endlich alle zu waren, fiel ihnen ein, dass sie pro Nase nur eine einzige Tasche mitnehmen durften, für die sogar ausdrücklich eine Maximalgröße angegeben war. Zeternd und streitend fingen sie an, alles wieder auszuräumen und großzügig im Flur zu verstreuen.

Ich verzog mich ins Wohnzimmer, weil ich müde war und das Chaos meiner ohnehin schlechten Laune nicht guttat. Noch acht Stunden, dann waren sie weg. Sechs Tage himmlische Stille lagen vor mir, ohne Genörgel, ohne Streit, ohne Katastrophen und Beschwerden. Und zur Not eben auch ohne Theresa.

Aber die erhoffte Ruhe wollte sich nicht einstellen. Alle zehn Sekunden flog die Tür auf, und ich wurde um einen Rat gefragt, der dann natürlich sofort dramatischen Widerspruch hervorrief und selbstverständlich in keinem Fall befolgt wurde. Als der Radau gegen elf endlich nachließ, erfuhr ich, dass Sarah noch immer nicht beim Zahnarzt gewesen war.

»Was kann ich denn dafür, dass man hier nirgends vor zwei Wochen einen Termin kriegt?«, fuhr sie mich an. »Bei unserem alten Zahnarzt ist man einfach hingegangen, und dann ist man drangekommen!«

»Nachdem man vorher vier Stunden lang gewartet hat«, brummte ich.

»Aber der war total nett und hat einem immer eine Spritze gegeben, wenn man wollte!«

»Die hiesigen Zahnärzte haben auch Spritzen und sollen auch sehr nett sein. Man muss nur hingehen.«

»Und außerdem hat es seit Samstag überhaupt nicht mehr wehgetan. Der Zahn ist ganz von selber wieder gesund geworden.«

»Zähne werden nicht von alleine wieder gesund.«

»Meine schon.«

Jetzt platzte mir der Kragen. »Dann hoffe ich, dass du auf Sylt mal so richtig üble Zahnschmerzen kriegst und an einen Quacksalber gerätst«, brüllte ich los. »So einer, der den Leuten auf dem Jahrmarkt die Zähne ohne Narkose zieht! Und jetzt ab in euer Zimmer! Ich will euch heute nicht mehr sehen!«

Türen knallend verschwanden sie. Endlich war es still. Augenblicke später fühlte ich mich schlecht. Meine Töchter verreisten zum ersten Mal in ihrem Leben alleine, und ich Grobian nahm ihnen schon vor der Abreise jede Lust, jemals wieder heimzukehren. Schweren Herzens klopfte ich an ihre Tür und entschuldigte mich.

»Das geht nicht!« Sarah funkelte mich an. »Du kannst dich gar nicht entschuldigen!«

»Was?«, fragte ich verdutzt. »Wieso geht das seit neuestem nicht mehr?«

»Du kannst uns höchstens um Entschuldigung bitten«, erklärte mir Louise spitz, die nicht nur eine halbe Stunde jünger, sondern zum Glück auch ein wenig friedfertiger war als ihre große Schwester. »Man kann sich nicht selber entschuldigen. Das wäre ja totaler Blödsinn.«

So hatte ich die Sache noch nie gesehen. Ab sofort würde ich diese so häufig benutzte Politiker-Formulierung ganz anders betrachten.

»Also gut, okay«, seufzte ich. »Dann bitte ich euch hiermit offiziell und in aller Demut um Verzeihung.«

Als sie sich nur schweigend ansahen, fügte ich hinzu: »Es tut mir wirklich leid. Mir geht's heute nicht besonders.«

Sie sahen sich immer noch an. Sie überlegten. Sie überlegten lange. Dann wandten sie sich an mich.

»Wir müssen uns beraten«, erklärte Louise förmlich.

»Würdest du bitte draußen warten?«, ergänzte Sarah.

Ich versuchte, die Tür nicht allzu fest zuzuknallen. Nach kaum mehr als fünf Minuten wurde ich wieder vorgelassen.

»Dein Verhalten ist hiermit entschuldigt«, eröffnete mir Louise das gnädige Urteil.

»Aber wir sind trotzdem total sauer auf dich.«

»Mädels, ich hab wirklich einen schrecklichen Tag hinter mir, da können einem schon mal die Nerven durchgehen!«

»Du hast ja immer nur schreckliche Tage.«

Sie ließen nicht mit sich reden. Sie hörten mir nicht einmal mehr zu. Kein Wesen dieser Erde kann so nachtragend sein wie ein beleidigter weiblicher Teenager. Glücklicherweise hatte ich gestern genug Rotwein gekauft.

So setzte ich mich mit Flasche und Glas ins Wohnzimmer, zog den Kopfhörer über die Ohren, drehte die Lautstärke meiner Anlage so weit auf, wie ich es meinen Töchtern immer wieder verbot, und dröhnte mich mit einer alten Platte von Blind Faith zu. Danach fühlte ich mich ein klein wenig besser. Die Flasche war fast leer, mein Magen knurrte, weil ich noch immer kaum etwas gegessen hatte, mir war schwindlig, und ich ging ins Bett. Den Wecker stellte ich auf fünf.

6

»Braun, sagen Sie? Heribert Braun? Den kenn ich!«, erklärte mir Sönnchen, als wir beim Frühstückskaffee die Termine des Mittwochs durchgingen. Noch immer klang ihre Stimme verschnupft, aber ihre Augen waren wieder klar. »Der spielt in der ersten Mannschaft vom TC Leimen. Wir spielen manchmal gegen die. Aber sie schlagen uns immer.«

»TC Leimen, das ist doch der Club, wo Boris Becker seinen Aufschlag gelernt hat.«

Sie nickte. Ich nahm einen Schluck Kaffee. »Ich wette, er ist gut, der Herr Braun.«

»Sie müssen aber die Croissants essen, Herr Kriminalrat«, ermahnte sie mich streng. »Sie magern mir ja noch völlig ab!«

»Habe ich Recht? Spielt er gut, der Braun?«, fragte ich ergeben kauend.

»Der ist einer von diesen Verrückten, die drei Tage Mistlaune haben, wenn sie mal ein Spiel verlieren. Und der ist also der Bankdirektor, der ausgeraubt worden ist? Das hatte ich ja gar nicht mitgekriegt.«

»Bankdirektor wäre er vielleicht gerne. Er ist bloß ein kleiner Filialleiter.«

»Und was wollten Sie von dem? Ich denke, den Bankraub macht Frau Vangelis?«

Als sie den Namen Seligmann hörte, wurden Sönnchens Augen plötzlich schmal.

»Da klingelt was bei mir. Den Namen hab ich schon mal gehört. Und zwar hier im Amt. Und der ist verschwunden, sagen Sie? Denken Sie denn, er hat was mit dem Bankraub zu tun?«

»Möglich wär's.« Ich leerte meine Tasse und wischte mir ein paar Croissant-Krümel von der Hose.

»Wenn ich bloß wüsste, wo ich den hinstecken soll«, grübelte sie mit spitzen Lippen. »Ich meine, der war vor Jahren mal Zeuge bei irgendwas. Es hat damals sogar in der Zeitung gestanden. Irgendwas Schlimmes muss das gewesen sein, sonst würd ich mich bestimmt nicht mehr dran erinnern.«

»Vielleicht haben wir was in den Akten über ihn?«

Meine Sekretärin nickte sehr langsam. Dann wurden ihre Augen plötzlich wieder größer. »Ich geh nachher mal in den Keller und trink mit der Gerda im Archiv einen Espresso. Vielleicht erinnert die sich noch, was das war. Die hat übrigens eine super Maschine! Wenn Sie auch mal ins Archiv kommen, lassen Sie sich von der Gerda unbedingt einen Espresso machen, Herr Kriminalrat!«

Seit neuestem war in der Polizeidirektion eine Art Wettbewerb ausgebrochen, welche Abteilung die tollste Maschine und die aromatischsten Bohnen hatte und den besten Kaffee kochte.

»Ich bin mit Ihrem ganz zufrieden, Sönnchen«, sagte ich behaglich.

Bonnie and Clyde schienen sich in den Weiten irgendeiner spanischen Sierra verloren zu haben.

»Unsere einzigen Spuren sind bisher der ausgebrannte Mercedes in einem Steinbruch nicht weit von Manzanares sowie – und das ist vielleicht spannender – eine Mietwagenbuchung in

Barcelona von gestern Abend«, erfuhr ich von Klara Vangelis bei der Fallbesprechung. »Die Papiere, die der Mann vorzeigte, lauten auf den Namen, den Kräuter auch im Hotel angegeben hat – Horst Schröder.«

Ich gähnte. Die Nacht war zu kurz und der Rotwein eindeutig ein bisschen zu viel gewesen.

»Wie steht's im Fall Seligmann?«, fragte ich.

Balke ergriff das Wort. »Der ist möglicherweise nach Süden unterwegs. Ein belgischer Lkw-Fahrer will seinen Mazda am Samstag auf der Autobahn bei Dijon gesehen haben.«

»Vielleicht fahren sie zu einem Treffpunkt? Um die Beute aufzuteilen?«

Vangelis nickte heute schon wieder kräftiger, obwohl sie immer noch ihren Verband trug. Die Beule an der Schläfe schimmerte durch das Make-up jetzt eher grünlich. Nach ihrer Miene zu schließen, schien sie jedoch noch schlechtere Laune zu haben als in den Tagen zuvor.

Balke strahlte. Er war fleißig gewesen. Inzwischen wussten wir eine Menge über das flüchtige Pärchen. Thorsten Kräuter stammte aus einfacheren Verhältnissen als seine Geliebte. Sein Vater arbeitete als Ingenieur bei Isuzu.

»Dieser Typ muss irgendwie einen Schaden haben«, meinte Balke. »Auf der einen Seite hat er ein Einsnull-Abi gemacht und bis vor ein paar Monaten Philosophie und Geschichte studiert, auf der anderen Seite ist er schon mit fünfzehn zum ersten Mal polizeilich aufgefallen.«

»Was hat er angestellt?«

»Mit einem Kumpel zusammen reihenweise Autos geknackt. Bevorzugt teure Mercedes-Modelle in den Villenvierteln um Wiesbaden herum. Die zwei mussten am Ende aber nur ein paar Tage soziale Dienste ableisten, weil sie ihre Beute nämlich nicht behalten, sondern komplett an Obdachlose verschenkt haben.«

»Er hat geklaut, um die Armen zu unterstützen?«, fragte ich belustigt.

Balke blieb ernst. »Er war schon als Schüler politisch ziemlich links, hat mir sein Vater erzählt. Auch an der Uni hat er sich sofort einer entsprechend radikalen Gruppe angeschlossen. Und ich finde, wenn einer schon klaut, dann doch bitte da, wo es nicht wehtut.«

»Der Robin Hood des einundzwanzigsten Jahrhunderts«, meinte ich kopfschüttelnd. »Hat er sich später noch mehr solche Sachen geleistet?«

»Er hat noch mehrfach unter Verdacht gestanden, immer wegen Eigentumsdelikten, immer wieder Autoknackerei an Nobelkarossen. Zwei Wochen war er sogar mal in U-Haft, aber er ist mit einem blauen Auge davongekommen.«

»Und das Mädchen?«

»Die hat von Haus aus Kohle ohne Ende!«, schnaubte er.

Balke war der festen Überzeugung, dass jeder Mensch kriminell war, der mehr als eine Million Euro besaß, weil man so viel Geld auf ehrliche Weise einfach nicht verdienen konnte.

»Die von Stoltzenburgs residieren in einem schlossartigen Anwesen in der Nähe von Königstein. Der Vater ist irgendwas Tolles bei der Deutschen Bank in Frankfurt. Mehr weiß ich bisher nicht über sie.«

Thorsten Kräuter war vor sechsundzwanzig Jahren in Koblenz zur Welt gekommen und somit sechs Jahre älter als seine Partnerin. Nach Aussagen einer Freundin, die Balke aufgetrieben hatte, liebte seine Jannine ihn bis zur Selbstaufgabe. Letztes Jahr hatte sie Abitur gemacht und sich seitdem ein wenig der Welt umgesehen. Natürlich nicht mit Interrail-Pass und Rucksack, sondern mit Kreditkarten und First-Class-Tickets. Vielleicht hätte Kräuter als Professor Karriere gemacht, vielleicht hätte Jannine irgendwann einen Millionär geheiratet und ein angenehm langweiliges Leben an einer der schönen Küsten dieser Welt geführt. Vielleicht wären die beiden trotz aller Klassenunterschiede miteinander glücklich geworden. Vielleicht hätten sie irgendwann inmitten einer Schar wuseliger Enkelchen Silberhochzeit gefeiert. So viele Möglichkeiten, so viele Chancen. Und nun also das.

»War eigentlich einer von den beiden schon mal in Heidelberg?«

»Soweit wir wissen, nicht«, antwortete Vangelis. »Wir haben bisher keinerlei Verbindung zwischen den Brauns und Kräuter oder seiner Jannine entdecken können.«

»Haben Sie in Seligmanns Haus irgendwas von Interesse gefunden?«

Obwohl uns kein Durchsuchungsbeschluss vorlag, hatte ich Anweisung gegeben, sein Haus auf den Kopf zu stellen auf der Suche nach Geld aus der Beute, verräterischen Notizen, irgendetwas, was unseren Verdacht erhärtete.

Vangelis schüttelte den Kopf. »Ich habe es vom Keller bis zum Dachboden durchsuchen lassen. Aber wir haben nichts gefunden, was uns weiterbringen würde.«

Balke hatte noch etwas auf dem Herzen.

»Dieses Handy, das die Spanier in dem Saab gefunden haben, das könnte ein Knaller werden. Ich habe inzwischen die Nummer. Sie gehört zu einer Prepaid-Karte, die auf eine Aachener Studentin läuft. Natürlich weiß sie von nichts. Das Handy sei ihr irgendwann in einer Kneipe geklaut worden, behauptet sie, und wir werden ihr kaum das Gegenteil beweisen können. Ich habe heute Morgen gleich vom Provider alle Nummern angefordert, mit denen Bonnie and Clyde in letzter Zeit telefoniert haben.« Zufrieden lehnte er sich zurück. »Und außerdem hab ich Seligmanns ehemalige Frau aufgetrieben. Sie wohnt in Ladenburg.«

Nebenbei inspizierte ich wieder einmal Liebekinds Terminkalender. Aber noch immer hatte er nicht vor, am kommenden Wochenende zu verreisen. Außerdem keine Mail von Theresa. Auch von meinen Töchtern hatte ich noch nichts gehört, obwohl sie schon seit vier Stunden unterwegs waren. Sonst schrieben sie ununterbrochen wegen Nichtigkeiten SMS an alle Welt. Aber mich hielten sie offenbar nicht für wichtig genug.

»Sollten wir nicht mal ein paar Takte mit der Frau reden?«, schlug Balke vor, da ich nicht reagierte.

»Hm«, brummte ich und nahm meinen Blick von meinem Laptop. »Das sollten wir wohl.«

»Soll ich sie herzitieren? Sie ist zu Hause und hat Schnupfen.«

»Nein«, entschied ich nach kurzem Überlegen. »Wir fahren hin.«

»Mich brauchen Sie ja wohl nicht dabei«, meinte Vangelis. »Ich habe nämlich gleich noch einen privaten Termin.«

Ihre Miene stellte klar, dass der Anlass dieses Termins mich nicht zu interessieren hatte.

Balke fand einen nicht ganz legalen Parkplatz vor dem kleinen Café am Ladenburger Marktplatz und warf sicherheitshalber das »Polizei«-Schild auf das Armaturenbrett unseres BMW. Als wir ausstiegen, wehte uns Blumenduft entgegen. Plötzlich wurde mir bewusst, dass herrlichstes Sommerwetter war und man eigentlich gute Laune haben sollte. Prächtige alte Fachwerkhäuser umgaben uns, die Kirchturmuhr schlug elf, auf dem Platz herrschte buntes Treiben.

Monika Eichner wohnte nur wenige Schritte entfernt in einem sehenswerten alten Haus in der Neugasse. Die liebevoll restaurierte Fassade war mit üppigen Kletterrosen bewachsen, die blühten, als hätte der Heimatverein einen Preis dafür ausgelobt.

»Wegen Xaver kommen Sie?«, begrüßte uns Seligmanns geschiedene Frau mit trauriger Miene und wegen ihrer Erkältung krächzender Stimme. »Wieso Polizei? Ist ihm was passiert?«

Sie zählte zu den Frauen, die sich im Lauf der Zeit damit abgefunden haben, auf einer Party niemals die Schönste zu sein. In ihrem Blick lag eine schlecht verborgene Hoffnungslosigkeit, das Wissen darum, dass sie vom Leben nicht viel zu erwarten hatte und das meiste, vor allem der erfreuliche Teil, hinter ihr lag. Ihre Hand fühlte sich heiß und trocken an. Das strähnige, weißblonde Haar sehnte sich nach Shampoo. Wer wäscht schon gerne Haare, wenn er erkältet ist.

»Kommen Sie rein«, sagte sie. »Wir müssen das ja nicht auf der Treppe besprechen.«

Sie führte uns in ein kleines Zimmer mit niedrigen, weiß gestrichenen Sprossenfenstern zur Straße. Die Sonne schien herein, und man glaubte, ein Puppenstubenidyll zu betreten. Alles war hier so hübsch und niedlich, dass ich am liebsten schreiend davongelaufen wäre. Die Wohnung roch wie mein Vorzimmer: nach Kamille und Eukalyptus.

»Schön haben Sie es hier«, sagte ich, als wir Platz nahmen.

»Mögen Sie einen Tee?«

»Gerne«, erwiderte Sven Balke strahlend, der, obwohl nicht aus Ostfriesland, wie er immer wieder betonte, Tee über alles liebte. Ein Lächeln huschte über das Gesicht der Frau. Sie verschwand in der Küche, um dort leise herumzuklappern. Wasser rauschte. Porzellan klirrte.

»Für mich bitte auch eine Tasse«, rief ich ergeben. Oft ist es gut, von Zeugen etwas anzunehmen, weil das Vertrauen schafft, weil sie einen dann als Gast betrachten und nicht mehr als Eindringling. Zur Not auch, wenn es einem nicht schmeckt. Hoffentlich hatte sie wenigstens Zucker im Haus.

Balke summte vor sich hin und zupfte Hautfetzen von seinen Nagelrändern. Ich betrachtete die mit Nippes überladene Einrichtung. In der Küche begann ein Wasserkessel zu pfeifen, ein Geräusch, das ich seit zwanzig Jahren nicht mehr gehört hatte. Dann trat Monika Eichner durch die Tür und balancierte dabei ein Tablett mit einer chinesischen, mit blassblauen Drachen bemalten Teekanne und dazu passenden, nahezu durchsichtigen Trinkschälchen. Alles natürlich äußerst entzückend. Sie schenkte ein, Balke nahm vergnügt drei Stücke vom braunen Kandis, wir nippten an dem brühheißen Tee. Dabei seufzte er behaglich, und ich konnte nicht begreifen, weshalb. Für mich schmeckte Schwarztee immer schon nach aufgekochtem Stroh.

»Lange nicht gehabt, so einen guten Assam«, schwärmte Balke, und sie lächelte ihn dankbar an. Ich beschloss, die weitere Führung des Gesprächs meinem Untergebenen zu überlassen.

Monika Eichner putzte sich lautlos die Nase. »Morgen haben wir Sommeranfang, und alle Welt ist erkältet!«, schniefte sie. »Dabei hab ich Urlaub und wollte ein bisschen verreisen. Und jetzt sitz ich hier und hab Fieber und ärgere mich den lieben, langen Tag.«

»Meine Sekretärin hat's auch erwischt«, seufzte ich so mitfühlend, wie es meine miserable Laune erlaubte.

»Sie waren also mal mit Herrn Seligmann verheiratet.« Unerschütterlich freundlich kam Balke zur Sache. »Wären Sie so nett, uns ein wenig von ihm zu erzählen?«

»Worum geht's denn überhaupt?«, fragte sie zurück und zupfte am Bund ihrer längst zu eng gewordenen Jeans herum. »Wieso interessiert sich denn die Polizei für ihn?«

Balke berichtete vom plötzlichen Verschwinden ihres ehemaligen Mannes, vom Blut, das wir in seinem Haus gefunden hatten. Unseren Verdacht wegen des Bankraubs verschwieg er. Ich hätte es ebenso gemacht.

»Verschwunden?« Sie riss die geröteten Augen auf. »Und jetzt wollen Sie von mir hören, wo Sie ihn finden?«

»Es reicht uns schon, wenn Sie ein wenig von ihm erzählen. Was ist er für ein Mensch? Was sind seine Vorlieben, was hasst er? Wohin würde er fahren, wenn er sich verstecken müsste?«

Der Tee schmeckte doch nicht nur nach Stroh. Schluck für Schluck mochte ich das dunkle, süße Gebräu mehr. Mit einem winzigen Lächeln schenkte mir Frau Eichner in dem Augenblick nach, als ich die leere Tasse abstellte. Dann sah sie Balke mit plötzlich kühlem Blick an.

»Wie Xaver ist, wollen Sie wissen? In einem Wort: langweilig. Ganz schrecklich langweilig ist er. Und wahnsinnig pingelig kann er sein, das noch dazu. Und auf der anderen Seite dann wieder der größte Chaot unter der Sonne.«

»Ist das ein Scheidungsgrund?«, fragte Balke.

»Natürlich nicht.« Aus irgendeinem Grund errötete sie bei diesen Worten, schlug die Augen nieder, rührte in ihrem Tee. Dann sah sie auf. Die Erinnerung hatte sie wütend gemacht.

»Xaver – er war ein Irrtum. Mein Irrtum. Wie das so ist, ich war fast vierzig, einsam, dachte, das war's dann wohl zum Thema Ehe, Kinder und so. Und da kommt er daher, ein bisschen langsam, ein bisschen verschlossen. Aber er ist stark. Und vor allem, er ist da. Er gibt einem Ruhe, man versteht sich, man kann sich unterhalten, über Kunst, Musik, all so was. Manches mag man nicht so an ihm, merkt man mit der Zeit, aber man denkt, das wird sich geben, er wird sich ändern, man wird sich aneinander gewöhnen. Ein wenig wird man ihn auch zurechtrücken. Man hat ja schließlich auch seine Macken, wer hat die nicht. Aber dann sieht man: er ändert sich kein bisschen. Ein Mensch in diesem Alter ändert sich nicht mehr so leicht. Im Gegenteil, alte Gewohnheiten kommen wieder heraus, die man aus Anstand eine Weile unterdrückt hat. Auf einmal trägt er seine Unterhosen wieder eine Woche lang, die er anfangs jeden Tag gewechselt hat.« Sie verstummte. Leerte seufzend ihre Tasse. Schwieg einige Sekunden. Dann schüttelte sie heftig den Kopf, wie um unangenehme Gedanken oder geplatzte Träume zu verscheuchen.

»Auf der anderen Seite: man gewöhnt sich auch nicht. Nicht an die Dinge, die einem wirklich wichtig sind. Und das mit dem Zurechtrücken, das gibt nur Streit.« Sie fiel zurück, griff mit einer fahrigen Bewegung nach ihrem Tässchen, merkte, dass es leer war, und stellte es zurück. »Dann ...«

»Was war dann?«, fragte Balke sacht.

Wieder schwieg sie lange. »Ich hätte so gerne Kinder gehabt. Man liest ja immer wieder von Frauen, die mit zweiundvierzig, dreiundvierzig zum ersten Mal Mutter werden. Man hofft, man glaubt, das Unmögliche wäre vielleicht, vielleicht ...« Jetzt sah sie mir ins Gesicht. Traurig. Wütend. Vorwurfsvoll. »War es aber nicht! Es war nicht möglich! Es war ein Irrtum. Punkt. Aus.«

Balke stierte in seinen Tee, schwenkte ihn langsam hin und her, tat genau das, was ich an seiner Stelle auch getan hätte: Er ließ ihr Zeit. Ich hörte, wie ihr Atem sich beruhigte. Spürte, wie ihr Ausbruch ihr peinlich wurde. Kurz bevor sie begann, Entschuldigungen zu stammeln, ergriff ich das Wort.

»Es gibt viele Paare, die solche Probleme haben. Und viele werden trotz aller Meinungsverschiedenheiten zusammen alt, finden irgendwann ihren Frieden, gewöhnen sich eben doch an das eine oder ...«

»Nein!«, fiel sie mir kalt ins Wort. »Sie finden keinen Frieden. Sie schließen höchstens einen Waffenstillstand. Oder einer von beiden kapituliert.«

Sven Balke stellte sein leeres Porzellanschälchen auf den kleinen Tisch aus hellem Holz. »Kommen wir noch einmal zu der Frage: Wenn er sich irgendwo verstecken wollte, wo würden Sie ihn vermuten?«

»Südfrankreich«, antwortete sie ohne Zögern. »Er liebt die Provence, sie ist fast seine zweite Heimat. Er kennt die Gegend da unten so gut wie Eppelheim. Und das will was heißen. In Eppelheim ist er nämlich auf die Welt gekommen.«

Unten auf der Straße tobte eine Horde Kinder vorbei. Vermutlich war irgendwo in der Nähe für ein paar Glückliche die Schule früher als vorgesehen zu Ende gegangen.

»Haben Sie in letzter Zeit etwas von ihrem ehemaligen Mann gehört?« Falsche Frage. Die richtige wäre gewesen: »Wann haben Sie zum letzten Mal von ihm gehört?« Aber hier war Vernehmungstaktik nicht nötig.

Monika Eichner schüttelte müde den Kopf. »Nein. Schon lange nicht mehr.«

»Was heißt das?«

»Ach«, sagte sie ablehnend und sah zum Fenster. »Jahre.«

Bei Balkes herzerwärmendem Lächeln wurde mir wieder einmal klar, woher sein unerhörter Erfolg beim anderen Geschlecht rührte. In den letzten Monaten war es zwar ruhig geworden an dieser Front, da ihn endlich eine Frau an den Haken genommen hatte, wie Vangelis es ausdrückte. Seither kam er mir gereifter vor, erwachsener. Und er würde nicht mehr lange Oberkommissar bleiben, wenn er so weitermachte.

»Und Sie wollen mir wirklich nicht verraten, wieso Sie Xaver suchen?«, fragte unsere Gastgeberin, als sie uns zum Abschied die heiße Hand reichte. »Dass einer mal ein paar Tage wegfährt, ist doch kein Grund, dass die Polizei sich für ihn interessiert.«

»Sie vergessen das Blut in seinem Haus«, gab ich zu bedenken.

Sie schob die Unterlippe vor. »Steht er unter Verdacht? Soll er irgendwas angestellt haben? Was Schlimmes?«

»Halten Sie ihn denn für fähig, ein Verbrechen zu begehen?«

»Xaver?« Sie lachte fast bei der Vorstellung. Dann sah sie mich plötzlich groß an. »Geht's etwa um diesen Bankraub? Ich weiß natürlich, dass die Brauns seine Nachbarn sind. Ich hab ja zwei Jahre in seinem Haus gewohnt. Der Braun und Xaver haben sich nie leiden können. Sind Sie etwa deshalb hier?«

»Würden Sie ihm so etwas denn zutrauen?«, wiederholte ich meine Frage.

Verlegen sah sie auf ihre Füße, die in großen himmelblauen Plüschpantoffeln steckten. »Wissen Sie, Xaver ist kein schlechter Mensch. Er hat in vielen Dingen seine eigenen Ansichten.

Ziemlich komische Ansichten manchmal. Aber so was? Nein. Wirklich nicht.«

»Menschen ändern sich.«

»Nicht Xaver.« Überzeugt schüttelte sie den Kopf. »Der ändert sich nie.«

Als ich von der Straße noch einmal hinaufsah, stand sie mit unbewegter Miene am Fenster und tupfte sich mit einem Tüchlein die Augenwinkel.

»Also, ich weiß ja nicht …«, meinte Balke heiter während der Rückfahrt.

»Ich auch nicht«, sagte ich. »Ich vermute, wir denken dasselbe.«

»Sie lügt.« Balke warf einen Blick in den Rückspiegel, um einen Lkw zu überholen. Als er das Gaspedal durchtrat, wurde ich in die Rückenlehne gedrückt. »Wenn Sie mich fragen, die Frau verschweigt uns irgendwas.«

»Oder sie hat ein schlechtes Gewissen.«

»Vielleicht sollte ich mal checken, was sie letzte Woche so getrieben hat? Zum Beispiel in der Nacht von Mittwoch auf Donnerstag?«

»Denken Sie, sie hat ihn verschleppt?«, fragte ich belustigt. »Und vorher ein bisschen mit dem Küchenmesser tranchiert?«

»Ich denke vorläufig gar nichts«, erwiderte er verstimmt. »Ich würde nur zu gerne wissen, warum sie sich so ziert, wenn es um den Mann geht, den sie angeblich seit Jahren nicht mehr gesehen hat.«

Eine Weile fuhren wir schweigend. Als Balke hart bremste und über einen lebensmüden Radfahrer fluchte, der sich ohne einen Blick über die Schulter in seine Fahrspur drängelte, schrak ich hoch. Wir waren schon in Heidelberg.

»Guten Morgen«, sagte er grinsend. »Gut geschlafen?«

Ich rieb mir die Augen. »Bin zu früh aufgestanden. Ich musste meine Töchter um halb sechs vor der Schule abliefern.«

Balke nahm unser Gesprächsthema wieder auf.

»Diese Frau Eichner weiß eindeutig mehr, als sie sagt. Ich hätte nicht übel Lust, sie vorzuladen und mal ein bisschen zu grillen.«

»Erst mal lassen wir sie in Frieden. Vielleicht wird sie von alleine gesprächig, wenn sie nachgedacht hat.«

Eine Weile mussten wir an einer roten Ampel warten. Neben uns stand ein bunt bemalter Manta, aus dessen heruntergekurbelten Fenstern laute Rap-Musik dröhnte. Als die Ampel auf Grün schaltete, verschwand er mit quietschenden Reifen.

»Was ist eigentlich mit Ihrer Kollegin los?« Fast hätte ich die Gelegenheit verpasst, Balke auszuhorchen.

»Mit Klara?« Er lachte schallend. »Das Auto von ihrem Vater hat sie geschrottet, das ist los. Und der Witz ist, es war nicht mal in einem Rennen, und sie ist auch noch schuld.«

Dass Klara Vangelis hin und wieder mit dem nicht einmal sehr getunten Renault ihres Vaters an kleinen Rallyes teilnahm und dabei auch recht häufig gewann, wusste ich natürlich. Sie galt in der Direktion als – je nach Sichtweise – gefürchtete oder begnadete Autofahrerin.

»Daher also die Beulen und der Verband ums Genick.« Ich konnte mir ein Grinsen nicht verkneifen.

»Schleudertrauma. Sie hat sich zweimal überschlagen. Aber das Allerschlimmste kommt noch …«

Er setzte den Blinker, bog in die alte Eppelheimer Straße ein. »Das Schlimmste: Heute früh hat sie erfahren, dass der Typ sie angezeigt hat. Er kann Bullen nicht ausstehen, hat er ihr am Telefon erklärt, und es ist ihm eine ganz besondere Freude, ihr eine reinzuwürgen. Und wenn sie jetzt noch ein paar Punkte kriegt, dann ist sie den Lappen erst mal los. Sie hat schon ein ziemliches Konto in Flensburg.«

»Das heißt, sie dürfte eine Weile nicht mehr Auto fahren …«

»Und das wäre für sie ungefähr das Gleiche, wie wenn man einem Goldfisch das Wasser ablässt. Und außerdem ist natürlich ihr Vater stocksauer auf sie.«

»Und nun? Versucht sie, den Unfallgegner umzustimmen?«

»Sie telefoniert ziemlich viel herum in der Sache. Aber immer so, dass ich möglichst nichts davon mitkriege. Die Sache ist ihr echt mega-mega-peinlich. Und man darf kein Wort dazu sagen, sonst kriegt sie einen Tobsuchtsanfall, der sich gewaschen hat.«

Balke bremste sanft und bog in den Parkplatz der Polizeidirektion ein.

Wir stiegen aus. Die Sonne stand hoch. Mittagszeit. Ich war immer noch müde und hatte außerdem Hunger. Aber heute würde ich noch einmal standhaft bleiben, auch wenn meine Sekretärin noch so sehr mit mir schimpfte.

Sönnchens Augen blitzten, als ich mein Vorzimmer betrat.

»Ich glaub, ich hab da was für Sie, Herr Kriminalrat«, rief sie mir entgegen.

Ich würde ihr wohl niemals abgewöhnen können, mich mit meinem Titel anzureden. Während sie darauf bestand, »Sönnchen« genannt zu werden, weil sie seit ihrem ersten Lebensjahr von allen so genannt wurde, auch von meinem Vorgänger und von dessen Vorgänger, wollte sie nichts davon hören, dass auch ich einen Vornamen hatte und die Zeiten sich außerdem geändert hatten.

»Bitte nach dem Kaffee, okay?«

Ich zog die Bürotür hinter mir zu, fiel in meinen Sessel und schloss sofort wieder die Augen. Ein paar Minuten Siesta, das würde mir jetzt guttun.

Die Tür öffnete sich vorsichtig, der Kaffee duftete.

»Ich hab schon drei Mal nach Ihnen geguckt. Aber Sie haben so fest geschlafen, da hab ich Sie in Ruhe gelassen. Haben Sie etwa schon wieder nichts Rechtes gegessen?«

»Ich mache die VW-Diät. Und außerdem bin ich heute Morgen zu früh aufgestanden.«

Ich erzählte auch ihr von der Klassenfahrt meiner Töchter, während sie das kleine Stahltablett mit der Tasse vor mich hinstellte. Ich tat zwei Löffel Zucker hinein und rührte um.

»VW-Diät? Was ist das denn schon wieder?«

»Verdammt wenig essen. Es war meine eigene Idee.«

»Aber das ist doch keine Diät«, schimpfte sie, »das ist eine Hungerkur! Dass ein Mann in Ihrem Alter ein Bäuchlein entwickelt, ist doch völlig normal.«

»›Alter‹ ist genau das Wort, das ich jetzt eigentlich nicht hören wollte.«

»Sie werden nicht jünger, wenn Sie sich zu Tode hungern. Sie werden nur nicht mehr älter.«

»Also, was liegt an?«, fragte ich matt. »Ich seh's an Ihrer Nasenspitze, Sie bringen Neuigkeiten.«

Sönnchen faltete eines ihrer kleinen gelben Zettelchen auseinander. »Dieser Seligmann, ich hatte doch gleich so ein Gefühl ...«

Der Kaffee tat ungeheuer gut. Ich spürte, wie gierig mein Körper Koffein und Zucker aufsog.

»Vor ziemlich genau zehn Jahren, da hat es einen Fall gegeben. Er ist bis heute nicht aufgeklärt. Eine Schülerin ist vergewaltigt worden, ein ganz junges Ding noch. Und dieser Seligmann, der hat sie damals gefunden und ins Krankenhaus gefahren. Eine halbe Stunde später, und das arme Kind wäre tot gewesen, haben die Ärzte gesagt. Sie war arg schwer verletzt.«

»Der Täter wurde nicht gefasst, obwohl das Mädchen überlebt hat? Hat sie ihn denn nicht beschreiben können?«

»Es ist vielleicht sogar schlimmer, als wenn sie gestorben wäre«, erwiderte sie niedergeschlagen und faltete ihr Zettelchen wieder zusammen. »Sie muss seither in einem Heim leben. Ihr Gehirn hat eine Zeit lang zu wenig Sauerstoff gekriegt. Seither ist sie ... na ja ... geistig behindert und spricht nicht mehr.«

Ich schenkte mir eine zweite Tasse Kaffee ein und bat um die ausführliche Version der Geschichte.

Das Opfer hieß Jule Ahrens, und Seligmann hatte das Mädchen damals mitten in der Nacht schwer verletzt, blutüberströmt und bewusstlos vor seinem Haus gefunden. Als wäre das allein nicht schlimm genug, war die Vergewaltigung ausgerechnet in der Nacht vor Jules sechzehntem Geburtstag geschehen. An Stelle einer aufregenden Zukunft in Freiheit, die alle Jugendlichen in diesem Alter so sehr herbeisehnen, hatte das neue Lebensjahr Jule Ahrens Gefangenschaft und Unglück gebracht. Das Mädchen war damals nur wenig älter gewesen als meine Töchter jetzt. Auf einmal war mir wieder übel.

Der Fundort sei nicht der Tatort gewesen, hörte ich meine Sekretärin sagen.

»Ach, Sönnchen. Es gibt so Tage, da wünsche ich mir, ich hätte was Anständiges gelernt und wäre nicht bei der Polizei gelandet.«

64

»Sie müssten halt einfach ein bisschen mehr essen, Herr Kriminalrat«, meinte sie mitleidig. »Hunger drückt einem auf die Seele. Und mal ehrlich, was hat man denn davon, wenn man schlank ist und dabei ständig schlechte Laune hat?«

»Es ist so leicht, zwei Kilo zuzunehmen. Und es ist so verdammt schwer, sie wieder loszuwerden«, seufzte ich.

»Was halten Sie von der Geschichte mit dem vergewaltigten Mädchen?«

»Was soll ich davon halten?« Ich leerte die zweite Tasse in einem Zug. Langsam kam ich zu mir. »Dass einer eine verletzte Person ins Krankenhaus fährt, obwohl er sich dabei vermutlich die Polster seines Wagens ruiniert, spricht nicht unbedingt gegen ihn.«

Sönnchen ging, Klara Vangelis und Sven Balke kamen.

»Ich bin mir noch nicht schlüssig, ob es eine gute oder eine schlechte Nachricht ist«, sagte Vangelis ernst. »Bonnie and Clyde sind hier.«

»Was? Wo?« Plötzlich war ich hellwach. »Sind die verrückt?«

»Auf dem Campingplatz bei Neckarhausen. Der Platzwart ist zum Glück ein heller Kopf und liest in der Zeitung nicht nur den Sportteil. Er hat uns gleich angerufen. Vor zwei Stunden haben sie eingecheckt. Irrtum ausgeschlossen.«

»Wirklich verdammt leichtsinnig«, meinte Balke sichtlich verwirrt. »Dabei waren sie doch sonst so clever.«

»Sie werden erschöpft sein. Seit drei Tagen sind sie unterwegs. Und außerdem halten sie sich inzwischen vermutlich für unsterblich.«

»So sehe ich das auch.« Vangelis deutete mit säuerlicher Miene ein Nicken an. »Die beiden haben jeden Bezug zur Realität verloren. Sie halten sich für klüger als der Rest der Menschheit. Und gerade das macht sie so gefährlich.«

Mir flinken Händen breitete sie eine detaillierte Karte auf meinem Schreibtisch aus. »Hier. Der Platz zieht sich wie ein Schlauch etwa dreihundert Meter am Neckar entlang. Links der Fluss, rechts etwa zwei Meter erhöht die Bundesstraße. Die Böschung ist voller Gestrüpp, in diese Richtung werden sie kaum zu fliehen versuchen. Sie haben ihr Zelt ganz am Ende des Platzes aufgeschlagen, direkt am Ufer. Dahinter gibt es noch einen Fußweg. Wie weit der führt, weiß ich momentan noch nicht. Ich habe vorsorglich zwei Kollegen eingeteilt. Sie organisieren sich gerade eine Campingausrüstung und werden die beiden im Auge behalten.«

»Was schlagen Sie vor?«

»Wir warten, bis sie schlafen, und dann schlagen wir zu. Viel Gegenwehr werden sie nicht leisten. Die beiden werden sehr müde sein nach der langen Fahrt.«

»Aber sie sind garantiert immer noch bewaffnet!«, meinte Balke warnend.

Was wollten die beiden hier? Dass sie zurückkamen, verstieß gegen jede Logik. Andererseits – da hatte Vangelis Recht – die zwei lebten vermutlich längst ihre eigene Logik. Sie hatten sich völlig abgeschottet gegen die Realität und waren inzwischen davon überzeugt, vom Schicksal begünstigt zu sein. Ihr Anfängerglück hielten sie für Talent. Das Mädchen himmelte Kräuter an, und er gefiel sich darin, sie durch immer gewagtere Aktionen in immer neues Erstaunen zu versetzen. Bestimmt hatten sie seit Wochen mit keinem Dritten mehr gesprochen, eingeschlossen in ihrer eigenen kleinen Kuschelwelt. Niemand hatte eine Chance gehabt, an dieser von Tag zu Tag höher werdenden Mauer aus Illusion und Größenwahn zu kratzen, mit der sie sich umgaben.

»Mir fällt nur eine plausible Erklärung ein für ihre Rückkehr«, meinte ich.

»Sie wollen sich mit dem dritten Mann treffen«, sagte Vangelis.

»Aber wozu?«, fragte Balke.

»Um die Beute aufzuteilen«, schlug ich vor. »Vielleicht hatten sie nach dem Überfall keine Gelegenheit dazu. Vielleicht wollten sie mit so viel Bargeld im Kofferraum nicht über die Grenzen fahren und haben es irgendwo in der Nähe versteckt. Jetzt denken sie, es ist genug Zeit verstrichen, und die Luft ist rein.«

Obwohl Vangelis Bedenken hatte, ordnete ich an, Bonnie and Clyde vorläufig nur zu beobachten. Ein Zugriff auf dem Campingplatz war ohnehin zu gefährlich, das gab sogar Vangelis zu. Und wenn wir ein bisschen Glück hatten, dann führten sie uns wirklich zu ihrem Informanten, und wir konnten alle drei auf einen Schlag festnehmen.

Sönnchen hatte Unrecht. Obwohl ich später in der Kantine mit Widerwillen doch noch einen Salatteller hinunterschlang, hellte sich meine Stimmung an diesem Tag nicht mehr auf. Theresa meldete sich nicht. Von meinen Töchtern kam ebenfalls kein Lebenszeichen. Und je mehr Zeit verstrich, desto heftigere Zweifel beschlichen mich, ob es nicht doch besser wäre, Bonnie and Clyde so rasch wie möglich aus dem Verkehr zu ziehen.

Um kurz vor fünf teilte Klara Vangelis mir mit, die Überwachung unseres Räuberpärchens stehe nun lückenlos. Zwei junge Kollegen waren mit ihren privaten Trekking-Bikes nach Neckarhausen geradelt und hatten nicht weit von den beiden ihre kleinen Zelte aufgeschlagen. Neben der Ausfahrt des Campingplatzes stand seit zwei Stunden ein zivil aussehender Lieferwagen mit zwei weiteren Kollegen darin. Bonnie and Clyde würden uns in ihrem bei Montpellier gestohlenen weißen Renault mit französischem Kennzeichen nicht so leicht abhanden kommen wie den Spaniern.

Um halb sechs endlich eine Mail von Theresa. Sie entschuldigte sich tausendmal. Sie hatte gestern überraschend Besuch erhalten von einer alten, fast vergessenen Freundin. Ich schrieb zurück, dass man sich erstens nicht selbst entschuldigen könne, man zweitens trotz Besuch Mails oder SMS schreiben könne und sie drittens gefälligst dafür sorgen solle, dass ihr Mann am Wochenende verreist sei.

Natürlich war sie beleidigt, und ich fand das ganz in Ordnung.

Selbst Sönnchen war irritiert von meiner schlechten Laune, und um ein Haar wäre ich grob geworden, als sie mich fragte, was mir denn bloß über die Leber gelaufen sei. Ich redete mich darauf hinaus, ich hätte in der vergangenen Nacht einfach zu wenig geschlafen.

Zu Hause wurde mir endlich klar, was mir die ganze Zeit auf die Seele drückte: ich vermisste meine Töchter. Ich hatte keinen Appetit, keine Lust zu lesen, stand mir selbst im Weg, und Musik machte mich nervös. So ging ich schließlich laufen. Wenigstens ein bisschen, nahm ich mir vor. Aber es ging überraschend gut.

Ich dachte an Jule Ahrens, das vergewaltigte Mädchen. Die Vorstellung, meinen Töchtern könnte Ähnliches zustoßen, war mir unerträglich. Und ausgerechnet jetzt würden die zwei sich nächtelang und ohne Aufsicht in irgendwelchen Spelunken herumtreiben. Ich kannte mich aus, schließlich war ich auch einmal jung gewesen. Damals nannte man solche Lustreisen noch Landschulheimaufenthalt, und es war ein Klacks gewesen, abends unbemerkt aus dem Fenster zu steigen. Ich merkte, wie ich bei der Vorstellung schneller und schneller lief.

Längst hatte ich die Bahngleise und die Speyerer Straße überquert und die letzten Häuser hinter mir gelassen. Eine leichte Brise wehte mir entgegen, es duftete nach frischem Heu, und allmählich schwitzte ich meine schlechte Laune aus. Ein Kaninchen machte vor Schreck einen Luftsprung und raste davon, weil es mich zu spät bemerkt hatte.

Dann quälten mich plötzlich Zweifel wegen Bonnie and Clyde. Hatte Vangelis vielleicht doch Recht? Noch war Zeit. Ich brauchte sie nur anzurufen und den Zugriff anzuordnen. Andererseits, auf dem Campingplatz waren wirklich zu viele Menschen für eine Gewaltaktion. Und was sollte schon passieren? Heute Nacht würden sie bestimmt nicht abreisen. Sie hatten keinen Grund dazu, außerdem mussten sie wirklich müde sein, und selbst wenn, sie standen ja unter Beobachtung. Morgen früh konnten wir dann in aller Ruhe darüber nachdenken, wie wir weiter vorgehen würden.

Auch Theresa würde sich wieder beruhigen. Sie beruhigte sich immer irgendwann. Aus unserem Wochenende würde nun wohl nichts werden, aber es kamen andere Wochenenden, andere Möglichkeiten.

Nur was meine Töchter betraf, wurden meine Phantasien mit jeder Minute finsterer. Die Frage war eigentlich nur, ob die russische Mafia oder albanische Mädchenhändler als Erste zugreifen würden. Hellhäutige, blonde Frauen waren überall begehrt. Vor allem, wenn sie zudem jung, hübsch und auch noch Jungfrauen waren.

Kurz vor dem Pfaffengrunder Sportplatz ging mir die Puste aus. Mein Puls hämmerte, meine Lungen schmerzten, vor meinen Augen kreisten Sternchen, aber ich fühlte mich endlich besser. Zurück ließ ich mir Zeit. Ich hatte zu schwarz gesehen, weiß der Himmel, warum. Louise und Sarah würden gesund zurückkehren und mir vermutlich bereits nach einer Stunde genauso auf die Nerven gehen wie gestern Abend noch. Bonnie and Clyde würden heute Nacht keinen Unsinn anstellen. Mit Theresa musste ich reden, und alles würde sich wieder einrenken.

Heute war eben einfach nicht mein Tag. So etwas kam vor.

7

Den Donnerstag begann ich mit einem zweiten Kraftakt. Wenn ich am Abend laufen konnte, dann erst recht am Morgen. Wider Erwarten hatte ich blendend geschlafen, fühlte mich um zehn Jahre jünger und stark wie ein Ochse. Später stellte ich erfreut fest, dass ich sogar ein klein wenig abgenommen hatte, duschte ausgiebig und las die Zeitung von vorne bis hinten. Mein Handy war die Nacht über still geblieben. Also saßen weder meine Töchter in Westerland in Polizeigewahrsam, noch wurden sie in der Jugendherberge vermisst. Und auch Bonnie and Clyde hatten in Neckarhausen keine Dummheiten gemacht.

Es war mir unbegreiflich, wie ich noch vor zwölf Stunden so schwarz hatte sehen können. Und wie konnte ich nur meine Töchter vermissen? Diese herrliche Ruhe in der Wohnung!

Zur Feier des Tages ging ich die dreihundert Meter ins Büro zu Fuß. Sonst fand ich jeden Tag eine andere Ausrede, warum ich den Wagen nehmen musste. Einmal wollte ich nach der Arbeit noch einkaufen, ein anderes Mal sah es zu sehr nach Regen aus, und am dritten Tag war ich – zugegeben – einfach zu faul.

Sönnchen betrachtete mich mit Wohlwollen, als ich leicht verspätet, aber gut gelaunt zum Dienst erschien. Mein Frühstück stand schon parat: Ein Kännchen Kaffee und zwei frische Croissants vom Bäcker an der Ecke. Während ich es mir gut gehen ließ, brach auch noch die Sonne durch. Vor den weit offenen Fenstern sangen Vögel. Das Leben konnte doch hin und wieder ganz schön sein.

»Sommeranfang«, strahlte meine Sekretärin, die offenbar wieder ganz genesen war. Die Termine des Tages waren erträglich, mein Schreibtisch eigentlich gar nicht so unordentlich, wie ich gefürchtet hatte. Warum konnte es nicht immer so sein?

Sowie ich allein war, durchstöberte ich meine Mails. Die von Theresa las ich natürlich als erste. Es gibt Tage, da klappt einfach alles. Sie war nicht mehr sauer auf mich, und zudem war es ihr gelungen, ihren Mann zu einem Wochenendtrip nach Berlin zu überreden, um dort einen Schulfreund zu besuchen, den er schon ewig nicht mehr gesehen hatte. Morgen, am Freitag, würde er gegen Mittag abreisen und erst spät am Sonntagabend zurückkommen.

Na endlich! Wir hatten freie Bahn.

Ich schlug vor, die Tage in meiner so angenehm leeren Wohnung zu verbringen, worüber sie entzückt war, und eigenhändig für die Verpflegung zu sorgen, wovon sie nicht ganz so begeistert war.

»Seit wann kannst du kochen?«, schrieb sie.

»Jeder Mann kann kochen«, antwortete ich. »Manche müssen es nur erst herausfinden.«

Unverzüglich begann ich, mir nun ernsthaft über die Menüfolgen Gedanken zu machen. Am Freitagabend etwas Leichtes natürlich. Vielleicht eine Auswahl von geräuchertem Fisch, Käse und dazu frisches Baguette? Das kam immer gut, machte kaum Arbeit und konnte auch bei größtem Pech nicht schiefgehen. Dazu einen guten Prosecco und vorher ein Süppchen? Mal sehen. Ich sichtete die Datei mit den bisher gefundenen Rezepten auf meinem Laptop, legte eine Einkaufsliste an und pfiff mit den Vögeln draußen um die Wette.

Dann bestellte ich Vangelis und Balke zum Rapport.

»Die beiden haben lange geschlafen«, berichtete Vangelis, heute schon wieder mit entblößtem Hals. Auch ihre Laune hatte sich über Nacht dramatisch gebessert. Sie lächelte sogar ein wenig. »Ihre Nacht war ein wenig unruhig, aber sie haben das Zelt nur einmal kurz verlassen, um ins Gebüsch zu gehen. Vorhin haben sie Tee gekocht und ausgiebig gefrühstückt. Und zurzeit fahren sie im Odenwald spazieren.«

»Was heißt das, ihre Nacht war unruhig?«, fragte ich.

Balke grinste seine Fingernägel an. »Dass sie ununterbrochen pimpern, heißt das. Junge Liebe eben.«

»Wir haben sie fest im Griff«, fügte Vangelis hinzu, der das Thema nicht zu behagen schien. »Wir sind mit drei Fahrzeugen dran.«

An dieser Front schien es also vorläufig keine Probleme zu geben. Wir kamen zum Fall Seligmann.

»Das Blut in seinem Haus stammt definitiv von ihm«, referierte Vangelis. »Das ist jetzt amtlich. Bleibt nur noch die Frage: Hat ihn jemand verletzt …«

»… oder war er es selbst?«, führte Balke ihren Gedanken zu Ende, da ihr Handy Alarm schlug. »Das würde erklären, warum wir keine Spuren von einem Täter gefunden haben.«

Vangelis gab halblaut einige knappe Anweisungen und beendete das Gespräch. »Sie machen Schießübungen. Im Wald irgendwo westlich von Erbach.«

»Vielleicht sind Bonnie and Clyde hier, um ihn zu treffen?«, überlegte ich.

»Und gleichzeitig ist er auf dem Weg nach Málaga.« Balke grinste. »So blöd muss man erst mal sein.«

Schon wieder meldete sich Vangelis' Handy. »Sie haben aufgehört mit der Ballerei«, berichtete sie nach dem kurzen Gespräch. »Und jetzt machen sie …«, missmutig starrte sie in ihr Notizbuch, »so eine Art Picknick.«

»Picknick?«, fragte Balke interessiert.

Vangelis wand sich. »Sie haben ihre Decke ausgebreitet, und … nun ja, es ist eben eine ziemlich einsame Gegend da.«

»Wow!« Balke grinste so breit wie selten. »Die zwei müssen die Vögelgrippe haben.«

»Was halten Sie davon, wenn wir in der Zwischenzeit ihr Zelt durchsuchen?«, schlug ich Vangelis vor. »Sie scheinen ja im Moment ein wenig abgelenkt zu sein.«

Sie schüttelte entschieden den Kopf. Offenbar ging es ihrem Genick wirklich sehr viel besser.

»Lieber nicht. Sie könnten den Eingang irgendwie präpariert haben und es später merken. Und dann wären sie schneller weg, als wir gucken können.«

Meine beiden Mitarbeiter erhoben sich.

»Noch eine Kleinigkeit«, sagte Vangelis schon im Gehen. »Dieses Strafmandat hat Seligmann sich auf der Straße von Hirschberg nach Wald-Michelbach geholt. Da war sechzig wegen einer Baustelle, und er ist mit fast neunzig geblitzt worden. Aber er behauptet, das Verkehrsschild sei nicht zu sehen gewesen, weil es durch einen Ast verdeckt war.«

»Was soll er denn löhnen?«, wollte Balke wissen.

»Dreißig.«

»Und deshalb macht er so ein Theater?«

»Ich nehme an, es geht hier nicht um Geld, sondern ums Prinzip«, meinte ich.

In den folgenden Stunden fuhren Bonnie and Clyde scheinbar ziellos im südlichen Odenwald spazieren. Später erkundeten sie Eberbach und aßen dort im Alten Badhaus sehr gediegen und in aller Ruhe zu Mittag. Ihre Siesta verbrachten sie an einer verschwiegenen Stelle am Neckarufer und taten das, was Verliebte tun, wenn die Sonne scheint und sie sich unbeobachtet fühlen.

Ich verbrachte den Tag mit Routinekram. Reisekostenabrechnungen, Spesenquittungen, Haushaltsplanung für die zweite Jahreshälfte, Urlaubsanträgen und dergleichen. Nebenher machte ich Pläne fürs Wochenende.

Noch war ich mit der Menüzusammenstellung nicht zufrieden. Theresa mochte Fisch. Aber Fisch war heimtückisch, das wusste ich aus trauriger Erfahrung. Doch es gab genug andere Tiere, die man essen konnte. Im Internet fand ich eine überwältigende Menge äußerst appetitanregender Rezepte, das Problem war jedoch oft die Beschaffung der Zutaten. Wo kaufte man zum Beispiel einen Auerhahn? Wachteln? Rebhühner? Ein Rehkitz? Also vielleicht doch lieber Fisch? Meine Datei mit Kochrezepten wuchs und wuchs.

Am späten Nachmittag rief Vangelis an – Bonnie and Clyde waren wieder unterwegs. Neckar abwärts, in Richtung Heidelberg. Ab jetzt klingelte mein Telefon häufiger.

Immer noch fehlte mir ein Rezept für Sonntagmittag, mit dem ich Eindruck schinden konnte. Aber wo bekam man ein Milchlamm? Konnten zwei Menschen zusammen ein Milchlamm aufessen? Und was war das überhaupt? Klang das nicht verdächtig nach Baby? Nein, dann also doch Fisch. Irgendetwas musste sich doch finden lassen, das auch einem weniger geübten Koch gelang.

Eine Weile steckten Bonnie and Clyde im Heidelberger Berufsverkehr fest, und für kurze Zeit waren sie weniger als zweihundert Meter von meinem Büro entfernt. Dann ging es weiter in Richtung Westen. Sie fühlten sich offenbar völlig sicher.

Seezungenröllchen mit einer leichten Zitronensoße, dazu Reis und gemischtes Frühlingsgemüse. Frühlingsgemüse Ende Juni? Egal – es klang lecker und nicht weiter schwierig. Nur das Zerlegen des Fischs schien ein wenig kompliziert. Kopf abschneiden, Haut mit ruckartiger Bewegung vom Schwanz her abziehen. Nun ja, andere Menschen schafften das auch. Ich druckte mir das Rezept samt Einkaufsliste und Weinvorschlag aus.

Um kurz vor fünf herrschte für kurze Zeit Alarmstimmung. Bonnie and Clyde fuhren im Schritttempo die Eppelheimer Goethestraße entlang. Ohne anzuhalten, passierten sie das Haus der Familie Braun, das von Seligmann. Anscheinend hatten sie den Verstand verloren, hielten sich für genial und unverwundbar. Eine nicht nur für sie gefährliche Mischung. Dann fuhren sie gemächlich zurück in Richtung Campingplatz.

Was hatten sie in Eppelheim gewollt? Den Täter treibt es an den Tatort zurück, gut. Aber wollten sie wirklich nur noch einmal den Ort ihrer Heldentat besichtigen? Oder hatten sie vorgehabt, jemanden zu besuchen? Seligmann zum Beispiel, dessen offen stehende Garagentür auf den ersten Blick verriet, dass er nicht zu Hause war?

Sönnchen teilte mir mit, Liebekind wolle mich sprechen. Aber bevor ich seiner Aufforderung Folge leisten konnte, platzte Balke herein.

»Dieses Handy, das ist wirklich ein Knüller!«

»Setzen Sie sich erst mal hin und kommen Sie zu Atem.«

Balke nahm gehorsam Platz und sah mich an mit dem aufgekratzten Blick eines Schuljungen, der ganz alleine eine schwierige Mathe-Aufgabe gelöst hat, die im Unterricht noch gar nicht dran gewesen war.

»Ich habe eben die Daten gekriegt, mit wem Bonnie and Clyde die ganze Zeit telefoniert haben. Es war immer dieselbe Nummer. Sie gehört zu einem finnischen Handy, mit Sicherheit auch geklaut. Aber jetzt kommt's: Anfangs, so ab Februar, haben sie etwa alle zwei, drei Wochen telefoniert. Und zwar – halten Sie sich gut fest – immer entweder an einem Montag- oder einem Donnerstagnachmittag.«

»Jetzt müssen Sie nur noch dieses andere Handy finden …«

»Und dann haben wir unseren dritten Mann.« Balkes Strahlen nahm noch ein wenig an Leuchtkraft zu. »Ab Ende April war dann eine Weile Funkstille, und dann hat es noch genau einen einzigen Anruf gegeben, und zwar am Abend vor dem Überfall.«

»Wer hat wen angerufen?«

»Immer der andere, unser großer Unbekannter. Er hat den Plan ausbaldowert, seine Komplizen informiert und dann in aller Ruhe abgewartet, bis irgendwann einmal so viel Geld im Safe lag, dass es sich richtig lohnte.« Balke lehnte sich zufrieden zurück und faltete die Hände im Genick. »Ich bin überzeugt, damit haben wir den Missing Link zwischen Seligmann und Bonnie and Clyde. Hundert Pro. Seligmann ist unser dritter Mann.«

Liebekinds Stirn durchfurchten wieder einmal Sorgenfalten. »Dieser Herr Möricke gräbt fast täglich einen neuen Fall aus«, seufzte er, noch bevor ich richtig saß. »Mir war gar nicht bewusst, dass es in unserer schönen Stadt so viele Verbrechen gibt.«

»Ich hoffe, es geht nicht schon wieder um den Missbrauch Minderjähriger.«

»Das zum Glück nicht. Da scheint ihm inzwischen doch ein wenig die Munition ausgegangen zu sein. Aber er macht jetzt eine regelrechte Serie aus seinem derzeitigen Lieblingsthema: Wie oft unsere Polizei versagt.«

Ich schob ihm ein kopiertes Blatt über den Schreibtisch. »Vielleicht hilft uns das hier, ihm ein bisschen den Wind aus den Segeln zu nehmen. Mörike hat letzten Herbst eine Nacht in einer unserer Zellen verbracht. Alkohol am Steuer, Widerstand gegen die Staatsgewalt, Beamtenbeleidigung, die ganze Palette. Eine Streife hat ihn gestoppt, weil er nicht mehr geradeaus fahren konnte. Er wurde zu zwanzig Tagessätzen verurteilt plus acht Wochen Führerscheinentzug.«

Die Stirn meines Chefs wurde sichtbar glatter. Er schob die schwere, schwarz umrandete Brille hoch und überflog das Papier.

»Was schlagen Sie vor?«

»Mit Ihrem Einverständnis lasse ich es auf ein paar Umwegen der Rhein-Neckar-Zeitung zuspielen. Und ich werde dafür sorgen, dass es dort in die richtigen Hände gerät.«

»Es soll aber nicht so aussehen, als wollten wir Rache üben.«

Wir nickten uns zu.

Ich erhob mich.

Feierabend. Zeit für Theresa. Wir hatten uns kurzfristig verabredet.

»Ich fürchte, sie haben etwas gerochen«, sagte Vangelis, die ich zu meinem Missvergnügen in meinem Büro antraf. Es schien vorläufig nichts zu werden mit meinen Plänen für den Abend. »Sie packen. Das Zelt steht aber noch. Vielleicht haben sie vor, diese Nacht noch zu bleiben und erst morgen früh zu fahren. Aber es wird brenzlig.«

Seufzend sank ich in meinen Sessel. »Was ist schiefgegangen?«

Sie hob die Schultern. Sie brauchte nichts zu sagen. Wir hatten sie letzte Nacht nicht festgenommen, wie sie vorgeschlagen hatte, das war schiefgegangen. Sollten sie uns entwischen, dann war es meine Schuld.

»Was schlagen Sie vor?«, wiederholte ich den Satz, den Liebekind eben erst zu mir gesagt hatte.

»Im Augenblick können wir nichts unternehmen. Mir sind da zu viele Leute in der Nähe. Den Platz zu räumen, ohne dass die zwei etwas merken, ist praktisch unmöglich. Vielleicht später, wenn sie schlafen.«

»Falls sich in der kommenden Nacht eine Gelegenheit ergibt, dann schlagen wir zu«, entschied ich. »Und wenn nicht, dann lassen wir sie fahren und greifen sie uns an einer Stelle, wo wir keine Unbeteiligten gefährden.«

Sie konnte es sich doch nicht verkneifen, ihren Triumph noch ein wenig auszukosten: »Es sieht ja leider nicht so aus, als wollten sie uns noch zu ihrem Komplizen führen, nicht wahr?«

Als ich den Römerkreis wieder einmal im Laufschritt überquerte, summte mein Handy. Eine SMS von Louise. Ich las sie im Gehen und wäre deshalb um ein Haar von einem Bus angefahren worden. Das Wort, das am häufigsten vorkam, war »Scheiße«. Sylt war total scheiße, das Wetter war scheiße, das Wasser viel zu scheißkalt zum Baden, die Jugendherberge war megaoberscheiße und das norddeutsche Essen natürlich sowieso. Die beknackten Jungs hatten nichts als Wodka im Kopf, die Lehrer nervten, und Sarah hatte ein kleines bisschen Zahnschmerzen.

Ich schickte ihr eine aufmunternde Nachricht zurück und hoffte, dass die beiden aus dieser Erfahrung wenigstens lernten, wie schön sie es zu Hause hatten. Und ich nahm mir vor, sie nicht gleich wieder mit gesunder Ernährung zu plagen, wenn sie zurückkamen.

8

An diesem Abend war Theresa traurig. Sie hatte ein schlechtes Gewissen, was sonst ja eher meine Spezialität war. Normalerweise fand ihre Ehe einfach nicht statt, solange wir zusammen waren. Es war, als gäbe es in ihrem Kopf eine Pause-Taste wie bei einem CD-Spieler. Heute schien dieser Knopf jedoch nicht zu funktionieren. Zum ersten Mal in meiner Gegenwart plagte meine Schöne der Gedanke, es könnte nicht richtig sein, was wir zweimal die Woche trieben.

»Hat er irgendwas gesagt?«, fragte ich. »Benimmt er sich anders als sonst?«

»Aber nein«, erwiderte sie abweisend. »Das ist es nicht.«

»Was ist es dann?« Ich versuchte, sie in den Arm zu nehmen, aber sie wich mir aus. Sie fiel in eines der Sesselchen und
steckte sich eine Zigarette an. »Vielleicht bin ich einfach nicht
in der Stimmung.«

»Die Hormone«, seufzte ich und setzte mich aufs Bett.
»Wenn Frauen komisch sind, dann sind es immer die Hormone.«

»Vielleicht«, sie schlug die Augen nieder. »Erzähl mir etwas,
das mich aufheitert.«

Ich ging in die winzige Küche und holte eine Flasche Weiß-
wein aus dem Kühlschrank. Die Gläser von Dienstag waren
noch nicht gespült. Der Mülleimer stank nach alten Zigaret-
tenkippen. Plötzlich war ich wütend, ohne zu wissen, auf wen.
Und deprimiert, ohne zu wissen, weshalb.

Als ich ins Zimmer zurückkam, sah Theresa mit mattem
Blick zur Decke.

»Willst du Schluss machen?«, fragte ich mit einem unerwartet dicken Kloß im Hals. »Ist es das?«

»Unsinn«, erwiderte sie müde. »Es ist einfach nicht mein
Tag.«

»Vermutlich hat dich dein Besuch völlig überfordert. Wahrscheinlich habt ihr die Nächte durchgequatscht.«

Theresa lächelte nicht einmal. Ich füllte die schlanken Gläser nur zur Hälfte. Wir stießen nicht an und tranken schweigend. Der Weingartener Riesling, den ich selbst besorgt hatte,
schmeckte heute schauderhaft.

»Ich weiß nichts Lustiges«, sagte ich schließlich. Stattdessen
erzählte ich ihr von Bonnie and Clyde.

»Das arme Mädchen«, meinte sie am Ende, ohne mich anzusehen.

»Sie ist volljährig. Sie weiß, was sie tut.«

»Sie liebt diesen Kerl. Und Liebe kann nun mal eine schreckliche Krankheit sein.«

Sie erhob sich, setzte sich neben mich aufs Bett, fiel mir um
den Hals und begann zu weinen. Ich strich ihr über das volle,
dunkelblonde Haar, das manchmal, nur in gewissem Licht,
rötlich schimmerte, und wusste wie üblich nicht, was ich sagen
sollte. Ich hasse es, wenn Frauen weinen.

Später saßen wir zusammen und redeten. Über Liebe und Ehe und Treue und das Gegenteil davon.

»Ich weiß nicht«, murmelte sie und griff zaghaft nach meiner Hand. »Ich weiß nicht, was heute mit mir los ist. Bist du jetzt böse?«

Ich küsste sie auf die Augen. Auf einmal war mir, als könnte auch ich losweinen, und ich hätte beim besten Willen nicht sagen können, weshalb.

»Ich muss los«, sagte sie irgendwann leise. »Tut mir leid.«

Es war kurz vor zehn. Wir hatten fast drei Stunden lang nur geredet.

Als ich nach Neckarhausen hinausfuhr, war ich in einer seltsamen Stimmung zwischen Glück und Traurigkeit, Abschied und neuem Anfang. Was sollte aus unserem Wochenende werden? Würde sie kommen? Meine Töchter an der Nordsee, meine Geliebte an der Seite ihres Gatten und ich allein in einer viel zu großen Wohnung? Wenn das so weiterging, würde ich noch zum Marathonläufer mutieren. Nur solange man nicht allein ist, erscheint einem die Einsamkeit erstrebenswert. Ist sie einmal da, entpuppt sie sich meist als die hässliche Schwester der Langeweile.

»Seit einer halben Stunde sind sie in ihrem Zelt«, erklärte mir Vangelis nervös. »Vorher haben sie alles andere ins Auto gepackt. Vermutlich haben sie wirklich vor, morgen früh abzureisen.«

»Denken Sie immer noch, die beiden haben bemerkt, dass sie beobachtet werden? Wenn es so wäre, dann hätten sie doch längst versucht zu türmen.«

»Die sind nicht dumm. Und ich kann mir nicht helfen, ich habe kein gutes Gefühl bei der Sache.«

Gefühle waren normalerweise nicht Vangelis' Spezialität.

Auf dem träge dahinströmenden Neckar spiegelten sich die Lichter der am anderen Ufer liegenden Häuser. Am Ufer vertäute Boote schaukelten leise, als würden sie sich selbst in den Schlaf wiegen. Irgendwo im Dunkeln schlug eine Kirchturmuhr. Wir standen auf einem spärlich beleuchteten kleinen Parkplatz am Eingang des Campingplatzes, von wo aus Bonnie and Clyde uns unmöglich sehen konnten. Auf den nahen Eisenbahngleisen, einige Meter über uns und jenseits der ebenfalls erhöht liegenden Bundesstraße, rumpelte ein Güterzug in Richtung Heidelberg. Dann war es wieder so still, dass man das Rauschen des Flusses hörte. Vielleicht war es auch der Nachtwind in den Bäumen.

»Die Kollegen mit dem Zelt?«

»Habe ich vorsichtshalber zurückgezogen. Wir sehen im Augenblick nichts und wir hören nichts von den beiden. Ich habe nur noch einen Mann mit Nachtsichtgerät dort drüben.« Sie wies ans andere Ufer. »Aber jetzt kommt zu allem Unglück auch noch Nebel auf.«

Inzwischen war es kühl geworden, und jetzt sah auch ich die weißen Schwaden vom Fluss her auf uns zukriechen.

»Ich denke, wir verschieben den Zugriff auf morgen.«

»Ich denke, ich peile noch mal die Lage.« Vangelis warf sich die langen Riemen ihrer Handtasche über die Schulter.

»Haben Sie keine Angst, dass die beiden Sie entdecken?«

»Sie kennen mich nicht. Ich war die ganze Zeit außer Sicht. Außerdem erwarten sie Männer, falls sie wirklich mit einer Aktion von uns rechnen.«

Ein mit allerlei Zierrat und Kunststoff-Teilen geschmückter älterer Mercedes schlingerte mit viel zu hoher Geschwindigkeit auf den Parkplatz. Der Fahrer schien nicht mehr ganz nüchtern zu sein und stellte den Wagen so ab, dass er gleich zwei Parklücken blockierte. Zwei blendend gelaunte junge Burschen kletterten aus dem tiefergelegten Wagen, bestaunten hemmungslos meine Kollegin, wankten lachend an dem dunklen Häuschen vorbei, in dem normalerweise der Platzwart saß, und drehten sich noch dreimal nach Klara Vangelis um.

»Sie kommen aus Sindelfingen«, sagte sie halblaut, als würde das irgendetwas erklären, »und sind zum Angeln hier. Weiter hinten haben sie einen Wohnwagen stehen, und sogar ein kleines Ruderboot haben sie dabei.«

Sie reckte sich. »Ich geh dann mal.«

Augenblicke später hatten die Dunkelheit und der leider minütlich dichter werdende Nebel sie verschluckt.

Zur Sicherheit trug sie ein Mikrofon am Körper sowie einen Ohrstöpsel, so dass wir uns im Krisenfall verständigen konnten. Zunächst hörte ich nur ihren ruhigen Atem und gleichmäßigen Schritt. Dazu in der Ferne den seligen Singsang der zwei betrunkenen Schwaben, deren Stimmen jedoch bald lauter wurden.

»Mist!«, zischte Vangelis. »Die haben mir jetzt gerade noch gefehlt.«

Der Gesang brach ab. »Hallo, schöne Frau«, sagte eine Männerstimme mit leichtem schwäbischem Akzent. »Gar keine Angst so allein im Dunkeln?«

»Ach, es geht«, meinte Vangelis kühl. »Hier ist ja zum Glück nichts, wovor man sich fürchten müsste.«

»Stimmt. Vor uns musst du keine Angst haben. Und sonst ist ja keiner da.«

Nun mischte sich der zweite ein: »Im Gegenteil, wir könnten dir eine Menge schöne Sachen zeigen!«

»Danke, ich habe heute schon genug schöne Sachen gesehen. Und jetzt lassen Sie mich bitte vorbei.«

»He, wieso gleich so pampig?«

»Wir wollen doch bloß nett sein. Findst uns denn nicht nett, Süße?«

»Doch, ich finde Sie beide äußerst nett.« Vangelis wurde nun hörbar ungnädig. »Und es wäre hübsch, wenn Sie ein wenig leiser sein könnten und mich jetzt bitte vorbeilassen würden.«

Ich stellte mir vor, wie die beiden Schwaben sich angrinsten.

Vangelis seufzte. »Sie wollen doch keinen Ärger?«

»Ärger?« fragte der erste mit schlecht gespieltem Erstaunen. »Wollen wir Ärger?«

»Aber hallo«, freute sich der andere. »Ich steh nämlich total auf Weiber, wo sich wehren!«

»Lassen Sie mich augenblicklich los«, fauchte Vangelis nun deutlich lauter als zuvor.

»Komm, jetzt stell dich halt nicht so an, Süße. Wir haben da hinten einen Wohnwagen mit allem Pipapo. Sogar Sekt haben wir im Kühlschrank.«

Vangelis seufzte. Ich hörte Rascheln und dann ein leises Klimpern, das mir sehr bekannt vorkam.

»He! Guck mal, sie hat Handschellen dabei! Krass! Stehst du auf so Sado-Maso-Zeug?«

»Nein, ich stehe nicht auf solches Zeug. Das sind ganz offizielle Handschellen aus dem Besitz des Landes Baden-Württemberg. Das hier ist mein Dienstausweis, und das hier …«, ich hörte ein nicht weniger bekanntes Klicken, »… habt ihr bestimmt schon mal im Fernsehen gesehen. Das ist meine Pistole.«

Die beiden Möchtegern-Casanovas waren plötzlich sehr still.

»Mit den Handschellen bindet ihr euch bitte am Handgelenk aneinander, genau, und jetzt du, so ist es prima. Und dann geht ihr ganz brav und schön langsam in Richtung Ausgang. Ihr werdet euch nicht umdrehen und nicht versuchen abzuhauen. Wenn ich sehe, dass einer von euch den Kopf dreht oder dass ihr anfangt zu rennen, dann schieße ich euch in den Rücken. Draußen auf dem Parkplatz seht ihr einen weißen Lieferwagen. Da klopft ihr an. Meine Kollegen haben zwar keinen Sekt im Kühlschrank, dafür haben sie Schlüssel für die Handschellen, und vielleicht steht ja einer von denen auf Sado-Maso.«

Sie zählte noch lustlos ein paar Paragraphen auf, gegen die die beiden ihrer Meinung nach verstoßen hatten, wobei sie hemmungslos übertrieb, und eine halbe Minute später standen mir zwei beängstigend blasse junge Männer gegenüber, denen der Schrecken über den unromantischen Ausgang ihres amourösen Abenteuers noch im Gesicht stand.

Mit stummem Vorwurf hielten sie mir die zusammengeketteten Handgelenke hin.

»Ware wohlbehalten eingetroffen«, sagte ich ins Funkgerät. Runkel schloss mürrisch die Handschellen auf und drückte die beiden auf eine schmale Bank am hinteren Ende unseres getarnten Einsatzwagens.

»Sitzen bleiben, Schnauze halten«, knurrte er und klopfte auf die schwere Heckler & Koch in seinem Schulterhalfter. »Sonst gibt's sado-maso-mäßig was hinter die Ohren.«

Vangelis war inzwischen ein Stück weitergegangen.

»Nichts zu sehen hier«, flüsterte sie. Wieder hörte ich eine Weile nur ihre Schritte und ihren Atem. Dann klang ihre Stimme plötzlich verändert. »Hoffentlich sind sie nicht in der Zwischenzeit über den Neckar!«

»Über den Fluss?«, fragte ich alarmiert. »Wie kommen Sie darauf?«

»Ich meine, hier hat vorhin noch das Ruderboot meiner zwei Verehrer gelegen. Und das ist jetzt nicht mehr da. Es ist aber so verflixt dunkel hier, ich bin mir nicht sicher, ob ich schon an der richtigen Stelle bin. Wenn wenigstens der Mond scheinen würde, aber so ...« Ihr Atem ging jetzt stoßweise. »Nein«, zischte sie dann. »Das Boot ist weg.«

»Okay«, sagte ich. »Wir kommen.«

Augenblicke später huschten ein paar dunkle Gestalten an mir vorbei, die einige hundert Meter weiter in ihren Fahrzeugen auf meinen Einsatzbefehl gewartet hatten.

Bonnie and Clyde waren wieder einmal entkommen. Einige wenige Dinge, darunter vermutlich ihre Waffen, mussten sie irgendwann im Lauf der letzten Stunde auf das Boot geladen haben. Wagen, Zelt und den Rest ihres Gepäcks hatten sie zurückgelassen, und nun waren sie weg.

Auf der Fahrt in die Polizeidirektion löste ich eine Großfahndung aus, und bereits wenige Minuten nachdem ich mein Büro betreten hatte, wurde das Ruderboot einige Kilometer flussabwärts verlassen am südlichen Neckarufer gefunden. Gegen halb eins meldete ein Kegelbruder aus Neckargemünd mit schwerer Zunge seinen fast neuen S-Klasse-Mercedes als gestohlen, mit dem er bei seinem Alkoholpegel ohnehin nicht mehr hätte nach Hause fahren dürfen. Vangelis gab das Kennzeichen in die Fahndung, und dann geschah nichts mehr.

Um drei war ich so müde, dass ich nicht mehr geradeaus gucken konnte. Ich ging nach Hause, um mich ein wenig hinzulegen. Vangelis blieb zurück. Sie war hellwach.

9

Um kurz vor sieben schreckte mich mein Handy aus wirren und schweißnassen Träumen. Ich brauchte eine ganze Weile, bis ich es in einer Tasche meines achtlos über den Stuhl geworfenen Jacketts fand.

»Bad news«, hörte ich Balkes belegte Stimme sagen. »Wollen Sie es auf nüchternen Magen, oder brauchen Sie erst einen Kaffee?«

»Wo steckt Vangelis?«

»Hat sich aufs Ohr gehauen. Sie war am Ende und hat mich gebeten zu übernehmen.«

»Okay.« Ich setzte mich auf und rieb mir den Schlaf aus den Augen. »Wie schlimm ist es?«

»Schlimmer. Eine Eingreifgruppe aus Freiburg hat sie gestellt. Vor einer guten Stunde auf dem Rastplatz Bad Bellingen. Und leider ...« Balke räusperte sich. »Es ist genauso ausgegangen wie im Film. Sie haben es bis zum bitteren Ende durchgezogen.«

»Das heißt, sie sind tot?«

»Beide. Es ist komplett in die Hose gegangen. Der Tankwart hat unsere Leute alarmiert. Vielleicht haben die zwei da schon was gemerkt, wie er telefoniert hat, wer weiß. Die Freiburger haben eigentlich alles richtig gemacht. Sie waren in Zivil, sind mit drei Autos in großem zeitlichem Abstand gekommen. Wir hätten es nicht besser gemacht. Und sie sind den beiden auch nicht zu nahe gekommen, behaupten sie zumindest. Aber irgendwie müssen die Lunte gerochen haben, und auf einmal haben sie das Feuer eröffnet. Es muss eine regelrechte Schlacht gewesen sein.«

»Verletzte auf unserer Seite?«

»Nichts Ernstes. Zwei Fleischwunden und ein ziemlicher Sachschaden. Ein Einsatzwagen ist ausgebrannt.« Balke atmete tief durch. »Vor allem das Mädel muss um sich geballert haben wie eine Wahnsinnige. Sie haben dann sogar noch versucht, den Tankwart als Geisel zu nehmen, aber der konnte sich im letzten Moment in einem Nebenraum verschanzen. Dann wollten sie die Zapfsäulen in Brand schießen, aber das hat zum Glück nicht geklappt. Und als ihr Freund schon tot war, da hat sie seine Pistole auch noch genommen und beidhändig geschossen. Den Kollegen blieb gar nichts anderes übrig ...«

»Ein zwanzigjähriges Mädchen?«, fragte ich entsetzt. »Hätten sie nicht ein bisschen warten können? Hinhalten, zermürben? Bis sie aufgibt?«

»Chef«, sagte er sehr müde, »ihr Lover lag neben ihr mit einer Kugel im Kopf. Sie hätte niemals aufgegeben.«

Langsam drückte ich den roten Knopf.

Natürlich hatte Balke Recht. Wir konnten nichts dafür. Niemand konnte etwas dafür.

Dennoch fühlte ich mich sehr, sehr einsam. Die Wohnung war still, und erst nach Minuten wurde mir klar, dass meine Töchter auf Klassenfahrt waren, dass ich in der Küche heute Morgen niemanden antreffen würde. Wie hatte ich mich gefreut auf die Zeit ohne sie.

Auch nach dem Duschen war mir immer noch schlecht. Mechanisch zog ich die Sachen an, die ich verstreut neben dem Bett fand. Mechanisch fuhr ich ins Büro, fand zum Glück einen Parkplatz, der nicht viel Geschick und Konzentration erforderte. Sönnchen wusste natürlich schon Bescheid und begrüßte mich mit einer Miene, als wäre meine halbe Familie gestorben.

Man muss sich als Polizist, auch als Kripochef, nicht oft schuldig fühlen am Tod zweier Menschen. Die meisten Polizisten ziehen ihre Waffen im Lauf ihres Berufslebens niemals mit der Absicht zu schießen. Die meisten haben das Glück, sie überhaupt nie ziehen zu müssen mit einer anderen Absicht als der, sie wegzuschließen und Feierabend zu machen. Und nun eine solche sinnlose Metzelei. Auch wenn die beiden ein Verbrechen begangen hatten, eine große, eine übergroße Dummheit, den Tod hatten sie nicht verdient. Den Tod hatte niemand verdient.

Ich hoffte, dass Sönnchen mit dem Kaffee ein paar Minuten brauchen würde. Dass ich noch ein bisschen Ruhe hätte. Aber mein Wunsch erfüllte sich nicht. Manchmal sehnte ich mich nach unserer alten, langsamen, gemütlich vor sich hinblubbernden Maschine, auch wenn die moderne natürlich den entschieden besseren Kaffee machte. Manchmal wünschte ich mich viele Jahre zurück, in die Zeit, als alles noch ein wenig länger dauerte, als man Zeit noch in Stunden und Tagen maß und nicht in Minuten. Als man nicht jeden Menschen überall auf der Welt innerhalb von Sekunden per Handy erreichen konnte. Als man am Tag zehn Briefe beantwortete und nicht zwanzig E-Mails in der Stunde. Damals wären Bonnie and

Clyde vielleicht entkommen. Damals hätten sie überlebt. Vielleicht.

Ich glaube, an diesem Morgen fühlte ich mich zum ersten Mal wirklich alt.

»Und was ist mit dem Geld?«, fragte ich, als wir kurz nach neun in meinem Büro zusammensaßen. Ich war müde und frustriert und vor allem wütend. Ja, wütend. Das Schlimmste war diese Wut, die kein Ziel hatte. Niemandem war ein Vorwurf zu machen. Alle hatten alles richtig gemacht. Und dennoch war es schiefgegangen.

Vor mir dampfte schon das zweite Kännchen Kaffee. Die Croissants hatte ich noch nicht angerührt, aber ich fühlte mich ein wenig besser. Es half ja nichts. Die Show musste weitergehen.

»Also, wie kommt die Beute in den Kofferraum?«

»Ich nehme an, sie haben das Geld im Lauf der Nacht aus einem Versteck geholt«, erwiderte Vangelis, die schon wieder so frisch aussah, als hätte sie zehn Stunden geschlafen und nicht zwei. »Unsere Leute haben Erdspuren daran gefunden. Vermutlich hatten sie es also irgendwo vergraben. Das eigentlich Interessante ist: bis auf ungefähr achttausend Euro haben wir exakt die Hälfte gefunden.«

Uns allen war klar, wo die restlichen siebenhundertfünfzigtausend zu finden waren – bei unserem Unbekannten, dem dritten Mann.

Da auf der Straße nichts frei war, fuhr ich auf den Hof und stellte meinen inzwischen fünfzehn Jahre alten Peugeot Kombi auf dem kleinen Parkplatz der Eppelheimer Sparkasse neben einem offensichtlich neuen, feuerwehrroten Porsche ab.

»Da wird die Versicherung aber jubeln«, meinte Heribert Braun ohne Enthusiasmus, als er hörte, dass ein Teil der Beute wiederaufgetaucht war. »Und schön, dass Sie die Lumpen geschnappt haben.«

In seinem Aschenbecher lagen schon fünf zerkaute Zahnstocher. Auch er schien heute keinen guten Tag zu haben.

»Geschnappt ist nicht das richtige Wort. Die beiden sind tot.«

»Wer sich in Gefahr begibt, kommt darin um«, meinte er achselzuckend. »Sie erwarten hoffentlich nicht, dass ich Mitleid heuchle. Die beiden Seelchen haben mir und meiner armen Frau verdammt übel mitgespielt. Und die wussten sehr genau, was sie taten und wozu sie es taten. Denen ging's um Geld, und Menschenleben haben in ihrer Kalkulation keine Rolle gespielt. Wenn es darauf angekommen wäre, hätten die mich oder meine Frau ohne Zögern abgeknallt. Mir gellt immer noch manchmal das Gekreische dieses durchgeknallten Flittchens in den Ohren. Wie die mit ihrer Knarre rumgefuchtelt hat, Sie machen sich keine Vorstellung. Und nein, ich habe kein Mitleid mit dem Pack. Ich bin auch nur ein Mensch.«

»Würden Sie auch so denken, wenn Ihr Sohn beteiligt wäre?« Mein Ton war schärfer als gewollt.

Braun holte tief Luft. Und dann legte er los.

»Selbstverständlich würde ich das! Wer Mist baut, muss die Rechnung bezahlen. So ist das nun mal im Leben. Aber ich kann Sie in diesem Punkt beruhigen – mein Sohn würde so etwas niemals tun. Der hat nämlich eine ordentliche Erziehung genossen. Unser David hat früh gelernt, Gut und Böse zu unterscheiden.«

Das Letzte hatte fast wie eine Drohung geklungen. Eine Weile schwiegen wir uns betreten an. Dann sah Braun über mich hinweg ins Nirgendwo.

»Bitte verstehen Sie, vor allem Rebecca leidet immer noch sehr an diesem Drama«, sagte er leise. »Sie ist so sensibel. Ich hoffe, sie kommt irgendwann über alles hinweg. Diese anderthalb Stunden haben sie völlig verändert. Sie ist nur noch ein Schatten ihrer selbst.«

»Sie haben Recht«, gab ich zu. »Es ist leicht, Verständnis zu haben, wenn man nicht betroffen ist. In Ihrer Situation würde ich vermutlich ähnlich reagieren.«

»Warum eigentlich bloß die Hälfte?«, fragte er mit plötzlich wieder ruhiger Stimme. »Wo ist der Rest von dem Geld?«

»Wir sind jetzt mehr denn je davon überzeugt, dass es einen dritten Täter geben muss. Den Ideengeber und Manager. Das erklärt die Verteilung: Fünfzig Prozent für den Chef, die andere Hälfte fürs Fußvolk. Und die Hinweise darauf, dass dieser Dritte Ihr verschwundener Nachbar ist, verdichten sich.« Ich sah Braun ins Gesicht. »Haben Sie noch mal darüber nachgedacht? Halten Sie es für möglich, dass Seligmann die treibende Kraft im Hintergrund war?«

»Darf ich Ihnen was anbieten? Wir können alles: Espresso, Cappuccino, Latte Machiato ...«

Ich winkte ab. Mein Herz klopfte ohnehin schon vom vielen Kaffee am Morgen.

Braun faltete die Hände auf dem Tisch und sah mir fast ein wenig resigniert in die Augen. »Ja, ich habe darüber nachgedacht. Und ja, ich halte für sehr gut möglich. Je länger ich überlege, desto logischer erscheint mir Ihre Erklärung. Der Bursche hat alle Zeit und Gelegenheit gehabt, über unser Leben Buch zu führen. Manchmal habe ich beobachtet, wie sich drüben die Gardine bewegte, wenn ich vor die Tür trat. Ich hätte dem Trottel so was zwar nie im Leben zugetraut, aber man täuscht sich eben hin und wieder in Menschen.«

»Warum mögen Sie ihn eigentlich nicht? Nun ist er nicht mehr Ihr Kunde. Sie können also frei sprechen.«

»Ganz einfach«, erwiderte Braun mit gepresster Stimme. »Weil er einer von diesen unzähligen Schmarotzern ist, die systematisch unser Land ruinieren.« Er fixierte mich, als wäre ich Seligmanns Komplize. »Der Mann war Lehrer, und das ist doch weiß Gott kein Beruf, in dem man sich zu Tode arbeitet. Ich habe ja oft genug gesehen, wie munter der in seinem Garten gewerkelt hat, obwohl er offiziell zu krank war zum Arbeiten. Früher natürlich, bevor er alles hat verkommen lassen. In den letzten zwei Jahren hat man ihn ja dann kaum noch draußen gesehen.« Braun zog eine angewiderte Grimasse. »Können Sie mir verraten, warum so einer in Pension geht, noch bevor er fünfzig ist? Und jetzt faul von unseren Steuern lebt? Von meinem und übrigens auch Ihrem Geld?«

Er sprang auf und begann, mit den Händen auf dem Rücken auf und ab zu gehen. »Seligmann ist einer von diesen unzähligen Faulpelzen, die an Schülerallergie leiden oder an Burn-out-Syndrom oder irgendeinem anderen Schwachsinn. Gucken Sie doch in die Zeitung! Millionen gibt es inzwischen in unserem Land, die es sich bequem machen in der großen Hängematte und sich von uns versorgen lassen. Wissen Sie, was ich denke?«

Abrupt blieb er stehen, starrte mich an. »Hätte der Kerl hin und wieder ein bisschen Sport getrieben und nicht nur sein widerliches Viehzeug gehätschelt, er könnte noch zehn Jahre arbeiten und müsste uns nicht auf der Tasche liegen!«

»Und das ist der Grund, warum Sie ihn nicht leiden können?«

»Demnächst sind wir so weit, dass jeder von uns, der sich noch nicht zu fein ist für ehrliche Arbeit, einen von diesen … Lebenskünstlern durchfüttern muss. Unsereins bezahlt brav seine Steuern, hält sich an Gesetze, erzieht seine Kinder zu Ordnung und Anstand und darf dabei zusehen, wie er von den Faulpelzen zum Deppen gemacht wird. Zum Trottel, der sich das Geld mit beiden Händen aus jeder Tasche ziehen lässt.« Plötzlich erschien ein müdes Grinsen in seinem Gesicht. »Und außerdem, ja verdammt, ich mag ihn einfach nicht. Er ist ein Waschlappen. Ein Mensch ohne Rückgrat.«

»Mit welcher Begründung ist er eigentlich seinerzeit so früh pensioniert worden?«

»Ich bin sein Nachbar, nicht sein Arzt.« Braun setzte sich wieder, stützte die Unterarme auf den Tisch, betrachtete seine kräftigen Sportlerhände mit gepflegten, sauber gefeilten Nägeln. »Von Anfang an war mir der Kerl aus tiefstem Herzen unsympathisch. Mit seinem Bernhardinerblick, den ungebügelten Hosen, diesen ewigen karierten Schlabberhemden, seiner ganzen schleimigen Art. Ich kann Menschen nun mal nicht ausstehen, die sich gehen lassen, keine Energie in sich haben, nichts aus sich machen.«

Ich begann zu begreifen, warum seine Frau solchen Wert darauf legte, dass ihr Mann nichts von ihrem Kontakt zu Seligmann wusste.

»Eines kann ich Ihnen jedenfalls versichern«, sagte Braun sehr leise und kalt und mit einem Blick, der mir absolut nicht gefiel. »Noch mal passiert mir so was nicht!«

»Wie meinen Sie das?«

»Ich habe mir eine Waffe besorgt. Eine Beretta, neun Millimeter. Und ich kann damit umgehen, keine Sorge, und ich werde sie auch benutzen, wenn's drauf ankommt. Sollte es wieder mal so früh an meiner Haustür klingeln, dann werde nicht ich derjenige sein, der anschließend ärztliche Versorgung braucht.«

»Ich nehme an, Sie haben die nötigen Papiere dafür?«

»War überhaupt kein Problem, bei meinem Job und allem, was passiert ist.«

Wir verabschiedeten uns beinahe freundlich, und ich wandte den uralten Trick an, den Fernsehkommissare so gerne benutzen: Schon in der Tür blieb ich stehen und sah noch einmal zurück, als wäre mir die Frage eben erst eingefallen.

»Halten Sie es eigentlich für möglich, dass Ihr Nachbar ermordet wurde?«

»Für möglich halte ich es zwar nicht«, erwiderte er, nun wieder ganz entspannt, »aber man kann ja auch mal Glück haben.«

Sowie ich wieder an meinem Schreibtisch saß, bestellte ich Balke zu mir.

»Ich hätte einen Job für Sie. Einen, der Ihnen Spaß macht, wie ich Sie kenne.«

Er sah mich an und wartete auf die Bescherung.

»Sie haben doch eine Menge Verbindungen. Lassen Sie die mal spielen und versuchen Sie, alles über die Familie Braun in Erfahrung zu bringen, was Sie können. Wie Sie es machen, ist mir gleichgültig, solange ich hinterher keinen Ärger kriege.«

»Alles?«

»Wie sind ihre finanziellen Verhältnisse? Was erzählen die Nachbarn? Was sagen die Angestellten über ihren Chef? Was hört man so im Tennisclub?«

»Haben Sie denn einen Verdacht?«

»Nur so ein Gefühl.«

Das stimmte nicht ganz. Es war mehr als ein Gefühl, was mich umtrieb, es war ein Vorurteil. Menschen, die ihre Anständigkeit derart lautstark vor sich hertragen wie Braun, hatten mich schon immer misstrauisch gemacht.

»Ich werde sehen, was ich tun kann. Wird nicht leicht werden, aber irgendwas geht ja immer.« Fröhlich sprang er auf. »Am besten, ich ruf nachher gleich mal die kleine Jessica beim

Finanzamt an. Die ist mir sowieso noch einen Gefallen schuldig. Und, jetzt fällt's mir ein, da gibt's auch noch die süße Coco. Die war vor drei Jahren noch irgendwas Wichtiges in der Verwaltung der Sparkasse. Die redet zwar nicht mehr so wahnsinnig gerne mit mir, aber vielleicht, wenn ich ein bisschen nett zu ihr bin …«

Abwehrend hob ich die Hände. »Es reicht mir völlig, wenn Sie mir am Ende erzählen, was Sie in Erfahrung gebracht haben.«

Schon am frühen Nachmittag klopfte er wieder an meine Tür. Die Kraft, mit der er dies tat, war meist ein gutes Maß für seine Zufriedenheit mit den Ergebnissen seiner Arbeit. Heute klopfte er etwas lahm.

»Viel habe ich auf die Schnelle nicht erreicht«, sagte er. »Aber so viel ist schon mal klar: Dieser feine Herr Braun lebt eindeutig über seine Verhältnisse. Ich weiß jetzt ungefähr, was er als Chef einer kleinen Sparkassenfiliale verdient. Gar nicht mal so berauschend, übrigens. Und da fährt der Mann einen niegelnagelneuen Neunhundertelfer Carrera, der mindestens hunderttausend Mücken gekostet haben muss! Haus und Grundstück sind zusammen eine dreiviertel Million wert, und die Hypotheken sind noch lange nicht getilgt. Der Sohnemann studiert und will bestimmt auch jeden Monat ein bisschen Geld sehen.«

»Hat er vielleicht geerbt? Oder im Lotto gewonnen?«

»Meines Wissens nicht. Jedenfalls versteuert Braun so gut wie keine Kapitalerträge.«

»Vielleicht hat seine Frau Geld mit in die Ehe gebracht.«

Er schüttelte den Kopf. »Bevor sie ihn geheiratet hat, war sie Schauspielerin. Nichts Bedeutendes, Nebenrollen an kleinen Theatern, mal ein kurzer Auftritt in einem Werbespot im Fernsehen und so. Da kommt man auch nicht so leicht zu Reichtümern.«

Ich sah auf die Uhr. »Ist Ihre … Lebensgefährtin denn nicht eifersüchtig, wenn Sie immer noch Kontakt mit Ihren Verflossenen pflegen?«

»Eifersüchtig?« Balke lachte bitter und machte mit dem Daumennagel eine rasche Bewegung über seine Kehle. »Wenn meine Nicole erfährt, dass … Müssen Sie irgendwo hin? Sie sehen dauernd auf die Uhr. «

»Ich will gleich noch mit Seligmanns ehemaligem Chef reden. Wir sind um drei verabredet. «

»Ich hätte da nämlich eine Frage. «

»Wenn es nicht zu lange dauert. «

Verlegen sah er auf seine Hände. »Es ist nämlich was Persönliches. «

Was gibt es für einen Chef Schöneres, als wenn seine Untergebenen mit ihren privaten Problemen zu ihm kommen?

Tapfer sah Balke auf. »Nicki will ein Kind. «

Nicki, vermutete ich, war Nicole.

»Ist das nicht ein bisschen plötzlich? Wie lange wohnen Sie denn jetzt zusammen? «

»Drei Monate, ja. Es soll auch nicht gleich sein, es geht mehr ums Prinzip. Darf man das denn heute noch? Wo alles rund um uns herum zusammenbricht? Überall nur noch Wirtschaftskrisen und Treibhauseffekt und Krieg, und die Arbeitslosigkeit steigt und steigt! «

»Sie sind Beamter, Herr Balke. Und Polizisten wird man auch in hundert Jahren noch brauchen. Vermutlich sogar mehr als heute. Und außerdem, wenn alle Menschen mit dem Kinderkriegen gewartet hätten, bis der passende Zeitpunkt gekommen war, dann wäre die Menschheit vor fünfzig Millionen Jahren ausgestorben. «

Balke nickte nachdenklich. »Das hab ich mir natürlich auch überlegt. Wie ist das bei Ihnen? Haben Sie es nie bereut, dass Sie Kinder angeschafft haben? «

»Bereut? «, lachte ich. »Ich bereue es jeden Tag! An manchen sogar mehr als einmal. «

»Und? «

»Ich würde es trotzdem jederzeit wieder tun. «

»Aber warum? «

»Das werden Sie in der Sekunde herausfinden, in der Sie zum ersten Mal Ihr Baby auf dem Arm haben. «

10

»Aber selbstredend erinnere ich mich noch an den Kollegen Seligmann.« Oberstudiendirektor Schnellinger machte seinem Namen Ehre und nahm überraschend flink hinter einem vor seiner mächtigen Figur zierlichen Schreibtisch Platz. »Sehr gut sogar. Ist was mit ihm?«

Vom Flur drangen die gedämpften Geräusche eines jetzt, am Freitagnachmittag, nahezu leeren Schulhauses herein. Die Klingel schrillte, eine Tür fiel zu, leichte Schritte trappelten eilig über harten, gefliesten Boden. Dieser Geruch nach Schule, der einen nie im Leben mehr loslässt. Plötzlich fühlte ich mich in meine Jugend zurückversetzt, litt mit den armen Kindern, die hier jeden Morgen verschlafen und frustriert auf ihre Lehrer warteten, um von ihnen Dinge zu lernen, die sie nicht wissen wollten und vermutlich niemals in ihrem Leben brauchen konnten.

Das Hölderlin-Gymnasium, fast mitten in der Altstadt gelegen, war von der Direktion bequem zu Fuß zu erreichen wie überhaupt so vieles in Heidelberg. Inzwischen hatte ich begriffen, dass es sich oft nicht lohnte, einen Wagen zu nehmen, weil die anschließende Parkplatzsuche meist länger dauerte als der Fußweg, den man sich dadurch ersparte. Den Schulhof betrat man durch einen finsteren Durchgang von der Friedrich-Ebert-Anlage her, den nur ein geistig verwirrter oder ungewöhnlich zynischer Architekt sich ausgedacht haben konnte. Das große, einen ganzen Block einnehmende Schulgebäude dagegen war ein heller, überwiegend in freundlichem Gelb gestrichener Bau.

Mit sonniger Neugier strahlte mich der Schulleiter an. Er erwartete eine Antwort auf seine Frage.

»Er ist verschwunden. Und wir machen uns Gedanken, warum und wohin.«

»Sie erwarten hoffentlich nicht, dass ich Ihnen sage, wo Sie ihn suchen müssen?«

»Natürlich nicht. Ich würde nur gerne von Ihnen hören, was für ein Mensch er ist.«

»Treiben Sie immer einen solchen Aufwand, wenn ein Erwachsener verschwindet?«

»Unter gewissen Umständen, ja.«

»Und was sind diese gewissen Umstände?«

Ich hob die Schultern und lächelte ihn unschuldig an.

»Natürlich, natürlich.« Schnellinger lachte auf. »Geht mich einen feuchten Kehricht an, da haben Sie Recht.« Er schwieg einige Sekunden und zupfte an der schon ein wenig speckigen Manschette seines fast weißen Hemdes herum. »Sind immerhin schon einige Jährchen ins Land gegangen, seit unser Seligmann in Pension ging. Ich war damals ganz frisch auf meinem Posten. Deshalb kann ich Ihnen leider nicht viel über ihn erzählen.«

»Gibt es Kollegen, die mehr über ihn wissen?«

Schnellinger ließ von seiner Manschette ab und fuhr sich mit einer fahrigen Bewegung durchs schüttere und reichlich verschwitzte Haar.

»Natürlich, klar gibt es die. Ich kann Ihnen nachher ein paar Namen aufschreiben. Aber was möchten Sie nun von mir hören? Ob er geklaut hat? Hat er meines Wissens nie. Ob er Schülerinnen unter den Rock gefasst hat? Nein, hat er auch nicht.«

»Ich möchte mir einfach nur ein Bild machen von dem Mann. Deshalb sitze ich hier und stehle Ihnen die Zeit.«

»Das wird Ihnen helfen, ihn wiederzufinden?«

»Wohl kaum.«

»Dann steckt also noch mehr dahinter?«

»Möglicherweise. Aber ich darf und möchte …«

»Natürlich, natürlich.« Schnellinger sah zum Fenster hinaus. »Geht mich immer noch nichts an, schon verstanden.«

Wieder liefen draußen eilige Füße den Flur entlang. Diesmal schwerere. Der Hausmeister vielleicht oder ein Lehrer auf dem Weg zu seiner Klasse, die mit Nachmittagsunterricht geplagt war. Ob es heute noch die Strafe des Nachsitzens gab? Meine Töchter mussten nie nachsitzen. Zumindest erfuhr ich nichts davon. Ob ihnen das norddeutsche Essen inzwischen besser schmeckte? Was wohl Sarahs Zahnschmerzen machten? Unwillkürlich musste ich gähnen. Ein alter Reflex aus Jugendzeiten – Schulluft machte mich immer noch müde.

»Seligmann«, sagte der Direktor nachdenklich und betrachtete dabei ratlos die flache Hand, die eben noch sein dünnes Haar gebändigt hatte, »war schon ein merkwürdiger Geselle.«

»Inwiefern?«

»Ein Autist in gewisser Weise. Hatte nicht viele Freunde im Kollegium. Der war sich selbst genug. Hat seine Arbeit gemacht, und der Rest hat ihn nicht interessiert. Pünktlich war er, unser Seligmann, pünktlich und gewissenhaft, da gab es nichts. Aber in den Pausen, da saß er immer für sich.«

»Wie war sein Verhältnis zu den Schülern?«

»Bestens. Die Kinder haben ihn gemocht. Das war eigentlich seltsam, denn er war nicht besonders witzig, hat sich nicht angebiedert, konnte auch mal streng sein. Ich habe es mir folgendermaßen erklärt: Sie sahen in ihm eine Art Verbündeten. Gegen die Schule, gegen uns andere, normale Lehrer.«

Für einige Sekunden schwieg Oberstudiendirektor Schnellinger und sah wieder hinaus auf die Bäume mit dem frischen Grün, die sich im leichten Nachmittagswind des Frühsommertages wiegten. Dann fuhr er fort:

»Als ich hier mein Amt antrat, da habe ich reihum bei allen Kollegen hospitiert. Um mir ein Bild zu machen, meine Truppen kennen zu lernen, ihren Stil. Und Seligmann, was soll ich sagen, er war ein Phänomen. Ich habe selten erlebt, dass eine Klasse einem Lehrer so aus der Hand frisst. Er war, man kann es nicht anders ausdrücken, als Pädagoge ein Naturtalent. Ich habe versucht herauszufinden, wie er das anstellt. Es ist mir nicht gelungen. Er hat seine Schüler ernst genommen, vielleicht ist es das. Als Persönlichkeiten, jeden Einzelnen. Und dann diese merkwürdige Ruhe, die er ausstrahlte. Sie hatten Respekt vor ihm, ja, richtigen, ehrlichen Respekt. Das findet man leider selten heutzutage. Seine Ergebnisse waren vorbildlich. Bei ihm gab es keinen einzigen Schüler, der nicht mitkam, absackte, verloren ging. Er hat sich um jeden Einzelnen gekümmert. Ohne viele Worte, ohne Getöse. Er hat's einfach getan, weil es zu seinem Job gehörte. Wirklich schade, dass er dann so bald krank werden musste.«

»Dürfen Sie mir sagen, woran er erkrankt ist?«

»Die Seele.« Er blickte mir ins Gesicht, ohne mich zu sehen. »Er hatte einen schweren psychischen Zusammenbruch, von dem er sich leider nie wieder erholt hat. Dann fing er auch noch mit dieser Trinkerei an und ... Nun ja.«

»Was ich Sie jetzt frage, dürfen Sie bitte nicht missverstehen.«

Schnellinger musterte mich mit dem friedlichen Blick eines Pädagogen, der seinem Schüler Mut machen will, mit der Wahrheit herauszurücken, auch wenn sie wehtut.

»Halten Sie Herrn Seligmann für fähig, ein Verbrechen zu begehen? Ein schweres Verbrechen?«

Schmunzelnd betrachtete er seine sauber aufgeräumte hellgraue Schreibtischplatte, wo exakt in der Mitte meine Visitenkarte lag.

»Herr Gerlach«, begann er, »sehen Sie, ich bin nun seit über fünfundzwanzig Jahren Lehrer. Ich habe tausende von Schülern kommen und gehen sehen. Wie sie hier begannen, in der Fünften, was später aus ihnen geworden ist.« Plötzlich war er sehr ernst. »Und wenn ich eines gelernt habe in all den Jahren, dann dies: Jeder Mensch ist im Prinzip zu allem fähig. Es müssen lediglich die Umstände entsprechend sein, dann werden auch Sie zum Mörder und ich genauso.«

»Das sehe ich natürlich schon auf Grund meines Berufs ein wenig anders.«

»Sie glauben an das Gute im Menschen? An das Böse? An Schuld?«

»Ich glaube, was ich sehe«, erwiderte ich nun ebenso ernst. »Und ich sehe, dass manche Menschen Verbrechen begehen und andere, die vielleicht ein schlimmeres Schicksal zu ertragen haben, ehrlich bleiben. Ich sehe, dass Menschen zu Dieben werden, obwohl sie viel wohlhabender sind als mancher andere, der nicht stiehlt. Ich sehe, dass Menschen zu Mördern werden, obwohl es ihnen an nichts fehlt im Leben.«

»Vielleicht lassen wir das Thema lieber«, versetzte Schnellinger fröhlich. »Freitag ist vielleicht kein guter Tag zum Philosophieren.«

Als ich vor die Schule trat, auf den asphaltierten, mit bunten Kreiden bemalten und in der Sonne flimmernden Hof, war es schon halb drei. Ich musste mich sputen.

In der Lebensmittelabteilung des Kaufhof erledigte ich hastig die notwendigen Einkäufe. Das Glück war mit mir, es gab Seezungen bereits fertig filetiert. Das Kopfabschneiden und Haut-vom-Schwanz-her-Abreißen blieb mir somit erspart. Die Zeit reichte gerade eben, meine Beute zu Hause in den Kühlschrank zu werfen. Dann war es vier.

Ich machte noch einen letzten Kontrollgang durch die Wohnung, und da läutete es auch schon. Wir hatten verabredet, dass wir uns nicht gemeinsam sehen lassen würden. Vermutlich war es albern, aber es wäre mir peinlich gewesen, von Nachbarn im Treppenhaus zusammen mit einer fremden Frau gesehen zu werden.

Als ich die Tür öffnete, brach ich in Lachen aus. Theresa wirkte wie eine hoffnungslos untalentierte Schauspielerin, die eine Geheimagentin darstellen soll. Ihr volles Haar hatte sie unter ein buntes Tuch gezwängt. Im Gesicht trug sie eine große dunkle Sonnenbrille, bei deren Anblick Audrey Hepburn Luft-sprünge gemacht hätte und die vermutlich auch aus deren Zeit stammte. Die Frau meiner einsamen Träume war ungewohnt nervös und fand meine Heiterkeit vollkommen unpassend, wie sie mir an Stelle eines Begrüßungskusses erklärte.

»Es könnte mich jemand sehen!«

»Aber hier kennt dich doch niemand, meine kleine Süße.«

Wenn man Theresa nachhaltig auf die Palme bringen wollte, dann brauchte man sie nur »meine kleine Süße« zu nennen. Damit lag man nur noch eine Stufe unter dem Spitzenplatz, den sich »Zuckerschneckchen« mit »Schätzelchen« teilte. Und natürlich war sie weder klein noch süß. Theresa war eine selbstbewusste, große und, nach ihrer eigenen Meinung, zu üppige Frau.

Ich nahm sie tröstend in die Arme. Beim Versuch, sie zu küssen, biss sie mich in die Unterlippe.

»Und es ist auch wirklich niemand hier?«, fragte sie, plötzlich von irgendwelchen inneren Kräften von ihrem Zorn abgelenkt.

Ich half ihr aus dem Chanel-Blazer, nahm ihr sachte die dunkle Brille von der Nase. Offenbar war ihr warm, denn sie streifte auch gleich das D&G-Shirt über den Kopf, das sie unter der Jacke trug.

»Du bist der widerlichste Kerl, den ich kenne«, seufzte sie und fiel mir in die Arme. Um ein Haar hätten wir dabei das

Gleichgewicht verloren und wären der Länge nach in den Flur gestürzt.

Ein Vorteil etwas üppigerer Frauen ist, dass sie in der Regel auch üppige Brüste haben, stellte ich wieder einmal zufrieden fest. Inzwischen klebte sie mit jedem Zoll ihres so begehrenswert duftenden Körpers an mir. Ein Hagel von heißen Küssen ging über meinem Gesicht nieder, der mir fast den Atem nahm.

»Ich habe eine Flasche Prosecco aufgemacht zur Begrüßung«, bekam ich zwischendurch heraus.

»Keinen Durst.«

»Ein Häppchen Käse? Was Süßes?«

»Du bist mir im Moment süß genug, Honey. Und du hast den Vorteil, ohne Kalorien und auch noch alkoholfrei zu sein.«

»Gibt's sonst irgendwas, womit ich dir zur Begrüßung eine Freude machen kann?«

Aber es war längst offensichtlich, auf welche Art von Freude Theresa aus war. Sie fummelte schon an meinem Gürtel.

Irgendwie waren wir inzwischen in die Küche geraten. Irgendwie gelang es mir, dieses verflixte Gespinst von BH aufzuhaken, ohne es dabei zu zerreißen. Aus irgendeinem Grund saß Theresa plötzlich rittlings auf der Küchenarbeitsplatte. Im letzten Moment gelang es mir noch, mein Brotmesser in Sicherheit zu bringen, sonst wäre unser Wochenende schon nach fünf Minuten zu Ende gewesen. Und wie hätte ich meinem Chef erklären sollen, dass seine Gattin sich in meiner Küche und mit einem meiner Messer ins prächtige Hinterteil geschnitten hatte? Noch dazu, ohne dass dabei ihre Jeans zu Schaden kam?

Noch niemals hatte ich Sex mit einer Frau gehabt, die auf der Arbeitsplatte meiner Küche saß. Erstaunlich, was alles geht.

»Wir haben uns ja nicht mal anständig ausgezogen«, stellte ich fest, als ich wieder sprechen und denken konnte. »Ich dachte, wir könnten uns zur Abwechslung mal richtig Zeit lassen.«

Sie lachte hell, hüpfte herunter und küsste mich auf die Nase. »Wir können uns noch so oft Zeit lassen in den nächsten zwei Tagen!«

Merkwürdigerweise trug sie noch immer ihren schwarzen Slip, wie ich jetzt erst feststellte. Sie vor sich hin summend, ich leise pfeifend, machten wir uns daran, unsere Sachen aufzusammeln. Theresa hatte zwei Taschen mitgebracht. In der einen befand sich praktisch nichts als ein flauschiger, tannengrüner Morgenmantel, in den sie umgehend schlüpfte. Die andere war schwerer, und etwas klimperte vielversprechend darin.

»Ich habe ein wenig in Egonchens Keller geräubert«, erklärte sie mir strahlend.

»Hoffentlich merkt er es nicht.«

»Wenn doch, dann werde ich ihm erzählen, dass Viola überraschend zu Besuch kam.«

Viola, das war ihre alte Busenfreundin aus Darmstadt, die schon des Öfteren als Ausrede und Alibi hatte herhalten müssen. Entweder besuchte Theresa sie angeblich übers Wochenende, oder Viola kam selbst zu Besuch, wie diesmal.

Ich zählte fünf schlanke Flaschen. »Trinkt sie denn so unmäßig?«

»Aber ja!«, erwiderte Theresa gut gelaunt. »Die gute Viola säuft wie ein Nilpferd. Komm, lass mich deine Wohnung ansehen.«

Die Besichtigung dauerte nicht lange. Sie fand alles hübsch und freundlich und ansonsten nicht weiter erwähnenswert. Manchmal war ihr anzusehen, wie sie im Kopf schon Pläne machte, was umzuräumen, was wegzuwerfen, was anders zu arrangieren wäre, wenn sie hier etwas zu melden hätte. Hatte sie aber nicht. Ich fand meine Wohnung perfekt. Es war alles da, was ich zum Leben brauchte, alles am richtigen Platz, und es blieb genug Raum dazwischen zum Leben. Nur das Zimmer meiner Töchter betrachtete Theresa lange und mit einem wehmütigen Zug im Augenwinkel.

»Ein Mädchenzimmer«, murmelte sie und schmiegte sich an mich. Ihr Morgenmantel öffnete sich ganz von selbst. Inzwischen hatte ich aus Gründen der Symmetrie und Zeitersparnis auch meinen angezogen.

»Nicht im Kinderzimmer!« Ich versuchte, ihre ruhelosen Hände einzufangen. Brummelnd ließ sie ab von mir.

»Sieh mal.« Ich zupfte ein Etwas aus Bändchen und einem bisschen Stoff aus der untersten Schublade der Kiefernholz-Kommode. »Wenn ich nicht ahnen würde, was das ist, würde ich es vermutlich für einen Nasenwärmer halten. Obwohl dieses Ding bestimmt nicht viel Wärme gibt.« Ich drückte ihr das Objekt meiner Neugierde in die Hand. »Kannst du mir erklären, wozu das gut sein soll?«

Theresa kugelte sich vor Lachen. »Das nennt man String-Tanga«, erklärte sie mir. »Die Mädels lieben so was heute.«

»Und wozu, bitte schön, trägt man das? Sie könnten genauso gut nackt herumlaufen!«

»Manches tragen Frauen nicht, damit sie etwas anhaben«, schnurrte sie mit verruchtem Blick, »sondern damit sie etwas ausziehen können. Für mich ist er leider ein paar Nummern zu klein, sonst könnte ich dir zeigen, wie er am Körper aussieht. Würde dir bestimmt gefallen.«

»Hör mal«, versetzte ich, »die Mädchen sind fast noch Kinder! Ich weiß überhaupt nicht, woher sie dieses unanständige Zeug haben.«

»Es gibt Geschäfte, da kann man solche Sachen kaufen. Ganz normale Geschäfte, wo auch ganz normale Teenager einkaufen können.«

Schon wieder war sie gefährlich nah. Ich stopfte das String-Dingsbums in die Schublade zurück. »Sie tun die Dinger nie in die Wäsche. Vermutlich waschen sie sie mit der Hand, damit ich sie nicht zu Gesicht bekomme.«

»Du wirst dich an den Gedanken gewöhnen müssen, dass deine Töchter jetzt sehr rasch erwachsen werden.« Theresa nahm mich tröstend in die Arme. »Du hast doch hoffentlich darauf geachtet, dass sie Kondome mitnehmen auf ihre Klassenfahrt?«

»Theresa!« Ich stieß sie weg. »Sie sind vierzehn!«

»Eben deshalb«, erwiderte sie verwundert. »Ein bisschen früh, um schwanger zu werden, findest du nicht auch? Aber vermutlich haben sie sich selbst versorgt. Sie sind ja nicht auf den Kopf gefallen.«

»Hör bitte auf damit! Ich finde das gar nicht witzig!«

»Das sollte es auch nicht sein, Süßer.«

Erst seit ich Theresa kannte, wusste ich, wie oft ein Mensch Sex haben kann. Und wie verrückt Frauen, zumindest bestimmte Exemplare, auf diese Art von körperlicher Betätigung sind. Diesmal landeten wir auf der Couch im Wohnzimmer. Norah Jones, deren erste CD ich eigens für diesen Zweck eingelegt hatte, kam nicht zum Einsatz.

Später saßen wir, nun wieder züchtig in unseren Morgenmänteln, in der Küche, knabberten Käse zu Baguette und tranken den vorzüglichen Kerner meines ahnungslosen Chefs dazu. Ich studierte das Etikett. Er war vom Bodensee aus der Nähe von Meersburg.

Mein Handy brummte auf dem Tisch. Gegen Theresas dramatischen Protest hatte ich mit dem unanfechtbaren Argument »die Kinder« durchgesetzt, dass es eingeschaltet blieb. Es war nur eine kurze SMS von Louise. »S. hat immer noch Zahnweh. Frau K. hat ihr Tabletten besorgt. Mir ist schlecht. Das blöde Essen. Muss dauernd aufs Klo. Sonst geht's uns super. Küsschen, L.«

Falls die beiden wirklich Kondome im Gepäck hatten, sie würden sie kaum ihrem Zweck zuführen können, kam mir in den Sinn. Theresa erriet meinen Gedanken und schimpfte mich einen gräßlichen Rabenvater, der seinen armen Töchtern keinen Spaß gönnte.

»Sex ist doch kein Spaß!«, brummte ich.

»Ach nein?«, fragte sie mit runden Augen. »Wie nennst du das denn, wenn ich fragen darf?«

Da mir keine gescheite Antwort einfiel, nahm ich sie in die Arme und küsste sie. Theresas Bademantel fiel schon wieder ganz von alleine auseinander und legte schamlos ihre Reize frei. Ihre Arme waren heiß. Ihr Mund schmeckte nach Wein.

11

Am Montagvormittag verstand ich Heribert Braun plötzlich sehr gut: Xaver Seligmann war mir auf den ersten Blick unsympathisch. Er mochte noch einige Zentimeter größer sein als ich, wirkte aber auf Grund seiner kraftlosen Körperhaltung und des gebeugten Rückens kleiner, als er war. Alles hing an diesem Mann. Die Tränensäcke im hageren Gesicht, die Mundwinkel, das zerknitterte, blaukarierte Flanellhemd, das er über der lappigen Tuchhose trug.

Wie hatte ich auf einen ruhigen Tag gehofft, um mir die traumwandlerische Stimmung vom Wochenende noch ein wenig zu erhalten. Und nun saß mir dieser Mann gegenüber, nach dem wir seit einer Woche suchten, und starrte mich aus tief liegenden braunen Augen misstrauisch an.

Obwohl oder gerade weil ich gründlich verschlafen hatte, war ich müde. Meine Nächte mit Theresa waren naturgemäß unruhig gewesen. Einerseits hatten wir nicht aneinander satt werden können, andererseits waren wir es beide nicht mehr gewohnt, mit jemandem das Bett zu teilen. Seit Jahren hatten sie und ihr Mann getrennte Schlafzimmer, erfuhr ich bei dieser Gelegenheit. Meine Frage, ob das bedeutete, dass sie auch nicht mehr mit ihm schlief, blieb unbeantwortet.

»Es ist nicht gut, wenn man alles voneinander weiß«, hatte sie gehaucht und mich hingebungsvoll auf den Bauchnabel geküsst. »Das macht den Zauber jeder Beziehung kaputt.«

Da meine Angebetete eine unersättliche Langschläferin war, hatte ich die Morgen zum Laufen genutzt. Die Tage hatten wir verbummelt mit Faulenzen, Reden, Schmusen und Liebe. Und vorhin hatte ich kaum an meinem Schreibtisch Platz genommen, da klingelte schon mein Telefon.

»Er ist wieder da«, sagte Vangelis. »Dieser aufmerksame Nachbar von schräg gegenüber hat heute Morgen sage und schreibe um halb sechs hier angerufen. Seligmanns Mazda steht wieder in seiner Garage. Er muss irgendwann im Lauf der Nacht zurückgekommen sein.«

Vor einer halben Stunde noch hatte ich mich gefühlt wie nach einem zweiwöchigen Urlaub in einem fernen Land – leicht erschöpft, noch ein wenig abwesend, aber durch und durch erholt. Und nun, es war gerade erst halb zehn, und ich hatte noch nicht einmal Kaffee getrunken, nun hockte Seligmann vor mir auf seiner schäbigen Couch und wartete darauf, dass ich endlich etwas sagte. In den Terrarien raschelte es hin und wieder. Vangelis hüllte sich in vornehmes Schweigen.

Seligmann rauchte.

»Schön, Sie zu sehen«, sagte ich. »Wir haben uns ein wenig Sorgen um Sie gemacht.«

»Das war nicht nötig«, erwiderte er so langsam, als wäre er vor irgendetwas auf der Hut. »Ich kann ganz gut auf mich aufpassen.«

»Wo haben Sie denn gesteckt, wenn man fragen darf?«

»Fragen darf man alles.«

Ich war auf dieses Gespräch nicht vorbereitet. Mein Kopf war noch nicht im Dienst, und Vangelis machte nicht den Eindruck, als wollte sie für mich einspringen. So lavierte ich herum. Versuchte, erst einmal einen Kontakt zu dem Mann zu finden. Aber es gelang mir nicht. Er roch muffig und säuerlich nach ungewaschenem Hemd und altem Zigarettenrauch. Und ja, ich mochte ihn nicht.

Sein rechtes Handgelenk verunstaltete ein schon ziemlich angegrauter und ohne Geschick angelegter Verband.

»Sie sind Linkshänder?«, fragte ich überflüssigerweise, denn er hielt ja seine Zigarette in der Linken.

»Wollten Sie deshalb mit mir reden?«

Seligmanns Blick hatte etwas Lauerndes. Es lag weder Sympathie darin, noch das Gegenteil. Es lag eigentlich gar nichts darin. Eine seiner Schlangen hatte mich bei meinem letzten Besuch in diesem finsteren, deprimierenden Haus ebenso angesehen, erinnerte ich mich. In der Nähe wurde ein Motorrad angelassen und entfernte sich dann rasch. Vermutlich David Braun auf dem Weg in die Universität.

»Dürften wir erfahren, warum Sie so plötzlich verreist sind, Herr Seligmann?«

Ein winziges, verächtliches Lächeln zuckte um seinen rechten Mundwinkel. Der Blick blieb kalt. »Ich denke nicht, dass Sie das was angeht, Herr Gerlach.«

Ich lächelte nicht weniger kalt zurück. »Aber es würde die Sache sehr vereinfachen, wenn Sie ein wenig kooperativ wären.«

»Welche Sache würde es vereinfachen?«

Sein Blick blieb völlig ruhig. Entweder war dieser Mann abgebrühter, als ich erwartet hatte. Oder alles war völlig anders, als wir dachten. Ich versuchte, ihn aus dem Konzept zu bringen, falls er eines haben sollte.

»Wo waren Sie am Mittwoch, den elften Mai?«

»Zu Hause vermutlich«, antwortete er ohne Zögern. »Ich bin eigentlich immer zu Hause. Warum wollen Sie das wissen?«

»Genauer können Sie sich nicht erinnern?«

Er runzelte die ohnehin faltige Stirn. »Ein Mittwoch, sagen Sie? Der elfte Mai? War da nicht dieser Überfall auf die Bank von meinem blöden Nachbarn? Geht's etwa darum?« Er drückte seine filterlose Zigarette aus und steckte sich die nächste an. »Ich hab damals überhaupt nichts mitbekommen von der ganzen Geschichte. Erst später, als auf einmal so viel Polizei da war ...« Gierig saugte er an dem Glimmstängel, den er zwischen seinen knochigen, gelben Fingern fast zerdrückte. »Ist der Fall nicht gelöst? Die Täter sind doch gefasst, hab ich im Radio gehört.«

»Nicht gefasst, sondern erschossen. Was haben Sie also gemacht an dem Tag?«

»Am Mittwochmorgen mache ich die Terrarien sauber. Alle kriegen frisches Wasser. Und manche werden nur einmal die Woche gefüttert. Bestimmte Schlangen zum Beispiel, die sind die reinsten Hungerkünstler. Die darf man gar nicht so oft füttern, sonst werden sie krank.«

»Ihre Tiere sind interessant. Ein außergewöhnliches Hobby.«

»Herr Gerlach«, erwiderte er fast mitleidig, »machen Sie, was Sie wollen, aber versuchen Sie nicht, mich zu verarschen. Jeder normale Mensch ekelt sich vor meinen Lieblingen.«

Seligmann rauchte Roth-Händle, eine Marke, von der ich angenommen hatte, dass es sie längst nicht mehr gab. Nach wie vor fiel es mir schwer, mich zu konzentrieren. Noch immer war ich halb im Wochenende und bei Theresa. Am Samstag hatte ich zu Mittag einen hübsch anzusehenden bunten Salat mit Shrimps serviert und zum Abendessen Kalbsschnitzelchen in einer für unser beider Geschmack äußerst gelungenen Madeira-Sauce.

»Dann sind Sie also nicht normal?«, fragte ich.

Seligmann lachte heiser und nahm wieder einen tiefen Zug. »Es gibt meines Wissens kein Gesetz, das vorschreibt, man hätte normal zu sein«, sagte er, während er langsam den Rauch ausatmete.

»Ist das Putzen von Terrarien eine tagesfüllende Beschäftigung?«

»Vermutlich hab ich später ein wenig gelesen.« Ruhig streifte er die Asche von seiner Zigarette in den fast schon vollen Aschenbecher. »Vielleicht ein Schläfchen gehalten. Musik gehört. Mir vielleicht schon überlegt, was ich fürs Wochenende einkaufen muss. Mir einen runtergeholt.«

Theresa hatte tapfer alles gelobt, was ich auf den Tisch brachte, und ich war auf meine Kochkünste stolz gewesen wie schon lange auf nichts mehr. Das hatte sich am Sonntag gründlich geändert. Die Minestrone mit dünnen Gemüse-Allumettes war noch kein Problem gewesen, wenn man von der tiefen Schnittwunde in meinem Daumen absah. Dafür gerieten die Seezungenröllchen so trocken wie Aktendeckel und schmeckten ungefähr wie meine Schreibtischunterlage. Die Soße glich diesen Mangel mehr als aus, denn sie war so sauer, dass Theresa beim Probieren schielte und sofort das Rezept haben wollte, weil die Soße nach ihrer Überzeugung ein Wundermittel gegen Schildläuse sein musste. Der Reis war zu kurz gekocht, die so liebevoll geputzten, in perfekt gleichmäßige Stücke geschnittenen Zucchini dafür matschig wie ein Babymenü. So hielten wir uns schließlich ans Dessert – fertig gekauftes Bourbon-Vanilleeis mit ebenso fertig gekaufter Roter Grütze.

»Sie verlassen Ihr Haus ziemlich selten.«

Ein rascher, misstrauischer Blick durch dichte Brauen traf mich. »Ich bin froh, wenn ich niemanden sehen muss.«

»Außer an Montagen und Donnerstagen.«

Zum ersten Mal wirkte er überrascht. »Donnerwetter, Sie wissen ja wirklich eine ganze Menge über mich!«

»Wohin fahren Sie immer an diesen Nachmittagen?«

»Auch das geht Sie leider einen Scheißdreck an.« Es klang nicht einmal besonders unfreundlich, wie er das sagte. »Aber ich kann Ihnen versichern, dass ich nichts Ungesetzliches tue.«

Vangelis machte noch immer keine Anstalten, etwas zu diesem Gespräch beizutragen. Zeit, das Thema zu wechseln.

»Wir haben Blut gefunden in Ihrem Haus. Nebenan in der Küche und auch hier im Wohnzimmer.«

Unwillkürlich fasste er sich ans Handgelenk.

»Ich nehme an, es ist Ihr Blut. Können Sie mir erklären, wie es dort hingekommen ist?«

Achselzuckend zerdrückte er die zweite Zigarette und steckte sich die dritte an. »Hab mich geschnitten.«

»In der Nacht, bevor Sie abgereist sind?«

»Ich war ein bisschen betrunken.«

»Bei welcher Gelegenheit haben Sie sich denn verletzt?«

Automatisch betastete ich meinen schmerzenden Daumen. Meine Frage war sinnlos, aber nicht nutzlos. Die gute alte und immer wieder verblüffend erfolgreiche Vernehmungstaktik: Ständiger Wechsel zwischen Belanglosigkeiten, Nebensächlichkeiten und Fragen zur Sache verwirrt den anderen, stört seine Konzentration. Seligmann war auf der Hut, das war offensichtlich. Aber wer ist das nicht, wenn er der Kripo gegenübersitzt? Meine Frage nach dem Bankraub hatte ihn jedoch nicht irritiert, sondern eher gelangweilt.

»Herr Gerlach«, seufzte er müde. »Es ist in meinem Haus passiert, es ist mein Handgelenk, das beschädigt wurde. Ich habe den Unfall überlebt und glaube nicht, dass Ihre Behörde sich deshalb Sorgen machen muss. Aber gut, wenn es denn der Wahrheitsfindung dient: Es war eine Glasscherbe. Ich hab eine Flasche zerbrochen, und ich war auch nicht ein bisschen betrunken an dem Abend, sondern ich war ziemlich besoffen. Aber ich habe niemanden belästigt, ich habe nicht in der Öffentlichkeit gesungen und nicht auf die Straße gekotzt. Also, was wollen Sie?«

»Wir haben aber keine Glasscherbe gefunden mit Blut daran.«

»Dann werde ich das Ding wohl weggeschmissen haben. Ich habe es aber bestimmt ordnungsgemäß entsorgt. Haben Sie die Altglascontainer denn alle überprüft?«

Ich lehnte mich zurück, zog einen Kugelschreiber aus der Innentasche meines Jacketts, spielte damit herum, als hätte ich alle Zeit der Welt. Der Kuli stammte von einem Schlosshotel am Neckar, wo ich mit Theresa zusammen einmal ein beinahe perfektes Wochenende verbracht hatte. Es kostete mich Mühe, nicht zu lächeln.

Warten macht jeden Menschen nervös, der einem Polizisten gegenübersitzt. Fast jeden. Xaver Seligmann nicht. Auch die gute alte Vernehmungstaktik funktionierte hier nicht.

»In Ihrer Küche fehlt ein Messer«, sagte ich schließlich, als wäre es mir eben erst eingefallen.

»Das fehlt schon ewig. Ist mir mal abgebrochen, und dann habe ich es irgendwann weggeschmissen«, gab er ungerührt zurück.

Ich versuchte, den Takt des Gesprächs zu beschleunigen, steckte meinen Stift wieder ein und fixierte meinen Gesprächspartner.

»Ihre Nachbarin sagte uns, Sie verreisen sonst nie, ohne ihr vorher Bescheid zu geben.«

»Natürlich.« Er nickte. »Wegen der Tiere.«

»Warum haben Sie es diesmal nicht getan?«

»Ich sagte doch schon, ich hatte gesoffen. Sie könnten mich wegen Trunkenheit am Steuer drankriegen, wenn Sie das irgendwie befriedigt. Und wegen Vernachlässigung schutzbefohlener Kreaturen, falls das ein Verbrechen sein sollte.«

Seligmann starrte mich von unten her an. Dieser stetige, völlig ausdruckslose Blick konnte einen wirklich unruhig machen. Und dabei sollte doch er es sein, der hier nervös wurde.

»Also, was soll das alles? Worauf wollen Sie hinaus?«, fragte er.

»Sie haben am Tag vor Ihrer … Abreise Ihr gesamtes Geld abgehoben.«

Die Art, wie er diesmal seine Zigarette ausdrückte, hatte etwas Endgültiges.

»Ich hatte vor, für länger zu verreisen.«

»Vielleicht sogar für immer?«

»Ja, vielleicht sogar für immer.«

»Dürfte ich den Grund dafür erfahren?«

Seligmann betrachtete sein rechtes Handgelenk, prüfte wohl, ob es noch schmerzte. »Sehen Sie, dieses Haus gefällt mir nicht mehr. Das Wetter in Deutschland gefällt mir schon lange nicht mehr. Meine Nachbarn haben mir noch nie gefallen. Dieses langweilige Eppelheim, meine ganze Lebenssituation ... Ich hatte keine Lust mehr, verstehen Sie? Geht Ihnen das nicht auch hin und wieder so?«

»Sie haben erstaunlich wenig mitgenommen in Ihr neues Leben.«

Nun erhob er sich. »Es wäre nett, wenn Sie mich jetzt in Frieden lassen würden. Dieses Gespräch gefällt mir nämlich auch nicht besonders.«

Ich blieb sitzen und sah zu ihm auf. »Sie haben an dem Abend versucht, sich das Leben zu nehmen. Mit einem Ihrer Küchenmesser.«

»Und wenn es so wäre?«

»Dann würde mich interessieren, weshalb.«

»Das ist meine Privatangelegenheit, die unter dem ausdrücklichen Schutz unserer Verfassung steht, wie Sie wissen dürften.«

»Vermutlich haben Sie nicht tief genug geschnitten. Es ist gar nicht so leicht, sich die Pulsadern zu öffnen. Und dann haben Sie es sich anders überlegt und sind in Ihren Wagen gestiegen und weggefahren.«

»Zu diesem Teil Ihrer Anschuldigungen habe ich bereits ein umfassendes Geständnis abgelegt.«

»Vorher haben Sie sich aber noch mit Geld versorgt.«

»Hatte vor, mir ein neues Auto zu kaufen.« Seligmann grinste verächtlich auf mich herab. »Mein altes gefällt mir nicht mehr.«

Er wandte sich ab und ging mit schleppendem Schritt zu seinen Terrarien, wo heute ungewohnte Nervosität herrschte. Dort blieb er mit den Händen in den Taschen stehen und ließ mich seinen gebeugten Rücken betrachten.

»Besitzen Sie eigentlich ein Handy?«, waren die ersten Worte, die Vangelis von sich gab.

»Ich hasse die Dinger«, erwiderte er ruhig, ohne sich umzudrehen.

»Hätten Sie etwas dagegen, wenn wir uns Ihren Wagen ansehen?« Ihr Ton war unverändert freundlich.

»Gäbe es irgendeinen Weg, Sie daran zu hindern?«

»Sie könnten uns die Erlaubnis verweigern«, gab ich zur Antwort. »Sie hätten uns vorhin nicht einmal hereinlassen müssen, und das ist Ihnen natürlich bekannt.«

»Tun Sie, was Sie nicht lassen können«, brummte er. »Das Garagentor steht offen, das Auto schließe ich nie ab. Ich hab zwar keine Ahnung, wonach Sie suchen. Aber Sie werden es unter Garantie nicht finden.«

Fast zärtlich klopfte er an eine Scheibe, hinter der eine fröhlich-bunte, dünne Schlange lag, die ihren Ernährer schon die ganze Zeit still beobachtete, als würde sie auf den richtigen Zeitpunkt zum Angriff warten.

12

Bereits eine Stunde später saß mir Xaver Seligmann wieder gegenüber. Diesmal jedoch nicht in seinem Wohnzimmer, sondern in meinem Büro.

»Sie haben das Recht, die Aussage zu verweigern, falls Sie sich dadurch selbst belasten könnten«, leierte ich die übliche Eröffnungslitanei jeder Vernehmung herunter. »Und es steht Ihnen natürlich frei, einen Anwalt hinzuzuziehen.«

»Und Ihnen steht es frei, mich irgendwo zu lecken«, knurrte er.

»Wir haben in Ihrem Wagen ein Handy gefunden, das vermutlich zur Vorbereitung eines Bankraubs diente, und außerdem einen Packen Geldscheine, ungefähr tausend Euro, die – auch das ist zugegeben noch eine Vermutung – aus der Beute dieses Bankraubs stammen. Wie erklären Sie das?«

»Das ist ganz einfach.« Gelassen fummelte er eine Zigarette aus der Packung. »Sie und Ihre feine Kollegin haben Ihre sogenannten Beweismittel in meinem Auto deponiert, nur um sie dann gleich darauf zu finden. Ich weiß zwar noch nicht, was für ein Spiel Sie spielen, aber eines kann ich Ihnen sagen: es wird nicht klappen. Sie suchen einen Dummen, den Sie der Öffentlichkeit als Täter vorführen können, weil Sie nicht im Stande sind, den wahren Schuldigen zu ermitteln. Aber ich bin eindeutig der falsche Kandidat dafür. Ich werde mich von

Ihnen nicht aufs Glatteis führen lassen. Und auf einen Anwalt kann ich verzichten, weil ich keinen brauche.«

»Solche Spiele, wie Sie es nennen, habe ich nicht nötig. Wenn Sie mit der Sache etwas zu tun haben, dann werde ich es Ihnen nachweisen, und zwar ohne Tricks. Also gestehen Sie lieber gleich.«

Seligmann steckte sich die Zigarette an, ohne hinzusehen. »Gesetzt den Fall, ich hätte tatsächlich irgendwas mit diesem Überfall zu tun, meinen Sie im Ernst, ich würde das Geld ausgerechnet im Handschuhfach verstecken?«

»Ach, Herr Seligmann.« Ich lachte ihn an. »Sie glauben nicht, was ich hier schon für Sachen erlebt habe. Einbrecher, die am Tatort Bier finden und sich nach dessen Vernichtung an Ort und Stelle schlafen legen. Ladendiebe, die noch im Kaufhaus vor Aufregung oder Blödheit ihren Personalausweis verlieren. Ein anderer hat seine Frau ermordet, weil sie ihn verlassen wollte. Er hat sie zerstückelt, eingefroren und dann nach und nach ins Klo gespült. Nur den Kopf, den hat er im Keller liegen lassen. Er konnte uns später nicht erklären, warum. Er hat ihn einfach dort liegen lassen und irgendwann vergessen. Erst drei Jahre nach dem Mord haben meine Leute den Kopf zufällig gefunden, auf der Suche nach Hehlerware. Er hatte nebenher einen schwunghaften Handel mit gestohlenen Handys betrieben. Dieser Mann hätte alle Zeit der Welt gehabt, den Kopf seiner toten Frau verschwinden zu lassen. Aber er hat es nicht getan.«

Seligmann blies Rauchringe in Richtung Decke. »Der wollte erwischt werden, das ist klar. Unbewusst hat er die ganze Zeit gehofft, dass Sie das Ding finden, damit er endlich bestraft wird.«

»Vielleicht wollten auch Sie bestraft werden? Vielleicht setzt es Ihnen zu, dass Sie zwei Menschenleben auf dem Gewissen haben?«

Er musterte mich verwundert. »Jetzt soll ich also auch noch jemanden umgebracht haben? Darf ich wenigstens erfahren, wen?«

Ich erzählte ihm von Bonnie and Clyde und ihrem Ende. Und dass er als Anstifter und Organisator ja wohl nicht ganz unschuldig war an ihrem Schicksal. Seligmann betrachtete die Glut seiner Zigarette und schwieg.

»Ein Verbrechen zu begehen, ist für Ungeübte in der Regel viel kräfteraubender, als sie sich vorgestellt hatten«, fuhr ich fort. »Auf einmal kann man nicht mehr richtig schlafen. Nicht mehr klar denken. Überall sieht man plötzlich Feinde und Polizisten. Und irgendwann macht man den ersten Fehler. Unweigerlich. Das ist unser Glück, denn wenn es nicht so wäre, dann würden wir die meisten niemals erwischen.«

Wieder machte er seine Rauchkringel. »Wenn das stimmt, was Sie mir unterstellen, dann müssten ja wohl meine Fingerabdrücke auf den Sachen sein, auf dem Handy und auf den Geldscheinen, nicht wahr?«

»Und wenn nicht, dann werden wir andere Mittel finden, es Ihnen nachzuweisen.«

Er schwieg und rauchte.

Vangelis trat ein und setzte sich still neben mich. Sie sah mich an, und ihr Blick sagte: »Ja.« Dann wandte sie sich an den Verdächtigen.

»Ich komme eben aus unserem kriminaltechnischen Labor«, begann sie freundlich. »Das Handy ist definitiv das gesuchte. Mit diesem Ding haben Sie das Bankräuberpärchen vor dem Überfall ungefähr zwanzig Mal angerufen. Die Geldscheine werden zurzeit noch überprüft, aber ich würde jede Wette eingehen ...«

»Worum geht diese Wette?«, fiel Seligmann ihr kalt ins Wort. »Ich halte dagegen.«

»Wenn Sie jetzt ein Geständnis ablegen, dann wird das später im Prozess zu Ihrem Vorteil sein«, mischte ich mich ein. »Ab jetzt können Sie nur noch Punkte sammeln, indem Sie mit uns zusammenarbeiten. Mit Leugnen reiten Sie sich nur immer weiter rein.«

Er sah abwechselnd mich und Vangelis an. »Das haben Sie ja wirklich hübsch eingefädelt, alle Achtung«, brummte er dann und zerquetschte seine erst halb gerauchte Zigarette. »Ab sofort sage ich nichts mehr ohne meinen Anwalt.«

Endlich zitterten seine Finger doch ein wenig. Auch sein Blick war nicht mehr so ruhig wie heute Morgen.

»Woher kannten Sie Jannine von Stoltzenburg und Thorsten Kräuter?«, wollte Vangelis wissen.

»Wenn das die zwei sind, die die Bank ausgeraubt haben, dann kann ich nur sagen, ich hab sie überhaupt nicht gekannt«, versetzte er wütend. »Und ich sagte doch eben laut und deutlich, ich verlange einen Anwalt!«

»Herr Seligmann.« Ich sah ihn fest an. »Jedes Detail, das wir ab jetzt ohne Ihre Unterstützung herausfinden müssen, kann ein halbes Jahr mehr bedeuten für Sie. Überlegen Sie sich das.«

»Ein halbes Jahr?«, fragte er mit verkniffenem Mund. »Dann spielt Beamtenbeleidigung ja jetzt keine große Rolle mehr.« Plötzlich grinste er mich an. »Sie sind ein Arschloch, Herr Gerlach. Zwei Jahre Knast ist mir das Vergnügen wert: Sie sind das größte Arschloch, das mir je über den Weg gelaufen ist.«

Er lehnte sich zurück, verschränkte fest die Arme vor der Brust und sah auf seine Knie in der hellgrauen, ungebügelten Schlabberhose.

»Wie heißt dieser Wein?«, fragte meine Sekretärin. »Das müsste ich natürlich schon wissen.«

Endlich war ein wenig Ruhe eingekehrt. Seligmann saß in U-Haft, das Labor arbeitete noch an der Untersuchung seines Handys und der Geldscheine.

»Ich weiß nur, es war ein Kerner, und er war aus der Gegend von Meersburg und hat göttlich geschmeckt. Und da dachte ich, wo doch Ihre Schwester da unten wohnt ...«

»Ich werd sie nachher gleich mal anrufen. Das macht sie bestimmt. Meine Schwester ist nämlich ein großer Fan von Ihnen.«

»Ein Fan?«, fragte ich verblüfft. »Sie kennt mich doch überhaupt nicht.«

»Aber doch«, erwiderte die beste Sekretärin von allen mit strahlendem Lächeln. »Sie liest so gerne Krimis und ist immer ganz verrückt darauf, dass ich ihr von unseren neuesten Fällen erzähle.«

Sie sprang auf. »Es hat geklopft. Das wird die Lehrerin sein.«

Frau Hellhuber hatte darauf bestanden, zu mir ins Büro zu kommen, obwohl ich angeboten hatte, sie aufzusuchen.

»Aber das ist doch interessant für unsereinen«, hatte sie mir am Telefon erklärt. »Wann hat man schon einmal Gelegenheit, die Kriminalpolizei von innen zu sehen?«

Augenblicke später saß sie vor mir. Groß, hager, gerade. Zeige- und Mittelfinger ihrer knochigen Hand verrieten die Kettenraucherin. Ihr Blick war neugierig und freundlich. Sie unterrichtete am Hölderlin-Gymnasium Musik und Geschichte und roch nach preiswerter Seife.

Sönnchen brachte uns Kaffee. Die Lehrerin hatte einen Cappuccino gewünscht, ich einen doppelten Espresso. Seit wir im Vorzimmer diesen Kaffeecomputer stehen hatten, konnten wir jedem Café der Stadt Konkurrenz machen.

»Unser Direktor sagte mir, Sie wollten mit jemandem sprechen, der Xaver noch aus seiner aktiven Zeit kennt. Nun – hier bin ich also.« Sie strahlte mich an. Um ihre Augen bildeten sich Fältchen, die verrieten, dass Frau Hellhuber gerne lachte.

»Im Grunde hat sich das Thema schon erledigt. Wir haben ihn nämlich heute Vormittag festgenommen.« Ich nahm einen Kuli in die Hand und einen Block auf die Knie. »Aber trotzdem, erzählen Sie mir doch einfach ein bisschen von ihm. Ich werde nicht so recht schlau aus dem Mann. Was ist er für ein Mensch? Wie war er als Lehrer? War er beliebt?«

»Bei den Schülern oder bei den Kollegen?« Die Lehrerin lachte mit blitzenden Augen. »Das ist ja oft ein gravierender Unterschied.«

»Beides würde mich interessieren.«

Frau Hellhuber spielte mit ihren knochigen Fingern. »Sehen Sie, ich bilde mir ein, ein ganz gutes Gespür für Menschen zu haben. Aber an Xaver bin auch ich immer gescheitert. Ihn habe ich nicht verstanden. Er legte natürlich auch keinerlei Wert darauf, verstanden zu werden, sich mitzuteilen. Das hat ihm im Kollegium nicht nur Freunde gemacht. Die Schüler dagegen, die haben ihn geliebt.« Plötzlich war ihr Blick traurig. »Xaver war in der Lage, eine außer Rand und Band geratene Neunte innerhalb einer Minute stillzuriegen, ohne dass ein lau-

112

tes Wort fiel. Man konnte einfach nicht anders, als ihm zuzuhören, wenn er sprach. Man hätte sich im anderen Fall ... ja,
schlecht gefühlt. Er kann eine solche Ruhe und Souveränität
ausstrahlen – ich habe so etwas bei keinem anderen Menschen
erlebt. Andererseits ...« Sie verstummte.

»Andererseits?«

»Er kann auch ziemlich ungehalten werden, vorsichtig aus-
gedrückt. Ich erinnere mich da an zwei äußerst unschöne Vorfälle. Und früher, bevor ich ihn kannte, soll er sogar einmal
versetzt worden sein, weil er einen Kollegen ohrfeigte.«

»Was waren das für unschöne Vorfälle?«

»Einmal, das weiß ich noch genau, hatten wir Notenkonfe-
renz, und ein Kollege wollte einer Schülerin eine schlechtere
Note geben, als sie nach Xavers Meinung verdiente. Sie wäre
sitzen geblieben, und das fand er nicht in Ordnung. Der Kollege hat dann auch noch eine abfällige Bemerkung gemacht,
und da ist Xaver völlig außer sich geraten. Er hat herumge-
brüllt wie von Sinnen, und wir haben gefürchtet, er würde seinem Kontrahenten an die Kehle gehen. Aber so weit ist es zum
Glück nicht gekommen. Es ist mir gelungen, ihn zu besänftigen. Aber es war für uns alle äußerst unangenehm.«

»Und das andere Mal?«

»Da ist er mit jemandem vom Oberschulamt in Streit geraten. Den Anlass weiß ich nicht mehr. Aber die Situation war
ähnlich. Es war peinlich. Ja, peinlich.«

»Wenn jemand mit achtundvierzig in Pension geht, dann ist
sein Einkommen anschließend nicht gerade üppig. Könnten Sie
sich vorstellen, dass er Geldsorgen hat?«

»Haben wir die nicht alle mehr oder weniger?« Wieder dieses Lachen, bei dem einem warm ums Herz wurde. »Xaver
lebte schon immer sehr bescheiden in seinem geerbten Häuschen. Außerdem kann er rechnen und neigt gewiss nicht zur
Verschwendung.«

»Er gibt sein Geld jeden Monat bis auf den letzten Rest aus.
Wenn ich seine Ausgaben überschlage – es passt nicht mit den
Einnahmen zusammen. Da bleiben Monat für Monat ungefähr
fünfzehnhundert Euro, die scheinbar spurlos verschwinden.
Ob er sich ein teures Hobby zugelegt hat? Glücksspiel? Eine

kostspielige Freundin? Seit Jahren fährt er zwei Mal die Woche irgendwohin und bleibt für Stunden weg. Aber er will uns nicht verraten, was sein Ziel ist.«

»Auch wenn er mal cholerisch werden kann, Xaver ist im Grunde kein sehr leidenschaftlicher Mensch«, erwiderte sie nach einigem Nachdenken. »Nein, ich kann mir eigentlich nicht vorstellen, dass er der Spielsucht oder einer Frau verfallen sein sollte.« Mit offenem Blick sah sie mich an. »Worum geht es eigentlich? Er wird doch nicht etwa eines Verbrechens verdächtigt?«

»Doch. Leider. Worum es geht, darf ich Ihnen im Augenblick noch nicht verraten. Nur so viel: Einige Indizien sprechen sehr gegen ihn. Auf der anderen Seite werde ich das Gefühl nicht los, dass etwas nicht stimmt bei dieser Geschichte. Wann hatten Sie zum letzten Mal Kontakt mit ihm?«

»Vor acht Jahren? Oder neun? Ich weiß es nicht mehr.«

Im Vorzimmer telefonierte Sönnchen lautstark. Nach dem Ton und dem häufigen Lachen zu schließen, war es kein Dienstgespräch. Einmal fiel das Wort »Kerner«.

»Weshalb ist er so früh aus dem Dienst ausgeschieden? Ihr Chef machte eine Andeutung, es ging um eine psychische Erkrankung.«

»Die Psyche, ja.« Ihr Miene wurde bitter. »Es war eine Depression mit allen Symptomen, die man sich denken kann. Schrecklich, das mit ansehen zu müssen. Er war doch so gerne Lehrer, die Schüler haben ihn gemocht. Und er wollte ja auch gar nicht in Pension. Im Gegenteil, das Oberschulamt musste ihn geradezu zwingen.«

»Depressionen haben manchmal einen Anlass«, warf ich leise ein.

»Einen Anlass«, wiederholte sie ebenso leise und sah an mir vorbei auf die Aktenordner hinter meinem Rücken. An den Händen trug sie verschiedene Ringe, alle hübsch, alle nicht sonderlich wertvoll. Ihr dezent gemustertes langes Baumwollkleid ließ vermuten, dass Frau Hellhuber hin und wieder vom einfachen, gesunden Leben träumte. Ihr Gesicht war ungeschminkt, das für meinen Geschmack zu lange und schon stark ergraute Haar trug sie offen.

Sie nahm einen kleinen Schluck von ihrem inzwischen kalten Cappuccino.

»Seltsam, dass Sie das ansprechen. Ich habe nämlich oft über diesen Punkt nachgedacht. Es ist damals tatsächlich etwas geschehen, was vielleicht den Anlass gab für seine Erkrankung.«

Draußen legte Sönnchen mit einem Lachen auf, und es wurde wieder still.

»Seine Frau hat ihn damals verlassen, nach nicht einmal zwei Jahren Ehe. Aber da hat man ihm nichts angemerkt, das ließ ihn merkwürdigerweise völlig kalt. Richtig schlimm wurde es erst, nachdem er einem Mädchen das Leben gerettet hatte.«

»Jule Ahrens.«

»Sie kennen die Geschichte.«

»Einem Menschen das Leben zu retten, ist eigentlich kein Grund, depressiv zu werden.«

»Das ist natürlich wahr.« Traurig lächelte sie mich an. »Und ich verstehe es auch nicht. Aber es ist so: Wenige Wochen nach diesem Ereignis hat er zum ersten Mal gefehlt. Danach hat er sich rapide verändert. Bald kam auch noch der Alkohol dazu. Zuvor war mir nie aufgefallen, dass er trank. Man riecht das ja.«

Ein Hubschrauber knatterte im Tiefflug über uns hinweg in Richtung Westen, und sie musste kurz unterbrechen.

»Dann war er immer öfter krank, kam zu spät, seine Wutausbrüche wurden immer häufiger und sinnloser. Und nach einem halben Jahr ungefähr ging es wirklich nicht mehr.«

Mein Telefon klingelte. Mit einer gemurmelten Entschuldigung hob ich ab. Es war Rolf Runkel, wie ich am Display erkannte. Er war der Einzige im ganzen Amt, der aus unerfindlichen Gründen eisern seine Nummer unterdrückte, so dass ich auch ohne Brille sofort erkannte, wer anrief.

»Der Anwalt von diesem Seligmann hat angerufen. Er will mit Ihnen reden.«

»Und warum wendet er sich dann nicht an meine Sekretärin?«

»Das hat er nicht gesagt.«

»Er soll sich an Frau Walldorf wenden und sich einen Termin geben lassen.«

»Das geht aber nicht.«

»Warum nicht?«

»Ich hab mir seine Nummer nicht aufgeschrieben.«

»Dann sehen Sie doch einfach im Telefonbuch nach.«

Betretenes Schweigen. Also hatte er sich auch den Namen nicht notiert. Runkel war nicht der intelligenteste meiner Mitarbeiter. Aber nun gut, der Anwalt würde sich irgendwann von selbst wieder melden.

Als ich seufzend auflegte, sah Frau Hellhuber mir ratlos ins Gesicht.

»Die Zeitungen haben Xaver damals als Helden gefeiert. Er sollte sogar irgendeine Medaille bekommen, für vorbildliches Verhalten. Aber das hat er abgelehnt, davon wollte er nichts hören. Stattdessen fing er mit dieser elenden Trinkerei an.«

»Die menschliche Seele funktioniert nun mal nicht wie ein Computer.«

»Und selbst die verstehen wir ja nicht immer, nicht wahr?«, meinte sie lächelnd.

Ich warf meinem Laptop einen schiefen Blick zu, der sich oft genug verhielt, als hätte er eine böse Seele voller fieser Launen.

»Haben Sie Herrn Seligmann auf das Thema angesprochen?«

»Das war völlig unmöglich.« Fast erschrocken schüttelte sie den Kopf. »Er war ja ohnehin nicht übermäßig kommunikativ. Aber darüber war überhaupt nicht mit ihm zu reden. Da war er wie …« Sie lehnte sich zurück, sah zur Decke. »Er wurde regelrecht wütend, wenn man ihn darauf ansprach. Man konnte fast den Eindruck haben, er fühlte sich …« Sie schluckte. Sah mir ins Gesicht. Sah wieder weg. »Schuldig«, sagte sie leise. »Ja, schuldig. Merkwürdig, nicht?«

Der Kaffee war getrunken. Die Uhr zeigte halb vier. Die Lehrerin erhob sich.

»Anfangs habe ich noch hin und wieder versucht, Kontakt mit ihm aufzunehmen. Aber meist hat er nicht einmal das Telefon abgenommen. Zwei, drei Mal habe ich ihm sogar einen Brief geschrieben, einmal eine Karte zum Geburtstag. Aber er hat nie geantwortet.«

»Sie haben ihn gemocht, nicht wahr?«, fragte ich.

»Gemocht?«, erwiderte sie mit verlegenem Lächeln und senkte den Blick. »Ein bisschen zu sehr vielleicht.«

Als Frau Hellhuber gegangen war, streckte Sönnchen den Kopf herein.

»Der Herr Runkel lässt ausrichten, der Name von dem Anwalt ist ihm wieder eingefallen, aber er kann ihn im Telefonbuch nicht finden. Und meine Schwester sagt, es ist ihr eine Ehre, den Wein für Sie zu besorgen, und wie viele Kartons es denn sein dürfen.«

»Fünf«, bestellte ich ohne zu überlegen oder nach dem Preis zu fragen.

»Sie kennt nämlich wen in der Winzergenossenschaft. Da kriegt sie ordentlich Prozente.«

Na, dann konnte der Wein ja so teuer nicht sein. Mindestens einen Karton würde ich in der Wohnung von Theresas Freundin deponieren.

Dann war es auf einmal still. Das passierte hin und wieder: Nachdem man stundenlang telefoniert und Gespräche geführt und Anweisungen gegeben hatte, war es plötzlich still. Das waren schöne Momente, die man genießen musste. Draußen war Wind aufgekommen, und es sah nach Gewitter aus. Ich setzte mich bequem hin und schloss die Augen.

Manchmal gehen unsere Gedanken seltsame Wege. Blitzschnelle Assoziationsketten, die uns im Rückblick völlig unlogisch erscheinen, aber dennoch punktgenau zum Ziel führen. Vielleicht war es das Stichwort Wein. Eigentlich lag schon wieder genug auf meinem Schreibtisch, was erledigt werden wollte, aber es gelang mir nicht, mich aufzuraffen. Etwas rumorte in mir, wollte an die Oberfläche. Wein. Wein? Ich musste unbedingt welchen kaufen, wenn ich heute Abend nicht auf dem Trockenen sitzen wollte. Meine Vorräte waren zu Ende. Die fünf Flaschen, die Theresa mitgebracht hatte, hatten wir gemeinsam geleert. Heute vor einer Woche hatte ich zum letzten Mal welchen gekauft, drei Flaschen Nero d'Avola in dem Lädchen, wo auch Seligmann üblicherweise seine Besorgungen erledigte.

Der Ladenbesitzer war definitiv nicht erfreut über meinen Anruf. Er habe inzwischen genug von der Polizei, erklärte er mir barsch, im Lauf der Woche habe er noch zwei weitere Male Besuch gehabt von Kollegen mit sehr, sehr vielen sehr, sehr lästigen Fragen, und nun sei es doch wohl wirklich genug. Noch weniger begeistert war er, als er hörte, dass ich nicht ihn, sondern seine Angestellte hinter der Fleisch- und Wursttheke zu sprechen wünschte.

»Tine hat aber Kundschaft.«

»Nur eine einzige Frage. Es dauert bestimmt nicht lange.«

Leise vor sich hinmaulend gab er schließlich nach. Ich vermutete, er ließ mich absichtlich lange warten. Endlich meldete sich die junge Frau. Ich erkannte ihre Stimme sofort wieder.

»Sie haben letzten Montagvormittag Herrn Seligmann bedient. Wir haben darüber gesprochen.«

»Ah, Sie sind das! Ja, stimmt. Ein Achtel grobe Leberwurst hat er gekauft und ein Putenschnitzel.«

»Kam er Ihnen an dem Tag irgendwie merkwürdig vor? Vielleicht zerstreuter als sonst? Deprimiert?«

»Nein, gar nicht. Im Gegenteil, er hat sogar eine Bemerkung über das Wetter gemacht. Für seine Verhältnisse war der richtig geschwätzig.«

»Das waren jetzt aber schon mindestens drei Fragen!«, hörte ich eine Männerstimme im Hintergrund grummeln.

»Was hat Herr Seligmann gemacht, nachdem er bei Ihnen fertig war?«

»Erst ist er zu den Nudeln«, erwiderte sie ohne Zögern. »Makkaroni hat er genommen und Reis, zum Putenschnitzel vielleicht. Anschließend war er beim Regal mit den Soßen. Dahin kann ich aber von hier aus nicht gucken. Ich hatte dann auch wieder Kundschaft. Später hab ich ihn am Weinregal gesehen.«

Ich erinnerte mich an die Aufteilung des Ladens. Die alkoholischen Getränke stehen ja aus irgendeinem Grund immer am Ende des erzwungenen Rundgangs.

»Und dann ging er zur Kasse?«

»Genau. Nein, warten Sie. Erst hat er noch die Zeitung genommen. Den Kurier.«

»Und den hat er in seinen Korb gelegt zu den anderen Sachen?«

»Nein«, kam es jetzt auf einmal sehr zögernd. »Er hat die Zeitung aufgeschlagen. Das macht er oft. Schon mal kurz reingucken. Aber er kauft sie dann immer trotzdem. Der Seligmann ist keines von den Sparschweinen, die die Zeitung gleich hier im Laden lesen und dann wieder zurückstecken. Tschuldigung, ich meine, Sparschweine nennen wir hier die Leute, die ...«

»Und weiter?«

»Ich hab dann nicht mehr auf ihn geachtet. Hab Kundschaft gehabt, wie gesagt. Die Frau Völler. Die will immer nur Maultaschen. Irgendwann stirbt die todsicher an einer Maultaschenvergiftung.«

An der Wursttheke war Seligmann also noch guter Dinge gewesen. Für seine Verhältnisse geradezu ausgelassen, hatte eine Bemerkung über das Wetter gemacht. Und wenige Minuten später, an der Kasse, war er so blass und abwesend, dass Herr Widmer sich Sorgen um seine Gesundheit machte. Dazwischen lagen Makkaroni, Reis, zwei Flaschen Trollinger und eine Zeitung.

»Sönnchen«, rief ich durch die offenstehende Tür ins Vorzimmer, »könnten Sie mir bei Gelegenheit ein Exemplar des Kurpfalz-Kuriers vom vergangenen Montag besorgen?«

»Vielleicht find ich das Ding noch im Altpapier«, rief sie fröhlich zurück. »Ich les das Käseblatt zwar nicht, aber abonniert hab ich's komischerweise trotzdem seit zwanzig Jahren.«

»Irgendwann werde ich Sie fürs Bundesverdienstkreuz vorschlagen müssen.«

»Eine Gehaltserhöhung würd's auch tun, Herr Kriminalrat.«

Die restlichen Stunden des Nachmittags und Abends arbeitete ich liegen gebliebene und immer wieder zur Seite geschobene Dinge auf. Irgendwann kam eine SMS von Sarah. Pünktlich zur Abreise waren ihre Zahnschmerzen verschwunden, und auch Louise war wieder fit. Gegen zehn würden sie ankommen. Ich schrieb zurück, wünschte eine gute Fahrt und erhielt keine Antwort.

Draußen begann es zu donnern und kurze Zeit später zu regnen. Es wurde Abend, Sönnchen verabschiedete sich, das

Gewitter zog weiter, verirrte sich irgendwo im verwinkelten Neckartal, und ich kam erstaunlich gut voran mit meinem Papierkram. Es gibt Stunden, da läuft es, und die muss man nutzen. Als ich um halb zehn endlich meine Tür abschloss, war mein Schreibtisch aufgeräumt wie lange nicht mehr, die Polizeidirektion lag still und wirkte verlassen. Nur unten, wo der Bereitschaftsdienst saß, brannte noch Licht. Ein Radio dudelte dort, und eine Frauenstimme lachte kreischend.

13

»Ich hoffe, Sie haben gut geschlafen.«

Meine Begrüßung am nächsten Morgen war der reine Zynismus. Seligmann sah aus, als hätte er die ganze Nacht wach gelegen. Neben ihm thronte sein Anwalt, ein Doktor Knobel, wie ich seiner edlen Visitenkarte entnahm, spezialisiert auf Strafrecht.

Doktor Knobel war aufs Äußerste entrüstet gewesen, weil ich ihn nicht zurückgerufen hatte, und hatte sofortige Akteneinsicht verlangt, die ich ihm natürlich gerne gewährte. Nun war sein Blick berufsmäßig empört. Ich meinte sogar, ihn hin und wieder in mühsam zurückgehaltenem Zorn schnauben zu hören. Gute Strafverteidiger sind eben immer auch talentierte Schauspieler. Und Knobel schien ein wirklich guter Anwalt zu sein.

Schon bei den ersten Sätzen des Gesprächs fiel mir auf, dass es Seligmann heute nicht mehr so leicht fiel, die Hände ruhig zu halten. Sein rechtes Auge zuckte in regelmäßigen Abständen, der ausgeprägte Adamsapfel wollte nicht zur Ruhe kommen, die Augen waren ständig auf der Suche nach einem Fluchtweg, den es nicht gab.

»Auf mein Anraten hin wird mein Mandant von seinem Recht der Aussageverweigerung Gebrauch machen«, erklärte Doktor Knobel mit einer Fistelstimme, die den wutschnaubenden Eindruck, den er zu machen versuchte, ein wenig ad absurdum führte. »Ihre so genannten Indizien sind im Übrigen das Papier nicht wert, auf dem sie geschrieben stehen!« Verächtlich schlug er auf die dünne Akte, die ich ihm vorhin ausgehändigt hatte. »Wir werden natürlich umgehend Haftprüfung beantragen!«

»Das ist nicht nötig, da Herr Seligmann noch gar nicht in Haft ist«, erwiderte ich verbindlich. »Vorläufig ist er lediglich festgenommen. Wie die Staatsanwaltschaft darüber denkt, werden wir im Lauf des Vormittags erfahren. Aber ich bin zuversichtlich, dass man dort meine Einschätzung teilt.«

»Dieses Handy, das ist doch lachhaft!«, bellte Knobel. »Auch das Geld kann jeder andere in Herrn Seligmanns Wagen deponiert haben.«

»Sie haben Recht, noch haben wir keinen stichhaltigen Beweis, dass er selbst es war. Wir haben an den Asservaten keine Fingerabdrücke gefunden, also werden wir uns nun auf die Ergebnisse des Genetischen Fingerabdrucks stützen müssen. Zumindest an dem Handy werden wir DNA-Spuren finden, davon bin ich überzeugt.«

»Wir bleiben bei unserem Standpunkt: Mein Mandant hat diese Dinge niemals berührt.«

»Und dennoch wird er vorläufig hier bleiben müssen.« Ich klappte meine Akte zu und erhob mich. »Der Haftbefehl ist beantragt, da in unseren Augen erhöhte Fluchtgefahr besteht. Es ist Ihnen bekannt, dass Ihr Mandant erst kürzlich eine Woche abgetaucht ist.«

»Er ist aus freien Stücken zurückgekehrt!«

»Unser Labor tut sein Möglichstes, aber einige Tage werden wir leider warten müssen. DNA-Analysen brauchen ihre Zeit.«

»Wir protestieren auf das Schärfste!« Doktor Knobel wurde noch ein wenig größer und lauter, was bei seiner Piepsstimme reichlich komisch wirkte. »Ich verlange die sofortige ...«

»Halten Sie die Klappe«, brummte Seligmann, ohne aufzusehen.

»Bitte?«

»Hauen Sie ab. Ich brauch Sie nicht mehr.«

»Aber ... Wieso?«, stammelte der Anwalt, als er sich wieder halbwegs gesammelt hatte. »Hören Sie, man darf Sie hier nicht festhalten! Selbst wenn der Verdacht weiter aufrechterhalten wird, was ich mir in Anbetracht der Sachlage kaum vorstellen kann, Sie sind ein unbescholtener Bürger. Ich sehe absolut keine erhöhte Fluchtgefahr. Man kann Sie hier unmöglich ... «

» Sie sollen die Klappe halten. Ich will ein Geständnis ablegen. « Der Blick, mit dem Seligmann mich ansah, hatte etwas zutiefst Trostloses. » Ja, Sie haben Recht. Ich habe mir das alles ausgedacht mit dem Banküberfall. Geplant, organisiert, alles, ja. Sie können sich Ihre DNA-Analyse schenken. Wäre nur Verschwendung von Steuergeldern. «

» Wo haben Sie denn nun letzte Woche gesteckt? «, fragte ich Seligmann, nachdem Doktor Knobel nicht ohne förmlichen Protest den Rückzug angetreten hatte.

Inzwischen war unser Verdächtiger mit Kaffee und einem Aschenbecher versorgt, rauchte seit einer halben Stunde Kette und redete fast pausenlos. Rasch war diese Harmonie eingetreten, dieses immer ein wenig traurige Einverständnis, das bei Vernehmungen entsteht, sobald das Eis gebrochen ist. Plötzlich ist man nicht mehr der Feind, sondern der Beichtvater, oft genug am Ende sogar ein Freund. Vielleicht der einzige Freund, der einem noch geblieben ist in all dem Elend, das man durchlitten hat. Der Erste, mit dem man reden kann, der einem zuhört. Der einen wieder frei atmen lässt. Endlich.

Bedächtig streifte er die Asche seiner fünften oder sechsten Roth-Händle in den großen dunkelgrünen Aschenbecher mit dem Emblem der Eichbaum-Brauerei.

» Ich bin einfach drauflos gefahren. Muss irgendwann nach zwei Uhr nachts gewesen sein. «

» Ihr Wagen hat ganz schön gelitten dabei. Ihre ganze linke Seite ist verbeult. Hatten Sie einen Unfall? «

Er nickte gleichgültig. » Bin nachts von der Straße abgekommen und an einem Baum entlanggeschrammt. Ist aber weiter nichts passiert. Irgendwo hab ich dann eine Weile im Auto geschlafen. Und am Morgen war ich im Elsass. Ich bin die ganze Zeit auf Landstraßen gefahren, weil ich dachte, da fällt man vielleicht nicht so auf. Richtung Süden, in die Provence wollte ich, das ist mir aber erst mit der Zeit klar geworden. Aber bei dem Unfall ist was an der Lenkung kaputtgegangen, und in der Nähe von Belfort bin ich dann liegen geblieben. Sie haben fast eine Woche gebraucht, bis endlich die Ersatzteile da waren. Und bis dahin war ich so weit wieder bei Sinnen, dass ich wusste, das hat alles keinen Sinn. Und dann bin ich zurück.« Seligmann lauschte seiner Geschichte nach, als könnte er sie selbst nicht glauben.

»Ich verstehe immer noch nicht, warum Sie plötzlich weg wollten. Es hatte doch alles prima geklappt. Sie hatten eine dreiviertel Million erbeutet. Und kein Mensch hat Sie verdächtigt.«

»Mir ist auf einmal die Decke auf den Kopf gefallen. Und ich war auch ziemlich besoffen, das hab ich ja schon gesagt. Und Sie hatten natürlich Recht, ich wollte mir wirklich das Leben nehmen. Aber nicht mal das hab ich fertiggebracht. Nach ein paar Minuten hat die Blutung ganz von allein aufgehört. Und dann bin ich eben ins Auto gestiegen. Erst dachte ich, irgendwo gegen einen Baum. Aber das geht gar nicht so einfach. Ich hab's probiert, irgendwo in der Pfalz drüben. Ich bin nicht aus Versehen von der Straße abgekommen. Aber das Auto hat im letzten Augenblick ganz von allein einen Haken geschlagen, und so hab ich nur eine Zierleiste verloren und mir die Vorderachse ruiniert. So bin ich einfach weitergefahren, einfach immer weiter und weiter.«

Mit einem erschöpften Lächeln sah er auf, senkte den Blick jedoch gleich wieder. »Was aus meinen Tieren wurde, war mir egal. Es war mir ja auch egal, was aus mir wird. Und Rebecca hätte schon auf sie aufgepasst, das wusste ich ja.«

»Vermutlich hätten wir Sie nie erwischt, wenn Sie sich durch Ihre überstürzte Flucht nicht verdächtig gemacht hätten.«

Er nickte mit fast geschlossenen Augen. Führte mit zittriger Hand die Zigarette an die schmalen Lippen. Nahm einen tiefen Zug.

»Anderes Thema. Was ist mit der Beute? Bei Ihren Partnern haben wir nur die Hälfte gefunden. Wo ist Ihr Anteil geblieben?«

»Erst hatte ich das Geld im Keller versteckt. An dem Morgen nach meiner Flucht hab ich es dann unterwegs irgendwo vergraben, da war ich schon im Elsass. Ich war noch nicht ganz nüchtern. Aber so weit konnte ich schon wieder denken: ich wollte nicht mit so einem Haufen Bargeld im Kofferraum in eine Polizeikontrolle geraten. Und da hab ich es eben vergraben.«

»Sie wissen sicher noch, wo?«

»Klar weiß ich das. In der Nähe von Seltz. Ich kann Ihnen eine ziemlich genaue Wegbeschreibung geben.« Mit einer fahrigen Bewegung drückte er die Zigarette aus. Ein bisschen Asche fiel auf die Tischplatte. Er wischte sie sorgfältig weg. Sein Gesicht war leer wie nach einem langen Kampf, den man am Ende verloren hat.

»Ich weiß selbst nicht, was auf einmal über mich gekommen ist. Hab einfach diesen Druck nicht mehr ausgehalten. Jeden Tag, jede Stunde hab ich erwartet, dass Sie kommen. Ist verdammt hart, diese ständige Anspannung zu ertragen. Am Anfang ging's ja noch ganz gut. Aber dann ... man stellt sich das nicht vor, wenn man es nicht selbst erlebt hat.«

Ich drehte den Kugelschreiber zwischen meinen Fingern, den ich hier zu nichts brauchte.

»Und warum haben Sie sich nicht irgendwo niedergelassen, wo kein Mensch Sie findet, und ein bisschen Urlaub gemacht, bis die Aufregung sich gelegt hat?«

Seligmann schwieg lange. Dann sah er mir mit festem Blick in die Augen.

»Mir wurde klar, es hat keinen Sinn, sich zu verstecken. Da hätte ich schon nach Afrika gemusst. Und selbst da hätten Sie mich irgendwann gefunden. Und von einer dreiviertel Million kann man nicht ewig leben. Da hab ich gedacht, wenn alle Spuren beseitigt sind, dann können Sie ja ruhig kommen. Das Geld hatte ich vergraben, es gab also nichts mehr, was mich hätte verraten können. Ich hatte doch an alles gedacht. Und ausgerechnet dieses blöde Handy, wirklich zu dämlich, dass ich ausgerechnet das vergessen hab.«

»Und das Geld im Handschuhfach.«

Er zuckte die Achseln und fummelte die nächste Zigarette aus der Packung. Bald würde er Nachschub brauchen.

»Warum haben Sie am Tag vorher Ihre Konten aufgelöst? Das lässt mich eher vermuten, dass Ihre Abreise doch nicht so spontan war, wie Sie mir erzählen. Geld hatten Sie ja doch genug.«

»Ja, warum?« Wieder hob Seligmann die Schultern. »War einfach ziemlich durch den Wind. Hatte schon ein paar unruhige Nächte hinter mir. Ich war einfach am Ende. Verstehen Sie? Total am Ende.«

»Was hatten Sie vor, als Sie gestern Morgen wieder hier waren? Wollten Sie sich stellen?«

Sein billiges Feuerzeug klickte. Die siebte Zigarette fing Feuer.

»Vielleicht. Ich weiß nicht. Ja. Ich hab gedacht, ich erzähl Ihnen irgendwas, und dann lassen Sie mich in Frieden. Ich war mir sicher, dass ich alles richtig gemacht hatte, alle Spuren ordentlich verwischt, an alles gedacht. Aber auf einmal konnte ich nicht mehr. Und wissen Sie was?« Ein Hauch von Lächeln spielte um seine Mundwinkel. »Im Grunde bin ich froh, dass es jetzt so gekommen ist. Ich hab wirklich gedacht, ich wäre härter. Dachte wirklich, ich halt ein bisschen mehr aus.«

Klara Vangelis hatte inzwischen eine Karte des nördlichen Elsass besorgt und breitete sie vor uns auf dem Tisch aus. Ich lieh Seligmann meinen Stift, und nach kurzem Zögern machte er ein Kreuz.

»Es war gar nicht bei Seltz, jetzt sehe ich es. Das war hier, am Rand von diesem Wäldchen bei Beinheim.«

Er reichte mir den Stift zurück, ich steckte ihn in die Hemdtasche.

»Für heute machen wir Schluss. Die Details klären wir morgen.«

»Welche Details?« Er wirkte fast erschrocken. »Haben wir nicht schon alles durchgekaut?«

»Diese Zeitung«, sagte Sönnchen, als ich das Vorzimmer durchquerte, »meine war leider schon weg. Am Freitag war Altpapier. Und die Gerda hat ihren Kurier auch nicht mehr gefunden.«

»Kein Problem«, erwiderte ich.

»Sie sehen gar nicht so aus, als würden Sie sich freuen, dass dieser Seligmann gestanden hat.«

»Ich freue mich auch nicht.«

»Aber wieso?«

»Ich bin mir fast sicher, dass er lügt. Seine Geschichte stimmt hinten und vorne nicht.«

Als Sönnchen mir drei Stunden später das Fax auf meinen Tisch legte, verstärkten sich meine Zweifel. Die Franzosen hatten nichts gefunden.

Ich ließ Seligmann umgehend vorführen.

»Da ist nichts!« Ich knallte die Karte vor ihn hin. »Wo Sie Ihr Kreuz gemacht haben, war nichts vergraben!«

»Komisch«, murmelte er und wiegte betreten den Kopf. »Weiß auch nicht. Ich war ja schon ziemlich besoffen, aber … Vielleicht hat mich wer beobachtet und es gleich wieder ausgebuddelt?«

»Da war nicht mal ein Loch. Keine Spur von einer frischen Grabung. Da war überhaupt nichts.«

»Dürfte ich eine Weile nachdenken?« Bittend sah er mich an. »Könnte ich die Karte eventuell mit in meine Zelle nehmen?«

»Nichts da.« Sein Getue, seine lahmen Bewegungen, dieser plötzlich so nervtötend schuldbewusste Blick, alles an dem Kerl ging mir inzwischen auf die Nerven. »Sie bleiben hier sitzen, bis Ihre Erinnerung zurückkehrt. Wenn es sein muss, bis Weihnachten.«

Demütig versenkte er sich wieder in das Studium der Landkarte. Fuhr mit dem Zeigefinger verschiedene Straßen und Wege. Schüttelte hin und wieder den Kopf. Begann wieder von vorn, am Grenzübergang Lauterburg. Nach einer Viertelstunde machte er endlich sein zweites Kreuzchen.

Diesmal lag das Wäldchen einen halben Kilometer südöstlich von Roppenheim. Eigentlich war es nicht einmal ein Wäldchen, lediglich ein paar Bäume. In der Nähe war ein Feldkreuz eingezeichnet.

»Jetzt bin ich mir aber sicher. Tut mir wirklich leid, dass ich Ihnen solche Umstände mache.«

»Ihr Mitgefühl können Sie sich schenken. Hoffen Sie lieber, dass Sie sich diesmal nicht irren.«

Ein zweites Fax ging an die Präfektur von Hagenau und irgendwo, hundert Kilometer südlich, machten sich erneut ein paar vor sich hinfluchende Kollegen auf den Weg. Inzwischen war später Nachmittag. Heute würde Seligmanns Anteil an der Beute wohl kaum noch gefunden werden.

Falls dieser Anteil überhaupt existierte, woran ich inzwischen kaum noch glaubte.

»Die Zeitung ist gekommen«, sagte Sönnchen, als sie zum letzten Mal an diesem Tag hereinkam und mir einen schönen Abend wünschte. »Ich hab beim Verlag angerufen, und sie haben extra jemanden vorbeigeschickt.«

»Welche Zeitung?«, fragte ich abwesend.

»Na, der Kurier, den Sie unbedingt haben wollten.«

»Das hatte ich total vergessen. Den können Sie wegwerfen.«

»Heißt das, ich hab mir die Arbeit ganz umsonst gemacht?«

»So viel Arbeit war es ja nun auch wieder nicht«, fuhr ich sie an.

Sie knallte die Tür etwas fester hinter sich zu als üblich, und ich hörte draußen ihren blechernen Papierkorb leise scheppern. Da hatte ich wohl etwas gutzumachen.

Ich telefonierte nach Vangelis.

14

»Dieser Seligmann hat mit dem Bankraub nichts zu tun«, meinte meine hübsche Untergebene. »Er lügt wie gedruckt.«

»Sie haben also auch Ihre Zweifel an seiner Geschichte?«

»Zweifel?« Sie lächelte mich ungläubig an. »Ich bin überzeugt, spätestens morgen wird er sein Geständnis widerrufen. Keine Ahnung, welcher Teufel diesen Mann reitet.«

Ich nahm die Brille ab und rieb mir die Augen.

»So betrunken kann ein Mensch gar nicht sein, dass er Geld aus der Beute und ein ihn so belastendes Ding wie dieses Handy in seinem Auto vergisst. So, wie ich Seligmann einschätze, hätte er das Handy unmittelbar nach der Tat entsorgt. Und zwar so gründlich, dass es niemals wiederauftaucht.«

»Ich bin außerdem sicher, das Geld stammt nicht aus der Beute.«

»Wie kommen Sie darauf?«

»Bonnie and Clyde haben nur die großen Scheine mitgenommen. Ich habe noch mal in den Aussagen des Filialleiters nachgelesen. Alles unter Hundertern haben sie liegen lassen, damit ihre Tüten nicht zu schwer wurden.«

»Und in seinem Handschuhfach …«

»… lagen ausschließlich Fünfziger, Zwanziger und ein paar Zehner.«

Ich hörte noch Heribert Brauns Worte: Er wollte ja immer nur kleine Scheine …

Ich sah zum Fenster hinaus und seufzte vermutlich fast so dramatisch wie Sönnchen vorhin. Draußen schien warm die Spätnachmittagssonne. Augenblicke später verschwand sie hinter einem weißen Wölkchen, nur, um Sekunden später wieder hervorzukommen.

»Eine Weile spielen wir sein Spiel noch mit. Und nebenbei müssen wir herausfinden, warum er unbedingt ein Verbrechen gestehen will, das er nicht begangen hat.«

»Mir fallen spontan zwei mögliche Erklärungen ein«, sagte sie und reckte den Zeigefinger der rechten Hand. »Erstens, er deckt den wahren Schuldigen. Er weiß, wer es war, und will verhindern, dass es herauskommt.«

»Oder zweitens«, führte ich ihren Gedanken fort, »er hat etwas auf dem Gewissen, was noch viel schlimmer ist als ein Bankraub.«

Nachdem Vangelis gegangen war, beschloss ich, für heute Feierabend zu machen. Ich war müde, und meine Töchter würden sich bestimmt freuen, mich nach der langen Trennung wieder einmal beim Abendessen zu sehen. Gestern waren sie wegen eines Autobahnstaus erst kurz vor Mitternacht angekommen, hatten im Flur ihr Gepäck fallen lassen und waren nach ein paar mürrischen Worten sofort in die Betten gesunken. Bevor ich sie abholte, hatte ich die Wohnung noch einmal überprüft, ob nicht irgendwo verräterische Spuren von meinem Wochenende zurückgeblieben waren. Wie leicht übersieht man Lippenstift an einem Glas, eine Haarspange im Bad. Aber ich hatte nichts gefunden. Heute hatten sie schulfrei gehabt, um auszuschlafen. Und nun waren sie bestimmt hungrig und hatten viel zu erzählen.

Ich durfte nicht vergessen, meiner Sekretärin morgen einen kleinen Blumenstrauß mitzubringen wegen der Sache mit der

Zeitung. Die lag noch in ihrem Papierkorb, sah ich im Vorbeigehen. Ich nahm sie heraus, strich das Blättchen notdürftig glatt und steckte es ein.

Louise war wieder völlig gesund, und Sarah schwor, seit Tagen nicht die Spur von Zahnschmerzen gehabt zu haben.

»Echt! Total wie weggezaubert!«, erklärte sie mit treuherzigem Kulleraugenblick. »Meine Zähne reparieren sich eben doch selbst.«

»Cool war's«, strahlte Louise auf meine Frage, wie es ihnen ergangen sei. »Echt alles super-megageil da oben!«

»Musst du unbedingt auch mal hin!«, stimmte Sarah ein. »Das Meer, der Strand, die Fischerboote!«

»Und einmal haben wir einen Sonnenuntergang erlebt, da hättest du Augen gemacht!«

Es war mir neu, dass meine Töchter sich für Sonnenuntergänge interessierten. Und ich erinnerte mich an diverse SMS, in denen alles völlig anders geklungen hatte. Außerdem hatte ich eher etwas von tollen Diskotheken und süßen Jungs erwartet.

»Und wie war's bei dir?«, fragte Sarah.

»Ach.« Ich winkte ab. »Nichts als Arbeit. Schön, dass ihr wieder da seid. Habt ihr schon gegessen?«

Misstrauisch sahen sie mich an. »Wir wollten noch weg.«

»Wir könnten doch trotzdem vorher zusammen essen. Ein bisschen eure Rückkehr feiern? Ich hab eine Überraschung vorbereitet.«

»Freust du dich denn, dass wir wieder da sind?«, fragte Louise ungläubig.

»Und wie! Ich hab euch richtig vermisst.«

»Was denn für eine Überraschung?«

»Hamburger. Ich hab schon alles eingekauft. Es gibt Hamburger zum Sattessen.«

»Das geht aber nicht«, sagte Louise mit fester Stimme.

»Wieso nicht? Ihr liebt doch Hamburger.«

»Weil wir jetzt Vegetarier sind«, erklärte Sarah mit großem Ernst. »Wir essen nichts mehr von Tieren.«

»Wir haben drüber nachgedacht«, fiel Louise ein. »Die wollen doch auch leben, und es ist doch eigentlich eine Riesen-

129

schweinerei, sie umzubringen, bloß weil sie uns gut schmecken und so weiter.«

Na prima. Nun konnte ich also eine Woche lang jeden Abend Frikadellen essen.

»Auf Sylt haben wir gesehen, wie sie von den Booten kistenweise Fische tragen, die noch leben!«, empörte sich Louise. »Die haben noch gezappelt und nach Luft geschnappt! Das ist doch so was von gemein, findest du nicht auch? So viele Tiere müssen sterben, weil du Lust auf Hamburger hast!«

Diese Logik war zwar nicht ganz schlüssig, aber im Prinzip nachvollziehbar.

»Tiere haben genauso ein Recht auf Leben wie wir!«, meinte Sarah.

Wir einigten uns schließlich auf eine Gemüsepfanne. Nach kurzer Diskussion durfte ich sie immerhin mit Käse überbacken. Beim Essen empörten sich meine Töchter noch ein wenig über uns herzlose Menschen, die unentwegt wehrlose Lebewesen ermorden, und ich überlegte, was ich künftig auf den Tisch bringen sollte. Gemeinsam stellten wir fest, dass eine Gemüsepfanne, ordentlich gewürzt, eigentlich auch ganz genießbar war.

Später zogen sie davon, um eine Klassenkameradin zu besuchen und Sylt-Fotos auf deren PC anzugucken. Alle hatten nämlich heutzutage PCs zu Hause, erfuhr ich, und Internet sowieso. Nur wir natürlich nicht. Wir waren die Einzigen, die überhaupt noch Fotos mit solchen vorsintflutlichen Knipsapparaten machten und Handys ohne eingebaute Kameras hatten.

In der Küche stand noch eine angebrochene Flasche Rotwein. Ich legte ruhige Musik ein und die Füße auf den Couchtisch (was ich natürlich nur tat, wenn meine Töchter es nicht sahen) und schlug Sönnchens inzwischen heillos zerknitterten Kurpfalz-Kurier auf.

Auf Seite fünf, unter »Regionales«, fand ich, was ich suchte. Der dreispaltige Artikel war unterzeichnet mit »JM«, was in Anbetracht der alarmfarbenen Überschrift nur »Jupp Möricke« bedeuten konnte.

»Polizei versagt erneut!«, knallte es mir entgegen. »Grausame Vergewaltigung einer Minderjährigen bis heute nicht aufgeklärt!«, lautete die Unterzeile.

Möricke ging zunächst noch einmal in scharfer Form und aller gebotenen Deutlichkeit auf den Fall Melanie Seifert ein. Und dann kam es:

Wäre dies der erste und einzige Fall, könnte man ja noch an Versagen einzelner Beamter glauben. Die Methode scheint jedoch System zu haben. In Kürze jährt sich zum zehnten Mal jene Nacht, in der die eben sechzehnjährige Jule A. Opfer eines abscheulichen Verbrechens wurde. Brutal vergewaltigt und mehr tot als lebendig wurde sie von einem Zeugen nachts auf dem Gehweg der Eppelheimer Goethestraße aufgefunden. Beherzt fuhr der tapfere Mann das blutende und bewusstlose Opfer ins nächste Krankenhaus. Und nur seinem selbstlosen Einsatz ist es zu danken, dass Jule A. heute noch am Leben ist. Aber unter welchen Umständen! Geistig verwirrt und der Sprache nicht mehr mächtig, lebt sie in einem Heim für schwerstbehinderte Erwachsene im Odenwaldkreis. Und was hat die Polizei in diesem Fall unternommen? Man mag es nicht glauben: so gut wie nichts! Noch immer erfreut sich der Täter seiner Freiheit! Wie viel Schuld mag er in den vergangenen zehn Jahren auf sich geladen haben? Wer kann sagen, wie viele Frauen und Mädchen in dieser Zeit zum Opfer seiner perversen Gelüste wurden? Sollte man nicht erwarten, dass die Kriminalpolizei alle Hebel in Bewegung setzt, damit ein solches Scheusal gefasst und unschädlich gemacht wird? Damals, am Tag des niederträchtigen Verbrechens, hätte Jule A. unter normalen Umständen zusammen mit Freundinnen und Freunden ihren sechzehnten Geburtstag gefeiert. Aber ausgerechnet an ihrem Freudentag, an der Schwelle von der Jugendlichen zur Heranwachsenden, musste sie alle ihre Hoffnungen und kleinen Wünsche begraben. Niemals wird Jule A. ein normales Leben führen. Niemals wird sie sich als Mutter an ihren Kindern freuen, einem Mann ihre Liebe entgegenbringen können. Stattdessen wird die bedauernswerte Frau nun bald ihren sechsundzwanzigsten Geburtstag unter den deprimierendsten

Umständen begehen, die man sich denken kann. Dem
Verfasser bleibt, ihr zu wünschen, die Polizei möge künf-
tig solch bestialische Verbrechen mit etwas mehr Engage-
ment verfolgen. Immerhin ist hier ein Hoffnungsschim-
mer zu vermelden: Aus zuverlässiger Quelle erfuhr der
Verfasser, dass der Fall Jule A. derzeit erneut aufgerollt
wird. Die jüngsten Fortschritte der Kriminaltechnik las-
sen hoffen, dass der Täter am Ende doch noch seiner
gerechten Strafe zugeführt wird. Dies wäre immerhin ein,
wenn auch überaus trauriges Geburtstagsgeschenk für
sein bedauernswertes Opfer.

Sogar Fotos von Jule und Seligmann hatte Möricke in irgendeinem Archiv gefunden. Damals hatte er noch völlig anders
ausgesehen. Da war noch nichts von diesem unterwürfigen
und zugleich verschlagenen Blick. Der Rücken war noch
gerade, die Stirn glatt, der Mund nicht so mürrisch wie heute.
Kaum zu glauben, dass das Foto nur zehn Jahre alt war.

Ich blätterte die Zeitung bis zum Ende durch. Aber außer
einem großen Kreuzworträtsel, das meine Sekretärin – wohl
während der Dienstzeit, wenn ich recht überlegte – mit ihrer
akkuraten Schrift ausgefüllt hatte, fand ich nichts Erwähnens-
wertes mehr. Ich faltete sie zusammen, warf sie auf den Tisch
und legte mich aufs Sofa. Keith Jarrett spielte leise Klavier.

Weshalb hatte dieser Artikel Seligmann so aus der Fassung
gebracht? Musste er sich nicht freuen, wenn der Fall neu aufgerollt und der Täter vielleicht doch noch ermittelt wurde?
Oder sollte er am Ende eine ganz andere Rolle in dem Drama
vor zehn Jahren gespielt haben, als alle Welt glaubte?

Jetzt fiel mir ein: Seligmann hatte den Bankraub in der
Sekunde gestanden, als er hörte, wir würden das Handy auf
DNA-Spuren untersuchen. Um diese auswerten zu können,
hätten wir natürlich auch von ihm eine Speichelprobe nehmen
müssen. Und das musste er unter allen Umständen verhindern,
denn er konnte sich ausrechnen, dass wir die Analyseergeb-
nisse später routinemäßig auch durch die Computer des BKA
jagen würden. Es war wie bei einem Schachspiel. Standen die
Figuren erst einmal richtig, dann fügte sich plötzlich eines zum

anderen, dann war das Ergebnis programmiert. Auch hier gab es nur eine einzige Ausgangsstellung, aus der sich alles Weitere folgerichtig ergab. Seligmann hatte Jule vergewaltigt. Es war ihm gelungen, die Tat zu vertuschen, aber mit seiner Schuld war er nicht fertig geworden. Er begann zu trinken, wurde schließlich krank an seinem schlechten Gewissen. Vermutlich war damals einfach niemand auf den Gedanken gekommen, ausgerechnet er, Jules Lebensretter, könnte der Täter sein. Und als er nun las, der Fall würde neu untersucht, hatte ihn die alte Angst gepackt. Alles, was er so lange niedergekämpft, so mühsam unterdrückt hatte, war wieder hervorgebrochen. In seiner Ausweglosigkeit hatte er schließlich versucht, sich das Leben zu nehmen. War, als ihm dies nicht gelang, geflüchtet, irgendwohin, nur weg, weit weg vom Ort seines Verbrechens, das um so vieles schlimmer war als der Bankraub, bei dem ja niemand ernstlich zu Schaden gekommen war.

Was übrig blieb, war das Handy. Das passte nicht in mein Konzept. Wie kam das in seinen Wagen, wenn er mit dem Bankraub nichts zu tun hatte?

In der Wohnungstür drehte sich ein Schlüssel. Meine Zwillinge kamen zurück, mit roten Bäckchen und blendender Laune. Offenbar hatten sie einen schönen Abend gehabt. Nur Sarahs Gesicht schien mir schon wieder ein wenig asymmetrisch zu sein.

15

Den Blumenstrauß hatte ich vergessen. Sönnchen war immer noch sauer auf mich und strafte mich mit extradünnem Kaffee. Ich bat sie in wärmstem Ton um Verzeihung, lobte sie dafür, dass sie so rasch die Zeitung besorgt hatte, erzählte ihr von dem neuen Verdacht gegen Seligmann. Aber sie murmelte nur etwas von Männern, die manchmal zickiger seien als die schlimmsten Frauen. Dann ließ sie mich mit meinem Frühstück allein. Als ich sie später bat, mir die Akte Jule Ahrens zu besorgen, klang sie schon wieder ein wenig milder. Bald darauf erschien Rolf Runkel, der längst alle anderen Kollegen bei der Kripo an

Dienstjahren übertraf und von Balke standhaft »Rübe« genannt wurde. Er trug unter jedem Arm einen dicken Ordner.

»Die haben auf meinem Schreibtisch gelegen«, erklärte er mir betreten, nachdem er sich umständlich gesetzt hatte. Runkel gehörte zu den Menschen, die immer so aussehen, als hätten sie ein schlechtes Gewissen. »Ich hab den Fall gekriegt, weil Sie doch angeordnet hatten, dass wir uns um die alten, unaufgeklärten Sachen kümmern sollen, und da hab ich halt ...«

»Schon okay«, unterbrach ich ihn. »Eigentlich hätte ich es ja wissen müssen. Aber es sind so viele Fälle, und da hatte ich es wohl vergessen.«

»Macht ja nichts«, erwiderte er großmütig. »Jeder vergisst mal was, gell?«

Ich bat ihn, mir einen Überblick zu geben, und wie bei Runkel üblich, dauerte das ein Weilchen.

»Viel haben die Kollegen damals ja nicht rausgefunden. Aber so viel steht fest: Das Mädchen hat am Abend, so gegen sechs, ihr Elternhaus verlassen. Die armen Leute haben damals in der Südstadt gewohnt, in der Panoramastraße. Eine Freundin wollte sie besuchen, hat sie der Mutter erzählt, die wohnte in der Weststadt, bloß ein paar hundert Meter entfernt. Da ist sie aber nie angekommen. Das wundert einen auch nicht, weil die Freundin sie überhaupt nicht erwartet hat. Die waren gar nicht verabredet, und die ist an dem Abend nicht mal daheim gewesen. Anscheinend hat das Kind seine Mutter angelogen.« Runkel hustete und zog die Nase hoch. »- Wie sie um elf noch nicht daheim war, da haben die Eltern angefangen, sich Gedanken zu machen, und dann haben sie bei der Freundin angerufen. Es war aber nicht das erste Mal, dass sie zu spät heimkam. Man weiß ja, wie das ist mit Kindern in dem Alter.«

»Oh ja«, seufzte ich.

»Sie haben dann alle möglichen Leute angerufen, der Vater ist sogar mit dem Auto rumgefahren, um sie zu suchen. Und am Ende, da wollten sie grad die Polizei alarmieren, und da hat's an der Tür geschellt. Und das waren dann die armen Kollegen, die den Leuten sagen mussten, die Tochter ist vergewaltigt worden und liegt im Krankenhaus.«

Runkel sah mich traurig an. »So was den Eltern erklären müssen, stellen Sie sich das mal vor!« Er schüttelte sich und zog wieder die Nase hoch.

Ich unterdrückte den Impuls, ihm ein Taschentuch zu reichen, und nickte ihm stattdessen aufmunternd zu. »Und wie ging's dann weiter?«

Er sah auf seine breiten, nicht ganz sauberen Hände. Vermutlich war er wieder einmal beim Bauen. In seiner Freizeit war Runkel unentwegt damit beschäftigt, sein altes Häuschen in Ziegelhausen umzubauen, anzubauen, aufzustocken oder sonst irgendwie zu erweitern, um seinen vielen Kindern ein Dach über dem Kopf zu schaffen. Das letzte Projekt, von dem ich erfahren hatte, war allerdings eine komfortable Hundehütte für Pumuckl, Runkels Rauhaardackel und jüngster Familienzuwachs, der vor wenigen Monaten auf Grund eines Missverständnisses um ein Haar in der Bratröhre seiner Frau gelandet wäre. Auf Grund dieser Mehrfachbelastung war Rolf Runkel oft ein wenig müde und unkonzentriert. Und nicht wenige seiner Dienstfahrten führten an einem Baumarkt vorbei, hatte ich kürzlich gehört. Aber solange er seine Arbeit machte, ließ ich ihn in Frieden. Ein Vater von fünf kleinen Kindern hat das Recht auf eine gewisse Nachsicht.

»Was das Mädel an dem Abend tatsächlich gemacht hat, wo sie gesteckt hat – kein Mensch weiß es«, fuhr er fort. »Die Eltern waren aber sicher, dass sie einen Kerl getroffen hat. Sie sei die ganze Zeit schon irgendwie komisch gewesen. Und auffällig zurechtgemacht hätte sie sich an dem Abend. Und so lustig sei sie gewesen. Wie die Mädchen halt so sind, wenn sie verliebt sind, nicht wahr.«

Langsam begann Runkel mir auf die Nerven zu gehen mit seiner lahmen Art, Baustelle hin oder her. Aber es half ja nichts. Schneller ging es bei ihm nun einmal nicht. Ich versuchte, mich zu entspannen. Der Tag hatte ja eben erst begonnen.

»Wenn ich Sie richtig verstehe, dann gibt es also keinen einzigen Zeugen, der Jule Ahrens in den acht Stunden gesehen hat?«

»Obwohl es so viele Aufrufe gegeben hat, ja. Das war natürlich ein ziemlicher Wirbel damals, das können Sie sich ja vorstellen. Ich erinnere mich selber noch recht gut an den Fall. Ich war zwar nicht direkt dabei, aber die halbe Direktion hat wochenlang Kopf gestanden, weil man einfach nichts gefunden hat. Sie ist aus der Haustür, und dann war sie weg. Kein Straßenbahnfahrer, kein Spaziergänger, keiner hat sie mehr gesehen. Erst spät nachts hat dieser Lehrer das Mädchen vor seinem Haus gefunden. Er hat das arme Ding auf den Rücksitz gepackt und in die Uni-Klinik gefahren. Laut Protokoll der Notaufnahme ist er dort um elf nach zwei angekommen.« Eine Weile starrte er die zwei Ordner trübsinnig an. »Sie hat ziemlich lang im Krankenhaus liegen müssen«, fuhr er mit leiser Stimme fort. »Später ist sie in ein Pflegeheim gekommen, weil sie ja körperlich wieder ganz gesund war. Nur mit dem Gehirn hat es nicht mehr so richtig funktioniert. Der Täter hat sie ziemlich gewürgt. Man muss sich nur die Fotos angucken. Und in dem Heim ist sie jetzt immer noch.«

Runkel rutschte unbehaglich auf seinem Stuhl herum. Offenbar sehnte er sich nach einer Chance, aus meinem Büro zu kommen. Gehe nie zum Fürsten, wenn es nicht unbedingt sein muss. So schenkte ich ihm die Freiheit, und er war sehr erleichtert.

Runkel gab Balke die Klinke in die Hand, der offenbar draußen gewartet und mit Sönnchen herumgeschäkert hatte.

»Ich weiß ja nicht, ob es wichtig ist. Aber wenn dieser Seligmann den Bankraub nicht auf dem Gewissen hat, dann ist das Rennen ja wieder offen.«

»Haben Sie eine neue Spur?«

»Spur?« Er setzte sich. »Ich weiß nicht. Aber ich sollte mich doch ein bisschen um diesen Bankfuzzi kümmern, diesen Herrn Braun.« Er streckte die Beine von sich, stieß die Hände in die Taschen seiner engen Jeans und grinste mich schadenfroh an.

»Schießen Sie los.«

»Dass er über seine Verhältnisse lebt, wissen Sie ja schon. Ich hab dann mal ein bisschen rumgeschnüffelt, was er an seinen Abenden treibt.«

»Er ist als eifriger Tennisspieler bekannt.«

»Und er soll sogar gut sein.« Balkes Grinsen wurde noch um einige Grade fieser. »Fünfmal die Woche, praktisch jeden Abend, setzt der Herr sich in seinen schönen roten Porsche samt dicker Sporttasche und fährt weg.«

»Ich wünschte, ich wäre nur halb so diszipliniert wie er, wenn es um meine Fitness geht.«

»Der treibt aber eine ganz andere Art von Sport, wenn Sie mich fragen. Wenn man nämlich ein wenig mit der Bedienung im Clubrestaurant anbändelt, dann erfährt man, dass er höchstens ein-, zweimal die Woche spielt. Und in letzter Zeit lässt er sich in manchen Wochen überhaupt nicht mehr blicken. Sie haben ihm schon angedroht, er fliegt aus der ersten Mannschaft, wenn er nicht regelmäßig zum Training erscheint.«

»Und Sie haben natürlich schon eine Idee, was er an diesen Abenden stattdessen treibt.«

»Drei Mal dürfen Sie raten.«

»Wenn ein Mann in seinem Alter auf einmal Porsche fährt und seinen Sport vernachlässigt ... Okay, wie heißt sie?«

»Das ...«, Balke blinzelte mir verschmitzt zu, »... muss ich noch herausfinden.«

Ich blätterte den ersten Ordner flüchtig durch. Runkel hatte Recht, die Ergebnisse der damaligen Ermittlungen waren äußerst spärlich. Eines war klar: Das Mädchen musste die Hölle durchlebt haben in jener Nacht. Nahezu keine Stelle ihres Körpers war ohne Verletzungen geblieben. Als hätte sich eine ganze Horde von Vandalen an ihr ausgetobt. Das Sperma in Jules Scheide stammte jedoch von nur einem Mann.

Ein Schock waren die Fotos, die ihr Gesicht zeigten. Auf den ersten Blick hätte man meinen können, sie zeigten eine meiner Töchter. Dasselbe lange blonde Haar, dieselbe helle Haut. Erst bei näherem Hinsehen stellte ich fest, dass Jule dunkle Augen hatte, das Gesicht war doch ein wenig breiter, der Mund voller. Dennoch fiel es mir schwer, den Blick von diesen Augen zu wenden, die mich so zutiefst erschrocken und ratlos anstarrten.

Die Liste von Jules Verletzungen im vierzehn Seiten langen Bericht des Gerichtsmedizinischen Instituts wollte kein Ende nehmen. Sie musste zu Beginn gekämpft haben wie eine Katze. Man hatte eine Menge Hautfetzen und Blut unter ihren Fingernägeln gefunden. Nur leider bis heute niemanden, zu dem diese Spuren passten.

Jules verzweifelte Eltern hatten der Polizei bereits wenige Tage nach der Tat vorgeworfen, schlampig zu recherchieren. Immer neue Theorien wurden in der Presse breitgetreten, immer dubiosere Zeugen aufgeboten, die irgendetwas beobachtet haben wollten, was später der Überprüfung nicht standhielt. Einige Zeit wurde ein ehemaliger Sexualstraftäter verdächtigt, der seine Haftstrafe längst verbüßt hatte. Immerhin hier war die Spurenlage eindeutig: Er kam als Täter nicht in Frage. Die Blutgruppe stimmte nicht, und zudem hatte der Mann ein Alibi. Er war in Frankfurt gewesen, seine Mutter besuchen. Die hatte an dem Abend ihren sechzigsten Geburtstag gefeiert, und nicht weniger als fünfundzwanzig Zeugen bestätigten, dass ihr Sohn die ganze Zeit anwesend und recht früh sturzbetrunken gewesen war.

Im Lauf der folgenden Wochen hatte es noch drei weitere vorläufige Festnahmen gegeben. Und am Ende, als die Sonderkommission nach sechs Monaten erfolgloser Arbeit aufgelöst wurde, war nur so viel sicher: Jule Ahrens war brutal misshandelt, bis zur Bewusstlosigkeit gewürgt und dann vergewaltigt worden. Die Verletzungen im Vaginalbereich waren minimal, während der eigentlichen Penetration hatte sie also keine Gegenwehr mehr geleistet. Der Ort, wo Seligmann sie später fand, kam als Tatort nicht in Frage. Spuren an ihrer zerfetzten Kleidung ließen den Schluss zu, dass man sie im Kofferraum eines Autos dorthin transportiert hatte. Die Tat war vermutlich im Freien geschehen, irgendwo im Grünen, wo es ein wenig Gras gab, rötliche, sandige Erde und dürres Holz. Auch Reste von vertrocknetem Buchenlaub hatte man an ihr gefunden sowie Spuren von Holzkohle.

Es war, als wäre Jule Ahrens an jenem Abend vor fast zehn Jahren von der Hölle verschluckt und erst acht Stunden später wieder ausgespuckt worden. Ein Kind war sie fast noch gewesen. Wer um Gottes willen brachte so etwas fertig? Seligmann? Ausgerechnet Seligmann? Ich fühlte mich elend.

Als ich den Ordner zuklappte, meinte ich, eine Staubwolke aufsteigen zu sehen. Draußen tackerten hallende Schritte den Flur hinunter. Eine Tür klappte in der Ferne. Von meiner Sekretärin war nichts zu hören. Das war ihre Art, mich zu bestrafen: Sie ließ mich einfach sitzen und meinen Kram selbst erledigen.

Schließlich wählte ich Runkels Nummer.

»Eine Frage noch. Hat man jemals in Erwägung gezogen, dass Seligmann der Täter sein könnte?«

»Der Lehrer? Wieso denn ausgerechnet der?«

»Er ist ein Mann.«

»Aber das ist doch Blödsinn«, meinte Runkel nach längerem Überlegen. »Wieso soll er sie ins Krankenhaus fahren, nachdem er sie so zugerichtet hat? Er hätte doch damit rechnen müssen, dass sie ihn am nächsten Morgen anzeigt, wenn sie wieder zu sich kommt!«

»Menschen machen manchmal komische Sachen.«

Natürlich hatte er Recht. Kam Seligmann wirklich als Vergewaltiger in Betracht? Ein Lehrer? Ein guter Lehrer, der bei seinen Schülern beliebt war? Nein, es passte nicht in meinen Kopf. Aber dennoch, die Fakten ... Seine Lügerei, dieses ganze merkwürdige Verhalten ...

Plötzlich konnte ich nicht mehr sitzen. Ich sprang auf und begann, in meinem Büro hin und her zu laufen. War es wirklich vorstellbar, dass Seligmann Jule selbst auf dem Gehweg platziert hatte, nur um sie dann kurze Zeit später zu »retten«? Nachdem er sie zuvor stundenlang in seinem Haus gequält und vergewaltigt hatte? Aber auch für seine Version der Geschichte gab es keine Zeugen. Niemand hatte sie bisher in Zweifel gezogen. Sollte dies bei den damaligen Ermittlungen der entscheidende Fehler gewesen sein?

Etwas in mir sperrte sich hartnäckig gegen diesen Gedanken. Wenn Seligmann Jule vergewaltigt hätte, dann hätte er sie irgendwohin gefahren, möglichst weit weg vom Tatort. Oft genug töten Triebtäter ihre Opfer sogar, nachdem sie wieder bei Sinnen sind, und erkennen, was sie angerichtet haben. Seligmanns Verhalten wäre ganz und gar unlogisch, wenn er der Täter war.

Ich setzte mich wieder an meinen Schreibtisch.

So kam ich nicht weiter.

Ich drückte die Direktwahl-Taste zu Sönnchen. Niemand nahm ab. So rief ich wieder Runkel an.

»Schaffen Sie mir Seligmann her. In mein Büro bitte.«

Die zweite Nummer, die ich wählte, war die des Hölderlin-Gymnasiums. Ich hatte Glück, es war gerade Pause, und schon nach einer halben Minute hörte ich die Stimme von Frau Hellhuber, Seligmanns ehemaliger Kollegin.

»Ich hätte noch eine Frage: Hat er Jule Ahrens eigentlich gekannt?«

»Aber natürlich«, erwiderte die Lehrerin erstaunt, »Jule war doch seine Schülerin. Wussten Sie das denn nicht?«

»Sie war am Helmholtz, habe ich gelesen, wie meine Töchter übrigens auch, er am Hölderlin. In unseren Akten steht nichts darüber, dass er sie kannte.«

»Er musste damals für eine Kollegin einspringen, die in Mutterschutz war. Deshalb hat er am Helmholtz eine Mathematik-Klasse übernommen. So etwas gibt es öfter, bei unserer notorischen Personalknappheit.«

Von tief unten fühlte ich eine Übelkeit in mir aufsteigen, die sich lange nicht würde vertreiben lassen. Und eine Wut, die mir selbst Angst machte. Vielleicht war es gut, dass es noch einige Zeit dauerte, bis der Dreckskerl hier auftauchte.

»Sie sehen schlecht aus, Herr Kriminalrat«, stellte Sönnchen befriedigt fest, als sie sich endlich wieder einmal blicken ließ.

»Wenn Sie mich auch allein hier sitzen lassen!«

»Sie sind manchmal wirklich ein schrecklicher Mensch, wenn ich das mal sagen darf.«

»Zur Wiedergutmachung hab ich auch schon die Tasse gespült, haben Sie es gemerkt?«

»Da am Rand ist sie aber nicht sauber. Und das Kännchen haben Sie gar nicht ausgespült. Das haben Sie vergessen.«

Immerhin lächelte sie schon wieder. Aber sie gab sich Mühe, es mich nicht merken zu lassen.

16

»Vergewaltigt? Ein Kind? Sagen Sie mal, sind Sie pervers?«

»Wer von uns beiden pervers ist, werden wir noch herausfinden. Wir haben Ihre Speichelprobe. Und in ein, zwei Tagen werden wir wissen, wer Jule Ahrens vergewaltigt hat. Bis es so weit ist, würde ich aber gerne Ihre Version der Geschichte hören.«

Seligmann sah auf seine Hände. Sah wieder auf. Sein Adamsapfel hüpfte noch stärker als gestern. Irgendwo hatte dieser Mann eine Leiche begraben, dessen war ich mir jetzt sicher. Mein Angriff war zu überraschend gekommen, er hatte keine Chance gehabt, sich vorzubereiten, sich seine Antworten zurechtzulegen. Also tat er, was jeder Mensch in seiner Situation tut – er versuchte abzulenken.

»Sagen Sie mal, was soll das eigentlich? Ich gestehe die Beteiligung an diesem Bankraub, Sie finden eindeutige Beweise in meinem Auto, die ich Blödian dort habe liegen lassen. Und jetzt kommen Sie mir mit dieser uralten Sache? Haben Sie vielleicht noch mehr ungelöste Fälle im Schrank, die Sie mir anhängen möchten?«

»Ich will Ihnen nichts anhängen. Ich will einfach nur aus Ihrem Mund hören, wie das damals abgelaufen ist.«

Sönnchen erschien mit zwei Tassen Kaffee. Seligmann nahm einige kleine Schlucke. Stellte die Tasse sehr langsam ab. Schließlich wies er auf die zwei Ordner auf meinem Schreibtisch.

»Lesen Sie. Da steht alles drin.«

»Ich würde es trotzdem gerne von Ihnen hören.«

Er sah mir ins Gesicht. Inzwischen hatte er sich schon wieder besser im Griff. Aber in seinem Blick irrlichterte die Angst.

»Also gut«, seufzte er. »Ich bin rausgegangen und hab das Kind blutend auf dem Gehweg gefunden. Mein Wagen stand zum Glück ganz in der Nähe. Damals war die Garage noch nicht fertig. Ich hab sie auf den Rücksitz gelegt, besonders schwer war sie ja nicht.«

»Und sind ins Uni-Klinikum gefahren mit ihr.«

Wieder nippte er an seinem Kaffee.

»Vermutlich hab ich mir unterwegs ein paar Geschwindigkeitsüberschreitungen zuschulden kommen lassen. Aber das dürfte inzwischen verjährt sein.«

»Selbst wenn, Sie hätten in Nothilfe gehandelt. Haben Sie eigentlich immer die Autoschlüssel in der Tasche, wenn Sie nachts auf die Straße gehen?«

Spätestens an diesem Punkt hatte ich den üblichen Satz erwartet: »Ich sage nichts mehr ohne meinen Anwalt.«

Aber er kam nicht. Stattdessen zuckte mein Gegenüber die Schultern und grinste mich schief an.

»Der ist an meinem Schlüsselbund. Wenn ich den Hausschlüssel dabei hab, dann hab ich auch den Wagenschlüssel. Ihr Kaffee ist übrigens gut!«

»Machen Sie sich nicht zum Narren«, erwiderte ich kalt. »Wir reden hier nicht über Kaffee.«

Sein Grinsen erstarb. Als er wieder zur Tasse griff, zitterte seine Hand. Schwach nur, aber sie zitterte. In dieser Sekunde verschwand mein letzter Zweifel daran, dass ich auf der richtigen Fährte war. Was bisher nur eine gut begründete Vermutung war, wurde zur Gewissheit. Ich musste nur lange und tief genug bohren, um zu erfahren, was Seligmann zehn Jahre lang verschwiegen hatte.

»Jule Ahrens war Ihre Schülerin, richtig?«

»Richtig.«

Regel eins, wenn man vernommen wird: Alles zugeben, was der andere ohnehin schon weiß oder wissen könnte. Lüge nur, wenn es unumgänglich ist.

»Ich hatte damals am Helmholtz eine Vertretung. Und da war sie in meiner Klasse, glaub ich.«

»Glauben Sie?«

»Ich bin mir fast sicher.«

»Also haben Sie sie gekannt.«

»Ich hab im Lauf meines Lebens tausende von Schülerinnen und Schülern gekannt. Und wieder vergessen. Das gehört zu meinem Beruf.«

»Ich kann mir vorstellen, dass man zu manchen Schülern eine engere Beziehung entwickelt als zu anderen. Wie war das bei Jule Ahrens?«

Er fummelte seine Zigaretten aus einer Hosentasche.

»In meinem Büro wird nicht geraucht!«

Ergeben legte er das zerknautschte Päckchen auf den Tisch.

»Es war wie bei allen anderen auch. Man kennt das Gesicht. Aber nach zwei, drei Monaten erinnert man sich nicht mal mehr an den Namen.«

»Jules Name ist Ihnen aber gleich wieder eingefallen?«
Seligmann sah mir in die Augen. Er wirkte jetzt sehr müde.
»Was soll das? Was soll das werden? Wollen Sie mich jetzt allen Ernstes zum Vergewaltiger machen?«

»Ich versuche nur herauszufinden, was Sie sind.«

»Mal ehrlich, trauen Sie mir so was zu?«

»Sie glauben nicht, wie viele Menschen hier schon gesessen und Verbrechen gestanden haben, die ich ihnen nie und nimmer zugetraut hätte.«

Ich lehnte mich in meinem leise quietschenden Ledersessel zurück, die Zeigefinger an den Lippen, und schwieg. Er starrte mich an, mit seinem Hundeblick, und wartete. Dann wurde sein Blick unsicher. Schließlich schlug er die Augen nieder. Es war ein gefährliches, lauerndes Schweigen. Dann wiederholte ich meine Frage.

»Jules Name ist Ihnen damals also sofort wieder eingefallen?«

»Nein, erst nicht«, antwortete er zögernd. Er fühlte sich auf gefährlichem Eis, das war offensichtlich. »Es war ja dunkel. Erst als ich sie in den Wagen gelegt hab, da hab ich ihr Gesicht gesehen. Und da war mir auf einmal klar, wer das war.«

»Wie genau hat Jule auf dem Gehweg gelegen?«
Seligmann antwortete nicht.

»Ich möchte, dass Sie mir die Szene möglichst genau beschreiben.«

Er zögerte. Schluckte. Nahm sich nun doch eine Zigarette, steckte sie zwischen die Lippen, verzichtete dann aber mit einem unsicheren Blick in meine Richtung darauf, sie anzustecken.

»Auf dem Rücken hat sie gelegen. Die Beine gespreizt. Die Arme waren seitlich ausgestreckt.«

Jetzt war er mit seinen Gedanken weit weg in der Vergangenheit.

»Die Beine waren gespreizt?«, fragte ich sanft. »Habe ich das richtig verstanden?«

Er nickte fast unmerklich. Ich schob ihm meine Untertasse als Aschenbecher hinüber. Er verstand die Geste sofort, suchte und fand sein Feuerzeug. Das Anzünden machte ihm Schwierigkeiten. Flamme und Tabak wollten einfach nicht zusammenfinden. Endlich brannte der Glimmstängel, Seligmann nahm einige gierige Züge.

»Ich habe gelesen, das Kleid war völlig zerrissen. Ihre Unterwäsche ist bis heute verschwunden.«

Todtraurig sah er mich an. »Sie sind eine Drecksau, Herr Gerlach! Eine verdammte widerliche Drecksau mit einer völlig abseitigen Phantasie.«

»Passen Sie auf, was Sie sagen.«

»Warum?«, fuhr er mich mit plötzlich wiedergewonnener Energie an. »Wir sind doch allein, oder nicht? Oder haben Sie hier irgendwo ein Mikro versteckt? Sind das etwa Ihre neuen Methoden?«

Ich wartete. Er rauchte hektisch.

»Ja, verflucht, ihre Beine waren gespreizt«, sagte er endlich erschöpft. »Das ist es doch, was Sie hören wollen. Sie hat da gelegen wie …«

Wieder schluckte er. Rauchte. Hustete.

Ich versuchte meine Stimme ruhig zu halten. So zu tun, als ließe mich das alles ziemlich kalt. »Wie?«, fragte ich. »Wie lag sie da?«

»Wie wenn sie sagen wollte: Nimm mich!«

Im Vorzimmer hörte ich Sönnchen ein Liedchen summen. Durch das gekippte Fenster drang fröhliches Vogelgezwitscher herein.

»Eine letzte Frage noch«, sagte ich leise. »Dann lasse ich Sie in Ruhe.«

Ich ließ ihn noch ein wenig leiden, bevor ich fortfuhr.

»Gehen Sie nachts eigentlich öfter mal auf die Straße? Nachts um zwei?«

»Wieso?«, fragte er zurück. »Ist das nicht erlaubt?«

Wütend zerquetschte er die gerade angerauchte Zigarette.

»Meine Frage war nicht, ob es erlaubt ist. Ich will wissen, ob Sie das öfter machen.«

Mit dem Ausdrücken der Zigarette hatte Seligmann eine Entscheidung getroffen. »Ich will meinen Anwalt sprechen«, presste er durch die Zähne, stopfte Zigaretten und Feuerzeug in die Hosentasche und erhob sich. »Die Nummer haben Sie ja.«

Jules Vater wohnte heute nicht mehr an der noblen Panorama-straße, sondern in einer winzigen Anderthalb-Zimmer-Wohnung im dritten Stock eines heruntergekommenen Altbaus mitten in Neuenheim. Am Telefon war er sehr abweisend gewesen, und nur mit Mühe war es mir gelungen, ihn zu diesem Gespräch zu überreden. Zur Verstärkung hatte ich Klara Vangelis mitgenommen. Auf der kurzen Fahrt hatten wir geschwiegen. Dass das kommende Gespräch nicht angenehm sein würde, war klar. Doch dass es so schlimm werden würde, hatte ich nicht erwartet.

»Meine Frau? Die ist weg«, bellte mich Andreas Ahrens an. Schon am Telefon war mir sein Hamburger Akzent aufgefallen, den er noch immer nicht ganz verloren hatte, obwohl er seit seinem elften Lebensjahr in Heidelberg lebte.

»Ist sie einkaufen?«, fragte Vangelis mit einem Lächeln, das einen Baum freundlich gestimmt hätte. Nicht so Jules Vater.

»Kann sein.« Mürrisch winkte er uns herein. Sein Hemd stank nach einer Mischung aus zu viel billigem Deodorant und altem Schweiß. Der Atem roch nach Alkohol, und die Wände der ziemlich vermüllten Wohnung waren grau. Ein paar mit Reißzwecken hingepinnte Kunstdrucke zeigten, dass Ahrens zumindest früher noch versucht hatte, seine Behausung ein wenig freundlich zu gestalten.

»Keine Ahnung, was die gerade treibt und mit wem. Die ist schon seit Jahren weg.«

Er wies auf eine durchgesessene, mit grünem Velours bezogene Couch, auf der er offensichtlich die Nacht verbracht hatte, klappte seinen dürren Körper in den einzigen Sessel und musterte uns grimmig.

»Am Telefon hieß es, es gäbe eine neue Spur? Jetzt, nach so vielen Jahren, kommen euch auf einmal die Ideen?«

»Das klingt nicht, als wären Sie froh darüber.«

»Froh?«, fragte er mit ungläubigem Blick aus trüben Augen. »Den ganzen Scheiß noch mal von vorn? Nee, danke.«

»Ich kann mir vorstellen, dass das damals sehr schwer war für Sie und Ihre Frau«, sagte ich. »Und ich verstehe natürlich vollkommen, dass Sie wenig Lust haben, jetzt alles noch einmal aufzuwühlen. Aber auf der anderen Seite möchten Sie doch sicherlich auch, dass der Mann gefasst wird, der Ihrem Kind das angetan hat.«

»Nee.« Er schüttelte den Kopf. »Wozu? Meine Renate hat's richtig gemacht, die ist abgehauen. Ich selber saufe seit acht Jahren, und seit fünfen bin ich arbeitslos. Nee, danke, will nichts mehr wissen von dem ganzen Scheiß. Ich will bloß noch meine Ruhe. Bloß noch meine Ruhe.«

Er legte das schweißglänzende Gesicht in seine mageren Hände und schwieg eine Weile. Eine schmale, ganz und gar schwarze Katze kam lautlos herein, schnupperte misstrauisch an meinen Hosenbeinen, bedachte Klara Vangelis mit einem verständnislosen Blick und verschwand wieder. Neben dem schmierigen Couchtisch, der aussah wie beim Sperrmüll erbeutet, entdeckte ich einen verfaulten Apfel auf einer vergilbten FAZ, deren Schlagzeile die Wiederwahl von George W. Bush verkündete.

Ahrens nahm die Hände herunter. »Also, was wollen Sie von mir hören? Bringen wir's in Gottes Namen hinter uns.«

»Wie geht es Ihrer Tochter heute?«, fragte ich mit belegter Stimme. »Können Sie sich mit ihr unterhalten? Weiß sie, wo sie ist?«

»Ich seh sie ja kaum. Ich halte das nicht aus. Meine Frau übrigens auch nicht. Obwohl, die ist am Ende besser fertig geworden mit dem ganzen Elend. Hat jetzt einen anderen, in Offenbach, glaub ich. Und, damit Sie zufrieden sind, nein, Jule erkennt niemanden. Und man kann sich nicht mit ihr unterhalten. Aber die Leute im Heim sagen, sie leidet nicht. Sie fühlt sich wohl, sagen sie. Was soll ich sie da besuchen? Sie vermisst nichts. Schon gar nicht mich.«

»Sie haben sich Vorwürfe gemacht, damals.«

»Vorwürfe?«, fragte er mit hysterischem Lachen. »Na, Sie machen mir Spaß! Vorwürfe!«

»Man kann nicht ständig auf seine Kinder aufpassen. Ich bin überzeugt, Sie haben nichts falsch gemacht. Sie und Ihre Frau trifft keine Schuld.«

»Reden Sie keinen Stuss. Sie haben keine Ahnung.«

Klara Vangelis schwieg mit undurchschaubarer Miene und machte sich hin und wieder winzige Notizen in ihrem ledergebundenen Büchlein. Ich berichtete Ahrens von unserem neuen Verdacht.

»Seligmann?«, fragte er ungläubig. »Ausgerechnet der? Komische Idee, findet ihr nicht?«

»Wie hat er sich Ihnen gegenüber verhalten? Später? Hat er versucht, Kontakt mit Ihnen aufzunehmen?«

»Nee. Ich weiß nur, dass er eine Weile ihr Lehrer war. Ich meine, sie hat auch ein, zwei Mal den Namen erwähnt. Das ist alles.«

»Haben Sie oder Ihre Frau später versucht, mit ihm zu sprechen?«

Andreas Ahrens wirkte plötzlich müde, am Ende seiner Kräfte. Schnaufend und mit hängenden Schultern saß er da und starrte auf seine Knie. Die fleckige Hose schien einmal Teil eines nicht billigen Anzugs gewesen zu sein. Ich hatte gelesen, dass er früher ein hohes Tier in der Verwaltung einer Mannheimer Pharmafabrik gewesen war. An der Panoramastraße, zumindest am nördlichen Teil, der seinen Namen zu Recht trägt, wohnen keine armen Leute.

»Ja, wir haben's versucht«, beantwortete er endlich meine Frage. »Aber er wollte ja nicht mit uns reden.«

Die schwarze Katze kam wieder, ignorierte uns Eindringlinge hochmütig und kuschelte sich auf den Schoß des Hausherrn. Endlich wusste er mit seinen Händen etwas anzufangen. Sie begann sofort zu schnurren.

»Das ganze Theater ist ihm peinlich, hat er nur gesagt. Dieser Wirbel in den Zeitungen. Er ist kein Held, hat er gesagt, im Gegenteil. Und er hätte schließlich nur getan, was jeder andere auch getan hätte.«

»Das hat er gesagt?«, fragte ich. »Er sei kein Held, sondern das Gegenteil?«

»Wir haben es auch nicht verstanden. Aber man redet manchmal viel, wenn man nicht weiß, was man sagen soll.«

Als wäre er plötzlich erwacht, sah er mir ins Gesicht. »Ja, wir sind später mal bei ihm gewesen, Renate wollte das unbedingt. Mit einem Blumenstrauß und einer Flasche Wein sind wir nach Eppelheim gefahren. Aber er hat uns nicht mal reingelassen.« Unablässig streichelten seine Hände die schmale

Katze, die jetzt schnurrte wie eine alte, perfekt geölte Nähmaschine. »Ich sag Ihnen was: Ich mag den Kerl nicht. Weiß auch nicht, warum. Ich kann ihn einfach nicht ausstehen.«

Da sind Sie nicht der Einzige, hätte ich um ein Haar gesagt.

Wieder versank Jules Vater in brütendem Nachdenken, in Erinnerungen. Irgendwo im Haus, vermutlich in der Dachwohnung über uns, erklang leise Musik. Eine Querflöte, Bach, ich kam nicht darauf, was es war. Die Katze spitzte die Ohren und sauste davon. Vielleicht hasste sie Flötenmusik.

»Die Studentin«, murmelte Ahrens, den Blick immer noch dorthin gerichtet, wo die Katze gelegen hatte. »Dieses Gepfeife den ganzen Tag kann einen wahnsinnig machen.« Plötzlich sah er auf und war wieder in der Gegenwart angekommen. »Und jetzt glauben Sie auf einmal, dieser Seligmann war's?«

»Vorläufig sammeln wir nur Fakten«, widersprach ich vorsichtig. »Aber wir halten es nicht für ausgeschlossen.«

Ich bat ihn, mir den Abend noch einmal zu beschreiben, an dem das Leben seiner Tochter sich so dramatisch verändert hatte. Jule sei schon seit Wochen merkwürdig verwandelt gewesen, erfuhren wir.

»Verknallt war sie«, sagte er in einem Ton, als ginge es um eine ekelerregende Krankheit. »Und die Pille hat sie genommen. Das habe ich aber erst viel später bemerkt, als meine Frau weg ist und ich die Wohnung aufgelöst habe. Und ich habe bis heute keinen Schimmer, woher sie das Zeug hatte. Ein Arzt hätte es ihr ohne unser Einverständnis doch gar nicht verschreiben dürfen, nicht wahr?«

»Sie wissen aber nicht, für wen sie die Pille nahm?«

Er schien meine Frage überhört zu haben.

»Sie hat sich so auf den Geburtstag gefreut«, flüsterte er und drehte mit einem Ruck den Kopf zur Seite. »Es hat ja nichts anderes mehr gegeben auf der Welt als diesen gottverfluchten Scheißgeburtstag. Sechzehn, wenn sie nur endlich sechzehn ist.« Er wandte sich wieder mir zu. »Wir haben natürlich später rumgefragt. Ihre Schulkameradinnen, die Mädchen im Schwimmclub, in der Ballettgruppe, keiner hat uns was sagen können. Keiner hat irgendwas gewusst. Komisch, nicht? Normalerweise können die Mädels doch den Mund nicht halten, wenn sie verknallt sind. Aber meine Tochter – nichts da. Keiner hat irgendwas gewusst. Keiner.«

»Haben Sie die Polizei über Ihren Verdacht informiert?«

Die Musik brach ab. Die plötzlich Stille nahm einem fast den Atem.

»Wozu? Wirklich sicher war ich ja erst, als ich diese verfluchten Pillen gefunden habe. In ihrem Radio hatte sie sie versteckt, stellen Sie sich das mal vor! Damit sie bloß keiner findet. Ich hätte ihr natürlich auch den Marsch geblasen, wenn ich das gewusst hätte. Sie war ja noch nicht mal sechzehn. Was haben Sie gesagt?«

Ich wiederholte meine Frage.

»Was hätte das für einen Sinn gehabt, noch mal zur Polizei zu rennen? Wäre dadurch irgendwas besser geworden?«

Das zuvor vom Alkohol rosige Gesicht des Vaters war jetzt grau und zerfallen.

»Vielleicht hätte ich ihr verbieten sollen, dieses Kleid anzuziehen.«

»Sie war an dem Abend anders gekleidet als sonst?«

Er nickte schwach. »Renate hat es auch komisch gefunden, dass sie sich auf einmal so rausgeputzt hat. Sonst hat sie ja immer nur ihre Jeans angezogen. In ein Kleid, da musste man sie ja praktisch reinzwingen. Was hat Renate mit ihr geschimpft. Und dann tut sie ihr endlich den Gefallen, und dann …«

Er sprang auf. Verschwand in der Küche. Ich hörte die Kühlschranktür, das Ploppen eines Korkens. Mit einer Rotweinflasche am Hals kam er zurück, fiel wieder in seinen Sessel. In der Flasche war ein einsneunundneunzig-Rioja von irgendeinem Discounter.

Wieder diese Übelkeit. Inzwischen wünschte ich mich nur noch fort. An einen anderen Ort. In einen anderen Beruf. In ein anderes Leben. Noch fünf Minuten in diesem Raum, und ich würde zu Seligmann fahren und ihn verprügeln.

»Es tut mir leid«, sagte ich beim Abschied. »Glauben Sie, es macht uns keinen Spaß, das alles wieder aufzuwühlen.«

»Vielleicht ist es ja zu irgendwas gut.« Andreas Ahrens drückte überraschend fest meine Hand und sah mir zum ersten

Mal direkt in die Augen. »Man wird sehn. Jedenfalls, meine Renate kommt dadurch auch nicht zurück. Vielleicht hätte ich es machen sollen wie sie. Abhauen, solange man noch konnte. Irgendwohin, wo man nicht andauernd an den ganzen Scheiß denken muss. Sie hat jetzt sogar wieder Kinder, hab ich gehört. Jungs. Besser als Mädchen. Man muss nicht ständig Angst haben um sie.«

An diesem Abend betrank ich mich. Über Kopfhörer hörte ich viel zu laute Musik, ich weiß nicht einmal mehr, was, und betrank mich dabei so sinnlos, dass ich mich später übergeben musste. Am nächsten Morgen hatte ich bohrende Kopfschmerzen und geriet wegen irgendeiner Kleinigkeit in Streit mit meinen Töchtern. Ohne Frühstück zogen sie Türen knallend davon, und ich blieb elend zurück. Ich glaube, es ging darum, dass sie abends irgendwohin wollten, zu irgendeiner tollen Fete, wie sie sich ausdrückten.

Was würde wohl aus mir werden, wenn einer meiner Töchter etwas zustoßen sollte? Würde ich enden wie Jules Vater? Plötzlich schien mir der Gedanke gar nicht so weit hergeholt. Wenn ich nun nicht ins Büro müsste? Wenn mich keine Sekretärin mit Kaffee und Croissants erwartete?

Hoffentlich machte sie ihn heute wieder so stark wie üblich. Ich beschloss, zu Fuß zu gehen in der Hoffnung, dadurch einen klaren Kopf zu bekommen.

17

»Wo sind bitte Ihre Beweise?«, bellte Doktor Knobel, der mich in meinem Vorzimmer erwartet und sofort überfallen hatte. »Nun verdächtigen Sie meinen Mandanten also auch noch der Vergewaltigung? Was Sie hier tun, ist, man kann es leider nicht anders ausdrücken, eine Ungeheuerlichkeit!«

Beim letzten Wort betonte er jede Silbe und sprach zu meinem Leidwesen in der höchsten Lautstärke, zu der seine Fistelstimme fähig war. Ich stellte fest, dass diese Stimme ideal war, um migräneartige Kopfschmerzen bis ins Unerträgliche zu steigern. Ich öffnete den Mund zu einer Erwiderung, aber ich kam nicht zu Wort.

»Erst diese monströse Geschichte mit dem Bankraub, und nun, als wäre dies nicht genug der Albernheiten, auch noch der Vorwurf der Vergewaltigung einer Minderjährigen! Sie führen offenbar eine Art Privatkrieg gegen meinen Mandanten. Aber damit haben Sie den Bogen überspannt, Herr Gelach!«

»Ich verstehe nicht ganz«, erwiderte ich mit aller Gelassenheit, zu der ich im Augenblick fähig war. »Sagten Sie Vergewaltigung? Wer verdächtigt Ihren Mandanten denn der Vergewaltigung?«

Doktor Knobel wurde ein wenig kleiner. »Herr Seligmann sagte mir am Telefon etwas in der Art.«

»Da muss er irgendwas völlig falsch verstanden haben. Wir sind lediglich dabei, den Fall Jule Ahrens noch einmal zu prüfen. Sie wissen, welche Fortschritte die Rechtsmedizin in den letzten Jahren gemacht hat. Von einem Verdacht in irgendeiner Richtung ist vorläufig keine Rede.«

»Ich verlange sofortige Einsicht in alle Vernehmungsprotokolle!«

»Es gibt kein Protokoll, weil es keine Vernehmung gab«, erklärte ich freundlich. »Ich habe lediglich ein unverbindliches Gespräch mit Ihrem Mandanten geführt. Er war damals einer der wenigen Zeugen, und da er zufällig greifbar war, habe ich die Gelegenheit genutzt, mir die Geschichte von einem der damals am engsten Beteiligten erzählen zu lassen.«

Doktor Knobel schnaubte in hilflosem Zorn.

»Und wenn ich Sie daran erinnern darf, Ihr Mandant hat seine Beteiligung an dem Bankraub in Ihrem Beisein gestanden«, fuhr ich gemütlich fort. Eitlen Anwälten die Luft herauszulassen, war offenbar ein gutes Mittel gegen die Nachwehen von zu viel Nero d'Avola.

Als er abgezogen war, brachte Sönnchen fröhlich pfeifend und verschmitzt grinsend meinen so dringend nötigen Kaffee. Natürlich hatte sie alles mitgehört.

Und natürlich hatte dieser nervtötende Doktor Knobel vollkommen Recht. Ich hatte nicht die Spur eines Beweises, dass Seligmann mehr mit dem Fall Ahrens zu tun hatte, als in den

Akten stand. Dass ein Mensch sich merkwürdig verhält, ist kein Beweis. Dass er sich weigert, den Dank der Eltern des Opfers entgegenzunehmen, konnte ich kaum gegen ihn ins Feld führen. Ich hatte nichts als dieses eklige Gefühl im Bauch. Und Gefühle sind, verdammt noch mal, etwas, was in meinem Job nichts zu suchen hat.

Aber Seligmann verschwieg mir etwas. Und dieses Etwas hatte mit Jules Tragödie zu tun, dessen war ich mir sicher.

Ich wählte Vangelis' Nummer, um zu hören, wie weit die DNA-Analysen waren.

»Machen Sie den Leuten Druck!«, blaffte ich sie an. »Ich will die Ergebnisse so schnell wie irgend möglich!«

»Ich fürchte leider, das wird nicht viel helfen«, erwiderte sie kühl. »Aber ich werde gleich noch einmal anrufen.«

Den Zusatz, »auch wenn ich mich dadurch genauso lächerlich mache wie Sie« ersparte sie mir.

»Sie sollten mal ein bisschen Urlaub machen, Herr Kriminalrat«, meinte meine Sekretärin mit besorgtem Blick. »Fahren Sie doch mal ein paar Tage an den Bodensee. Meine Schwester vermietet auch Fremdenzimmer. Sogar mit Vollpension, wenn Sie möchten. Die würde Sie so verhätscheln, dass man Sie hinterher gar nicht wiedererkennt.«

»Sie würden auch nicht besser aussehen, wenn Sie gestern Abend fast einen Liter ziemlich schlechten Rotwein getrunken hätten«, knurrte ich. »Und ich hungere doch nicht ständig, bloß um mich dann von Ihrer Schwester mästen zu lassen und in drei Tagen so viel zuzunehmen, wie ich vorher in acht Wochen abgenommen habe!«

»Ich bring Ihnen eine Tablette.« Mit plötzlich sehr förmlicher Miene erhob sie sich und verschwand. »Vielleicht werden Sie ja davon wieder normal.«

Seufzend legte ich das Gesicht in die Hände. Meine morgendliche Rasur war fühlbar nachlässig gewesen. Sollte ich den Fall besser Vangelis übertragen? Es wäre das einzig Vernünftige. Morgen, beschloss ich, morgen würde ich wieder vernünftig sein. Diesen einen Tag gab ich mir noch. Ich wollte wissen, was in dieser Nacht vor zehn Jahren losgewesen war. Und ich wollte wissen, was Seligmann mir verschwieg.

Sönnchen brachte mir tatsächlich eine Tablette und ein gro-ßes Glas köstlich kaltes Wasser.

»Bitte entschuldigen Sie«, sagte ich. »Ich weiß auch nicht, was mit mir ist.«

»Ich schon«, erwiderte sie schon wieder friedfertiger. »Die Sache mit diesem Mädchen tut Ihnen nicht gut.«

»Wem tut so etwas schon gut?«, seufzte ich, als ich das geleerte Glas abstellte.

»Das ist eine völlig idiotische Frage, Herr Kriminalrat«, erwiderte sie ernsthaft. »Und das wissen Sie so gut wie ich.«

»Sagen Sie für heute alles ab, was sich absagen lässt.«

»Was haben Sie vor?«, fragte sie bestürzt.

»Akten lesen.« Stöhnend zog ich die beiden schweren Ord-ner heran.

»Dann muss es Ihnen ja noch viel schlechter gehen, als ich dachte.«

Augenblicke später hörte ich sie draußen telefonieren und meinen Terminkalender leeren.

Schon nach wenigen Seiten verfestigte sich mein Gefühl, dass vor zehn Jahren etwas mehr als üblich schiefgelaufen war. Die damaligen Kollegen, von denen heute keiner mehr bei uns war, waren mit bemerkenswert wenig Engagement an den Fall herangegangen. Selbstverständlich hatten sie die Fakten zusammengetragen. Natürlich hatten sie alle Menschen ver-nommen, die in den umliegenden Häusern wohnten, es hatte die üblichen Aufrufe an die Bevölkerung auf der Suche nach Augen- und Ohrenzeugen gegeben. Auch damals kannte man schon den genetischen Fingerabdruck, immerhin war die Tech-nik ja am Landeskriminalamt des Landes Baden-Württemberg entwickelt worden, und, da gab es keinen Zweifel, die Kolle-gen hatten getan, was nach der Lage der Dinge zu tun war. Aber mehr auch nicht.

Das war es, was ich hier vermisste: kreative Ideen, Verbissen-heit, diesen unbedingten Willen, den Schuldigen zu überführen. Was ich vermisste, war das, was ein Kriminalist hervorbringt, wenn er sich in einen Fall hineinwühlt, so wie ich im Begriff war, es zu tun. Man kommt dann früher oder später in einen Zustand, wo es nichts anderes mehr gibt. Wo man an nichts anderes mehr denken kann. Alles, was nicht mit dem Fall zu tun hat, wird zur Nebensache. Ehefrauen hassen in solchen Zeiten den Beruf ihrer Männer oder ihre Männer selbst. Freundschaften gehen in die Brüche. Liebschaften und Leidenschaften erkalten, bis die Lösung gefunden ist. Und, man muss es leider sagen, manch einer ist schon daran zugrunde gegangen, dass er es nicht geschafft hat. Dass ein Fall, sein Fall, ungelöst blieb.

Ein Mensch kann nicht spurlos verschwinden, auch nicht für wenige Stunden. Schon gar nicht ein hübsches Mädchen, das sich schön gemacht hat und nach dem sich jeder zweite Mann auf der Straße umdreht. Jule hatte ihre Schüler-Monatskarte für Busse und Straßenbahnen bei sich gehabt. Bedeutete das, dass sie mit öffentlichen Verkehrsmitteln unterwegs gewesen war? Aber warum hatte niemand sie dabei gesehen? Warum, zur Hölle, hatte sich kein einziger Zeuge gemeldet, obwohl ihr Bild doch an den Tagen nach der Tat in jeder Zeitung war?

Ich faltete meinen Stadtplan auseinander. Der Zeigefinger meiner rechten Hand markierte ihr Elternhaus in der Südstadt, der andere die Stelle, wo sie spät nachts gefunden wurde. Dazwischen war Stadt. Vier, fünf Kilometer, am frühen Abend voller Menschen. Wie hatte sie nach Eppelheim gelangen können, die Autobahn überqueren, ohne von irgendjemandem beobachtet zu werden?

Hinter meiner Stirn hämmerten die Kopfschmerzen. In meinem Magen rumorte diese Übelkeit, die einfach nicht verschwinden wollte. Ich verfluchte den Nero d'Avola. Ich verfluchte den Ladeninhaber, der mir das Zeug verkauft hatte. Ich verfluchte den Wahnsinnigen, der vor Jahrtausenden auf die hirnrissige Idee gekommen war, den Wein zu erfinden. Ich verfluchte mich, weil ich dabei war, mich vor aller Welt zum Narren zu machen. Vor meiner Sekretärin, vor meinen Mitarbeitern, vor meinen Töchtern.

Und, was das Schlimmste war, vor mir selbst.

Ich hörte Sönnchen telefonieren. Auf dem Display meines Laptops leerte sich nach und nach der Terminkalender. Die Tablette half nicht.

Zu allem Elend rief auch noch Theresa an.

»Man hört ja überhaupt nichts mehr von dir«, lautete die fröhliche Begrüßung. »Hast du mich etwa vergessen?«

»Ja«, antwortete ich Narr.

Mit Mühe gelang es mir, sie wieder zu besänftigen. Schließlich versprach ich, sie heute Abend zu treffen, falls mein Terminkalender es erlaubte. Ich schilderte ihr den Fall, und sie heuchelte ein wenig Verständnis.

Ich musste raus. Ich brauchte frische Luft in den Lungen, auf denen ein Felsklotz zu liegen schien.

Ohne mich anzumelden, fuhr ich nach Ladenburg, um Seligmanns geschiedene Frau noch einmal aufzusuchen. Den Dienstwagen, einen neuen Audi, mit dessen Elektronik ich nicht zurechtkam, ließ ich weit außerhalb der Altstadt stehen. Während der Fahrt hatte eine nette Frauenstimme mir ständig einzureden versucht, ich hätte mich verfahren, weil ich nicht herausfand, wie man das Navigationssystem ausschaltete. Den letzten halben Kilometer ging ich zu Fuß. An jeder zweiten Ecke blühten Rosen, ein Haus war schöner als das andere. Aber heute hatte ich keinen Blick für den Charme dieses Städtchens. Wenigstens hatte sich die Sonne hinter hohen Wolken verzogen. Doch die frische Luft half nicht, meine Kopfschmerzen wurden nicht schwächer.

»Da haben Sie aber Glück, dass Sie mich antreffen«, sagte Monika Eichner, als wir uns die Hand reichten. »Normalerweise müsste ich heute arbeiten. Aber jetzt hat unseren Chef die Grippe niedergestreckt. Deshalb ist die Praxis bis morgen zu.«

Wir gingen in die Küche. Sie machte sich sofort am Herd zu schaffen.

»Sie mögen doch einen Tee?«

Ihre Stimme klang ganz anders, als ich sie in Erinnerung hatte. Heller, jünger, frischer. Ihr Blick war heute freundlich und offen. Wie eine einfache Erkältung einen Menschen verändern kann.

»Haben Sie Xaver gefunden? War er wirklich in der Provence, wie ich gesagt habe?«

»Er hat sich selbst gestellt. Er ist zurückgekommen.«

»Das sieht ihm ähnlich.« Das Wasser begann zu summen. Sie wandte sich wieder ihren Gerätschaften zu. »Er macht immer solche Sachen, die sich kein Mensch erklären kann.«

Mit konzentrierten Bewegungen füllte sie Tee aus einer großen, goldfarbenen Dose in einen Filterbeutel. Es tat mir gut, diese Frau bei ihrer einfachen Tätigkeit zu beobachten. Das langsam lauter werdende Summen des Wasserkessels, das leise Klappern des Löffels empfand ich als Wohltat. Ich lehnte mich zurück. Zum ersten Mal im Leben freute ich mich auf einen Tee.

»Wir haben ihn verhaftet, weil er im Verdacht steht, den Überfall auf die Sparkassenfiliale seines Nachbarn organisiert zu haben.«

»Xaver?« Vor Schreck setzte sie den Wasserkessel wieder ab, dessen Inhalt sie eben in die Kanne hatte füllen wollen. »Er soll …? Nein, das hätte ich ihm nun wirklich nicht zugetraut!«

Kopfschüttelnd goss sie den Tee auf.

»Was hätten Sie ihm denn stattdessen zugetraut?«

Sie lachte. »Er kann manchmal ganz schön grob werden, das ja. Es hat Situationen gegeben, da hatte ich Angst vor ihm. Er kann sich so in etwas hineinsteigern, dass man erwartet, er hat gleich Schaum vor dem Mund.«

»Verzeihen Sie die Frage: Würden Sie sagen, er ist sexuell normal? Oder ist er eher … nun ja, Sie verstehen schon.«

»Normal?« Sie zuckte die Schultern. »Xaver ist so normal und so unnormal wie jeder andere Mann, den ich kennen gelernt habe. Irgendwelche Macken haben sie doch alle, oder nicht?«

»Warum haben Sie sich dann von ihm getrennt?«

»Weil er ein Idiot ist.« Gelassen sah sie mich an.

Diesmal wurde der Tee in der Küche serviert. Sie stellte die schon bekannten Tassen aus chinesischen Porzellan auf den Tisch, brachte Zucker und Sahne.

Dann setzte sie sich mir gegenüber und sah mir offen ins Gesicht.

»Worauf wollen Sie hinaus? Ich denke, es geht um einen Bankraub?«

Ich nippte an meinem Tee, der mir heute wieder überhaupt nicht schmeckte, stellte dann vorsichtig die Tasse ab.

»Es geht noch um etwas anderes.«

Nun wusste ich nicht, wie ich fortfahren sollte. Ich hatte vergessen, mir eine Strategie zurechtzulegen. Auch in diesem

Punkt hatte Sönnchen Recht – ich sollte wirklich ein paar Tage ausspannen. Hatte ich erwartet, dass Frau Eichner sagte, ihr geschiedener Mann sei der geborene Kinderschänder?

Unverwandt sah sie mir in die Augen. Und ich fühlte mich mit jeder Sekunde unbehaglicher und dämlicher.

»Okay«, sagte ich schließlich und wich ihrem Blick aus. Meine Kopfschmerzen schienen durch den Tee plötzlich schwächer geworden zu sein. »Hat er …« Ich räusperte mich. »… hat er spezielle sexuelle Vorlieben? Zum Beispiel junge Frauen? Sehr junge Frauen? «

Sie zog eine Grimasse und hätte fast gelacht. »Welcher Mann hätte die nicht? «

»Ich, zum Beispiel«, entgegnete ich ungewollt scharf und hätte mich in der nächsten Sekunde am liebsten geohrfeigt. Ich benahm mich wie ein Anfänger. Noch zwei solche Sätze, und sie würde mich hinauswerfen.

»Hören Sie, Frau Eichner, ich …« Ja, was? Was wollte ich hier? Das Beste wäre, mich zu verabschieden und mich länger nicht mehr blicken zu lassen.

»Ich höre Ihnen die ganze Zeit zu, Herr Gerlach. Und ich würde nun wirklich gerne erfahren, was Sie von mir hören wollen. Warum interessieren Sie sich jetzt auf einmal dafür, wie Xaver es im Bett am liebsten hatte? «

»Verstehen Sie mich bitte richtig.« Ich rieb meine müden Augen. Setzte die Brille wieder auf. »Es ist kaum mehr als ein vager Verdacht. Nein, nicht einmal das.« Endlich gab ich mir einen Ruck. Ich hatte mir das hier eingebrockt, jetzt musste ich es auch durchziehen. »Sie erinnern sich doch bestimmt an diese schreckliche Geschichte vor zehn Jahren? An Jule Ahrens? «

Bildete ich es mir nur ein, oder wurde sie blass? Sie blickte in ihren Tee und rührte ruhig um.

»Natürlich.«

»Halten Sie es für möglich, dass er etwas damit zu tun hat? «

»Er hat dem Mädchen das Leben gerettet.«

Warum fiel es mir so schwer, den Satz auszusprechen? Aber nun brachte ich es endlich heraus: »Halten Sie es für denkbar, dass er es war? Dass er sie vergewaltigt hat? «

»Nein!«, lautete die ebenso klare wie erschrockene Antwort.

»Und Sie wollen mir noch immer nicht verraten, warum Sie sich von ihm getrennt haben?«

»Ich habe es Ihnen schon gesagt: Weil er ein Idiot ist.«

Ich leerte meine Tasse und beschloss, dass es genug war. Hoffentlich erfuhren nicht allzu viele Leute von diesem Gespräch.

»Was für eine Praxis ist das eigentlich, in der Sie arbeiten?«, fragte ich beim Aufstehen.

»Doktor Novotny ist Zahnarzt. Wieso fragen Sie?«

»Kann er mit Kindern umgehen? Mit Jugendlichen, die Angst haben vor Zahnärzten?«

»Aber ja«, lachte sie. »Das ist sogar seine Spezialität. Für die ganz Kleinen hat er so eine Kasperle-Puppe, die an seiner Stelle die Spritze gibt.«

Es war unverkennbar, diese Frau verehrte ihren Chef. Ich bat sie, mir die Nummer der Praxis aufzuschreiben.

Auf dem Heimweg kaufte ich in Wieblingen einen großen Strauß gelber Rosen. Als ich den geschwätzigen Audi später auf dem Parkplatz hinter der Polizeidirektion abstellte, waren die Kopfschmerzen verschwunden.

»Das wäre doch nicht nötig gewesen!« Hingerissen schnupperte Sönnchen an den Blumen.

»Doch«, widersprach ich. »Das war sogar sehr nötig. Ich fürchte, ich habe mich da in irgendwas verrannt.«

»Das passiert doch jedem mal, gell?«, meinte sie großmütig. »Jetzt gehen Sie in die Kantine und essen was Ordentliches und gönnen sich mal eine Stunde Pause. Und dann sind Sie bestimmt wieder der Alte. Und heute Abend trinken Sie vielleicht mal lieber nichts.«

Es gab Cordon bleu mit Kartoffeln und Mischgemüse. Das Essen hatte vermutlich so viele Kalorien, wie ein Waldarbeiter braucht, und schmeckte göttlich. Ich aß alles auf und erlaubte mir als Nachtisch sogar einen Früchtequark, obwohl er nicht einmal fettarm war.

Anschließend zwang ich mich, noch zehn Minuten sitzen zu

bleiben und nichts zu tun, als hinauszusehen auf die sonnenbe-
schienenen Bäume.

Dann fühlte ich mich wieder halbwegs als Mensch.

18

In meinem Büro erwartete mich Besuch.

»Frau Eichner sitzt drin«, erklärte mir Sönnchen mit verhalte-
ner Stimme. »Sie möchte eine Aussage machen. Und außerdem
haben Ihre Mädchen angerufen. Sie wollen Sie was fragen.«

Monika Eichner trug dieselben verwaschenen Jeans und das
blassblaue, billige T-Shirt wie am Vormittag. Nur das Parfum
hatte ich vor zwei Stunden noch nicht gerochen. Sie blieb sitzen, als ich eintrat, und lächelte mich verlegen an.

»Sie haben mich vorhin gefragt, wieso ich mich von Xaver
getrennt habe«, begann sie, noch bevor ich saß. »Und Sie
haben gefragt, ob Xaver auf junge Frauen steht.«

Ich nahm hinter meinem Schreibtisch Platz.

»Ich habe Ihnen nicht die Wahrheit gesagt. Aber Ihre Fragen
sind mir einfach nicht mehr aus dem Kopf gegangen, und da
hab ich gedacht ...«

Sie verstummte. Ich wartete.

»Wissen Sie«, fuhr sie mit unglücklicher Miene fort,
»Xaver und ich, wir haben uns über ein Vermittlungsinstitut
kennen gelernt. Torschlusspanik nennen das manche.
Anfangs dachte ich, dachten wir beide, es passt, es ist richtig,
es wird gut. Aber in dem Alter – wir waren ja beide schon
über vierzig – hat man eben doch seine Gewohnheiten, und
die ändert man nicht mehr so leicht. Wir haben dann bald
geheiratet. Zu bald vielleicht. Wir wollten einfach, dass es
klappt, verstehen Sie?«

»Sie wollen sagen, Ihre Ehe war von Anfang an nicht so, wie
Sie es sich erträumt hatten?«, fragte ich leise.

»Welche Ehe ist das schon?«, fragte sie erschöpft zurück.
»Wer weiß ... vielleicht hätte es trotzdem gutgehen können.
Aber dann musste er sich in dieses Flittchen vergucken und
dann ...«

»Moment«, unterbrach ich sie. »Ihr Mann hatte ein Verhältnis? Wissen Sie, mit wem?«

»Nein. Ich weiß nur, dass sie jung gewesen sein muss.« Sie starrte auf ihre Handtasche aus cremeweißem Leder. »Jünger als ich. Sie hat ihn verführt, das war mir klar. Sie wollte es mal probieren, wie es ist mit einem älteren Mann, und Xaver, dieser Dummkopf, ist ihr natürlich prompt auf den Leim gegangen.«

»Wie haben Sie herausgefunden, dass er Sie betrogen hat?«

»Gar nicht. Ich hab ja überhaupt nichts gemerkt!« Immer noch betrachtete sie ihre Handtasche, als wäre es nicht die ihre. »Nur, dass er manchmal so anders war. Zerstreut irgendwie, mit den Gedanken sonst wo. Ich hab mir aber nichts weiter gedacht dabei. Alles war ja neu. Er war neu für mich, das Zusammenleben, alles. Und dann, eines Morgens beim Frühstück, da hat er es mir gesagt. Einfach so. Dass er eine andere liebt. Das war Anfang März, und ich bin noch am selben Tag ausgezogen. Wissen Sie, Xaver ist sicher kein unkomplizierter Mensch. Er hat seine Macken. Aber ehrlich ist er, das muss man ihm lassen. Ich bin dann sofort ausgezogen, ich glaube, ich sagte es schon. Vielleicht, vielleicht wäre es sonst gutgegangen, wenn dieses … Luder nicht dazwischengefunkt hätte. Sie hat alles kaputtgemacht. Wie ein Spielzeug, aus reinem Übermut.«

Mein Telefon unterbrach uns. Es war Sarah: »Hast du 'nen Augenblick Zeit, Paps?«

Die zuckersüße Einleitung ließ mich fürchten, dass es um die Ausnahmeerlaubnis für etwas ziemlich Verbotenes ging.

»Nein«, erwiderte ich. »Es ist im Moment wirklich schlecht. Ruf später noch mal an, okay?«

Ich wandte mich wieder Frau Eichner zu.

»Ich muss Sie das noch einmal fragen: Halten Sie es für denkbar, dass er das Mädchen vergewaltigt hat?«

»Vergewaltigt?« Sie sah mich an, als müsste sie überlegen, was das Wort bedeutete. Ihr kräftiges, fast ein wenig grobes Gesicht war in ständiger Unruhe. Sie blinzelte, schluckte, schlug wieder die Augen nieder.

»Vielleicht«, seufzte sie endlich. »Wer weiß das schon. Obwohl. Nein. Nein, so ist er eigentlich nicht. Er brüllt schon mal rum, das schon. Aber so was nicht. Nein.«

»Sie sind also im März ausgezogen.«

Sie nickte verschämt.

»Die Vergewaltigung war Anfang Juli. Vier Monate. Was war in der Zwischenzeit?«

»Ich weiß es nicht.« Sie sah mir in die Augen wie ein geprügeltes Kind. »Darf ich dann gehen?«, fragte sie leise. »Bitte!«

»Eine letzte Frage noch, wenn Sie gestatten.«

Angstvoll sah sich mich an.

»Sie sagten, Sie hätten ihn viele Jahre nicht gesehen …«

Sie nickte. »Das war auch gelogen. Ich lüge wohl nicht besonders gut.«

»Es ist ja keine Schande, wenn Sie Ihren geschiedenen Mann hin und wieder treffen.«

»Ich weiß auch nicht. Es war mir ein bisschen peinlich.« Sie senkte den Blick. »Die ersten Jahre wollte ich natürlich nichts von ihm wissen. Aber dann haben wir uns mal zufällig getroffen, bei einem Ausflug im Odenwald in der Nähe von Wald-Michelbach. Er hatte da irgendwas zu tun. Wir haben geredet, und dann haben wir uns mit der Zeit fast wieder ein bisschen angefreundet. Komisch, nicht? Letztes Jahr zum Beispiel, da hatte ich eine ziemlich schwere Operation, und da hat Xaver mir sehr geholfen. Hat mich im Krankenhaus besucht, sich um alles gekümmert und so. Und wenn er mal ein Problem hat, dann kommt er zu mir, und wir reden drüber. Sonst haben wir ja beide niemanden.«

Sie erhob sich ungeschickt, nickte mir zu und ging zur Tür. »Obwohl …« Sie blieb stehen. »In letzter Zeit. Manchmal hatte ich das Gefühl, es gibt wieder jemanden in seinem Leben. Eine andere Frau. Aber ich hab ihn nie danach gefragt. Geht mich ja auch nichts mehr an.«

Runkel erschien mit einer dünnen gelben Mappe unter dem Arm. Inzwischen war später Nachmittag, draußen schien es nun endlich Sommer werden zu wollen, und mein Aktenstudium hatte bisher zu keinem greifbaren Ergebnis geführt. Nur eine Kleinigkeit war mir aufgefallen: Auf Grund der Spuren an Jules Körper und Kleidung war rasch klar gewesen, dass sie nicht an der Stelle vergewaltigt worden war, wo Seligmann sie gefunden hatte. Niemand hatte sich allerdings die Mühe gemacht zu überprüfen, ob sie überhaupt dort gelegen hatte.

»Was gibt's?«, fragte ich ein wenig zu unwirsch, da Runkel keine Anstalten machte, von sich aus den Mund aufzumachen.

»Frau Vangelis schickt mich. Ich soll Ihnen das hier bringen. Sie warten drauf«, brummte er missmutig, sank auf einen Stuhl und übergab mir die Mappe. »Er war's.«

»Wer war was?«, fuhr ich ihn an und schlug die Akte auf. Aber da war mir schon klar, was diese gelbe Mappe enthielt.

»Der Laborbericht. Dieser Seligmann, er hat das Mädchen … Mal ehrlich, hätten Sie das gedacht?«

Ja, ich hatte es gedacht. Geahnt. Und ein bisschen auch gefürchtet. Jetzt hätte ich erleichtert sein sollen. Mich freuen. Stolz sein. Immerhin hatte ich innerhalb weniger Tage einen Fall gelöst, den vor Jahren eine halbe Kompanie Polizisten in sechs Monaten nicht gelöst hatten. Nichts von alledem war ich. Wieder einmal klingelte mein Telefon im unpassendsten Moment. Diesmal war es Louise.

»Paps, wir möchten dich was fragen …«

»Herrgott«, fuhr ich sie an. »Jetzt nicht, ja? Ich ruf euch an, sobald es bei mir geht.« Runkel versuchte, mich mit einem solidarischen Lächeln aufzumuntern.

»Das Sperma an dem Mädchen stammt also definitiv von ihm?«, fragte ich zur Sicherheit.

Er nickte trübsinnig. »So steht's da drin.«

Ich sah zum Fenster. Warum wollte ich plötzlich nicht mehr, dass es so war? Warum konnte ich mir Seligmann nicht vorstellen, wie er Jule die Kleider zerriss, ihren Körper malträtierte, sie würgte, ihre Gegenwehr niederkämpfte, erstickte, bis sie ihm endlich zu Willen war?

»Seit ich selber Kinder habe …« Runkel schluckte. »Ich hoffe, ich muss den Kerl nicht so oft sehen in nächster Zeit. Das ist so unglaublich widerlich.«

In der Ferne klappte eine Tür. Im Vorzimmer war es still. Sönnchen schien im Haus unterwegs zu sein.

Ich wandte mich wieder meinem Untergebenen zu, der langsam nervös wurde. »Was ist mit dem Handy? Hat er es in der Hand gehabt oder nicht?«

»Sie haben zwar DNA gefunden daran. Sogar von zwei Personen, wie's scheint. Nur seine nicht und …« Er stockte. »Aber was ich einfach nicht verstehe.« Runkel musste man Zeit lassen, bis es ihm gelungen war, seine Gedanken so zu sortieren, dass sie sich in Worte formen ließen. »Warum gesteht einer einen Bankraub, wenn er's doch gar nicht war?«

»Das ist ganz einfach.« Ich faltete die Hände im Genick und sah über seinen Kopf hinweg. »Er hat den Bankraub gestanden, als er hörte, dass wir eine DNA-Analyse von den Spuren am Handy machen würden.«

»Ja klar!« Runkel schlug sich auf den Schenkel. »Und da hat er gedacht, lieber geht er als Bankräuber in den Knast. Kinderschänder sind da nicht so gut angesehen.«

In unseren Gefängnissen gibt es eine klare Hierarchie. Ich weiß nicht, wer zur Zeit an der Spitze des Ansehens steht. Aber Männer, die Kinder vergewaltigt haben, stehen traditionell am unteren Ende.

Ich bat Runkel, Seligmann vorführen zu lassen. Wenn möglich heute noch. Nein, am besten sofort.

Aber Doktor Knobel war leider gerade bei Gericht, erfuhr ich kurz darauf, und hatte deshalb erst um halb sieben Zeit für uns. Anderthalb Stunden noch. Vielleicht war es ganz gut, dass mir Seligmann nicht gleich jetzt unter die Augen kam. Ich zog den Ordner wieder heran, rückte meine ungeliebte Sehhilfe zurecht und las an der Stelle weiter, wo Runkel mich unterbrochen hatte.

Seite um Seite kämpfte ich mich durch Protokolle, Aktennotizen, medizinische Gutachten. Hin und wieder sah ich mir das Foto an, auf dem Jule so verblüffende Ähnlichkeit mit meinen Töchtern hatte. Die Zeit schien stillzustehen. Irgendwann verabschiedete Sönnchen sich mit besorgtem Blick. Ich hatte gar nicht gehört, dass sie wieder im Vorzimmer saß.

»Sie machen wieder mal Überstunden, Herr Kriminalrat? Hätte es nicht auch morgen noch gereicht mit diesem Seligmann? Der läuft Ihnen doch nicht fort!«

Heute waren wir zu dritt. Vangelis, Runkel und ich. Uns gegenüber saßen Seligmann und sein Anwalt, der offenbar seine halbe juristische Bibliothek herbeigeschleppt hatte. Trotz der späten Stunde wirkte er energiegeladen und blitzte uns durch seine teure und dennoch hässliche Brille siegessicher an. Nachdem alle Platz genommen hatten, diktierte ich Datum, Uhrzeit, die Namen aller Anwesenden sowie den Zweck der Vernehmung ins Mikrofon.

»Dieses Handy, Herr Seligmann, wozu haben Sie das benutzt?«

»Um mit meinen Partnern zu telefonieren. Darüber haben wir doch schon gesprochen.«

»Wann?«

»Na ja ... was?«

»Wann haben Sie telefoniert? Gab es feste Zeiten? Haben Sie in regelmäßigen Abständen telefoniert, oder immer nur nach Bedarf?«

»Mal so, mal so.«

Der Anwalt beobachtete mich mit hochgezogenen Brauen. Er spürte, dass die Vernehmung nicht die erwartete Richtung nahm, konnte sich aber noch keinen Reim darauf machen.

»Wer hat wen angerufen?«, war meine nächste Frage. Ich drückte aufs Tempo.

»Je nachdem.« Seligmanns Antworten kamen jetzt sehr zögernd.

»Was heißt das?«

»Mal hab ich angerufen, mal die anderen.« Seine Miene verriet, dass er schon aufgegeben hatte. Dass er wusste, was jetzt kam.

Ich ließ ihn noch einige Sekunden schmoren. Längst wagte er nicht mehr, mir in die Augen zu sehen. Sein Mund war verkniffen. Seine Rechte fummelte nach den Zigaretten, fand sie, ließ sie liegen.

»Was soll der Unsinn?«, fragte ich schließlich. »Wen decken Sie?«

Er verzog das Gesicht, als hätte er auf etwas Saures gebissen, und schwieg. In seinem Blick lag jetzt nur noch Angst. Bitte, nun sag es doch endlich!, schien er zu schreien.

Ich schlug die gelbe Akte auf, den Laborbericht, und las einfach vor.

Als ich wieder aufsah, wirkte Seligmann ruhig, geradezu erleichtert. Als wäre er längst vorbereitet gewesen auf diese für ihn so katastrophale Wendung. Sein Anwalt hingegen war wie erfroren.

»Ich lege schärfsten Protest ein!«, polterte er los, als er wieder zu Atem gekommen war. »Warum wurden mir diese neuen Erkenntnisse nicht umgehend zugänglich gemacht? Das ist doch ... Ich werde mich in aller Form über Sie beschweren ...«

»Herr Doktor Knobel«, ich konnte mir ein selbstgefälliges Grinsen nicht verkneifen, »dieser Bericht ist so neu, dass wir leider noch keine Gelegenheit hatten, Ihnen Kopien zukommen zu lassen.«

Knobel schnaufte und schnaufte. Ruderte mit den Armen, suchte nach Argumenten. Fand keine.

»Aber falls Ihnen das hier nicht reichen sollte, ich habe noch mehr. Zum Beispiel sagte mir die geschiedene Frau Ihres Mandanten, er habe ein Verhältnis mit einer jungen Frau gehabt. Und ich liege wohl nicht falsch mit der Vermutung, dass diese Frau Jule Ahrens hieß.«

Seligmann hob bei dieser Eröffnung kurz den Blick. Knobel sank in sich zusammen mit dem Geräusch eines Schlauchboots, dem die Luft ausgeht. Eine Weile war nur der Atem der fünf Menschen im Raum zu hören. Die ungeheuerliche Beschuldigung hing im Raum wie ein Betonklotz. Mein Handy vibrierte. Ich ärgerte mich, weil ich vergessen hatte, es auszuschalten. Diesmal war es wieder Sarah. Ich drückte den roten Knopf.

»Vielleicht kann uns Herr Seligmann wenigstens zu diesem Punkt Auskunft geben«, fuhr ich schließlich fort, da vom Anwalt offenbar nichts mehr zu erwarten war. »Hatten Sie wirklich ein Verhältnis mit dem Mädchen?«

»Ich verlange, mit meinem Mandanten sofort unter vier Augen zu sprechen«, fauchte Doktor Knobel. »Das ist ein abgekartetes Spiel! Sie versuchen, uns zu überrumpeln! Aber so nicht! Nicht mit uns! Wir werden unsere ...«

»Halten Sie die Klappe«, fuhr Seligmann ihm ins Wort, ohne die Stimme zu heben. Der Anwalt verstummte kurz. Aber jetzt war er in Fahrt.

»Ich bestehe darauf, ich verlange in schärfster Form, unverzüglich mit meinem Mandanten unter …«

»Die Klappe sollen Sie halten«, wiederholte sein Mandant mürrisch. »Es gibt nichts mehr zu reden. Ich gestehe.« Endlich sah er mir ins Gesicht mit dem Blick eines Mannes, der weiß, dass er verloren hat. »Ja, ich war's. Sind Sie nun zufrieden?«

Vangelis neben mir schien das Atmen vergessen zu haben. Runkel dagegen schnaubte wie ein Walross, das zu lange unter Wasser geblieben war.

Ich nickte.

»Dann möchte ich bitte in meine Zelle gebracht werden. Ich muss jetzt allein sein.« Seligmanns Miene drückte Ergebenheit aus. »Bitte.«

Wir wechselten Blicke.

Ich klappte den Laborbericht zu.

»Okay. Wir machen dann morgen früh weiter.«

»Wow, das ging aber flott!«, meinte Vangelis, als wir wieder unter uns waren. »Ich dachte schon, der Abend ist im Eimer.«

»Der ist froh, dass es vorbei ist«, meinte Runkel. »Das hat man doch gesehen.«

»Morgen Vormittag werden wir eine hübsche Pressekonferenz veranstalten.« Entspannt packte ich meine Papiere zusammen. »Das ist endlich mal wieder was, wofür sie uns loben müssen.«

Fast noch mehr als über Seligmanns rasches Geständnis freute ich mich darüber, dass mein abendliches Treffen mit Theresa nun doch nicht ausfallen musste. Auf der Treppe in die Chefetage hinauf schaltete ich das Handy wieder ein. Drei SMS von meinen Töchtern, die offenbar am Verzweifeln waren.

Es wurde nach dem ersten Läuten abgenommen.

»Was gibt's?«, fragte ich leutselig. »Jetzt hab ich Zeit für euch.«

»Na, prima«, fauchte Sarah. »Echt super!«

»Was wolltet ihr von mir?«

»Fragen, ob wir heut Abend auf eine Geburtstagsparty dürfen. Nach Rohrbach.«

»Wenn ihr zu einer vernünftigen Zeit daheim seid, natürlich«, erklärte ich großzügig. »Wie kommt ihr hin und zurück?«

»Wir wollten fragen, ob du uns fährst.«

Das passte mir nun gar nicht.

»Und darum macht ihr so ein Theater und ruft mich fünf Mal an?«

»Also nicht«, stellte sie pampig fest. »War ja eh klar.«

»Hört mal, Mädels, ich hab gleich noch einen wichtigen Termin ...«

»Louise hat ja gleich gesagt, dass du bestimmt wieder keine Zeit hast. Dann eben nicht. Alle gehen hin, die ganze Klasse ...«

»Stopp!« rief ich, bevor sie das »nur wir wieder nicht« aussprechen konnte. »Klar fahre ich euch. Reicht es um neun?«

»Ein Lehrer vergewaltigt eine seiner Schülerinnen«, Theresa war fassungslos, »und zehn Jahre lang kommt keiner bei euch auf die Idee, sich den Mann mal näher anzusehen?«

»Er bringt sie dabei fast um und, das ist das Merkwürdige an der Geschichte, fährt sie anschließend ins Krankenhaus.«

Wir lagen entspannt auf dem Bett, der erste Sturm der Leidenschaft war vorüber. Theresa rauchte und sah zur Decke.

»Aber ...« Sie verstummte.

»Ich weiß, was du sagen willst.« Ich streichelte sachte ihre Brüste, ihren Bauch. Ihre rechte Hand lag auf meinem Oberschenkel. Ziemlich weit oben. »Er musste damit rechnen, dass sie ihn anzeigt, sobald sie wieder bei Bewusstsein ist. Ich verstehe es auch nicht. Morgen werde ich ihn fragen.«

»Menschen benehmen sich oft nicht sehr logisch«, seufzte sie mit wohligem Schaudern.

»Vor allem, wenn es um Sex geht.« Meine Hand wanderte abwärts. Ihre aufwärts. Wir versanken wieder in diesem rosaroten Nebel, der uns für ein Weilchen die Illusion verschafft, das Leben sei perfekt.

»Es gibt eigentlich nur eine Erklärung«, setzte sie unser Gespräch fort, als ihre zweite Zigarette brannte. »Er ist in Panik geraten, als er merkte, was er angerichtet hatte, und wusste nicht mehr, was er tat.«

»Oder er wusste es ganz genau und versuchte zu retten, was zu retten war. Das spricht immerhin dafür, dass er so etwas wie ein Gewissen hat.«

»Er hätte sie vor dem Eingang der Klinik ablegen und verschwinden können. Er hätte anonym einen Krankenwagen rufen können.«

»Er hat die dümmste aller Möglichkeiten gewählt. Und der Witz ist, gerade deshalb hat ihn keiner verdächtigt. Nur durch diese Dummheit ist er überhaupt davongekommen.«

»Sagtest du nicht, du müsstest spätestens um neun weg?«

Erschrocken angelte ich meine Uhr vom Nachttischchen. Es war schon fünf nach. Ich sprang aus dem Bett und verzichtete auf die Dusche.

»Ich nehme an, er war schon seit Ewigkeiten scharf auf das Mädchen.« Ich hüpfte beim hastigen Anziehen der Hose auf einem Bein. »Sie war körperlich sehr reif, und solche jungen Dinger können einen Mann ganz schön auf die Probe stellen. Seine Frau meint natürlich, sie hätte ihn verführt. Vermutlich war es aber eher umgekehrt. Vermutlich hat er versucht, sie rumzukriegen, sie wollte nicht, oder sie wollte erst und dann auf einmal doch nicht, und da hat er durchgedreht.«

Nackt stand Theresa vor mir, während ich bereits vollständig angekleidet war. In der linken Hand die unvermeidliche Zigarette, mit der rechten fuhr sie mir nachdenklich durchs Haar.

»Die Geschichte macht dir ganz schön zu schaffen. Du solltest mal ein bisschen ausspannen, Alexander. Nun hast du ihn überführt. Den Rest können andere erledigen.«

Ich drückte sie an mich. Atmete ihren vertrauten Duft ein und war ein bisschen traurig, dass ich schon wegmusste. Ein paar wenige Sekunden gönnte ich mir noch. Das genoss ich oft mehr als alles andere, dieses gemeinsame Stillsein, dieses Vertrauen, das guter Sex schaffte. Diesen vollkommenen Frieden, der sich danach einstellte und zum Glück immer einige Stunden anhielt. Bei mir meist bis zum nächsten Morgen, wenn ich den ersten Blick in meinen Terminkalender warf. Sacht streichelte ich ihren nackten, schön geschwungenen Rücken. Bestimmt war es jetzt schon zehn nach neun. Aber ich wollte und konnte mich noch nicht von ihr lösen. Ich drückte ihr einen Kuss auf ihre Nasenspitze.

Theresa öffnete die Augen und küsste mich auf den Mund. »Liebe macht uns eben nicht nur blind und manchmal reichlich blöd, sondern hin und wieder sogar kriminell«, seufzte sie.

»Was redest du da!« Gröber, als ich gewollt hatte, stieß ich sie weg. »Hier geht es doch nicht um Liebe! Er war geil auf das Kind, er hat es vergewaltigt, auf die brutalste Weise, die man sich denken kann. Er hat Jule nicht getötet, aber trotzdem hat er sie um ihr Leben gebracht!«

»Wenn man dich so hört«, sagte sie leise lächelnd, »dann könnte man auf den Gedanken kommen, du glaubst selbst nicht an seine Schuld.«

19

Meine Töchter tobten um die Wette. Sie hatten mich auf dem Gehweg erwartet, beide hübsch herausgeputzt. Zu hübsch, wie ich fand. Bauchfrei, figurbetont, wo es nur ging. Viel zu aufreizend. Aber jetzt war es natürlich zu spät zum Einschreiten.

»Du bist viel zu spät dran!«, zeterten sie, als sie hastig einstiegen. »Die Party hat schon um sieben angefangen!«

»Und spätestens um neun wolltest du da sein!«

»Und jetzt ist es schon zwanzig nach!«

Ich entschuldigte mich mit einer wichtigen und leider unerwartet langwierigen Vernehmung. Sie wollten nichts davon wissen. Auch nichts von Lehrern, die ihren Schülerinnen Gewalt antaten. Selbst wenn ich die Welt vor dem Klimaumschwung gerettet hätte, ich war zu spät und basta.

Zeternd forderten sie, ich solle um Himmels willen endlich losfahren, und vor Empörung vergaßen sie völlig, sich darum zu streiten, wer vorne sitzen durfte.

»Okay«, sagte ich, als ich sie vor einem großen, hell erleuchteten Haus an der Panoramastraße absetzte, aus dem schon laute Musik wummerte. Wenige Häuser weiter musste damals Jule Ahrens mit ihren Eltern gewohnt haben, wenn ich die Hausnummer richtig im Kopf hatte.

»Ich bringe euch zu spät, also hole ich euch auch eine halbe Stunde später ab.«

»Wieso nicht eine ganze?«, fragte Sarah geistesgegenwärtig. Wie vermutlich alle Frauen waren auch meine Töchter Meisterinnen darin, das schlechte Gewissen eines Mannes für ihre Zwecke auszunutzen.

»In Gottes Namen«, seufzte ich. »Ihr schreibt morgen aber keine Arbeiten oder so?«

Da ich später noch einmal Auto fahren musste, verbrachte ich den Abend notgedrungen ohne Alkohol und stellte wieder einmal fest, was für eine gute Sache das war. Erst nach langer Zeit entspannte ich mich, kehrte Ruhe ein in meinem Kopf. Ich hörte Musik, dreimal hintereinander meine neueste Errungenschaft, das »Officium« von Jan Garbarek. Nebenbei versuchte ich, ein wenig zu lesen. Aber wieder einmal konnte ich mich nicht konzentrieren.

Seligmanns Geschichte ging mir nicht aus dem Kopf. Ich hatte es ja bis zum Schluss nicht wirklich glauben wollen oder können. Nun hatte ich den Beweis und darüber hinaus sein Geständnis. Und Theresa hatte Recht gehabt mit ihrer Vermutung: Ich glaubte es noch immer nicht. Natürlich tun Menschen manchmal unvorstellbare Dinge, die uns im täglichen Umgang völlig normal vorkommen. Aber irgendetwas stimmte nicht. Irgendetwas war grundfalsch. Wenn ich nur darauf gekommen wäre, was. Andererseits ist der genetische Fingerabdruck eines der sichersten Beweismittel, die uns überhaupt zur Verfügung stehen.

Um Viertel nach eins weckte mich das Telefon. Die Musik war aus, das Wasserglas leer.

»Wo bleibst du denn?«, nörgelte Louise. »Alle sind längst weg! Wir sind die Letzten!«

Ich bat sie, auf meine Kosten ein Taxi zu nehmen, und schon eine Viertelstunde später waren sie da und meckerten mehr aus Prinzip noch ein wenig herum. Es gelang ihnen nur schlecht, ihre gute Laune zu verbergen. Offenbar war es eine gelungene Party gewesen.

»Bevor wir gekommen sind, war ja gar nichts los«, strahlte Louise.

»Aber dann ist echt der Bär abgegangen!«, stimmte Sarah mit leuchtenden Augen ein.

Da ich selbst nichts getrunken hatte, merkte ich natürlich, dass sie nach Alkohol rochen. Aber was sollte ich mich aufregen? In drei Monaten wurden sie fünfzehn. Nahmen andere in diesem Alter nicht längst Drogen?

Im letzten Moment fiel mir Monika Eichners Zettel ein.

»Das hier ist die Adresse vom nettesten Zahnarzt der Welt«, erklärte ich Sarah in unmissverständlichem Ton. »Und ich erwarte, dass du mir morgen Abend erzählst, dass es überhaupt nicht wehgetan hat!«

Auch am nächsten Morgen hielt meine friedvolle Stimmung noch ein wenig an. Mit einem Lächeln im Gesicht und einem fröhlichen Gruß auf den Lippen betrat ich um halb neun mein Vorzimmer.

Die Miene meiner Sekretärin verriet mir auf den ersten Blick, dass es schon vorbei war mit der Gemütlichkeit.

»Er hat versucht, sich umzubringen«, flüsterte sie.

Ich sank auf einen Stuhl. »Wie zum Teufel konnte das passieren? Sie nehmen den Leuten in U-Haft doch alles ab.«

»Tabletten«, erwiderte Sönnchen bedrückt. »Er braucht Tabletten fürs Herz. Die hat er in den letzten Tagen anscheinend nicht genommen, sondern gesammelt und irgendwo versteckt. Und dann, letzte Nacht ...«

»Er lebt aber noch?«

»Zum Glück hat es jemand beim Kontrollgang gemerkt. Und die Dosis war auch viel zu niedrig. Sie haben ihm den Magen ausgepumpt. Und jetzt liegt er natürlich erst mal im Krankenhaus zur Beobachtung. Aber es besteht keine Gefahr, heißt es.«

Unsere chromfunkelnde Kaffeemaschine begann eifrig zu brummen und zischen.

»Liebekind hat auch schon nach Ihnen gefragt«, gestand mir Sönnchen, als sie die duftende Tasse vor mich hinstellte. »Sie sollen vor der Pressekonferenz kurz bei ihm reinschauen.«

»Der hat Zeit.« Mit meiner Tasse in der Hand betrat ich mein Büro. »Erst will ich mir noch die restlichen Akten durchsehen.«

Heute war ich nicht auf der Suche nach Beweisen gegen Seligmann, sondern nach Fakten, die sein Geständnis widerlegten. So sah ich zum dritten Mal die Liste der Spuren durch, die man damals in Jules Haaren, an ihrer Kleidung, ihrem Körper gefunden hatte. Sand, Erde, Ästchen, Bruchstücke von verwelktem Buchenlaub, Zigarettenasche der Marken West und – das hatte ich bisher tatsächlich übersehen – Roth-Händle, Seligmanns Marke.

Immer noch sprach alles gegen ihn.

Auch Rußspuren hatte der Gerichtsmediziner damals von ihrem geschundenen Körper präpariert, Ruß von verbranntem Buchenholz. Diese sandige, rötliche Erde und Buchen fand man in der Gegend um Heidelberg überall. Die Vergewaltigung konnte an tausend Orten stattgefunden haben. Mit Sicherheit jedoch nicht in Seligmanns Garten. Also musste er mit ihr irgendwo hingefahren sein. Ein Picknick am Waldrand vielleicht. Ich stellte mir vor, wie er mit dem Kind etwas aß, an einer ruhigen, abgelegenen Stelle, mit schöner Aussicht, Abendsonne, Vogelgezwitscher. Auch Jule hatte an dem Abend Alkohol getrunken, las ich. Wie lange hatten die zwei wohl da gesessen, auf ihrer Decke? Dieses ungleiche Paar: er, ein erfahrener, verheirateter Mann. Sie, zugleich neugierig und ängstlich. Willig, aufgeregt und scheu. Jungfrau war Jule noch gewesen, las ich.

Es war ein milder Abend gewesen, fast der längste Tag des Jahres, genau das Richtige für ein paar zärtliche Stunden im Freien. Und an einem bestimmten Punkt musste diese Idylle in Grauen umgeschlagen sein. Die ruhige, friedvolle, vielleicht am Ende sogar erotische Stimmung hatte der Gewalt weichen müssen.

Der Ruß – woher mochte der Ruß stammen? Hatten sie zusammen gegrillt? Warum nicht?

Dann wieder all diese widerlichen Bilder, die anzufertigen der Job eines Gerichtsmediziners ist. Jeden Kratzer, jede Schramme hatte er mit der Unbarmherzigkeit eines Buchhalters fotografiert, vermessen, beschrieben. Der Täter musste plötzlich völlig von Sinnen gewesen sein. Unzählige Spuren deuteten auf verzweifelte Gegenwehr des Opfers hin, andere

Verletzungen hatte er ihr definitiv erst beigebracht, als sie längst das Bewusstsein verloren hatte.

Seligmann neigte zu spontanen Aggressionsschüben, das hatte ich von mehreren Zeugen gehört. Zählte er zu den Männern, die erst richtig in Erregung geraten, wenn sie auf Widerstand stoßen? Die dieses Machtgefühl genießen, den Triumph, ihr Opfer niedergezwungen, gedemütigt, beschmutzt zu haben? Plötzlich war ich wieder davon überzeugt, dass er der Täter war. Für wenige Minuten Unbeherrschtheit würde er nun mit dem Rest seines Lebens büßen. Aber nein, hier ging es nicht nur um wenige Minuten. Die Tat, deren Dokumentation vor mir lag, hatte lange gedauert. Eine Viertelstunde, eine halbe. Nein, da war kein Mitgefühl. Nur Widerwille und Ekel. Schon wieder wurde mir übel. Und, ich gebe es zu, für einen winzigen Moment fand ich es schade, dass Seligmanns Selbstmordversuch misslungen war.

Bei der Vorstellung, Jule wäre mein Kind, stieg wieder diese kalte Wut in mir auf. Wie viel schlimmer musste es im wirklichen Vater aussehen? In der Mutter erst? Es kam ein Punkt, den ich noch niemals erlebt hatte in meinem nun schon recht langen Berufsleben: Ich musste den Ordner zuklappen. Ich konnte nicht mehr.

Ich wurde das Bild dieses hübschen, lebensfrohen Mädchens nicht mehr los, das sich auf seinen Geburtstag freute, den sechzehnten, der allen, die ihn noch vor sich haben, als das Tor zur goldenen Freiheit erscheint. Endlich darf man sich legal in einer Disco aufhalten, ohne die ewige Sorge, erwischt zu werden, an all den wunderbaren Orten sein, wo das Leben ist.

Jule Ahrens würde niemals herausfinden, dass sich das Leben auch nach diesem magischen Tag nicht sehr viel anders anfühlt als zuvor.

Um zehn war Pressekonferenz. Minuten vorher betrat ich das Büro meines Chefs. Er hatte gute Laune, das sah ich auf den ersten Blick. Viel zu besprechen hatten wir nicht. Ich referierte die Faktenlage, von Seligmanns Geständnis wusste er natürlich schon, ich verschwieg auch nicht meine Zweifel an seiner

Geschichte, und wir stimmten uns darüber ab, welche Informationen wir als Täterwissen nicht preisgeben würden. Dann gingen wir zusammen hinüber in unser großes Sitzungszimmer.

Der Andrang war wie erwartet. Der Blick mancher Journalisten ließ mich an diese Raubvögel denken, die heutzutage auf den Leitplanken der Autobahnen hocken und geduldig warten, bis irgendein armes Wesen das Pech hat, vor ihren Augen überfahren zu werden. Natürlich war auch Möricke da, unser spezieller Freund, der sich in letzter Zeit auffallend still verhalten hatte, nachdem die Sache mit seiner Alkoholfahrt und anschließenden Zwangsausnüchterung die Runde gemacht hatte. Er saß in der letzten Reihe und wirkte unzufrieden.

Wir nahmen unsere Plätze ein, und ich begrüßte die Leitende Oberstaatsanwältin, Frau Doktor Steinbeißer, die mich ebenso wenig leiden konnte wie ich sie. Natürlich wollte auch sie sich diese Erfolgsgeschichte nicht entgehen lassen. Auf ihrer rechten Wange klebte ein Pflaster, und mein erster Gedanke war, sie hat sich beim Rasieren geschnitten. Aber das konnte natürlich nicht sein. Vielleicht hatte sie eine rabiate Katze? Ein Tropfen Blut war durchgesickert und eingetrocknet.

Mit einem Mal wusste ich, was falsch war.

Ich beugte mich zu Liebekind hinüber. »Wir müssen das hier abbrechen«, sagte ich leise. »Jetzt bin ich mir sicher, Seligmann ist unschuldig.«

Natürlich war er äußerst verwundert. Er wechselte einige Worte mit der Staatsanwältin. Auch sie hob die Brauen, durchlöcherte mich mit missbilligenden Blicken. Da sich aber am Ende niemand blamieren wollte, erhob sich Liebekind schließlich und erklärte der verdutzten Versammlung, dass es wegen neuer Erkenntnisse heute keine Pressekonferenz geben würde.

Diesmal musste ich eine ganze Weile herumtelefonieren und zwischendurch ein wenig ungehobelt werden, bis ich die Person in der Leitung hatte, die ich sprechen wollte. Frau Hellhuber hatte Unterricht und musste aus der Klasse geholt werden.

»Ob er verletzt war?«, fragte sie. »Nein. Zumindest ist mir nichts an ihm aufgefallen.«

»Nach allem, was wir wissen, müsste er völlig zerkratzt gewesen sein. Im Gesicht, am Hals, an den Händen. Das Mädchen hat sich gewehrt mit allem, was sie hatte.«

»Nein, bestimmt nicht. Das wäre mir nicht entgangen.«

Was war nur los mit diesem Wahnsinnigen? Was, zur Hölle, konnte denn noch schlimmer sein als die Vergewaltigung eines Kindes, sodass er das eine gestand, damit das andere nicht ans Licht kam? Er wollte sich für etwas bestrafen, das war klar. Das hatte ich in seinen Augen gesehen.

Seligmann lief Amok. Amok gegen sich selbst. Und außer ihm gab es nur einen Menschen auf dieser Welt, der mir die Frage nach dem Warum beantworten konnte.

20

Sie war noch immer hübsch. Das lange, hellblonde Haar hätte man ihr vielleicht ein wenig häufiger und auch mit etwas mehr Liebe schneiden können. Aber die junge Frau mit dem ein klein wenig zu breiten Gesicht wirkte keineswegs vernachlässigt. Ihre Fingernägel waren nicht ganz sauber, was aber daher rührte, dass sie gerne bei der Gartenarbeit half, hatte mir die Pflegerin erklärt, während sie mich durch das weitläufige Gelände führte.

»Und keine Angst, unser Julchen ist harmlos. Pflegeleicht, im wahrsten Sinn des Wortes«, hatte sie mit fröhlichem Lachen hinzugefügt. Die Frau war stark übergewichtig, schaffte es mit ihrem Optimismus aber dennoch, fast schön zu wirken. Ein Mensch, der so offensichtlich mit sich im Reinen ist, wirkt ja immer attraktiv.

Jule sah mich an, wie ein Mensch hin und wieder irgendetwas ansieht, wenn ihm ein wichtiger Gedanke durch den Kopf fährt, der mit diesem Etwas rein gar nichts zu tun hat. Ebenso gut hätte ich ein Baum sein können, ein Stuhl, der Papst oder ein Springbrunnen. Ganz allein saß sie auf einer kleinen Terrasse mit herrlichem Blick ins Tal, den sie nicht wahrnahm. Die Junisonne schien Jule nicht zu wärmen. Ich nickte der Pflegerin freundlich zu, sie winkte, immer noch lachend, und verschwand mit eiligen, kleinen Schritten. Niemals werde ich Menschen begreifen, die bei einem solchen Beruf ihre gute Laune bewahren können.

»Jule?«

Natürlich war ich befangen, wer wäre das nicht? Umständlich nahm ich mir einen der weiß lackierten Gitterstühle, trug ihn an den Tisch, wo Jule saß, und setzte mich so, dass sie mich ansehen musste. Aber ihr Blick ging durch mich hindurch.

»Keine Angst, sie beißt wirklich nicht«, hatte meine Führerin mir in ihrer unerschütterlichen Heiterkeit noch erklärt, bevor sie uns allein ließ. »Sie können mit ihr reden, was Sie wollen, aber sie wird Ihnen nicht antworten. Sie sollten sie allerdings nicht anfassen, das kann sie nicht leiden. Nur wenn Sie Pflanzen in ihre Nähe bringen, dann erwacht sie. Pflanzen sind ihr Leben. Mit Menschen will sie nichts mehr zu tun haben. Und ehrlich gesagt …«, bei diesen Worten hatte sie ihre Stimme gesenkt, »… ich weiß ja, was ihr zugestoßen ist. Und manchmal, muss ich sagen, manchmal verstehe ich sie irgendwie.«

»Frau Ahrens?«

Nicht einmal das Zucken eines Augenwinkels, nichts. Inzwischen war später Nachmittag, die Sonne stand schon tief über den Hügeln des Odenwalds. Es roch nach Heu.

»Jule?«

In diesem verlorenen Blick war keine Spur von Traurigkeit. Diese entspannte Miene blieb ohne Vorwurf. Plötzlich gelang es mir nicht mehr, Mitleid mit dieser jungen Frau zu haben. Vielleicht war sie gar nicht so unglücklich, wie ich mir vorgestellt hatte? Vielleicht hatte ihre Seele das einzig Richtige getan, als sie damals beschloss, einfach nicht mehr mitzumachen bei unseren grausamen Spielchen? Nichts mehr wissen zu wollen von uns? Ich fühlte mich merkwürdig geborgen unter diesem klaren Blick, der nichts ausdrückte.

Als ich den Kopf sacht bewegte, folgten ihre Augen. Jule nahm mich also wahr. Aber ich war nicht wichtig. Ich spielte keine Rolle in ihrer Welt.

Ich weiß nicht, wie lange ich schwieg. Vögel zwitscherten und stritten in einem nahen Wäldchen, Stare vielleicht. Menschen lachten. Ein Raubvogel kreiste unentwegt und in großer Höhe über uns. Irgendwo fing jemand an, herzzerreißend zu weinen, wurde aber bald getröstet. Jule sah mich unverwandt an, mit dieser sanften Verwunderung, und erwartete nichts.

Dann, endlich, tat ich das, wozu ich hergekommen war. Ich zog das Foto aus der Brusttasche meines Jacketts, legte es langsam vor sie hin, als könnte eine schnelle Bewegung sie erschrecken. Sönnchen hatte es mir im Lauf des Nachmittags aus dem Archiv des Kurpfalz-Kuriers besorgt. Es war dasselbe, das Möricke letzte Woche für seinen Artikel benutzt hatte.

Jule bemerkte es nicht einmal. Ich zog die Hand zurück und wartete. Irgendwo in der Ferne summte eine Maschine. Manchmal streichelte ein leichter Sommerwind mein Gesicht, dann bewegte sich Jules glattes Haar. Endlich, kaum merklich, senkte sie den Blick. Ging vielleicht ihre Uhr einfach anders als unsere, langsamer? Sie bemerkte das Foto, das seit ich weiß nicht wie vielen Minuten vor ihr lag. Ihr Blick veränderte sich. Und dann geschah das, was ich am allerwenigsten erwartet hatte: Sie begann zu lächeln, hob mit einer überraschend flinken Bewegung die Hand und fuhr mit einer zärtlichen Bewegung über das Bild, das Seligmanns Gesicht zeigte. So, wie er vor zehn Jahren ausgesehen hatte.

Jetzt war ich überzeugt – nie im Leben war Xaver Seligmann der Kerl, der diese Frau vergewaltigt und um ein Haar getötet hatte.

Die Pflegerin musste uns aus der Ferne beobachtet haben, denn plötzlich stand sie wieder da und strahlte mich an. »Sie wollen uns schon verlassen?«

»Ich weiß jetzt, was ich wissen wollte«, sagte ich und steckte das Bild ein. Jules Blick wurde trüb. Da zog ich es wieder heraus und schenkte es ihr. Es gibt eine Zeit im Leben von Säuglingen, da lächeln sie manchmal, ohne zu ahnen, dass sie ihren Eltern damit fast das Herz brechen. Ohne zu wissen, was Lächeln überhaupt bedeutet. Heute sah ich ein solches Lächeln wieder – in Jules Augen.

»Ah, da war er aber noch ein gutes Stück jünger!«, lachte die Pflegerin, als sie das Foto bemerkte.

Ich setzte mich wieder und starrte sie an.

»Sie kennen diesen Mann?«

»Aber klar doch«, erwiderte sie munter. »Kennen wäre natürlich zu viel gesagt. Er will uns ja nicht verraten, wie er heißt. Aber er bezahlt Jules Heimplatz. Obwohl er anscheinend gar nicht mit ihr verwandt ist, trägt er die ganzen Kosten. Und stellen Sie sich vor, immer in bar! Außerdem kommt er sie regelmäßig besuchen, jeden Montag und Donnerstag, sommers wie winters. Sein Julchen besuchen. So nennt er sie, sein Julchen.«

»Er besucht sie?«

»Ihre Eltern kommen ja schon lange nicht mehr. Die Mutter alle Jubeljahre mal an ihrem Geburtstag, den Vater habe ich seit Ewigkeiten nicht mehr gesehen. Aber der Mann da, der kommt so regelmäßig wie die Uhr. Nur wenn er mal Urlaub hat, dann sieht man ihn ein, zwei Wochen nicht. Und dann ist unser Julchen immer ziemlich traurig. Jetzt zum Beispiel haben wir ihn schon eine ganze Weile nicht mehr gesehen. Hoffentlich lässt er sich bald mal wieder blicken. Sie ist so froh, wenn er bei ihr ist.«

Warum machte Seligmann ein Geheimnis daraus, dass er diese Frau regelmäßig besuchte? Warum durfte niemand wissen, dass er über die Hälfte seines Einkommens für sie ausgab? Was, um alles in der Welt, war schlecht daran? Warum behauptete dieser Narr stattdessen erst, er habe einen Bankraub begangen, und dann, er habe Jule vergewaltigt?

Es gab nur eine logische Erklärung: Er musste verrückt sein.

Die Pflegerin bemerkte nicht, dass ich kaum noch zuhörte.

»Sie kennt ja keinen Kalender, aber sie weiß trotzdem ganz genau Tag und Uhrzeit, wann er kommt. Meistens, wenn das Wetter danach ist, gehen sie zusammen spazieren. Der Mann da auf dem Foto ist der einzige Mensch, der sie an der Hand nehmen darf. Nicht mal ihre Mutter darf das. Sonst sagt er immer Bescheid, wenn er eine Weile nicht kommen kann. Es wird ihm doch nichts zugestoßen sein? Kennen Sie ihn? Natürlich kennen Sie ihn, woher hätten Sie sonst das Foto. Sagen Sie mir, was ist passiert?«

»Sie wissen nicht mal seinen Namen und lassen ihn trotzdem zu ihr?«

Sie hob die gut gepolsterten Schultern. »Klar haben wir uns anfangs gewundert. Aber Julchen tut es gut, und auf der anderen Seite schadet es ja niemandem, dass er sie besucht. Ist es da nicht egal, wie er heißt?«

Jule war noch immer in die Betrachtung des Fotos versunken. Sie sah nicht auf, als wir gingen.

»Seit er nicht mehr kommt, ist sie sehr unruhig. Hoffentlich lässt er sich wirklich bald mal wieder blicken!«

Zum Abschied drückte die Pflegerin sehr fest meine Hand.

»Sie haben diesen Satz vor kurzem einmal zu mir gesagt, also darf ich ihn wohl auch Ihnen gegenüber gebrauchen: Sie sind ein Arschloch, Herr Seligmann!«

Er war blass und seit Tagen nicht rasiert. Seinen lächerlichen Selbstmordversuch schien er unbeschadet überstanden zu haben, denn schon am Vormittag hatte man ihn aus der Klinik wieder in seine Zelle in der Heidelberger JVA am »Unteren Faulen Pelz« zurückgebracht, der vermutlich merkwürdigsten Adresse der Welt.

Ich setzte mich auf den einzigen Stuhl, den es in der Zelle gab, einen klobigen Holzstuhl, der vermutlich auch mildere Tobsuchtsanfälle überlebte. Seligmann lag mit halb geschlossenen Augen auf dem Bett.

»Was zur Hölle veranstalten Sie hier? Was soll der ganze Blödsinn? Warum behaupten Sie, Sie hätten das Mädchen vergewaltigt?«

Er schwieg und wirkte fast so teilnahmslos wie Jule vor kaum mehr als einer Stunde. Hergefahren war ich wie ein Verrückter, von dem Pflegeheim am Hang über Wald-Michelbach, wo Jule Ahrens ihr Leben verdämmerte, bis zu dem Ort, wo dieser Knallkopf seine Tage vertrödelte. Dieser Narr, der vor zehn Jahren ihr Geliebter gewesen sein musste und es auf irgendeine merkwürdige Weise immer noch war.

»Jetzt erzählen Sie endlich, was mit Ihnen los ist, welcher verdammte Teufel Sie reitet, und dann will ich sehen, wie ich Ihnen helfen kann. Obwohl ich viel mehr Lust habe, Sie auf der Stelle zu erwürgen. Oder Ihnen wenigstens ein paar saftige Maulschellen zu verpassen. Und machen Sie sich keine Hoffnungen, hier gibt es keine Zeugen, kein Mensch hört uns, und ich habe eine wirklich gottverdammte, hundsgemeine Saulaune!«

»Mir helfen?«, seufzte Seligmann matt. Sein Atem ging flach und erzeugte dennoch diese albernen Pfeif- und Fiepgeräusche. »Sie hätten mir geholfen, wenn Sie mich letzte Nacht hätten sterben lassen.« Er schloss die Augen. Er lachte rau. Stoßweise. Zu Tode verzweifelt.

Ich sprang auf und begann, in seiner engen, miefigen Zelle hin- und herzurennen. Seligmann richtete sich ächzend auf. Hockte dann zusammengesunken auf seiner Pritsche. Wie ein Knirps, der nun wohl oder übel das Donnerwetter seines Lebens über sich ergehen lassen muss.

»Ich müsste lügen, wenn ich behaupten wollte, Sie täten mir leid. Auch wenn Sie dem Mädchen nichts getan haben. Oder zumindest nicht das, was Sie behaupten. Sie sind wirklich der größte Idiot, der mir jemals in die Quere gekommen ist!«

Geräuschvoll riss ich den Stuhl wieder heran, knallte ihn vor Seligmann hin, setzte mich, packte sein Kinn und zwang ihn, mir ins Gesicht zu sehen.

»Und jetzt will ich die Wahrheit hören, verdammt noch mal! Und diesmal die richtige Wahrheit, nicht wieder irgendein Geschwafel. Keine Märchen, haben wir uns verstanden?«

»Die Wahrheit?«, murmelte er. »Was ist das?«

Ich ließ sein Kinn nicht los. Ich schüttelte ihn. Es musste ihm wehtun, aber er zuckte nicht. »Herr Seligmann«, bellte ich ihn an, »ich bin nicht hier, um philosophische Streitgespräche mit Ihnen zu führen. Was ist in jener Nacht passiert? Wie ist es dazu gekommen? Und was war das zwischen Ihnen und Jule?«

Endlich ließ ich sein Kinn los. Wartete. Sein Kopf sank auf die Brust. Ich wartete. Durch die dicke Zellentür hörte ich draußen Schritte knallen, klirrende Schlüssel. Eiserne Türen donnerten ins Schloss. Irgendwo schrillte endlos ein Telefon. Grobe Männerstimmen riefen hin und her. Ich wartete immer noch.

»Sie machen sich keine Vorstellung, wie das ist«, begann dieses jämmerliche Häufchen Mensch vor mir endlich zu sprechen. Ich weiß nicht, nach wie vielen Minuten, aber eines weiß ich: es war ganz kurz bevor ich wirklich begonnen hätte, ihn rechts und links zu ohrfeigen.

»Wie was ist?«, fuhr ich ihn an. Ich war in genau der Stimmung, in der Vernehmungsbeamte, denen die unabdingbare Disziplin fehlt, ihre Gesprächspartner verdreschen. »Wovon habe ich Ihrer Meinung nach keine Vorstellung? Vielleicht bin ich ja gar nicht so weltfremd, wie Sie vermuten?«

»Wenn man unglücklich liebt«, murmelte er mit hartnäckig gesenktem Blick.

»Sie haben sie geliebt? Jule Ahrens? Ihre Schülerin?«

Sein verfluchtes, klägliches Nicken war so verzagt, verlegen, schuldbewusst. Es juckte mich immer noch in allen zehn Fingern.

»Sehen Sie mich an, benehmen Sie sich ausnahmsweise mal für zehn Minuten wie ein Mann und reden Sie endlich!«

Mein Ton schien genau der zu sein, den Seligmann jetzt brauchte. Endlich wagte er aufzusehen, in mein Gesicht, in die Augen seines Peinigers. Sein Blick war noch müder, noch sehr viel müder als am Tag zuvor. Dieser Mann war nicht am Ende, er war längst darüber hinaus. Am Ende war er letzte Nacht gewesen, als er seine gottverfluchten Tabletten in sich hineinwürgte.

»Es war so.« Seine Stimme klang jetzt wieder etwas fester. Er räusperte sich, blinzelte, hielt aber meinem Blick stand. »Sie hat mir gefallen, natürlich. Es gibt eine Menge hübsche Mädchen in diesen Klassen. Mädchen, die einem schöne Augen machen, ihre frisch entdeckten Mittel am erstbesten Mann ausprobieren, der ihnen über den Weg läuft. Und das ist ja leider nicht selten ein Lehrer. Da kann Ihnen jeder Kollege Geschichten erzählen. Sonst kennen sie ja meistens nur Jungs in ihrem Alter, und die finden sie natürlich nicht so aufregend. Aber normalerweise ... Ich war da immer völlig immun. Völlig immun, ja. Man muss das sein in diesem Beruf. Ich bin kein ...« Seine Lider flatterten. Aber er hielt den Blick oben. Sah mir gerade in die Augen, hustete wieder. »Bitte glauben Sie mir, ich bin kein Kinderschänder. Bitte glauben Sie mir wenigstens das.«

»Ob ich Ihnen glaube, werde ich Ihnen sagen, wenn ich die ganze Geschichte gehört habe«, knurrte ich.

Sein Blick irrte ab. Inzwischen klang seine Stimme fast wieder normal. Er sprach nur immer noch sehr langsam, als wäre jedes Wort gefährlich. Jeder Satz eine mögliche Falle.

»Jule ... Jule war so anders. Keines von diesen frivolen Flittchen mit ihren bauchfreien Tops, geschminkten Mündchen und Kulleraugen. Sie war so ernst. Ganz anders eben.«

Er sah jetzt etwas, was nur er allein sehen konnte. Etwas, das weit in seiner Vergangenheit zurücklag. Kein Muskel in seinem faltigen Gesicht fand Ruhe. Fast meinte ich, die Zähne knirschen zu hören. Mit fahrigen Bewegungen tastete er nach den Zigaretten, die neben ihm auf der rauen, braungrauen Anstaltsdecke lagen. Endlich fand er sie. Ich reichte ihm eine Schachtel Streichhölzer, die seit Ewigkeiten in meiner Jacketttasche lag. Er zündete sich mit bebender Hand eine Zigarette an. Meine eigenen Hände waren feucht vor Anspannung, Zorn und Empörung. Aber ich zwang mich zu schweigen. Jetzt hatte es keinen Zweck mehr, ihn zu drängen.

Jetzt, endlich, war er so weit.

Er wollte reden.

»Wie hat es angefangen?«, fragte er sich selbst, schnippte die Asche irgendwohin. »Ich habe so viel darüber nachgedacht. Aber ich komme nicht dahinter. Irgendwie hat es überhaupt nicht angefangen, das ist das Merkwürdige. Es war einfach da. Ich hatte die 9 c am Helmholtz frisch übernommen, es war Spätsommer. Erst sollte ich die Vertretung nur für zwei Wochen machen, dann hieß es vier, und schließlich ist ein ganzes Schuljahr daraus geworden. Am Anfang hat man immer ziemliche Mühe mit den Namen. Aber Jules hat sich mir sofort eingeprägt, in der ersten Sekunde. Ich weiß nicht, warum. Und vielleicht in der zweiten, vielleicht in der dritten Stunde, da war es auf einmal da. Ein Blick. Eine halbe Sekunde zu lang, und – da war es passiert.«

Gierig saugte er an seiner Zigarette, drückte sie im Blechaschenbecher auf dem Tisch aus, entzündete gleich die nächste. Seine Hände waren ein wenig ruhiger geworden.

»Sie war fünfzehn«, murmelte er. »Ein Wahnsinn. Ich, ein

alter Mann für sie, dreißig Jahre älter, und sie, ein Kind. Ein Wahnsinn.«

»Und dann?«, fragte ich, als es nicht mehr weiterging. »Sind Sie dann gleich ins Bett mit ihr? Das war es doch, was Sie wollten.«

»Dann?«, fragte er mit abwesendem Blick zurück. Den zweiten Teil meiner Frage schien er überhört zu haben. »Nichts. Wochen, Monate – nichts. Nur immer wieder diese Blicke, dieses Wissen, dass da etwas ist, was nicht sein darf. Und dieses ... dieses stille Einverständnis. Ja, Einverständnis ist vielleicht das richtige Wort.« Auf einmal sah Seligmann mir direkt in die Augen. »Ich weiß, was ist, sagten ihre Blicke. Und du weißt es auch. Wir sind verloren, sagten diese Blicke. Und Sie haben verdammt Recht, es stimmt, ich bin ein Arschloch. Ein Riesenarschloch sogar. Ich hätte die Klasse sofort abgeben müssen. Mich versetzen lassen. Mir einen anderen Beruf suchen. Habe ich aber nicht. Nichts von dem habe ich getan. Ich dachte, irgendwie geht es schon. Herrgott, ich war seit kurzem verheiratet! Ich war doch kein Teenager mehr, der sich mir nichts dir nichts in irgendein Mädchen verguckt! Man hat sich doch unter Kontrolle!«

Nachdenklich saugte er den Rauch aus seiner Zigarette. Blies ihn an mir vorbei. Sah ihm nach, als könnte er darin eine Erklärung lesen für das, was er getan hatte.

»Viele Mädchen fallen in den Noten erst mal ab, wenn sie sich verliebt haben. Jule war da anders, wie in so vielem. Ich hatte das Gefühl, das, was sie für mich empfand, hat sie auf mein Fach übertragen, die Mathematik. Von Arbeit zu Arbeit wurde sie besser. Im Unterricht war sie meistens still. Und ich habe sie natürlich so selten wie möglich drangenommen. Schriftlich stand sie bald auf einer glatten Eins. Und dann ...«

Jetzt sah er wieder weg. Rauchte fahrig. Ich wartete. Ganz in der Nähe krachte eine Zellentür ins Schloss. Wir zuckten beide zusammen. Ein Fernseher plärrte irgendwo. Jemand begann, lauthals zu fluchen. Beruhigte sich erst nach Minuten.

»Dann kamen diese Träume.«

»Träume?«

»Herrgott!«, fuhr er mich in plötzlicher Wut an. »Träumen Sie nie von Frauen?«

Ich verkniff mir den Satz, der mir auf der Zunge lag: »Nicht von Kindern.« Es wäre mit Sicherheit das Falscheste gewesen, was ich jetzt hätte sagen können.

»Irgendwann muss es ja dann mal zur Sache gegangen sein.«

»Zur Sache?«, fragte er irritiert. »Zur Sache?« Dann verstand er.

Die nächste Zigarette.

»Im März, da ist es passiert. Vorher war nichts, gar nichts. Außer natürlich, dass wir beide wussten, da gibt es etwas zwischen uns. Irgendeine Kraft, irgendwas, was einfach nicht aufhören will.«

»Haben Sie mit ihr darüber gesprochen?«

»Gesprochen?« Er starrte mich an wie einen Verrückten. »Natürlich nicht!«

»Sie haben nie versucht, sie zu treffen?«

»Nie.«

»Jule hat Ihnen keine duftenden Briefchen geschickt mit Herzchen drauf?«

»Nein! Nein!« Wütendes Kopfschütteln. »Wir wussten doch beide, es geht nicht. Es darf nicht sein.« Wieder schwieg er lange. »Ja, ich hätte darum bitten sollen, die Klasse zu tauschen. Es wäre bestimmt irgendwie gegangen. Man hätte eine Lösung gefunden. Wenn ich nur gewollt hätte. Damals waren wir noch nicht so knapp mit Personal, wie sie es heute sind.«

Er sah mir wieder in die Augen.

»Das wäre meine Chance gewesen. Aber ich habe sie verstreichen lassen. Fragen Sie nicht, warum. Manche Dinge hat man eben nicht in der Hand. Manches ist Schicksal. Oder nennen Sie es, wie Sie wollen.«

»Ich nenne es eine verdammte, billige Ausrede«, erwiderte ich scharf. Flüche taten mir im Augenblick gut. Sie halfen mir, meine Hände bei mir zu halten. »Irgendwie müssen Sie dann ja wohl zusammengekommen sein.«

»Natürlich«, erklärte er seiner Zigarette und betrachtete sie eine Weile, als müsste er sie retten. »Wenn Sie das Wort Schicksal nicht mögen, dann nennen Sie es Zufall.«

»Bleiben wir bei den Tatsachen.«

»März. Frühling, die ersten warmen Tage. Ich musste in der Stadt einiges besorgen. Kugelschreiberminen, Papier, irgendwas. Und dann ...« Wieder dieser Bettelblick, für den ich ihn so hasste. »Wir sind uns einfach in die Arme gelaufen. An der Ecke bei der Heilig-Geist-Kirche. Mitten in einem Pulk amerikanischer Touristen. Verstehen Sie, an diesem Tag waren tausende Menschen in der Stadt, zehntausend. Und ich biege um irgendeine Ecke, passe nicht richtig auf und ...«

»Halten Jule in den Armen.«

»Sie glauben mir nicht? Nicht wahr, Sie glauben mir nicht?«

»Würden Sie es denn glauben an meiner Stelle?«

»Aber es war so. Und seit damals glaube ich an Schicksal. Verstehen Sie, ich bin Mathematiker, Rationalist mit Leib und Seele. So etwas geschieht nicht. Es ist gegen jede Wahrscheinlichkeit. Eins zu zehntausend, dass Sie in die Nähe eines Bekannten geraten, wenn er zur selben Zeit in der Stadt ist wie Sie. Eins zu hunderttausend, dass Sie ihn bemerken. Eins zu einer Million, dass Sie ihn praktisch über den Haufen rennen, so wie ich Jule.«

Er sah mich an, als wäre ihm eine Erleuchtung gekommen.

»Homo Faber? Kennen Sie das? Max Frisch?«

»Natürlich.«

»Er stürzt mit einem Flugzeug ab, erlebt tausend Dinge, und alles führt am Ende nur dazu, dass er seine Tochter trifft, von der er noch nicht einmal wusste, dass es sie gab, und sich in sie verliebt. Als würde sein Leben sich auf einmal auf Schienen bewegen. Genau so etwas ist mir zugestoßen.«

Sein Päckchen Roth-Händle war leer.

»Soll ich Ihnen neue besorgen?«, fragte ich.

Er nickte zerstreut.

»Einen Kaffee dazu? Oder ein Bier?«

»Bier?«, fragte er in Gedanken. »Hier gibt es Bier?«

»Wenn ich es bestelle, vermutlich schon.«

Minuten später waren wir versorgt. Seligmann konnte wieder rauchen, und auf dem Tisch standen zwei offene Flaschen. In der Zelle roch es inzwischen wie in einer billigen Eckkneipe abends nach halb zwölf. Der Aufsichtsbeamte hatte zwar leicht verwundert geguckt. Da er jedoch wusste, mit wem er es zu tun hatte, und ich bestimmt nicht den Eindruck erweckte, als wollte ich lange herumdiskutieren, hatte er mir brummelnd zwei Flaschen aus irgendeiner dunklen Quelle verkauft, über die ich lieber nichts wissen wollte. Dem Ort angemessen war der Preis kriminell gewesen. Hehlerbier vermutlich.

»Okay«, sagte ich nach einem langen Schluck. »Weiter im Text. Ich will vor Mitternacht zu Hause sein.«

»Dann sind alle Dämme gebrochen. Innerhalb von Sekunden. Glauben Sie mir, ich hatte so etwas noch nie, nie, nie erlebt. Ich war doch immer ein vernünftiger Mensch, einer, der sich im Griff hat, seine Gefühle im Zaum hält, Herrgott! Und dann auf einmal dieses wahnsinnige Verlangen, das keine Rücksicht kennt, keinen Anstand, kein Gesetz, keine Altersunterschiede, kein … Aber ich werde wohl trivial. Entschuldigen Sie. Das interessiert Sie vermutlich nicht.«

»Richtig. Was mich interessiert: Wann haben Sie zum ersten Mal mit ihr geschlafen?«

Er verzog das Gesicht, als hätte er sich auf die Zunge gebissen.

»Das kann ich Ihnen ganz genau sagen. Am siebten Juli. An dem Abend, als sie … als sie später …«

»Dann war sie damals also bei Ihnen, in der Nacht?«

Er nickte mit einer Miene, die tiefe Verwunderung ausdrückte.

»Wir hatten uns oft getroffen nach diesem unseligen Nachmittag in der Stadt. Heimlich natürlich. Irgendwo, wo uns bestimmt niemand kannte. Jule wollte, lockte, drängte. Aber sie war doch ein Kind! Es ging doch nicht! Sie machen sich keine Vorstellung, was ich durchgemacht habe.«

»Mir kommen die Tränen.«

»Alles, alles haben wir gemacht, nur das Eine nicht. Ich habe es wirklich geschafft, standhaft zu bleiben, bitte glauben Sie mir. Aber es war die Hölle. Und der Himmel. Es war der komplette Irrsinn.«

Endlich begriff ich. »Sie wollten warten, bis sie sechzehn war?«

»Sie kennen die Paragrafen, Sie sind Polizist. Wenn das Mädchen sechzehn ist, dann ist es kein Missbrauch mehr, falls sie einverstanden ist. Und das war sie weiß Gott, einverstanden.«

»Auch Fummeln kann sexueller Missbrauch sein.«

Er hörte mir nicht mehr zu.

»Jule hat gebrannt, wie eine Frau nur brennen kann. Ich dachte immer, Mädchen in ihrem Alter, die sind doch noch unreif. Das muss sich doch alles erst entwickeln. Aber sie war eben auch in diesem Punkt anders.«

»Von ihrem Vater habe ich erfahren, sie nahm die Pille.«

»Die hatte ich ihr besorgt. War gar nicht so einfach. Ich musste nach Frankreich und mir ein paar ziemlich gute Ausreden einfallen lassen.«

Seligmann sank zurück und sah lange zur Decke. Langsam, fast andächtig und Schluck für Schluck leerte er seine Flasche. Jetzt zitterte seine Hand nicht mehr.

Ich gönnte ihm ein wenig Ruhe. Jetzt kam der schwierige Teil. Aber ich brauchte nichts zu fragen. Inzwischen war er es, der reden wollte. Der reden musste. Loswerden, was zehn Jahre lang sein Inneres zerfleischt hatte.

»Wir hatten alles verabredet«, fuhr er schließlich fort. »Ich habe sie mit dem Auto geholt. Nicht weit von da, wo sie wohnte. Wir sind gleich zu mir gefahren, haben Sekt getrunken, eine Kleinigkeit gegessen. Es sollte ein Fest werden. Unser Fest. Bei manchen Kulturen hätte man es unsere Hochzeit genannt.«

»Und? Ist es eines geworden?«

Er legte die leere Flasche irgendwohin. »Ich habe noch nie gehört, dass ein Mädchen beim ersten Mal einen Orgasmus hat. Sie?«

»Ich habe keine Ahnung davon.«

»Man sagt doch immer, es tut ihnen weh. Sie brauchen eine Weile, bis es richtig funktioniert.«

»Sie gehen mir auf den Geist mit Ihrem Gesülze.«

»Ich weiß. Aber Sie wollten es wissen. Und nun müssen Sie es sich wohl oder übel auch anhören. Kriegen wir noch ein Bier? Was meinen Sie?«

Inzwischen war auch meine Flasche leer. »Bekommt man dieses Fenster irgendwie auf? Man erstickt hier drin.«

Wortlos erhob er sich und kippte das kleine Fenster mit dem halb blinden, heillos zerkratzten Kunststoffglas, das vermeiden sollte, dass sich jemand mit Hilfe einer Scherbe die Pulsadern aufschnitt.

»Was ich die ganze Zeit überlege …«, fuhr er fort, als er mir wieder gegenübersaß. »Jule hat in der Nacht nämlich was gehört.«

»Gehört?«

»Als wäre jemand außen am Fenster. Aber da war nichts. Ich hab nachgesehen. Da war niemand. Sie war natürlich aufgeregt. Da bildet man sich manchmal etwas ein.«

»Und dann?«, fragte ich, als ich mit den nächsten Flaschen zurückkam. Dieses Mal stießen wir an, bevor wir tranken. Es geschah ohne Absicht. Aber es gehörte an dieser Stelle vielleicht dazu. Schicksal? Zufall? Die Flaschen gerieten irgendwie aneinander.

»Wenn ich das wüsste.«

»Irgendwann haben Sie sie ja wohl wieder heimgefahren.«

»Um halb eins, ja. Sie hatte ein furchtbar schlechtes Gewissen, wegen ihrer Eltern. Und ich hatte ein noch sehr viel schlechteres, wie Sie sich denken können.«

Irgendwo, weit entfernt, schlug eine Uhr. Ich zählte zehn Schläge. Das Bier begann zu wirken. Meine größte Wut war inzwischen verraucht. Ich stand auf und begann wieder, auf und ab zu gehen.

»Mehr gibt es nicht zu erzählen. Den Rest kennen Sie.«

»Das heißt, Sie haben Jule erst wieder gesehen, als sie verletzt vor Ihrem Haus auf dem Gehweg lag?«

Seligmann nickte mit gesenktem Blick.

»Wieso sind Sie mitten in der Nacht noch mal hinausgegangen?«, fragte ich, während ich herumging. »Es war weit nach Mitternacht. Da geht man doch nicht einfach so auf die Straße, ohne Grund.«

Er antwortete nicht.

»Wollten Sie einen Spaziergang machen? Ein wenig frische Luft schnappen? Konnten Sie nicht schlafen nach der ganzen Aufregung, nach Ihrem … Hochzeitsfest?«

Er schwieg.

»Sie waren vielleicht zu aufgedreht, um schlafen zu gehen. Dachten, noch ein bisschen Bewegung, das tut gut. Es war eine laue Nacht, das weiß ich aus den Akten. Ein wenig das frische Glück genießen? War es das?«

Das Letzte hatte spöttisch klingen sollen. Aber es wollte mir auf einmal nicht mehr gelingen, spöttisch zu sein.

»Ich weiß es nicht«, sagte er endlich mit der heiseren Stimme eines Kettenrauchers und routinierten Trinkers. »Seit dreitausendsechshundertfünfzig Tagen denke ich darüber nach, was mich damals auf die Straße trieb. Und ich kann nur sagen, ich weiß es nicht.«

21

»Sogar unser Freund Möricke hat ausnahmsweise etwas Nettes geschrieben.« Liebekind schnaufte am nächsten Morgen frustriert. »Endlich wieder einmal gute Presse, und nun kommen Sie daher und erklären mir, wir haben den Falschen in Haft.«

Allein dass mein Dienstvorgesetzter am heiligen Samstagmorgen im Büro anzutreffen war, zeigte, wie wichtig er die Sache nahm.

»Er ist seit heute Morgen wieder auf freiem Fuß.« Ich erhob mich, trat ans Fenster. Das Sonnenlicht blendete meine müden Augen. Was für eine Schande, endlich begann der Sommer, wenn auch nicht ganz ohne Wölkchen, und was tat ich? Arbeiten. »Seligmann kommt als Täter nicht in Frage.«

»Und was sagen wir nun der Öffentlichkeit?«

»Vorläufig nichts. Und irgendwann die Wahrheit. Dass der Vergewaltiger immer noch irgendwo dort draußen frei herumläuft.«

Ich war übernächtigt und unzufrieden. Diese Achterbahn der letzten Tage von Erfolgen und Geständnissen, Widerrufen und Blamagen hatte Kraft gekostet, merkte ich jetzt. Und nun hing ich auch noch am Wochenende in der Direktion fest, statt mit meinen Töchtern zusammen zu sein, mir die Sonne ins Gesicht scheinen zu lassen. Langsam wandte ich mich um.

»Obwohl, das wird mir jetzt erst bewusst: Nach dem, was wir heute wissen, war es ja gar keine Vergewaltigung.« Ich sank wieder auf meinen Stuhl und unterdrückte mit Mühe ein Gähnen. »Ab jetzt haben wir es nur noch mit schwerer Körperverletzung zu tun. Andererseits …« Ich nahm die Brille ab und massierte die Augen. »Der Zustand von Jules Kleidung, die ganze Auffindesituation, alles spricht zumindest für eine versuchte Vergewaltigung. Ich verstehe immer weniger statt mehr. Wir müssen wohl wieder ganz von vorne anfangen.«

»Sie machen mir ein wenig Sorgen, Herr Gerlach.« Liebekind betrachtete mich mitleidig und vergaß dabei sogar, an der Havanna zu schnüffeln, die er zwischen Daumen und Zeigefinger der rechten Hand heftiger zwirbelte, als dem schwarzen Ding guttat. »Könnte es sein, dass Sie sich zu sehr in diesen Fall verbeißen? Könnte es sein, dass Sie das alles zu sehr an sich heranlassen?«

Vermutlich empörte mich seine Frage deshalb so sehr, weil ich wusste, dass er Recht hatte.

»Ich habe mit Jule gesprochen. Ich habe ihr Gesicht gesehen, ihre Augen. Und jetzt will ich …« Ich verkniff mir den Fluch in Gegenwart meines Vorgesetzten. »Und jetzt möchte ich zu gerne auch in das Gesicht und die Augen des Kerls sehen, der ihr das angetan hat.«

»Wenn ich Ihnen als Vorgesetzter einen Rat geben darf«, sagte er sehr leise und bedachte mich mit einem Blick, den ich noch nie an ihm beobachtet hatte. »Lassen Sie das lieber Vangelis machen. Die – bitte entschuldigen Sie, wenn ich das so offen sage – die ist härter als Sie. Sie verstehen, wie ich das meine.«

»Ja, ich verstehe, was Sie meinen. Und ich werde Ihren Rat befolgen«, erwiderte ich mürrisch und sah auf meine Schuhe. Sie gehörten dringend geputzt. Meine Hose sollte längst mal wieder gebügelt werden. Wenn das noch eine Weile so weiterging, dann würde man mich mit Seligmann verwechseln. Aber natürlich würde ich den Fall nicht abgeben. Welcher Hund gibt gerne einen Knochen wieder her, in den er sich einmal verbissen hat?

Liebekind verstaute die Havanna in seinem Humidor. »Sie halten mich auf dem Laufenden, ja?«

Das hatte fast wie eine Drohung geklungen.

190

»Die Bodenanalysen, die Sie angeordnet hatten, haben nichts gebracht«, eröffnete mir Balke, als wir kurze Zeit später in meinem Büro zusammensaßen. »Ich hab mich gestern Abend länger mit einem netten Geologen an der Uni unterhalten. Ein paar Krümel könnten nach den neuen Untersuchungen nun doch von der Stelle stammen, wo Seligmann sie gefunden hat. Das stützt seine Aussage.«

Auch er war unzufrieden, es war nicht zu übersehen. Aber bei ihm war der Grund vermutlich, dass er seine Nicole wieder einmal am Wochenende alleine lassen musste.

»Diese verkohlten Holzstückchen«, grübelte Vangelis mit gerümpfter Nase. »Was sagt dein Geologe dazu?«

»Grillkohle, sagt er dazu.« Balke kratzte sich umständlich unter seinem T-Shirt.

»Anfang Juli«, warf ich ein, »ein warmer Abend. Da wird überall gegrillt.«

»Na prima«, knurrte Balke. »Dann kommen ja höchstens tausend Stellen im Umkreis von zehn Kilometern in Frage.«

»Was haben wir sonst?«

»Nichts«, erwiderte Vangelis.

Ich wies auf die Aktenordner, die immer noch auf meinem Tisch lagen. »Das hier ist doch wohl nicht alles.«

Balke nickte. »Da muss noch einiges im Archiv sein. Das da sind nur die wesentlichen Sachen.«

»Okay.« Ich versuchte, meiner Stimme Energie zu verleihen, Entschiedenheit, Kraft. »Sie besorgen bitte die kompletten Unterlagen. Und dann teilen wir die Akten unter uns dreien auf. Alles wird noch einmal gesichtet. Jedes einzelne Protokoll. Jede Notiz.«

»Warum nur wir drei?«, fragte Balke empört. »Was ist mit Rübe? Was ist mit dem Rest?«

»Sie beide sind meine besten Leute«, gab ich ihm mit meinem charmantesten Lächeln zur Antwort. »Und ich will nicht erleben, dass noch einmal etwas übersehen wird. Es ist unser letzter Versuch.«

»Ich hab da übrigens noch was«, sagte Balke, immer noch mürrisch. »Über diesen Braun …«

»Was ist mit dem?«

»Eine alte Geschichte. Wir haben nicht mal mehr eine Akte darüber, so lange ist das schon her. Ich habe es über meine Bekannte bei der Sparkasse erfahren, es muss vor ungefähr zwanzig Jahren gewesen sein, da hat ihn mal eine Kollegin angezeigt. Wegen sexueller Belästigung. Er muss ihr ziemlich derb unter den Rock gelangt haben.«

»Vor zwanzig Jahren war er schon verheiratet und Vater eines kleinen Sohnes.«

Balke nickte wütend.

»Wie alt war die Frau, die er belästigt hat?«

»Belästigt ist gut!«, brummte er. »Das war nicht weit von einer Vergewaltigung. Siebzehn oder achtzehn war sie. Genau wusste das meine Bekannte auch nicht mehr.«

»Ist er verurteilt worden?«

»Sie hat die Anzeige später zurückgezogen. Er wird dem Mädel ein ordentliches Schmerzensgeld gezahlt haben.«

»Meinen Sie, Sie können noch mehr darüber in Erfahrung bringen? Vielleicht war das ja nicht der einzige Fall, wo er sich danebenbenommen hat?«

»Werd sehen, was sich machen lässt.« Balke grinste schon wieder. »Irgendwas geht ja immer.«

Eine halbe Stunde später lagen statt zwei nun sieben fette Leitz-Ordner auf meinem Tisch. Es würde Tage dauern, ihren Inhalt zu studieren. Aber wat mutt, dat mutt, sagte Theresa in solchen Situationen gern, obwohl sie gar nicht aus dem Norden, sondern aus Hanau stammte. Immerhin hatte sie eine Großmutter in Stade, glaubte ich mich zu erinnern.

Aktenstudium ist das Grauen. Vor allem, wenn man nicht weiß, wonach man sucht, und jede Winzigkeit entscheidend sein kann. Um die großen Sachen hatten sich die Kollegen damals schon gekümmert. Wenn es in diesem Papiergebirge noch eine unentdeckte Spur gab, dann war sie so harmlos, so unscheinbar, dass sie schon hundertmal übersehen wurde.

Wir suchten den restlichen Samstag und den kompletten Sonntag. Balkes Flüche wurden von Stunde zu Stunde drastischer. Vangelis' Miene immer zweifelnder.

Wir fanden nichts.

Am Montag blieb mir nichts anderes übrig, als aufzugeben. Ich konnte es nicht verantworten, meine fähigsten Leute noch länger damit zu blockieren, einem Hirngespinst nachzujagen. Liebekind gab sich keine Mühe, seine Erleichterung zu verbergen.

Sogar meine Sekretärin schien sich inzwischen Gedanken um meinen Geisteszustand zu machen.

Ich fühlte mich wie ein gerade eingefangenes Raubtier. Am Sonntagabend war ich erst nach neun nach Hause gekommen. Meine Töchter hatten sich nach einem Blick in mein Gesicht in ihr Zimmer verkrochen. Nicht einmal Theresa schien noch mit mir reden zu wollen. Oder war es an mir, mich zu melden? Vermutlich fühlte sie sich vernachlässigt, und vermutlich hatte sie auch noch Recht damit. Nein, so konnte es nicht mehr weitergehen. Im Lauf des Tages fing ich allmählich an, mich damit abzufinden, dass ich verloren hatte.

Der Mann, der Jules Leben zerstört hatte, würde nun also doch ungestraft davonkommen. Wenn nicht ein Wunder geschah.

Ich stürzte mich in liegengebliebenen Verwaltungskram. Sönnchen versorgte mich mit irgendwelchen Papieren, die ich unterschreiben musste, und ich wusste, ich würde keinen Fehler machen, wenn ich ihren fürsorglichen Anweisungen Folge leistete. Nach dem Essen saßen wir eine Weile zusammen, unterhielten uns, und ich merkte, dass ich seit Stunden nicht mehr an Jule gedacht hatte. Nebenbei erfuhr ich, dass die fünf Kartons Wein unterwegs waren. Ihre Schwester hatte sie ans Präsidium adressiert.

»Hoffentlich kriegt Liebekind nicht mit, dass ich mir alkoholische Getränke ins Büro liefern lasse!«

Sönnchen lachte herzlich bei der Vorstellung.

Am Dienstag ging es weiter aufwärts. Zum ersten Mal seit Tagen hatte ich tief und traumlos geschlafen, und die Waage im Bad stellte offiziell fest, dass ich zwei Kilo abgenommen hatte. Plötzlich verstand ich mich selbst nicht mehr. Das ist doch das Erste, was man lernt als Polizist: Man darf sich nicht zu sehr einlassen, man darf nicht zu sehr Anteil nehmen an den Schicksalen, mit denen man zu tun hat, sonst geht man kaputt.

Jule war nicht geholfen, niemandem war geholfen, wenn ich den Täter jetzt noch stellte. Offenbar stellte er ja keine Gefahr mehr da, sonst hätte es Wiederholungstaten gegeben.

Manche Fälle bleiben eben unaufgeklärt.

Es gab genug anderes zu tun.

»Sie sollen zum Chef kommen, Herr Kriminalrat«, waren Sönnchens erste Worte am Mittwoch. »Sofort, hat er gesagt.«

»Sie haben es vermutlich schon gelesen?« Liebekind wedelte wieder einmal mit einem seiner Zeitungsausschnitte. »Wie, bitte schön, konnte das an die Presse gelangen?«

Ich setzte mich und überflog den Artikel, der wieder einmal mit JM gezeichnet war.

»Hatte Lehrer Verhältnis mit minderjähriger Schülerin?«, lautete die fette Überschrift.

Möricke schaffte es elegant, alles so zu formulieren, dass Seligmann ihn nicht wegen Rufmordes verklagen konnte. Alles blieb Vermutung, war an den richtigen Stellen mit Fragezeichen versehen. Am Ende blieb der erwünschte Eindruck, nur Seligmann könne der Täter sein, aus irgendwelchen undurchsichtigen Gründen würde er jedoch nicht zur Rechenschaft gezogen.

»Ich glaube kaum, dass das aus unserem Haus kommt.« Ich schob Liebekind das Papier wieder hinüber. »Vielleicht hat er einen Vollzugsbeamten bestochen. Andererseits – so gut wie jeder hier weiß natürlich von der Sache.«

Liebekind lehnte sich zurück und legte die Fingerspitzen aneinander.

»Egal. Dieser Herr Möricke weiß wirklich, was er tut. Auf seine perfide Weise ist der Kerl ein Genie.«

»Und für Seligmann ist das eine Katastrophe. Am besten, er verkauft sein Haus und zieht weit weg.«

Liebekind dachte nach. Aber er kam zu keinem Ergebnis.

»Wir könnten eine Presseerklärung herausgeben«, schlug ich vor. »Wenigstens die Tatsachen klarstellen.«

»Nein.« Langsam schüttelte mein Chef den Kopf. »Ich denke, das werden wir lassen. Was dieser Seligmann vor zehn Jahren getan hat, ist zwar juristisch nicht von Belang. Aber es ist in meinen Augen moralisch zumindest fragwürdig. Und ausnahmsweise werden einmal nicht wir angegriffen. Dies hier ...«, er schlug mit der flachen Hand auf Mörickes Artikel, als wollte er ein ekliges Insekt zerquetschen, »... ist eine Sache, die uns nicht betrifft.«

Erst als ich die schwere, gepolsterte Tür hinter mir zuzog, wurde mir bewusst, dass er diesmal überhaupt nicht mit einer seiner Zigarren herumgespielt hatte.

»Der Fall Ahrens wird geschlossen«, erklärte ich meiner Truppe bei der Morgenbesprechung. »Dafür werden wir unsere Aktivitäten verstärkt auf den Banküberfall konzentrieren.« Ich wandte mich an Vangelis. »Hilft es, wenn ich Ihnen weitere fünf Leute gebe?«

Sie nickte konzentriert. »Viel habe ich zwar nicht mehr. Aber den einen oder anderen Hinweis gibt es schon noch, dem wir nachgehen sollten.«

»Die DNA-Spuren an dem Handy?«

»Da sind wir dran. Ich habe vor, in den nächsten Tagen Speichelproben von allen Personen in der Nachbarschaft zu nehmen.«

»Und da wären immer noch diese Nachbarn, die in Urlaub sind«, warf Balke ein, »wie heißen die noch?«

»Habereckl«, antwortete Vangelis, ohne eine Sekunde nachdenken zu müssen.

Wir diskutierten kurz, wen ich ihr zur Verfügung stellen konnte, um die Soko aufzustocken. Natürlich war auch Runkel dabei.

»Und machen Sie Druck dahinter«, wies ich Vangelis an. »Wir könnten einen Erfolg brauchen.«

Sie bedachte mich mit einem ihrer Blicke, für die ich sie manchmal gerne in eine dieser alten Jahrmarkt-Kanonen gestopft und auf den Mond geschossen hätte. Zugegeben, sie war meine beste Mitarbeiterin. Sie würde ihren Job auch ohne meine Ratschläge richtig machen. Aber ich konnte sie trotzdem nicht leiden.

Als das Stühlerücken begann, meldete sich mein Telefon. Seligmann.

»Hier lungern auf einmal jede Menge Leute vor meinem Haus herum«, erklärte er aufgeregt. »Sogar ein Übertragungswagen vom Fernsehen steht da!«

»Und was soll ich tun?«

»Dafür sorgen, dass die verschwinden. Ich kann ja nicht mehr aus dem Haus!«

»Hat jemand Ihr Grundstück betreten?«

»Das fehlte noch!«

»Dann bin ich leider machtlos. Die Straße ist öffentlicher Raum. Am besten, Sie halten sich versteckt, bis sich die Aufregung gelegt hat. Das wird erfahrungsgemäß nicht lange dauern.«

»Ich muss irgendwann mal einkaufen!«

»Lassen Sie sich was bringen. Vielleicht kann Ihre Nachbarin aushelfen?«

Den Rest des Vormittags verbrachte ich in Besprechungen, die meine geplagte Sekretärin letzte Woche auf meinen Wunsch abgesagt und neu terminiert hatte. Anschließend hatte ich wie üblich das Gefühl, zu nichts nütze zu sein. Was würde denn geschehen, wenn ich einfach nicht mehr zur Arbeit erschien, fragte ich mich. Wenn ein Polizist im Streifendienst krankfeierte, dann blieb ein Platz in einem Polizeiauto leer, dann fehlte einer. Wenn ich verschwinden sollte, dann würde dies vorerst höchstens Sönnchen beunruhigen. Und ansonsten würde alles genauso weiterlaufen wie immer.

Kurz vor Mittag kam ein schwitzender Paketbote mit fünf Kartons Meersburger Kerner.

22

Nach dem Essen klopfte Balke an meine Tür. Heute klang sein Klopfen äußerst optimistisch.

»Möchten Sie auch einen Kaffee?«

»Gerne.«

Er nahm Platz und strahlte mich an.

»Ich warte.«

»Worauf?«, fragte er schelmisch.

»Dass Sie mir sagen, wie Brauns Geliebte heißt.«

»Sein Neunhundertelfer steht abends ziemlich oft in der Nähe einer bestimmten Adresse in der Tinqueux-Allee in Leimen. Es ist ein Mietshaus der oberen Kategorie. Er parkt immer hinten, wo der Wagen von der Straße aus nicht gesehen werden kann. Ist ein verdammt umsichtiger Mann, unser Herr Braun.«

»Der Name«, unterbrach ich ihn ungeduldig.

»Céline Piaget. Verdammt hübsches Ding übrigens. Bis vor ein paar Monaten hat sie in der Vereinsgaststätte des Tennisclubs gekellnert. Aber jetzt hat sie das offenbar nicht mehr nötig, jetzt sieht man sie dort nur noch als Gast. Dafür wohnt sie auf einmal in einem noblen Appartement und kauft bei Prada und Gucci ein und fährt ein nigelnagelneues Fiat-Cabrio.«

Ich sah zur Decke. »Wenn ich so über all das nachdenke, dann kommt mir ein ganz schrecklicher Gedanke …«

»Seine Schussverletzung war nach drei Wochen schon wieder so gut wie verheilt. Da muss einer schon verdammtes Glück haben, dass es so einen glatten Durchschuss gibt.«

»Oder der Schütze hat genau gewusst, wohin er zielen muss.«

»Vielleicht hat er sogar selbst geschossen? Kann seine Frau bezeugen, dass es nicht so ist?«

»Ich werde sie fragen.« Ich stieß die Luft durch die Zähne. »Keiner wusste besser als Braun, wann genug Geld im Tresor liegen würde. Und wer ist weniger verdächtig als einer, der bei so einer Geschichte verletzt wird?«

»Und später hat er einfach das Handy in Seligmanns Mazda versteckt, um den Verdacht auf ihn zu lenken. Er brauchte ja nur nachts über den Zaun zu klettern …«

»Und der ist nicht mal besonders hoch.«

»Seligmanns Garage stand offen.«

Wir sahen uns an.

»Das passt alles fast zu gut zusammen«, sagte ich. »Haben wir eine DNA-Probe von Braun?«

»Er ist der Einzige, an den bisher kein Mensch gedacht hat.«

»Die besorge ich Ihnen. Und Sie versuchen in der Zwischenzeit bitte vorsichtig herauszufinden, ob sich auf seinen Konten in letzter Zeit etwas Auffälliges getan hat.«

»Hab ich schon.« Er winkte ab. »Er ist natürlich nicht so blöd, seine Beute aufs eigene Sparbuch einzuzahlen. Bestimmt hat er die Kohle längst in die Schweiz geschafft.«

»Oder seine Herzallerliebste.« Ich erhob mich und nahm mein Jackett aus dem Schrank. »Überprüfen Sie doch mal, ob die Dame in den letzten Wochen im Ausland war.«

Der Presse-Aufmarsch vor Seligmanns Haus war nicht annähernd so beeindruckend, wie ich nach seiner Schilderung erwartet hatte. Entweder hatte Seligmann am Telefon maßlos übertrieben, oder ein großer Teil der Meute hatte sich schon wieder verzogen. Ich zählte drei Menschen mit umgehängtem Recorder und Mikro in der Hand, eine Fernsehkamera und eine vollschlanke und ein wenig zu grell gekleidete Frau, die mit den Händen in den Taschen ihres weiten Rocks danebenstand. Die meisten rauchten und erzählten sich Witze. Hin und wieder wurde leise gelacht. Möricke entdeckte ich zu meiner Überraschung nicht.

In Seligmanns Haus war alles dunkel. Offenbar befolgte er meinen Rat. Früher oder später würden die Journalisten aufgeben. Für morgen war Regen angesagt, und nur neue Nachrichten sind gute Nachrichten. Zum Glück beachtete mich niemand, obwohl mir das eine oder andere Gesicht aus mancher Pressekonferenz bekannt vorkam.

Rebecca Braun öffnete mir die Tür in einem hübschen dunkelblauen Hauskleid und mit offenem Lächeln. Sie schien sich zu freuen, mich zu sehen.

»Haben Sie eine Spur von dem geheimnisvollen Mann im Hintergrund?«, fragte sie über die Schulter, als wir ihr Wohnzimmer durchquerten. Sie führte mich auf die Terrasse hinter ihrem Bungalow. Das Wasser im Pool glitzerte in der Sonne. Blumen dufteten.

»Schön haben Sie es hier«, sagte ich.

Sie lächelte mich an wie jemand, der nicht oft ein Lob hört.

Wir nahmen Platz. Den angebotenen Kaffee lehnte ich dankend ab. Eine Meise mit blauer Brust kam herangeschwirrt und setzte sich auf einen Zweig in der Nähe, als wollte sie sich an unserem Gespräch beteiligen.

»Ich möchte noch einmal mit Ihnen über den Tag sprechen, als ...«

Frau Braun erschauderte und schlug die Augen nieder.

»Ich weiß, es ist schwer für Sie«, sagte ich leise. »Bitte glauben Sie mir, dass ich Sie das nicht ohne Grund frage.«

»Es ist nichts.« Sie schüttelte den Kopf, als könnte sie dadurch die Erinnerung vertreiben. »Es muss wohl sein. Sprechen Sie nur weiter.«

Der Gedanke ließ mich frösteln, dass womöglich ihr eigener Mann dieser zarten Frau das angetan hatte, worunter sie immer noch so sehr litt.

»Erzählen Sie mir alles noch einmal. Aber lassen Sie sich Zeit. Die kleinste Nebensächlichkeit kann wichtig sein.«

Sie nickte ernst. »Meine Therapeutin sagt auch immer, man muss sich erinnern. Nur so wird man mit der Zeit fertig damit.« Blinzelnd lehnte sie sich zurück, sah in ihren Schoß. »Vielleicht.«

Die Meise fand das Thema offenbar langweilig und flog davon. Dafür kamen zwei Spatzen, um eine Weile ohne jede Scheu zu unseren Füßen herumzupicken.

»Es hat geläutet«, begann Rebecca Braun tonlos. »Morgens, Viertel vor sieben war es. Harry war oben im Bad. Ich dachte, David hat vielleicht seinen Schlüssel vergessen. Er war erst seit ein paar Minuten weg.«

Ich unterdrückte den Drang, mich zu räuspern, bemühte mich, kein Geräusch zu machen. Sie hielt den Blick gesenkt. Einer der Spatzen interessierte sich für meine Schuhspitze, traute sich dann aber doch nicht näher heran.

»An der Gegensprechanlage sagte der Mann, er sei von der Polizei. Er hielt auch irgendeinen Ausweis in die Kamera. Mein Gott, ich dachte, vielleicht ist etwas mit David und ...«

Sie kaute auf der Unterlippe, wie sie es oft machte.

»Sie waren ganz freundlich. Wir gingen ins Wohnzimmer, und ich wollte gerade fragen, was denn los ist, da hielt die junge Frau plötzlich eine Pistole in der Hand. Und der Mann wollte wissen, wo Harry steckt. Aber ich konnte nicht sprechen. Ich war wie ...«

Wieder musste ich eine längere Pause überstehen. Leichter Wind kam auf, die Blätter raschelten, das Wasser im Pool plätscherte leise. Auf einem der drei Liegestühle lag ein sonnengelbes Laken.

»Natürlich hat er ihn auch so gefunden. Ich habe gehört, wie sie oben herumschrieen. Harry hat sich wohl gewehrt. Und dann fiel der Schuss.«

»Sie haben das also nicht beobachtet?«, fragte ich, als wäre es eine Nebensächlichkeit.

Wie in Trance schüttelte sie den Kopf.

Das Gebrüll im Bad oben konnte natürlich Theater gewesen sein. Es war sogar denkbar, dass Braun sich selbst die Verletzung beigebracht hatte, damit dabei nichts schiefging.

»Dann kamen sie herunter. Dort ...« Sie wies in irgendeine Richtung. »Ich habe das Blut gesehen. Das viele Blut und ...«

»Dann wurden Sie ohnmächtig«, vervollständigte ich ihren Satz.

»Als ich wieder zu mir kam, war ich mit der Frau allein. Ständig hatte sie dieses Handy am Ohr. In der anderen Hand hielt sie immerzu die Pistole auf mich gerichtet. Und ihr Blick, mir war klar, die meint es ernst. Ich bin fast gestorben. Eine Dreiviertelstunde lang haben sie telefoniert. Was das kosten muss, habe ich immer wieder gedacht. Verrückt, nicht wahr?«

Von der Straße hörte ich laute Stimmen. Die Journalisten schienen etwas entdeckt zu haben, was eine kleine Aufregung wert war. In den Augen meiner Gesprächpartnerin flackerte Panik auf.

»Was suchen diese Leute da? Xaver ... Herr Seligmann ist doch unschuldig! Es stand ja sogar in der Zeitung!«

»Morgen Abend sind sie weg, versprochen.«

Rebecca Braun sah wieder auf die schmalen Hände in ihrem Schoß.

»Die ganze Zeit habe ich in diese Pistolenmündung gestarrt und gedacht, gleich ist es aus. Es war das erste Mal in meinem Leben, dass ich überhaupt eine richtige Waffe gesehen habe. Ich weiß ja, es dauerte nur eine Dreiviertelstunde. Für mich war es eine Ewigkeit.« Sie sah mir erschöpft ins Gesicht. »Jetzt hat Harry ja leider auch so ein Ding. Er hat sie mir gezeigt und erklärt, wie sie funktioniert. Aber ich habe sie nicht angefasst. Er meinte, es wäre vielleicht gut, damit ich diese Angst verliere. Aber ich konnte das nicht, und dann …« Mit einer nervösen Bewegung fuhr sie sich durchs dunkle, lockige Haar. »Dann ging plötzlich alles ganz schnell. Ein Auto kam. Der Mann war wieder da und sagte, alles sei in Ordnung. Harry gehe es gut. Sie haben mich gefesselt, dort drinnen, auf einen der Stühle am Esstisch. Aber das war dann alles nicht mehr so schlimm. Die Pistole war weg, das war die Hauptsache.«

»Sind sie dabei brutal vorgegangen?«

»Gar nicht.« Nachdenklich schüttelte sie den Kopf. »Die Frau hat es gemacht. Sie hat darauf geachtet, dass sie mir nicht wehtut. Auf einmal waren die beiden ja geradezu höflich. Und ich hatte auch kaum noch Angst. Wenn sie mich fesseln, dann lassen sie mich bestimmt leben, habe ich gedacht.«

Das Geschrei auf der Straße hatte sich schon wieder gelegt.

»Sie hat sogar gefragt, ob es so geht, ob ich bequem sitze. Sie wollte mich wirklich nicht quälen. Der Mann hat ständig auf die Uhr gesehen. Wir müssen weg, hat er einmal leise gesagt. Aber sie hat sich nicht drängen lassen.«

»Und dann sind die beiden fortgefahren.«

»Sie sagten noch, in spätestens einer Stunde schicken sie mir Hilfe. Und so war es dann auch. Nach einer Dreiviertelstunde kamen Ihre Kollegen.«

Mein Handy vibrierte. Ich drückte das Gespräch weg. »Sie wussten natürlich, dass an diesem Tag ziemlich viel Geld im Tresor der Bank war?«

Sie nickte. »Harry hatte es mir erzählt. Wenn es etwas Besonderes gibt bei der Arbeit, dann erzählt er es mir manchmal.«

Diese Frau würde noch viel und oft über ihre Erlebnisse sprechen müssen. Manche schafften es nie, so etwas zu überwinden. Manche müssen umziehen, den Beruf und oft sogar den Partner wechseln, um endlich vergessen zu können. Wie würde sie es auffassen, wenn sie erfuhr, dass ihr eigener Mann hinter all dem steckte? Ich mochte nicht daran denken. Aber noch hatten wir ja keinen Beweis. Den galt es zu beschaffen. Zu diesem Zweck war ich hier.

Vorhin hatte ich im Vorbeigehen die zerkauten Zahnstocher im Aschenbecher auf dem Couchtisch entdeckt. Ich bat Rebecca Braun um einen Schluck Wasser. Mit einer gemurmelten Entschuldigung sprang sie auf und lief in die Küche. Als sie mit einer Glaskanne und zwei Gläsern zurückkam, fehlten zwei der Zahnstocher.

Wir tranken zusammen ein wenig Wasser und unterhielten uns über unsere Kinder. Aus irgendeinem Grund war sie überrascht, als sie erfuhr, dass ich zwei Töchter hatte, wollte dies und jenes wissen. Sie erzählte mir von ihrem Sohn, zu dem sie eine enge Bindung zu haben schien.

»Was ist eigentlich mit seinem Bein?«, fragte ich. »Ein Unfall?«

Sie nickte. »Er war siebzehn. Mit dem Moped. Er hat nicht aufgepasst, ist bei Rot über eine Ampel gefahren und unter einen Lastwagen geraten. Er hatte so viel Glück, dass er überlebt hat.«

Wir kamen auf ihren früheren Beruf zu sprechen.

»Ach ja, das Theater«, seufzte sie mit leisem Lächeln. »Das ist lange her. Leider fehlt mir die nötige Härte, um Erfolg zu haben. Harry sagt es auch immer. Ich bin so leicht umzuwerfen, und in diesem Gewerbe braucht man vor allem Standfestigkeit. Und einige weniger positive Eigenschaften sind auch nicht schädlich. Aber ich trauere der Zeit nicht nach. Es ist gut, wie es ist.«

Es war unverkennbar, dass sie selbst nicht an ihre Worte glaubte.

Bevor ich zu meinem Wagen ging, sah ich mich noch einmal um. Es war wirklich ein Kinderspiel, vom Grundstück der Brauns zu Seligmann hinüberzuklettern. Der kräftige Drahtzaun war kaum mehr als einen Meter hoch, ein trainierter Mann wie Braun schaffte das mit einer Flanke. Und die Gefahr, dabei gesehen zu werden, war gering. Seligmanns Grundstück stand voller Bäume und Gestrüpp.

Gegenüber gab es nur ein Haus, von dem aus man den ganzen Zaun überblicken konnte, auch den hinteren Teil. Das waldgrüne Haus der Nachbarn, die offensichtlich immer noch in Urlaub waren. Die Rollläden waren heruntergelassen, aus dem Briefkasten quoll Werbung. Genau so, wie man es machen soll, wenn man Einbrecher anlocken möchte. Diesmal entdeckten mich Seligmanns Belagerungstruppen. Aber außer dass sie mich im Auge behielten, geschah nichts.

Wäre Céline Piaget nicht schwarzhaarig gewesen, sie hätte exakt dem Klischee des verführten blonden Dummchens entsprochen. Wir trafen sie auf der Terrasse der Vereinsgaststätte des TC Blau-Weiß Leimen im Schatten bunter Sonnenschirme.

Während der Hinfahrt hatte Balke mir noch ein paar letzte Neuigkeiten mitgeteilt.

»Also erstens, ihr Cabrio hat Braun zwei Wochen nach dem Bankraub gekauft. Der Händler wollte erst nicht recht mit der Sprache heraus. Ich bin ihm dann ein bisschen auf die Zehen gestiegen, und dann hat er zugegeben, dass Braun den Wagen cash bezahlt hat.«

Er setzte den Blinker und überholte einen Traktor, der in die Römerstraße in Richtung Süden bullerte. Augenblicke später hingen wir hinter einem Bus, der kaum schneller fuhr. Rechts zog das nicht enden wollende amerikanische Kasernengelände vorbei. Scharf bewacht von schwer bewaffneten und ein wenig kampfmüde dreinschauenden Soldaten in tarnfarbenen schusssicheren Westen.

»Zweitens: Die süße Céline war genau zwei Tage nach dem Überfall in Luxemburg«, fuhr Balke fort, als er endlich auch den Bus hinter sich gelassen hatte. Wir passierten das US Army Hospital, das Heidelberger Ortsschild, und Balke trat das Gaspedal durch. »Morgens mit dem Zug hin, abends zurück. Das weiß ich von einer Nachbarin, die eifersüchtig ist, weil Céline ständig Männerbesuch kriegt und sie nicht.«

»Was hat sie dort gemacht?«

»Ich habe keinen Schimmer.« Schon kamen die ersten Häuser Leimens in Sicht und die alles überragende Zementfabrik. »Aber ich würde meinen Hintern darauf verwetten, dass sie ungefähr eine Dreiviertelmillion Euro auf irgendein Nummernkonto eingezahlt hat.«

»Gibt's denn Nummernkonten in Luxemburg?«

»Keine Ahnung«, brummte Balke. »Abzüglich des Geldes für das Cabrio natürlich. Dreiundzwanzigtausend hat das Teil gekostet.«

Fünf Minuten später stiegen wir auf dem weitläufigen Parkplatz vor der Boris-Becker-Halle aus unserem Audi. Wir hatten Frau Piaget überraschen wollen, und die Überraschung gelang über alle Erwartung gut.

»Polizei?«, fragte sie mit großen, bergseeblauen Augen und nahm durch einen dicken Strohhalm einen langen Zug aus ihrem vielfarbigen Drink. »Isch 'aben etwa falsch geparkt?«

Um das süße Bild komplett zu machen, sprach Céline Piaget mit einem französischen Akzent, der sie problemlos für die Bierwerbung qualifiziert hätte, wo es so schön in »die Bauchnaböl prickält«. Balke hatte Recht, sie war eine Schönheit mit ausgeprägten Rundungen an allen richtigen Stellen, und schwarzhaarige Frauen mit hellen Augen hatten mich schon immer verrückt gemacht.

»Wir dürfen uns doch zu Ihnen setzen?« Ich nahm Platz und bemühte mich, sie nicht allzu dämlich anzustarren. Balke setzte sich ihr gegenüber und schaltete vermutlich völlig automatisch sein Herzensbrecher-Lächeln auf höchste Stufe.

»Frau Piaget, wir würden mit Ihnen gerne über einen gewissen Herrn Braun sprechen. Der Name sagt Ihnen was?«

»'arry?« Ihre Augen wurden noch ein wenig runder. Unsicher stellte sie das hohe Glas ab. »Warum?«

»Wir wissen, dass Sie am Freitag, dem dreizehnten Mai einen Tagestrip nach Luxemburg gemacht haben. Darf ich fragen, was Sie dort zu tun hatten?«

Nun wurde ihre Miene finster. »Gerne dürfen Sie fragen. Aber isch werde nischt antworten«, erwiderte sie mit Schmollmund.

Es roch nach Staub und ein wenig nach Kuhmist. Die Tennisanlage befand sich am Rand des Städtchens, weiter südlich begannen ausgedehnte Felder. In der Nähe ploppten, für uns wegen einer Hecke unsichtbar, Tennisbälle hin und her. Hin und wieder ertönte ein Freudenschrei oder auch das Gegenteil davon.

»Wir vermuten, dass Sie im Auftrag von Herrn Braun eine größere Summe Bargeld nach Luxemburg geschafft haben.«

»Nein«, erwiderte sie trotzig. »Das 'abe isch nischt!«

»Was dann? Was wollten Sie dann dort?«

In der offenen Glastür zum Lokal stand eine Bedienung mit hochgestecktem hennafarbenem Haar, vermutlich Frau Piagets Nachfolgerin, und spitzte die Ohren. Vielleicht deshalb sprach unsere Gesprächspartnerin auf einmal leiser. Irgendwo in der Ferne hörte ein Hahn nicht auf zu krähen.

»Das sein meine Angelegenheit. Und 'arrys. Aber nischt Ihre.«

Ich tat etwas, was ich normalerweise zu vermeiden suche. Ich log sie an.

»Zeugen haben aber gesehen, wie Sie gegen Mittag eine große Bank in der Luxemburger Innenstadt betreten haben. Wir können gerne eine Gegenüberstellung machen.«

Ihr Zug war um halb zwölf in Luxemburg angekommen, deshalb war die Uhrzeit nicht schwer zu erraten. Céline Piaget schwieg mit trotzig niedergeschlagenen Augen und rührte mit dem Strohhalm in ihrem Longdrink.

»Wir werden den Angestellten der Bank Ihr Foto zeigen. Das wird das Einfachste sein.«

Sie schob die tiefrot geschminkte Unterlippe vor.

»Wenn Sie mit uns kooperieren, dann wird sich das zu Ihren Gunsten auswirken«, sagte Balke milde. »Überlegen Sie sich das in Ruhe.«

»Isch darf aber nischt sagen«, murmelte sie. Ihre großen Augen begannen zu schwimmen.

Ich schaltete einen Gang zurück.

»Seit wann sind Sie denn schon mit Herrn Braun zusammen?«

»Siebzehn Monate«, flüsterte sie mit bebender Lippe, »und elf Tage.«

»Hat er Ihnen versprochen, sich von seiner Frau zu trennen?«

Sie nickte verzagt. »Er liebt misch so sehr!« Ein Tränchen kullerte dekorativ über die makellose Wange bis zur Kinnspitze und tropfte von dort zielgenau in den freigiebigen Ausschnitt ihres bordeauxroten T-Shirts, das vermutlich so viel gekostet hatte wie der Anzug, den ich trug.

Ich zwang meinen Blick weg von der Stelle, wo die Träne eben verschwunden war.

»Wann wird er sie verlassen?«

»Bald«, flüsterte sie so leise, dass Balke sich unwillkürlich vorbeugte. »Aber sie ist so krank. Er muss warten, bis sie wieder gesund ist.«

»Wollen Sie dann zusammenziehen? Heiraten?«

Eine zweite Träne erzeugte auf dem Shirt einen dunklen Fleck. »Wir gehn zusammen nach Paris.«

»Nach Paris?«

»Ein Wohnung nehmen. Auf die Montmartre vielleicht.«

»Für einige Zeit oder für immer?«

»Aber für immer!«, erwiderte sie empört. »Wir wollen zusammenleben! In Paris!«

»Und wovon wollen Sie leben?«, fragte Balke. »Will er sich dort eine Arbeit suchen? Paris ist ziemlich teuer, habe ich gehört!«

»'arry 'at genug Geld«, murmelte sie. »Er muss nischt mehr arbeiten.«

»Seit wann hat er denn so viel Geld?«, fragte ich.

Die arme Frau, sie mochte höchstens fünfundzwanzig sein, merkte nicht einmal, dass sie dabei war, ihren Geliebten ins Gefängnis zu reden.

»Seit ein paar Wochen.«

Meine nächste Frage war schon unverfroren. Aber einen Versuch war es wert.

»Wissen Sie auch, woher das Geld stammt?«

»Ja«, erwiderte sie treuherzig, und mein Herz machte einen Hüpfer. »Aber isch darf nischt verraten. 'arry 'at mir verboten.«

Die Bedienung war ein wenig näher gekommen. Jetzt erst fiel mir auf, dass sie sich gar nicht so sehr für unser Gespräch interessierte, sondern dass ihr Blick unentwegt an meinem Mitarbeiter klebte. Hatte er mir nicht erzählt, er habe mit ihr angebändelt, um etwas über Céline Piaget zu erfahren? Sicherheitshalber bestellte ich eine Cola. Widerstrebend trollte sie sich.

Hinter der Ligusterhecke ertönte ein Schmerzensschrei, und das nervige Plop-Plop brach ab.

Balke reichte unserer Gesprächspartnerin ein Päckchen Papiertaschentücher, da ihres leer zu sein schien. Sie dankte ihm mit einem verzweifelten Kleinmädchenblick, und ich rechnete jeden Augenblick damit, dass er sie tröstend in den Arm nahm. Sie putzte das Näschen, tupfte die Augenwinkel. Inzwischen hatte sich schon einiges an Mascara in ihrem Gesicht verteilt.

»Wann wollten Sie denn nach Paris übersiedeln?«, fragte er freundlich.

»An meine Geburtstag«, murmelte sie fassungslos, »in August. Dann wollte ’arry sisch auch scheiden lassen. Er liebt seine Frau schon lange nischt mehr.«

Warum irritierte mich plötzlich das Wort Geburtstag? Sollte ich etwa schon wieder …? Aber nein, meine Töchter hatten erst im September, meine Eltern im Frühjahr. Meine Cola kam, und ich wurde aufgefordert, bitte gleich zu bezahlen.

»Und Sie wollen uns wirklich nicht sagen, woher das Geld für Ihre schönen Zukunftspläne stammt?«

Céline Piagets Stimme wurde allmählich wieder fester. »’arry ’at gesagt, wir werden in Braus und Saus leben. Ein ’aus in die Normandie wollte er kaufen, am Meer! Und ein Motorboot, ein sehr großes mit ein rischtisch Badezimmer drin. Er kann das bezahlen und noch viel mehr, ’at er gesagt. Er ’at so viel Geld, dass wir nie wieder arbeiten müssen, ’at er gesagt.«

Da hatte der gute Herr Braun wohl ein wenig übertrieben. So viel war eine Dreiviertelmillion nun auch wieder nicht.

»Wie geht’s nun weiter?«, fragte Balke auf der Rückfahrt. Diesmal fuhr ich. Ich wählte die Strecke über die Rohrbacher Straße. Das war zwar ein bisschen weiter, aber sie gefiel mir besser als diese schnurgerade, gesichtslose Römerstraße.

»Wir nehmen Braun in Haft. Fluchtgefahr. Er hat ja offenbar Geld im Ausland. Jeder Staatsanwalt wird uns das unterschreiben.«

Der Bergfriedhof kam in Sicht, links das Schulzentrum. Ich hielt an einer roten Fußgängerampel. Schüler vom nahen Gymnasium überquerten johlend, lachend und raufend die Straße. Erst im letzten Moment sah ich meine Töchter winken. Ich winkte zurück. Louise strahlte, Sarah dagegen zog ein schiefes Gesicht.

Auch Balke war es aufgefallen. »Was hat sie?«

»Zahnschmerzen«, seufzte ich. »Seit Wochen rede ich auf das Kind ein, aber ich kriege sie einfach nicht zum Zahnarzt. Sobald sie das Wort auch nur hört, sind die Schmerzen wie weggeblasen.«

Es ging weiter. Unter der großen Platane vor der Apotheke an der Ecke zur Dantestraße tauschten vier ältere Damen mit Einkaufskörben den neuesten Tratsch der Weststadt aus.

»Was ist eigentlich aus Vangelis' Unfall geworden?«, fragte ich, als wir am Bismarckplatz an der nächsten roten Ampel standen. Ich hätte wohl doch besser die Westroute gewählt wie Balke. »Sie wirkt auf einmal so entspannt. Hat sie sich mit dem Gegner gütlich geeinigt?«

Balke grinste. »Gütlich geeinigt ist gut!« Die Ampel wurde grün, aber es ging nicht weiter, weil sich weiter vorne der Verkehr wegen der Baustelle am Römerkreis staute. »So kann man es natürlich auch nennen.«

»Was wollen Sie damit sagen?«

Balkes Grinsen wurde hinterhältig. »Sie haben sich getroffen, so viel weiß ich. Zum Abendessen, und Klara wollte sich tatsächlich irgendwie mit dem Kerl einigen. Dann stellte sich heraus, dass er auch griechische Vorfahren hat, und anscheinend haben die zwei sich dann auf einmal ganz prima verstanden, und den Rest können Sie sich denken.«

»Nein!«, entfuhr es mir. »Vangelis?«

»Doch.«

Ich legte den ersten Gang ein. Die Ampel schaltete schon wieder auf Gelb, als ich endlich anfahren konnte.

»Ich hab sogar manchmal gedacht, sie ist eine Lesbe«, fuhr Balke kopfschüttelnd fort. »Aber seit neuestem telefoniert sie ungeheuer viel. Und wenn ich ins Büro komme, dann legt sie hastig auf und tut ganz harmlos. Einmal, da ist sie sogar fast rot geworden. Und ich hätte ehrlich nie gedacht, dass Klara überhaupt rot werden kann.«

23

Wie erwartet, stritt Heribert Braun alles ab. Obwohl wir uns beeilt hatten, nach Eppelheim zu kommen, war er natürlich bereits gewarnt.

»Es stimmt, dass ich den Fiat bar bezahlt habe. Aber ich wüsste nicht, was daran falsch sein sollte.«

»Ein bisschen ungewöhnlich ist es schon, finden Sie nicht auch? Vor allem für einen Bankmenschen wie Sie.«

Obwohl sein Büro klimatisiert war, schwitzte er.

»Wie war das eigentlich mit Ihrem Porsche? Haben Sie den auch bar bezahlt?«, fragte Balke ganz entspannt.

»Der läuft natürlich über Kredit.« Braun wand sich. »Aber ich habe eine beträchtliche Anzahlung geleistet. Und in Gottes Namen, ja, in bar. Ich habe meiner Frau nicht gestanden, was die Karre wirklich gekostet hat. Sie interessiert sich zwar nicht groß für Gelddinge, aber die Kontoauszüge guckt sie sich schon hin und wieder an. Zumindest hätte die Gefahr bestanden, dass sie ...«

Angestrengt beobachtete er seine kräftigen Finger bei der Mittagsgymnastik. Der Mann hatte ein schlechtes Gewissen, das hätte ein Kind gesehen. Und gewiss nicht nur deshalb, weil er seine Frau betrog.

»Herr Braun«, sagte ich verbindlich, »wenn Sie mir keine schlüssige Erklärung dafür liefern können, woher dieses ganze Bargeld stammt, dann nehme ich Sie hiermit vorläufig fest wegen des dringenden Tatverdachts der Beteiligung an einem Bankraub, dessen Opfer Sie selbst wurden.«

Er schwitzte immer stärker und verlegte sich aufs Schweigen.

Fünf Minuten später telefonierte er mit seinem Anwalt. Wir nahmen ihn in unsere Mitte und bugsierten ihn durch den Hinterausgang in unseren Dienstwagen. Durch die Fenster beobachteten uns aus dem Schalterraum drei weiße Gesichter mit großen Augen.

Im Lauf des Nachmittags bezog sich der Himmel, es regnete ein paar Tropfen, aber dann brach die Sonne wieder durch, das bisschen Regen verdunstete rasch, und nun schwitzte auch ich.

Braun sprach kein Wort mehr mit uns, solange sein Anwalt nicht neben ihm saß, und der hatte momentan keine Zeit. So konnten wir im Augenblick nicht viel tun. Vor Dienstschluss beriet ich mich noch einmal mit Vangelis und Balke. Vangelis summte eine griechisch anmutende Melodie, als sie mein Büro betrat, und lächelte in sich hinein. Aber nicht nur sie war guter Dinge.

Der Leimener Fiat-Händler hatte Brauns Geld natürlich längst auf sein Geschäftskonto eingezahlt, sodass wir die Scheine nicht mehr auf Fingerabdrücke untersuchen konnten. Auch Céline Piaget half uns nicht weiter, und mein bescheidener Versuch, die Luxemburger Kollegen um Unterstützung zu bitten, zerschellte am dortigen Bankgeheimnis. Falls Braun weiterhin schweigen sollte, würde ich ihn vermutlich bald wieder auf freien Fuß setzen müssen. Aber ich war sicher, dass er eine richtige Vernehmung nicht lange durchstehen würde.

»Wir brauchen irgendwas Handfestes«, eröffnete ich das Gespräch. »Etwas, womit wir ihn überrumpeln können.«

»Eine direkte Verbindung zwischen ihm und Bonnie and Clyde«, meinte Balke, »das würde vermutlich sogar die Staatsanwaltschaft als hinreichenden Verdacht akzeptieren.«

»Vielleicht hat er sie über seinen Sohn kennen gelernt?«, überlegte ich. »Hat Kräuter nicht in Marburg studiert? Ich meine mich zu erinnern, dass David Braun auch ein paar Semester dort war.«

Vangelis hörte auf zu summen und machte sich eine ihrer winzigen Notizen.

»Meiner Meinung nach ist das Handy der Schlüssel.« Sie klappte ihr Büchlein zu. »Morgen sollen nun endlich alle Laborergebnisse da sein. Und dann werden wir wissen, ob Braun es in der Hand hatte oder nicht. So lange können wir ihn in jedem Fall festhalten.«

Mein Telefon läutete.

»Der Herr Seligmann schon wieder«, sagte Sönnchen verdrießlich. »Es sei furchtbar dringend, und deshalb hab ich …«

»Schon okay«, seufzte ich. »Stellen Sie durch.«

»Das Volk will einfach nicht verschwinden!«, bellte er atemlos. »Wenn Sie mir diese Leute nicht vom Hals schaffen, dann werde ich mir selbst helfen. Ich lasse mich doch nicht in meinem eigenen Haus einsperren!«

»Ich kann meinen Rat von heute Morgen nur wiederholen. Lassen Sie sich nicht provozieren. Darauf warten die nur. Ignorieren Sie die Leute. Gehen Sie nicht ans Telefon, treten Sie nicht ans Fenster, machen Sie kein Licht, wenn es dunkel wird. Die halten nicht lange durch. Irgendwann wird es denen zu langweilig.«

»Aber das ist doch ein inakzeptabler Zustand!«, herrschte er mich an. »Wir leben in einem freien Land! Ich bin doch kein Verbrecher!«

»Herr Seligmann, auch die Journalisten vor Ihrem Haus leben in einem freien Land. Solange niemand unerlaubt Ihr Grundstück betritt, kann ich nichts für Sie tun. Ich könnte höchstens eine Streife vorbeischicken und die TÜV-Plaketten der Autos überprüfen lassen. Aber ich glaube kaum, dass das die Herrschaften beeindrucken würde.«

Ich legte auf, faltete die Hände im Genick und lehnte mich so weit zurück, wie es mein Chefsessel erlaubte.

»Ich lasse heute noch die Lebensläufe der Brauns mit denen von Bonnie and Clyde abgleichen.« Vangelis strahlte mich an, als fände sie mich auf einmal sympathisch. »Vielleicht finden wir dadurch irgendeine Verbindung.«

Um halb sechs klopfte es.

»Der Anwalt von Herrn Braun wäre jetzt da«, erklärte Sönnchen, als wäre dies die gute Nachricht des Tages.

Ein hochgewachsener und teuer gekleideter Mann etwa meines Alters trat ein. Miene und Haltung drückten Erfahrung und Selbstvertrauen aus.

»Mein Mandant wäre unter gewissen Umständen bereit, ein Geständnis abzulegen.« Bevor ich ihn dazu auffordern konnte, nahm er Platz. »Aber zuvor hätte ich gerne einige Dinge mit Ihnen geklärt.«

Ich stellte mich begriffsstutzig. »Was gibt's denn da zu klären?«

»Inwieweit Sie uns gegebenenfalls entgegenkommen würden.«

»Entgegenkommen?«, fragte ich mit gespieltem Erstaunen. »Ich habe hier nichts zu entscheiden, wie Sie sicherlich wissen. Das ist allein Sache der Staatsanwaltschaft und später des Gerichts. Wir sammeln nur die Fakten zusammen. Unsere Aufgabe ist es, die Tatsachen zu klären. Wie sollte ich Ihnen da entgegenkommen können?«

»Herr Gerlach, Tatsachen! Ich bitte Sie, was für ein Wort!«

Mit säuerlicher Miene legte er ein Visitenkärtchen vor mich hin. Professor war er sogar.

»Herr Professor Breitenbach, bei mir gibt es keine Deals. Mein Job ist es, die Wahrheit herauszufinden. Nicht mehr, aber auch nicht weniger.«

»Die Wahrheit!« Er schüttelte den Kopf wie über einen köstlichen Witz.

Ich wartete und lächelte.

Er hüstelte.

»Wir wissen doch beide, dass es immer höchst unterschiedliche Versionen der Wahrheit gibt. Das ist doch das Erste, was Sie im Jurastudium lernen: Es gibt sie nicht, die Wahrheit. Sie ist ein Phantom, ein Hirngespinst. Haben Sie fünf Zeugen, so haben Sie fünf verschiedene Wahrheiten. Die Frage ist doch nur, welche ist die, die Sie zu den Akten nehmen?«

»Leider bin ich kein Jurist.« Ich lächelte immer noch. »Ich bin nur ein einfacher Polizist, und die Rechtsphilosophie gehört nicht in meinen Zuständigkeitsbereich. Wenn Ihr Mandant mit uns zusammenarbeitet und ein vollständiges Geständnis ablegt, dann wird das Gericht das sicherlich würdigen. Mehr kann ich Ihnen nicht anbieten.«

Professor Breitenbachs gepflegte Finger spielten am Griff seines edlen Aktenköfferchens. Ich wartete auf den Moment, an dem Balke gesagt hätte: Jetzt lässt er die Hosen runter.

Mein Gegenüber hüstelte unglücklich. Und dann kam er endlich zur Sache.

»Wir erwarten schon ein gewisses Entgegenkommen dafür, dass mein Mandant sich kooperativ zeigt. Natürlich sind Sie hier …«, das »nur« verschluckte er, »… die Ermittlungsbehörde. Aber von Ihren Protokollen wird im weiteren Verlauf des Verfahrens vieles abhängen. Und was einmal in den Akten steht, das wird durch nichts mehr aus der Welt zu schaffen sein.«

Wen hatte der Kerl hier erwartet? Waren solche »Deals« unter meinem Vorgänger üblich gewesen? Sollten sie bei anderen Dienststellen üblich sein? Ich lehnte mich zurück und faltete die Hände auf meinem Bauch.

»Vor einem halben Jahr hatte ich hier einen Mann zur Vernehmung«, erzählte ich im Plauderton. »Auf dem Stuhl, auf dem Sie jetzt sitzen. Er war seit vier Jahren arbeitslos. Nicht, weil er nichts gelernt hatte. Nicht, weil er faul war, sondern weil er das Pech hatte, krank zu werden, und sein Arbeitgeber nicht warten wollte, bis er wieder gesund wurde. Der Mann ist fünfundvierzig und Witwer. Er hat drei Kinder, von denen er nicht mehr weiß, wie er sie ernähren soll. Er musste sein Haus verkaufen, das er mit eigenen Händen gebaut hat.«

»Ist es angezeigt, dass ich weine?«, fragte Breitenbach liebenswürdig. »Oder genügt es, wenn ich Betroffenheit zeige?«

»Es ist angezeigt, dass wir aufhören mit den Spielchen.« Ich beugte mich vor und fixierte ihn. »Ihr Mandant hat alles, was man zum Leben braucht, und zwar ziemlich reichlich davon. Der andere, der hat in seiner Not einen Kiosk überfallen und achtundsiebzig Euro erbeutet. Mitte Dezember. Ich brauche Ihnen wohl nicht zu sagen, was er gemacht hat mit dem vielen Geld.«

»Ist ja nicht schwer zu erraten«, seufzte der Anwalt mit einem Blick zur Decke, »so kurz vor Weihnachten.«

»Und auch da hat es hier kein Entgegenkommen gegeben und keinen Deal.« Sekundenlang sahen wir uns in die Augen. »Und deshalb wird in unseren Protokollen exakt das stehen, was unsere Ermittlungen ans Licht bringen. Und Herr Braun wird hier exakt die Behandlung erfahren, die jeder Kriminelle erfährt. Er hat eine Bank überfallen. Zudem hat er sein Wissen als Angestellter dieser Bank genutzt, was wir als besondere Heimtücke darstellen werden. Er befand sich weder in einer Notlage noch in einem Zustand verminderter Schuldfähigkeit. Es hat ihn nichts weiter angetrieben als die Raffgier. Er wollte nichts, als mit seiner kleinen, hübschen Freundin in Braus und Saus zu leben.«

»In Braus und Saus?«

»Eine ziemliche Menge ziemlich mieser Motive, finden Sie nicht?«

Professor Breitenbach erhob sich wortlos, nickte mir knapp zu und wandte sich zum Gehen. In der Tür blieb er stehen. Sah mich an.

»Ich musste es versuchen. Es ist mein Job.«

»Ich weiß«, sagte ich.

Wir grinsten uns an.

24

Rebecca Brauns Blick irrte umher. »Harry?«, fragte sie. »Aber wieso denn, um Himmels willen?«

Sie sah mir in die Augen mit der unausgesprochenen Bitte, es nicht wahr sein zu lassen.

»Es tut mir so leid für Sie«, sagte ich betreten. »Ich kann mir vorstellen, wie Ihnen zumute ist.«

»Dass er mich betrügt, habe ich schon lange geahnt. Aber es ist doch etwas anderes, wenn man auf einmal Gewissheit hat.«

Sie sprang auf, lief zum Fenster, als müsste sie es aufreißen, um Luft zu bekommen. Aber dann blieb sie abrupt davor stehen und senkte den Kopf. Ihre schmalen Schultern hoben und senkten sich. Die moderne elektrische Uhr an der Wand tickte. Irgendwo im Haus summte ein Gerät. Vielleicht eine Waschmaschine. Bei mir zu Hause stapelte sich die Schmutzwäsche auch schon wieder, da ich am vergangenen Wochenende nur zum Schlafen zu Hause gewesen war.

Endlich wandte Frau Braun sich um. »Es wird schwer werden«, sagte sie heiser. »Aber ich werde es schaffen. Wie lange wird er wohl eingesperrt?«

»Acht, zehn Jahre. Bei guter Führung kommt er früher raus. Aber eine Stelle bei einer Bank wird er nicht mehr finden.«

Sie setzte sich wieder an ihren alten Platz. Starrte eine Weile ungläubig den hellen Berberteppich an. Dann sah sie auf.

»Ich werde nicht mehr hier sein, wenn er zurückkommt.«

»Werden Sie Arbeit finden?«

»Warum nicht?«, fragte sie achselzuckend. »Ich bin nicht aus Zucker. Ich bin zäher, als Sie denken. Das Haus ist einiges wert. Es muss auch noch Geld da sein. Aktien. Wertpapiere.«

»Da bin ich mir leider nicht so sicher.« Ich fühlte mich elend bei diesem Satz. »Die Beute aus dem Bankraub wird natürlich eingezogen. Und Ihr Mann hat in den letzten Monaten eine Menge Unkosten gehabt.«

Ohne aufzusehen, schüttelte sie abwehrend den Kopf. »Ich bin auch früher klargekommen. Und im äußersten Fall habe ich ja immer noch David. Verhungern werde ich schon nicht.«

Nach langem Schweigen machte sie mit dem Kopf eine knappe Bewegung, die bedeutete, ich solle verschwinden.

»Was ist denn hier los?«, fragte eine durchdringende Frauenstimme in meinem Rücken, als ich die Wagentür aufschloss. Jetzt erst bemerkte ich, dass in der Einfahrt des grünen Hauses auf der anderen Straßenseite ein Wohnmobil stand. Habereckls waren aus dem Urlaub zurück, die einzigen Nachbarn von Seligmann, mit denen wir bisher nicht gesprochen hatten.

Frau Habereckl, eine aufrechte Weißblonde, deren schicke Kleidung nicht recht zu ihrem groben Gesicht und dem heruntergekommenen Häuschen passen wollte, gab sich keine Mühe, ihre Neugier zu verbergen.

»Was machen die ganzen Presseleute da drüben bei Herrn Seligmann? Sie sind Polizist? Ist irgendwas passiert? Wir haben gehört, Herr Braun sei verhaftet worden?«

»Dürfte ich hereinkommen?« Ich ließ sie meinen Ausweis sehen.

Eilfertig öffnete sie das frisch verzinkte und gut geschmierte Gartentörchen. Der Vorgarten war mit pflegeleichten Bodendeckern und stacheligen Sträuchern bewachsen und versprühte den Charme eines Familiengrabs.

»Woran haben Sie gesehen, dass ich Polizist bin?«

»Mein Vater war auch bei eurem Verein«, erwiderte sie heiter. »Meine beiden Brüder sind es noch. Man kriegt eine Nase dafür.«

Im Hausflur stapelte sich das übliche Chaos am Ende eines längeren Urlaubs. Taschen voller Kleidung, Plastikkisten angefüllt mit Lebensmitteln und bruchfestem Geschirr, Tüten voller Mitbringsel.

Der Herr des Hauses, ein schüchterner Mann, der einige Jahre älter zu sein schien als seine resolute Frau, begrüßte mich verlegen. Rasch kam heraus, dass seine Frau nur wenig über ihre Nachbarn zu erzählen wusste.

»Ich bin ja die meiste Zeit außer Haus«, erklärte sie. »Einer muss ja hier schließlich das Geld verdienen. Kaffee?«

Herr Habereckl zog schuldbewusst den Kopf ein. Ich lehnte den Kaffee ab.

»Er ist nämlich Künstler«, fügte sie mit einem verächtlichen Blick auf ihren Mann hinzu. »Wie erfolgreich, können Sie sich denken.« Sie machte eine achtlose Geste in den Raum, der billig und ein wenig chaotisch, für meinen Geschmack jedoch hübsch eingerichtet war. Die Möbel waren nicht neu, die Teppiche schon ein wenig abgestoßen. Aber man sah und fühlte, hier lebten Menschen und keine Selbstdarsteller.

»Sie malen?«, fragte ich freundlich.

Der Ehemann lächelte mich traurig an.

»Bildhauer«, sagte er in einem Ton, als wäre dies eine Sünde. »Ich habe auch schon ausgestellt! Es ist gar nicht so, wie sie immer sagt ...«

»Ist schon gut, Schatz«, sagte die Frau und setzte sich neben ihn auf das bunt bezogene Sofa. »Wir sind beide hundemüde. Und wir haben uns unterwegs mal wieder fürchterlich gestritten.«

Er legte eine Hand auf ihr Knie. Sie kraulte seinen Nacken, als wäre er ein kranker Hund.

»Also wenn sonst keiner will, ich brauch jetzt wirklich 'nen Kaffee.« Mit einem tiefen Seufzer erhob sie sich schon wieder. »Sechshundertfünfzig Kilometer in dieser Kiste, mit der man nicht schneller als achtzig fahren kann!«

Sie verschwand in der Küche. Mir kam das gelegen.

»Was wissen Sie über Ihre Nachbarn?«, fragte ich den deprimierten Bildhauer. »Familie Braun und Herrn Seligmann?«

»Was man so sieht«, antwortete er bekümmert. »Hin und wieder guckt man aus dem Fenster, sucht nach Anregungen, Ideen ...«

Vermutlich verbrachte Habereckl auf der Ausschau nach Inspiration den halben Tag hinter den Gardinen seines Ateliers im Obergeschoss. Ein wohlbekannter süßlicher Geruch im Haus hatte mir längst klargemacht, dass er auch gewisse nicht ganz legale Mittel zur Steigerung seiner Kreativität einsetzte. Im IKEA-Regal an der Stirnwand des Raums standen völlig unverborgen mehrere gläserne Wasserpfeifchen. Auch jetzt schien er nicht recht bei der Sache zu sein. Ständig blieb sein Blick an irgendetwas kleben. Seine Stimme war leise und kraftlos.

In der Küche klapperte umso lautstärker seine Frau herum. Zum Glück ließ sie sich Zeit mit dem Kaffee.

Mit stockenden Sätzen und begleitet von unsicheren Blicken erzählte Habereckl. Es stellte sich heraus, dass er ein guter, geduldiger Beobachter war. Dass Seligmann jeden Montag- und Donnerstagnachmittag wegzufahren pflegte, pünktlich wie die Uhr, wusste ich schon. Auch, dass Braun abends oft zum Sport fuhr und meist erst spät nach Hause kam, war mir nicht neu.

»Der ist ja kaum noch daheim. Ich meine, da ist es doch kein Wunder ...« Mit einem besorgten Blick in Richtung Küchentür brach er ab.

»Wenn da drüben jemand über den Zaun steigt, dann könnten Sie das von Ihrem Fenster aus vermutlich gut sehen?«

Er musterte mich verwirrt. »Schon. Aber ...«

»Aber?«

»Man braucht das nicht. Man braucht nicht über den Zaun ...«

Herr Habereckl liebte es, Sätze unvollendet zu lassen.

»Sondern?«

»Na ja ...«

Warum quälte er sich mit der Antwort so?

»Es geht mich ja nichts an, ich meine, die sind schließlich ...«

Ich fürchtete, dass der Kaffee nun bald fertig sein würde, und versuchte, die Sache ein wenig zu beschleunigen.

»Was geht Sie nichts an?«

»Na, was die ... Der Zaun ... ganz hinten, da, wo der große Rhododendron steht, da fehlt nämlich ein ...«, er schluckte heftig, »... Stück.«

»Das heißt, man kann da einfach so von einem Grundstück zum anderen spazieren?«

»Man sieht es aber nur von hier. Von der Straße aus ... es sind zu viele Pflanzen. Man sieht es auch nur von oben, von meinem Fenster.«

Mir kam ein Verdacht. »Und wen sieht man da so hin- und herspazieren?«

»Na ja, die ... die arme Frau Braun doch. Sie ist so eine aparte Person. In den besten Jahren. Und der Mann nie daheim. Und natürlich denkt sie, kein Mensch merkt es, wenn sie hinübergeht ... Oder auch mal er ... Ich hab's bisher auch niemandem ... Nicht mal ...« Wieder der furchtsame Blick zur Küche, wo inzwischen Ruhe eingekehrt war.

Das alte Spiel. Die verbotenen Früchte in der Bluse der Nachbarin. Also hatte sie Seligmanns Hausschlüssel nicht nur, um seine Tiere zu versorgen, sondern auch, um sich ein wenig um sein Wohlbefinden zu kümmern. Und daher die Aufregung, als er plötzlich verschwunden war.

»Wie lange geht das schon so?«

Leidend betrachtete er seine schwieligen Hände. Offenbar stand er doch nicht nur am Fenster. »Jahre. Vier? Fünf?« Er sah auf. »Sie war es«, murmelte er. »Sie war hinter ihm her. Nicht umgekehrt.«

Ich erfuhr, dass Rebecca Braun so gut wie jeden Tag morgens gegen neun das Haus zu verlassen pflegte, um ihren Nachbarn zu besuchen, und dort oft bis in den Nachmittag hinein blieb.

»Was tratschst du denn schon wieder?«, fragte Frau Habereckl fröhlich, die eben mit einem großen Becher in der Hand hereinkam. Der Kaffeeduft wehte ihr voraus. »Mein Gatte hat ja den lieben, langen Tag nichts anderes zu tun, als unsere armen Nachbarn zu bespitzeln.«

Sie stellte den Becher auf den altmodischen Couchtisch, an dem schon hie und da das Eichenholz-Furnier abplatzte, und schenkte ihrem Mann ein liebevolles Lächeln.

Draußen erhob sich plötzlich vielstimmiges Geschrei. Es klang, als schwebte jemand in akuter Lebensgefahr.

»Er hat ihn geschlagen!«, verstand ich, als ich eilig vor die Tür trat. »Der Irre dreht vollkommen durch!«

Die Journaille war in Aufruhr. Die Fernsehkamera lief, das Gesicht des Mannes dahinter war verzerrt vor Konzentration und Jagdfieber.

Ich lief hinüber. »Wer hat wen geschlagen?«, fragte ich den Ersten, den ich greifen konnte.

»Dieser Wahnsinnige in dem Haus da! Den Kollegen Möricke! Sehen Sie, ich glaub fast, er blutet sogar!«

»Was genau ist passiert?«

»Jupp wollte dem Mann bloß ein paar Fragen stellen. Ein kleines Interview. Ich hab ihn noch gewarnt. Jupp, sag ich noch, lass das lieber, der kann dich wegen Hausfriedensbruch drankriegen. Und stattdessen schlägt dieser Irre einfach zu! Reißt auf einmal die Tür auf, und rumms, haut er ihm einfach eine rein!«

Seligmann hatte meinen Rat befolgt und auf Mörickes Klingeln nicht reagiert. Da der aber wusste, dass sein Opfer im Haus war, blieb er einfach stehen und drückte wieder und wieder den Klingelknopf, hämmerte gegen die Tür, bis Seligmann schließlich der Kragen platzte. Er hatte seinem unerwünschten Besucher einen bemerkenswert gut gezielten Faustschlag versetzt.

Das Opfer des Anschlags saß mit käsigem Gesicht in seinem Ford Kombi und hielt sich eine kalte Colaflasche ans schon sichtbar anschwellende rechte Auge.

»Möchten Sie Anzeige erstatten?«

»Anzeige?« Fassungslos schüttelte er den Kopf. »Nee. So leicht kommt mir der nicht davon. So leicht nicht! Das gibt eine richtig fette Story!« Er nahm die Flasche herunter. »Hat irgendwer Fotos gemacht?«

»Aber hallo!«, rief ein Riese, auf dessen Kugelbauch zwei Kameras baumelten. »Alles drauf.«

»Der arme Kerl«, meinte eine schmale, dunkelhaarige Frau neben mir. »Und das ausgerechnet an seinem Geburtstag!«

»Sie haben heute Geburtstag?«, fragte ich Möricke.

»Da ist drauf geschissen«, knurrte der. »Mir schenkt ja sowieso keiner was.«

Geburtstag. Geschenke. Das war es. Sekunden später war ich es, der an Seligmanns Tür bollerte.

»Machen Sie auf!«, rief ich. »Ich muss mit Ihnen reden!«

»Verschwinden Sie!«, hörte ich seine dumpfe Stimme. »Sagen Sie ihm, er soll mich ruhig verklagen. Und wenn er das nächste Mal mein Grundstück betritt, dann kriegt er noch eine aufs andere Auge.«

»Darum geht es nicht. Ich muss mit Ihnen reden. Bitte machen Sie auf!«

»Ich muss aber nicht mit Ihnen reden. Hauen Sie ab!«

Ich hörte, wie sich seine schweren Schritte entfernten. Also umrundete ich das Haus, und Sekunden später standen wir uns an der geschlossenen Terrassentür gegenüber.

»Sie sollen abhauen!«, sagte Seligmann und wollte sich abwenden. »Verstehen Sie kein Deutsch?«

»Es war nicht besonders schlau, sich den Mann zum Feind zu machen«, rief ich gerade so laut, dass er mich durch die Glastür hören musste. »Der wird jetzt alles daran setzen, Sie fertig zu machen.«

»Mich?«, keuchte er ungläubig und starrte mich aus wässrigen Augen an. »Mich fertig machen?«

Seine Stimme war schwerfällig. Vermutlich hatte er wieder einmal getrunken. Er stützte sich mit beiden Händen gegen den Türrahmen. Glotzte mich durch die ziemlich schmutzige Scheibe an.

»Also«, stöhnte er, als hätte er starke Kopfschmerzen. »Was wollen Sie?«

»Eine Frage nur. Vielleicht ist es die letzte Chance, den Kerl zu finden, der Ihrer Jule das angetan hat.«

»Meiner Jule«, murmelte er. »Wie sich das anhört. Meine Jule.«

»Sie haben doch damals hier Geburtstag gefeiert, nachts um zwölf.«

Er zog eine gequälte Grimasse. »Das wissen Sie doch alles schon.«

Es fiel mir schwer, ruhig zu bleiben. Schon wieder machte mich seine Trägheit wütend, seine Passivität, seine ganze widerliche Art. »Was ich aber nicht weiß«, herrschte ich ihn an, dämpfte meine Stimme aber sofort wieder, »Sie haben Ihrer kleinen Geliebten doch bestimmt auch was geschenkt.«

»Geschenkt?« Er starrte mich an wie ein Gespenst aus einem seiner Alpträume. »Was spielt das denn jetzt noch für eine Rolle, ob ich ihr was geschenkt habe?«

»Was war es? Was hat sie gekriegt von Ihnen?«

»So einen kleinen tragbaren CD-Spieler. Sie hatte sich das Ding so gewünscht. Und ein Tagebuch, eines, das man abschließen kann. Sie hatte Angst, ihre Mutter liest es sonst. Und sie wollte doch alles aufschreiben. Das war ihr wichtig. Dass nichts vergessen wird, hat sie immer wieder gesagt.«

»Dieser Discman, von welcher Firma war er? Welcher Typ? Was für eine Farbe hatte das Tagebuch?«

»Warum ist das denn so wichtig? Das Buch war rot, glaub ich.«

»Weil in unseren Akten weder ein Discman noch ein rotes Buch erwähnt wird. Haben Sie vielleicht den Kassenzettel noch irgendwo? Eine Bedienungsanleitung?«

Er schüttelte müde den Kopf.

»Sehen Sie nach. Vielleicht haben Sie ja doch noch irgendwas. Und wenn Sie was finden, rufen Sie mich an, okay?«

»Sie hat ihn gleich ausprobiert«, sagte er langsam und nun so leise, dass ich ihn durch die geschlossene Glastür kaum noch verstehen konnte. »Sie hat noch überlegt, wie sie das Ding daheim in ihr Zimmer schmuggelt. Die Eltern durften ja nichts davon wissen. Ich hab die Verpackung dann weggeworfen, jetzt fällt's mir wieder ein. Und da wird auch der Kassenzettel dabei gewesen sein. Goldfarben war er. Ein japanisches Modell. Es war der Teuerste, den sie hatten. Jule fand, er hatte einen wunderbaren Klang.«

Den letzten Satz hatte ich mehr erraten als gehört.

»Hast du Lolita gelesen?« Theresa sah nachdenklich dem Rauch ihrer Zigarette nach.

»Die ersten hundert Seiten. Dieser Nabokov war doch pervers. An einen besonders ekligen Satz erinnere ich mich noch: Die Lippen so rot wie ein abgeleckter Bonbon. Und das Mädchen war zwölf!«

»Vielleicht hättest du weiterlesen sollen. Vielleicht hättest du dann eine bessere Meinung von ihm. Es war ein reines Missverständnis, dass das Buch in der ersten Auflage in einem Pariser Verlag erschien, der auf Pornografie spezialisiert war. Der Lektor hatte vermutlich auch nicht weiter gelesen als du.«

»Worauf willst du eigentlich hinaus?«

»Monsieur Humbert war über vierzig, und seine Lolita war zwölf, du erinnerst dich richtig. Und als sie es zum ersten Mal miteinander trieben, da ist sie auf ihn gestiegen und nicht umgekehrt.«

»So weit bin ich gar nicht gekommen. Aber sie war ein Kind, genauso wie Jule.« Ich schmiegte meine Wange an ihre weiche Schulter. »Immerhin war er nicht auch noch ihr Lehrer.«

»Schlimmer als das: Er war ihr Vater. Oder genauer, der Mann von Lolitas Mutter.« Theresa drückte die Zigarette in dem gläsernen Aschenbecher aus, der auf ihrem bloßen Bauch stand, stellte ihn ruhig beiseite und wandte sich mir zu. Mit dem Zeigefinger stupste sie gegen meine Nase.

»Mein geliebter Alexander«, sagte sie mit ihrer rauchigen Stimme, die ich so liebte. »Manchmal könnte man denken, du lebst im falschen Jahrhundert.«

»Unzucht mit einer Schutzbefohlenen«, murrte ich. »Paragraph hundertvierundsiebzig, StGB, Absatz eins.«

Sie küsste mich auf den Mund. »Ja, Herr Kriminalrat, ich weiß. Du sprichst schon wie Egonchen. Aber dummerweise, oder vielleicht auch glücklicherweise, gibt es manchmal einen Unterschied zwischen euren Gesetzen und dem wirklichen Leben.«

»Ungesetzlich war es nicht, das ist richtig. Da hat der Drecksack schon gut aufgepasst. Aber es war unmoralisch in meinen Augen. Das Mädchen hätte möglicherweise jahrelange Therapien gebraucht, um halbwegs ins psychische Gleichgewicht zu kommen und normale Beziehungen zu normalen Männern aufnehmen zu können. Männern, die nicht ihr Opa sein könnten!«

Ihre Hand fuhr über meine Brust, streichelte meinen Bauch. Blieb dort ein Weilchen liegen. Dann gab sie mir einen kräftigen Klaps.

»Soll ich dir erzählen, wie es damals bei mir war? Auf die Gefahr hin, dass du gegen meinen ersten Liebhaber ein Ermitt-

lungsverfahren einleitest? Obwohl das fast dreißig Jahre her
ist. Ich nehme an, seine Schandtat ist inzwischen verjährt.«

»Gestehe, wer war das Schwein?«

»Mein Klavierlehrer.« Mit verträumtem Lächeln sah sie
irgendwohin. »Er war Orchestermusiker an der Philharmonie
in Frankfurt. Ein Traum von einem Mann! Anfang dreißig, für
mich natürlich sehr erwachsen. Zum ersten Mal gesehen habe
ich ihn bei einem Konzert. Liszt, das zweite Klavierkonzert,
A-Dur, ich weiß es wie heute. Am übernächsten Tag war dann
sein Bild in der Zeitung, den Artikel habe ich bestimmt noch
irgendwo. Gerald hieß er, und irgendwie habe ich meine Eltern
herumgekriegt, dass ich Klavierstunden bei ihm nehmen
durfte, obwohl es furchtbar teuer war und eine elende Fahrerei
nach Sachsenhausen und zurück.«

»Du spielst Klavier? Das wusste ich ja gar nicht.«

»Ich hätte sogar um ein Haar Musik studiert. Und ich spiele
fast jeden Tag ein wenig. Bei weitem nicht mehr so gut wie in
meinen besten Zeiten, aber immer noch ganz passabel.«

Ich begann sie zu streicheln. »Eine Frau voller Wunder und
Rätsel«, sagte ich in ihr Ohr. »Und weiter?«

»Während der zweiten oder dritten Stunde muss es gewesen
sein, er saß ganz nah bei mir, hat manchmal meine Unterarme
angefasst, um die Haltung der Hände zu korrigieren, und er
roch so überwältigend nach Mann. Und da habe ich beschlossen: Diesem werde ich meine Unschuld opfern.«

»Und? Hast du ihn rumgekriegt?«

»Was für eine Frage.« Theresa lachte in sich hinein. »Er war
ein Mann!«

»Der arme Kerl.« Ich knuffte sie in die Seite. »Okay. Ich
weiß, dass junge Frauen verdammte Biester sein können,
aber ...«

»Wenn es dich beruhigt, ich war immerhin schon siebzehn.«

»Theresa, ich finde das nicht lustig. Und ich möchte jetzt
nicht mehr über dieses Thema sprechen. Ich liebe deine Brüste,
du verdorbenes Weib.«

»Lenk nicht ab!« Zärtlich schob sie meine Hand weg. »Es
war so unglaublich schön mit ihm«, murmelte sie nach einer
Weile andächtigen Erinnerns. »Er hatte so sensible Hände.«

Plötzlich öffnete sie die Augen, sah mir ins Gesicht. Ihr Lächeln war erloschen. »Und weißt du was? Es war tausendmal besser, als es mit einem dieser pickligen, ständig schwitzenden und nach Hammel riechenden Jungs in meinem Alter jemals hätte sein können. Bei Gerald habe ich in wenigen Wochen so vieles gelernt.«

»Was denn zum Beispiel?«

»Dass Sex, Lust auf Sex, etwas ist, wofür man sich nicht schämen muss. Alle meine Freundinnen haben sich schrecklich geschämt nach dem ersten Mal. Hatten Gewissensbisse nach dem ersten Versuch mit einem dieser pickligen Amateure. Ich dagegen habe mich nie geschämt, weil Gerald mir das Gefühl gab, dass alles richtig und normal war, was wir taten. Dass es so sein muss. Weil die Natur es so will.«

Eine Weile hing jeder seinen Gedanken nach.

»Der einzige kleine Nachteil bei der Geschichte ...« Theresa gluckste. »... ich kann seither nicht mehr Klavier spielen, ohne an Sex zu denken. Hätte ich Musik studiert, ich wäre zur Nymphomanin geworden.«

Sie zündete sich eine neue Zigarette an.

»Er hat so gut gerochen«, murmelte sie dann verträumt. »Ein wenig nach wildem Tier. So wie du.«

»Was macht er heute?«

»Ich weiß es nicht. Unser Verhältnis dauerte nicht einmal drei Monate. Und auch wenn es bestimmt gegen irgendwelche Paragraphen verstößt, auch wenn du es unmoralisch findest, weil er doppelt so alt war wie ich – wir waren glücklich.«

Ich streichelte sie eine Weile still.

»Jetzt könntest du es noch mal sagen«, gurrte sie und schmiegte sich in ganzer Länge an mich.

»Was?«, fragte ich verwirrt.

»Das mit meinen Brüsten.«

25

Am Mittwoch hatte Möricke es endlich in die überregionale Presse geschafft. Die Bild-Zeitung brachte seine Geschichte sogar als Aufmacher, und aus einem Faustschlag aufs Reporterauge war ein nur knapp gescheiterter Mordversuch an einem Vertreter der vierten Gewalt geworden, der im Dienste der Wahrheit unerschrocken sein Leben riskierte. Der Artikel im Kurpfalz-Kurier nahm fast eine ganze Seite ein. Ein großes Foto zeigte genau den Moment, in dem Seligmanns Faust in Mörickes ziemlich dümmlich dreinschauendes Gesicht fuhr. Die Frage, ob Seligmann juristisch oder moralisch schuldig war, stellte sich nun nicht mehr. In den Augen der Öffentlichkeit war er durch diese Tat zur Bestie geworden. In gewählten Worten diskutierte Möricke die Frage, wie lange die Strafverfolgungsbehörden einen solchen Sittlichkeitsverbrecher und gefährlichen Gewalttäter noch frei herumlaufen lassen wollten.

»Der Professor hat vorhin schon angerufen«, eröffnete mir Sönnchen, als sie das Frühstück servierte. »Ob Sie um zehn Zeit für ihn hätten. Der Herr Braun möchte nämlich ein Geständnis ablegen.«

Und wie ich Zeit hatte!

»Und dann möchte die Frau Vangelis gerne mit Ihnen reden. Es sei wichtig.«

Als Erstes versuchte ich jedoch, Seligmann zu erreichen, um ihn zu besänftigen, falls er den Artikel schon gelesen haben sollte, und zu fragen, ob ihm noch etwas zu Jules Geschenken eingefallen war. Aber sein Telefon war besetzt.

Dann rief ich Vangelis an.

»David Braun und Thorsten Kräuter haben tatsächlich einige Zeit zusammen in Marburg studiert«, teilte sie mir aufgeräumt mit. »Kräuter kam ein Jahr später als David Braun nach Marburg, und sie haben sogar in derselben WG gewohnt. Bis Kräuter von der Uni flog, weil irgendetwas vorgefallen war. Was, lasse ich gerade recherchieren.«

»Damit hätten wir also über seinen Sohn eine mögliche Verbindung zwischen Braun und Bonnie and Clyde. Er wird seinen David vielleicht mal in Marburg besucht haben. Dabei hat er Kräuter kennen gelernt, und später, als er auf die Idee kam, seine eigene Bank auszurauben, hat er sich an ihn erinnert.«

Bevor wir auflegten, erzählte ich Vangelis noch von Jules Geburtstagsgeschenken. Vangelis reagierte nicht gerade euphorisch.

»Schön und gut«, sagte sie. »Aber wie sollen wir diese Sachen finden, jetzt, nach zehn Jahren? Wir wissen doch nicht einmal, wo wir anfangen sollen zu suchen.«

Da hatte sie natürlich Recht. Sönnchen hatte durch die offene Tür mitgehört, aber nur die Hälfte verstanden.

»Ein Discman?«, rief sie neugierig. »Gibt's die Dinger denn überhaupt noch? Meine Nichten und Neffen haben jetzt alle diese kleinen MP3-Player. Was ist mit dem Ding?«

So erzählte ich die Geschichte mit größerer Lautstärke ein zweites Mal und bat sie, nur sicherheitshalber, mir noch einmal die Liste der Dinge zu bringen, die Jule bei der Einlieferung ins Krankenhaus bei sich gehabt hatte. Minuten später brachte sie mir ein einziges kopiertes Blatt. Während ich an meinen Croissants knabberte, las ich, dass Jule damals eine schwarze Handtasche aus glattem Leder mit sich geführt hatte. Darin die Utensilien, wie ich sie auch bei meinen Töchtern gefunden hätte: zwei Lippenstifte, ein Labello, ein buntes Puderdöschen, ihr schmales Schlüsselbund mit einem Plüschbärchen als Anhänger, der Kinderausweis, der sicherlich am nächsten Tag gegen einen richtigen, echten »Perso« ausgetauscht worden wäre, der Traum jedes Menschen zwischen vierzehn und sechzehn. Daneben Jules Schülerausweis, die Monatskarte für die Straßenbahn, mehrere Sorten Kaugummi und der übrige Krimskram, der sich mit der Zeit in jeder Handtasche anzusammeln pflegt.

Am Hals hatte sie eine billige Kette aus bunten Glaskugeln getragen, am linken Unterarm einen silbernen Reif mit eingraviertem Namen, an den Ohren ebenso silberne, leichte Ringe. Sonst hatte sie nichts bei sich gehabt, außer dem, was sie am Leib trug. Was ja nicht viel war.

Ich probierte noch einmal Seligmanns Nummer. Aber es war immer noch besetzt. Vermutlich hatte er den Hörer neben sein vorsintflutliches Telefon gelegt.

Pünktlich um zehn Uhr klopfte es – der Einzug der Gladiatoren. Voran Professor Breitenbach, gefolgt von Braun, Vangelis und natürlich Balke, der sich das Erlebnis auch nicht entgehen lassen wollte. Sönnchen schloss die Tür hinter ihnen, alle nahmen Platz, der Anwalt klappte eine in hellbraunes Kalbsleder gebundene Mappe auf, sah sich um, ob auch alle aufmerksam zuhörten, und begann mit leiernder Stimme zu lesen. Es kam eine Menge Paragraphen. Aber es waren nicht die richtigen. Ich verstand Worte wie »Insidergeschäfte«, »Veruntreuung« und noch ein paar andere, die absolut nicht in den erwarteten Kontext passten. Nicht nur Balkes Gesicht wurde länger und länger.

Professor Breitenbach klappte seine Mappe achtsam zu. »Mein Mandant wird weiterhin von seinem Recht auf Verweigerung der Aussage Gebrauch machen.«

Dann schwieg er.

»Das heißt also …«, begann ich endlich mit belegter Stimme. »… Herr Braun behauptet, er hätte mit dem Bankraub gar nichts zu tun?«

»So ist es.«

»Wenn ich Sie richtig verstanden habe, hat er lediglich ein paar nicht ganz legale Aktiengeschäfte getätigt?«

»So ist es.«

»Aber es gibt keinen Geschädigten!«, erklärte Braun mit heiserer Stimme. »Ich lege Wert auf die Feststellung, dass niemand geschädigt wurde!«

So viel hatte ich während des Paragraphengewitters doch verstanden: Braun war einem Bekannten gefällig gewesen. Der war ein hohes Tier in der Finanzverwaltung einer Münchner Versicherung. Kennen gelernt und angefreundet hatten sie sich bei einem Tennisturnier in Ulm. Der Münchner hatte Braun später regelmäßig gebeten, von seinem Geld, aber auf Brauns Namen, Aktien seines Arbeitgebers zu kaufen oder zu verkaufen. Immer dann, wenn einige Tage später gute Unternehmensnachrichten über die Agenturen gingen, hatte es Kauforders gegeben, immer kurz vor schlechten Nachrichten wurde verkauft.

Im Lauf von zweieinhalb Jahren hatte Brauns Bekannter auf diese als Insidergeschäft natürlich unter Strafe stehende Weise runde fünf Millionen verdient, rechnete Braun uns vor. Er selbst habe fünf Prozent bekommen, später zehn. Und vor einem halben Jahr etwa hatte er beschlossen, das sei ein bisschen wenig. Sein ebenso einfacher wie einträglicher Gedanke war, immer dieselben Orders zu geben wie sein Kompagnon. Zu kaufen, wenn der kaufte, und zu verkaufen, wenn der andere seine Aktien abstieß. Da er nicht über genügend flüssige Mittel verfügte, hatte er ohne deren Wissen Kundengelder investiert und einige Zeit später wieder auf die Konten zurücktransferiert, wohin sie gehörten. Keiner dieser Kunden hatte etwas davon bemerkt, und in der Tat war offenbar niemandem ein Schaden entstanden, wenn man davon absah, dass an der Börse zu jedem, der Gewinne macht, ein anderer gehört, der diese durch seine eigenen Verluste bezahlt.

Anfang April hatte die Unternehmensleitung in München die Übernahme eines schweizerischen Konkurrenten bekannt gegeben, und der Kurs der Aktie war innerhalb einer Woche um nahezu vierzig Prozent gestiegen. Selbstverständlich waren auch Braun und sein Partner unter den Profiteuren dieses Glücksfalls gewesen. Und anschließend war Heribert Braun reich. Damit er nicht aufflog, war Braun selbst nie in Erscheinung getreten, sondern hatte seine Céline als Strohfrau vorgeschoben. Alle Geschäfte waren an der Luxemburger Börse getätigt worden, über ein Konto, das auf ihren Namen lief, und die Gewinne waren dort geblieben.

Ich warf Balke einen alarmierten Blick zu, der verstand sofort, sprang auf und verließ eilig den Raum. Augenblicke später war er wieder da.

»Sie nimmt das Telefon nicht ab«, flüsterte er mir, von Braun argwöhnisch beobachtet, ins Ohr. »Die eifersüchtige Nachbarin sagt, sie sei am frühen Morgen mit auffallend viel Gepäck in ihren Flitzer gestiegen und weggefahren.«

Brauns Augen wurden rund. »Das Dreckstück!«, knurrte er und schlug auf den Tisch, dass es schepperte. »Dieses gottverdammte, miese Dreckstück!«

»Und jetzt?«, fragte Balke betreten, nachdem Braun samt Anwalt abgezogen war. Natürlich würden wir Braun noch heute auf freien Fuß setzen müssen. Irgendwann würde er zu einer Geldstrafe verurteilt werden, und seinen Posten war er natürlich los. »Wie geht's jetzt weiter?«

»Jetzt gucken wir erst mal dumm«, meinte Vangelis gut gelaunt. »Und dann knöpfen wir uns David vor.«

»Warum?«, fragte ich verdutzt.

»Schließlich hat auch er Kräuter gekannt. Und auch er hat gewusst, dass Geld im Tresor lag.«

»Dafür ist es zu früh«, entschied ich nach kurzem Nachdenken. »Ich will nicht noch eine Blamage erleben. Jetzt warten wir erst mal die Ergebnisse der DNA-Analysen ab. Sie haben doch auch von ihm eine Probe genommen?«

Sie nickte. »Selbstverständlich!«

Sönnchen streckte den Kopf herein. »Die Frau Doktor Steinbeißer würde Sie gerne zu einem Gespräch sehen.«

»Doch nicht etwa heute?«, fragte ich frustriert.

»Sofort, hat sie gesagt.«

Der gute Draht zur Staatsanwaltschaft ist für einen Kripochef eines der höchsten Güter. Und mein Draht zu Frau Doktor Steinbeißer war leider alles andere als gut. Seufzend erhob ich mich.

»Nehmen Sie lieber meinen Schirm, Herr Kriminalrat«, meinte meine Sekretärin. »Es sieht nach Regen aus.«

Da ich mich aber ungern mit einem geblümten Knirps in der Öffentlichkeit blicken ließ, lehnte ich ihr Angebot dankend und vermutlich ziemlich mürrisch ab. Ich überquerte den Römerkreis bei Rot, und so stand ich kaum zehn Minuten später vor der Leitenden Oberstaatsanwältin. Das Gespräch dauerte zum Glück nicht lange. Frau Doktor Steinbeißer zählte nicht zu den Menschen, die gerne Zeit mit Freundlichkeiten vergeuden.

Ich legte ihr das Vernehmungsprotokoll vor, das Sönnchen vorhin eilig getippt und Braun unterzeichnet hatte, und sie ließ sich von mir die Zusammenhänge noch einmal erläutern. Zu meiner Verblüffung schien sie mit mir und meinen Leuten zufrieden zu sein, und am Ende brachte sie sogar so etwas wie ein anerkennendes Lächeln zustande. Aber natürlich konnte sie es sich nicht verkneifen, mich in ernsten Worten darauf hinzuweisen, dass der wirkliche Hintermann des Bankraubs nun noch immer frei herumlief. Als ob ich das nicht selbst gewusst hätte.

»Wir haben da auch ein paar neue Erkenntnisse«, erklärte ich, ohne rot zu werden. »Mit einem bisschen Glück kann ich Ihnen noch heute Nachmittag den Täter präsentieren.«

Ich berichtete ihr von unserem Anfangsverdacht gegen David Braun. Meiner Bitte, einen Durchsuchungsbeschluss für das Haus der Familie auszustellen, kam sie nicht nach.

»Dazu müssten Sie mir schon ein wenig mehr bringen als einen so vagen Verdacht, mein lieber Herr Gerlach.«

»Mein lieber« hatte sie mich noch nie genannt. Sie würde doch nicht auf ihre alten Tage rührselig werden? Das Pflaster an ihrer Wange war schon wieder verschwunden. Die parallel laufenden Kratzer sahen wirklich aus, als stammten sie von einer Katze. Das Tier war mir spontan sympathisch.

So stand ich kurz nach elf schon wieder draußen in dem leichten Regen, der inzwischen eingesetzt hatte. Aber immer noch lieber feuchte Haare als ein Schirm mit gelben Rosen. Auf dem eiligen Rückweg erinnerte ich mich wieder an Jules Discman und das rote Tagebuch. Aber Vangelis hatte natürlich Recht. Falls die Sachen nicht längst im Müll gelandet waren, dann verstaubten sie heute in irgendeiner dunklen und seit Jahren nicht mehr geöffneten Schublade. Und wie sollten wir in einer Stadt von der Größe Heidelbergs diese eine Schublade finden?

Zwei Enten in dem großen Bassin vor dem futuristischen Gebäude der Polizeidirektion beobachteten interessiert, wie ich mein Handy zückte, um noch einmal Seligmann anzurufen. Immer noch besetzt. Die Enten schienen ein wenig enttäuscht, als ich das Handy wieder einsteckte. Vielleicht hatten sie erwartet, dass ich es in Stücke riss und nach und nach ins Wasser warf.

Nein, dieser Discman war wirklich nichts weiter als eine Spur mehr, die ins Nirgendwo führte. Nun hatten wir also einen Fall aufgeklärt, von dem wir heute Morgen noch gar nichts wussten. Und sowohl in der Bankraub-Sache als auch im Fall Jule Ahrens standen wir wieder am Anfang.

Meine Haare waren nicht feucht, sondern triefend nass, als ich langsamer als sonst die Treppen zu meinem Büro hochstieg.

Es erwartete mich eine strahlende Sekretärin. Ich hatte keine Lust auf eine unserer üblichen Plaudereien und wollte an ihr vorbei. Aber irgendetwas in ihrem Blick ließ mich zögern.

»Was gibt's?« Ich sank auf einen Stuhl. »Ihre Schwester ist doch nicht etwa schon wieder schwanger?«

»Ich hab beim Fundbüro angerufen!«, sagte sie, als wäre dies eine sensationelle Heldentat.

»Hatten Sie was verloren? Entschuldigen Sie, vermutlich haben Sie mir davon erzählt, aber ich weiß zur Zeit nicht ...«

»Nicht ich. Jule Ahrens hat was verloren.«

»Aha.«

»Ich kenn doch den Friedrich beim Fundamt. Wir singen seit Ewigkeiten zusammen im Chor. Und da hab ich gedacht, rufst du den doch einfach mal an. Zum Glück heben die ja alle Unterlagen bis zum Jüngsten Tag auf.«

»Sie wollen doch nicht etwa andeuten, der Discman sei damals gefunden worden?«, fragte ich langsam.

»Zwei Tage später, am neunten Juli. Natürlich ist er nie abgeholt worden, und sechs Monate später haben sie ihn dann versteigert. Einer von diesen Trödlern in der Altstadt hat ihn gekauft. Für dreiundzwanzig Mark, stellen Sie sich das mal vor, und dabei hatte er mindestens zweihundert gekostet und war noch ganz neu ...«

»Sönnchen«, stöhnte ich. »Bitte!«

Sie lachte auf. »Sie möchten wissen, wo er gelegen hat? Das konnte mir der gute Friedrich leider auch nicht sagen. Aber dafür hat er mir die Adresse von der Finderin gegeben, einer gewissen Frau Poschardt. Sie wohnt in Handschuhsheim, zum Glück immer noch. Ich hab grad mit ihr telefoniert. Sie war damals nämlich jeden Morgen joggen in der Gegend, hat sie mir erzählt, jetzt hat sie aber Probleme mit ...«

»Bitte«, stöhnte ich. »Seien Sie gnädig!«

»Bei einer Grillhütte im Mühltal. Das ist nördlich vom Heiligenberg, falls Sie es nicht wissen.«

»Daher das verkohlte Holz in ihrem Haar, das Laub ...«

»Und jetzt?«, wollte sie wissen. »Was passiert jetzt?«

»Keine Ahnung«, antwortete ich wahrheitsgemäß. »Haben Sie nicht eine Idee?«

»Aber klar«, rief sie fröhlich. »Das Forstamt! Für Grillhütten ist doch das Forstamt zuständig.«

Tage-, wochenlang quält man sich herum. Es ist wie Rühren in einem unendlich zähen, klebrigen Teig. Es ist so unsäglich schweißtreibend und frustrierend und führt zu nichts und nichts und noch einmal nichts. Und dann fällt irgendwo ein Groschen, und plötzlich ist alles ganz einfach.

Sönnchen brauchte keine zwei Minuten, dann hatte ich einen Förster an der Strippe, der zum Glück über eine Eselsgeduld und ein phänomenales Gedächtnis verfügte.

»Ja, ich erinnere mich«, brummte er ohne Begeisterung. »In dem Sommer haben da manchmal ein paar junge Burschen rumgehangen. Fast jeden Abend hat man sie bei der Hütte gesehen. Ich hab sie dann ein bisschen im Auge behalten. Manchmal ist später irgendwas kaputt, und dann will's keiner gewesen sein.«

»Können Sie sich an die Gesichter erinnern?«

»Das wär ein bisschen viel verlangt, meinen Sie nicht?«, lachte er spöttisch. Offenbar ging ich ihm auf die Nerven. »Vier oder fünf sind es gewesen. Der Älteste muss schon achtzehn gewesen sein, da war immer ein Auto, ein kleiner aufgemotzter Fiat. Die anderen waren jünger, die sind immer auf Mopeds gekommen. Und so haben die Bürschchen ja auch ausgesehen. Möchtegern-Rocker halt, Hell's Angels fürs Kinderzimmer, hat mein Kollege mal gesagt. Dicke Lederjacke, großes Getue und möglichst viel Bier. Aber die waren keine von der schlimmen Sorte. Die sind aus ordentlichen Familien gewesen, das hat man gemerkt. Am nächsten Morgen war immer alles im Mülleimer, was da reingehört. Was ist mit denen? Warum wollen Sie das überhaupt wissen?«

»Es geht um einen verschwundenen Discman.«

»Haben die Burschen geklaut?«

Sönnchen stand mit vor Aufregung blasser Nase in der Tür. Ihr Blick klebte an meinem Mund.

»Ich habe jetzt keine Zeit, es Ihnen zu erklären. Sind Sie sicher, dass es wirklich Anfang Juli war?«

»Sie stellen vielleicht Fragen. Lassen Sie mich überlegen.« Ich wechselte den Hörer ans linke Ohr. Hörte Papier rascheln.

Sönnchen konnte nicht mehr still stehen und setzte sich gespannt wie eine Feder mir gegenüber auf den Besucherstuhl.

»Ich heb mir die alten Kalender ja immer auf. Auch wenn die jungen Kollegen drüber lästern, mit ihren elektronischen Dingern. Bin gespannt, was die mal machen, wenn sie in zehn Jahren gefragt werden, was heute war. Ich sag immer, man weiß nie, wozu es mal nütze ist, und so ein Kalender frisst ja kein Brot. Ah, richtig, Anfang Juli, genau, da war damals dieser Brand.«

»Welcher Brand?«

»Ein paar Kilometer weiter hat ein Wäldchen gebrannt. Das Übliche. Illegales Grillfest im Freien, Feuer nicht ordentlich gelöscht und todsicher besoffen heimgefahren. Natürlich haben wir sie nicht gekriegt. Wir kriegen diese Typen ja so gut wie nie, und den Schaden hat dann der Staat. Aber er war zum Glück nicht so groß, der Schaden. Der Bestand war nicht mal zehnjährig. Das ist schon wieder nachgewachsen.«

Wieder raschelte er eine Weile herum. »Also, ich würd mal sagen ...«, erklärte er mir schließlich bedächtig. »Ich weiß es nicht. Im Juni sind sie jedenfalls fast jeden Abend da gewesen. Und irgendwann sind sie nicht mehr gekommen. Mehr kann ich nicht dazu sagen.«

»Tja«, seufzte ich. »Dann haben wir wohl keine Chance, sie noch zu identifizieren.«

Sönnchen sank mit einem leisen Pfeifen in sich zusammen.

»Wieso?«, fragte der Förster verständnislos. »Klar kriegen Sie die.«

»Wie das?«

Sönnchen nahm wieder Haltung an.

»Ich kann Ihnen die Kennzeichen von den Mopeds geben und das von dem Fiat auch. Ich schreib mir so Sachen nämlich gern auf. Falls später mal was ist.«

In aller Regel küsse ich keine Männer. Aber diesen hier hätte ich geküsst, selbst wenn er noch so sehr nach Pfeifenrauch gestunken und mich mit Tannenharz verklebt hätte. Geduldig diktierte er mir die Nummern.

»Dieser Discman, was ist denn damit? Ist das nicht ein bisschen viel ...?«

»Wenn es klappt, dann werden Sie es morgen lang und breit in der Zeitung lesen«, unterbrach ich ihn und legte einfach auf.

Eine halbe Stunde später lag ein Blatt auf meinem Schreibtisch, auf dem Sönnchen mit ihrer reinlichen Handschrift vier Namen notiert hatte: Sebastian Kohl, Ferdinand Vollmer, Ralf Zweibrodt und David Braun.

26

Während Sönnchen unentwegt telefonierte, versuchte ich, Klara Vangelis oder Sven Balke zu erreichen. Beide seien unterwegs, hörte ich. Sie würden sich bei mir melden, sobald sie zurück seien. Minuten später stand mit roten Kopf meine Sekretärin vor mir.

»Sieht aus, als wäre dieser David Braun vom Erdboden verschwunden«, erklärte sie mir. »Bei seinen Eltern erreicht man keinen. Vielleicht ist er an der Uni? Um diese Zeit haben die doch bestimmt Vorlesungen? Aber wie sollen wir ihn da finden?«

»Wir schreiben ihn zur Fahndung aus«, entschied ich, »das volle Programm.«

Zwei seiner damaligen Freunde waren inzwischen weggezogen, brachte Sönnchen in der nächsten Stunde in Erfahrung, studierten irgendwo. Mit der Mutter von Ferdinand Vollmer, dem damaligen Besitzer des Fiat, telefonierte ich selbst. Er war fast auf den Tag genau drei Jahre nach jener Nacht bei einem Autobahnunfall in der Nähe von Bensheim ums Leben gekommen, berichtete sie mir. Als sie mich fragte, warum ich ihren Sohn denn sprechen wollte, erfand ich irgendeine harmlose Lüge.

Irgendwann lief ich in die Kantine, um eine Kleinigkeit zu essen. Sönnchen bewachte unterdessen das Telefon und versprach, mich per Handy zu informieren, sobald sich etwas tat.

Es tat sich nichts. Nicht während meiner kurzen Mittagspause, nicht in der Stunde danach. Ich rannte in meinem Büro herum, versuchte alle Augenblicke, mit irgendwem zu telefonieren, aber alle schienen auf einmal verschwunden zu sein. David Braun war unauffindbar, obwohl inzwischen eine

Menge Polizei auf seiner Fährte war. Er war nicht an der Uni und nicht zu Hause, keiner seiner Kommilitonen und Freunde wusste etwas über seinen Verbleib. Auch Vangelis und Balke blieben verschwunden. Weder Seligmann noch seine Nachbarin gingen ans Telefon. Ich dirigierte eine Streife hinaus nach Eppelheim. Sie trafen jedoch niemanden an.

Es war lange nach vierzehn Uhr, als endlich Sönnchen betreten hereinkam.

»Jetzt ist klar, warum wir den David nicht verhaften können«, sagte sie kopfschüttelnd. »Und ich weiß jetzt auch, wo die Frau Vangelis und der Herr Balke die ganze Zeit stecken.«

Ich sah sie fragend an.

»Die sitzen alle drei seit Stunden im Vernehmungszimmer. Frau Vangelis hat den jungen Herrn Braun schon am Vormittag festnehmen lassen, wegen dem Bankraub. Sie haben nämlich seine Spuren an dem Handy gefunden. An diesem Handy, das im Auto von dem Seligmann …«

Sekunden später stand Klara Vangelis vor mir. Ich hatte sie aus der Vernehmung gerufen, damit sie mir Bericht erstattete.

»Er hat praktisch sofort gestanden«, sagte sie sichtlich gelöst. »Anfangs ging es ein bisschen zäh. Aber dann hat er geredet. Manches ist noch unklar, aber im Großen und Ganzen sieht es schon ganz rund aus. Wir klären nur noch ein paar Details.«

»Wer war die treibende Kraft? Kräuter oder er?«

»Er sagt, er selbst. Aber irgendwie gelingt es mir nicht, ihm das zu glauben. Manchmal hat er auch regelrechte Erinnerungslücken. Vielleicht gönnen wir ihm erst mal eine Pause.«

»Ich hätte ihn auch noch gerne kurz gesprochen.«

Ich berichtete Vangelis von den neuesten Entwicklungen im Fall Jule Ahrens. Und was ich an ihr noch selten beobachtet hatte: Sie wurde blass und verlor sogar vorübergehend die Sprache. »Der?«, fragte sie schließlich. »Unmöglich!«

»Ich kann es selbst kaum glauben. Aber die Indizien sind eindeutig. Als Seligmanns Nachbar hat er vermutlich mitbekommen, was damals lief. Vielleicht hat er mal zufällig beobachtet, wie Seligmann seine junge Geliebte heimlich in sein Haus chauffierte.«

David Braun gestand sofort und in jedem Punkt. Die ganze Vernehmung dauerte nicht einmal eine halbe Stunde. Zwischendurch weinte er, wie ich noch selten einen Menschen weinen sah. In den vergangenen zehn Jahren habe er zwei Suizidversuche überlebt, gestand er uns. Bei einem davon war er mit dem Moped unter einen Lkw geraten, woher seine leichte Behinderung am linken Bein rührte. Nacht für Nacht habe er träumen müssen von jener einen Stunde, in der er nicht nur Jules, sondern auch sein eigenes Leben zerstört hatte. Nichts hatte geholfen, weder Alkohol noch andere Drogen, weder sein hemmungsloses Engagement für die Armen und Schwachen, noch die ungezählten Therapieversuche, die schon deshalb scheitern mussten, weil er den wirklichen Grund seiner Probleme niemandem verraten durfte.

Schon bald fühlte ich, wie unsäglich froh David war, dass es endlich zu Ende ging mit diesem Wahnsinn. Mit dem Druck auf seiner Brust, der ihm so lange die Luft zum Leben genommen hatte. Und ich glaubte ihm jedes Wort. Dieses heulende bisschen Mensch hatte keinen Grund und keine Kraft mehr zum Lügen.

Nach den ersten Fragen lehnte ich mich zurück und überließ Vangelis die weitere Führung des Gesprächs. Ich konnte nicht mehr.

Was wir erst jetzt erfuhren: Jule und David waren auf dieselbe Schule gegangen, waren sogar in derselben Jahrgangsstufe gewesen, allerdings in verschiedenen Klassen. Jule galt unter ihren Mitschülern als hochnäsig, weil sie mit den Jungs ihres Alters nichts zu tun haben wollte.

»Fast alle haben's probiert bei ihr«, flüsterte der junge Mann auf dem viel zu großen Stuhl. »Sie hat schon verdammt gut ausgesehen. Aber sie hat ja nicht mal mit einem geredet. Irgendwie hat man sich immer gefühlt wie ein Stück Scheiße bei der. Zu mir hat sie mal gesagt, ich soll doch bitte erst duschen gehen, bevor ich sie anmache. Dabei hatte ich ihr bloß eine Zigarette angeboten und wollte ein bisschen quatschen. Aber so war sie, die Jule. Genau so.«

»Ich nehme an, Sie wussten, dass sie etwas mit Seligmann hatte?« Vangelis konnte verblüffend einfühlsam sein, wenn es nötig war.

Mit dem Gesicht in den Händen nickte er. »Sie haben versucht, es geheim zu halten, logisch. Es hat schon länger Gerüchte gegeben, wegen irgendwelcher Blicke, die sie sich zugeworfen haben, im Unterricht. Ich hab mir dann eine Weile den Jux gemacht, zu beobachten, was der gute Seligmann so treibt an den Nachmittagen. Und da hab ich sie irgendwann gesehen, wie sie zusammen in seine Garage gefahren sind. Klar hat sie sich klein gemacht. Aber ich hab sie trotzdem erkannt. Anfang Mai muss das gewesen sein. Da lief das aber schon eine ganze Weile. Und danach ist sie regelmäßig zu ihm gekommen. So einmal die Woche. Manchmal öfter.«

»Dann waren Sie das, der an Seligmanns Fenster spioniert hat?«

»Ja. Das war ich. Wir hatten natürlich drüber geredet, in der Clique, dass sie es mit ihm treibt. Ausgerechnet mit dem Seligmann, obwohl … eigentlich konnten wir ihn ja ganz gut leiden.«

»Wozu sollte diese Spioniererei gut sein?«, fragte ich. »Waren Sie scharf auf Sex-Szenen?«

»Erst nur so, zum Spaß. Ich wollt halt wissen, was die so treiben.« David nickte in Gedanken. »Aber da ist ja nichts gelaufen. Musik haben sie gehört, so klassische Sachen. Jule hat Cola getrunken, und sie haben geredet und rumgeknutscht und ein bisschen gefummelt.«

»Hatten Sie denn den Eindruck, dass sie mehr wollte?«

»Die war total scharf auf den Seligmann. Aber er hat sie nicht rangelassen. Das war ja das Komische. Sie wollte die ganze Zeit und er nicht. Normalerweise ist es doch umgekehrt.«

»Wie ging's dann weiter?«

»Wie gesagt, wir haben in der Clique öfter darüber geredet. Und irgendwann ist einer auf die Idee gekommen, wir sollten versuchen, mal was auf Tonband aufzunehmen, ein paar Fotos zu schießen. Wozu, wussten wir selbst nicht. Wir hatten damals alle möglichen schrägen Ideen. Vielleicht Seligmann ein bisschen erpressen, oder Jule mal so richtig ärgern, keine Ahnung. Aber da ist ja nichts gelaufen. Er hat sie einfach nicht rangelassen. Ich glaub, sie hat richtig gelitten.«

Vorsichtig tastete Vangelis sich an den Vorabend von Jules Geburtstag heran. Wenn David wieder einmal von einem Weinkrampf geschüttelt wurde, ließ sie ihm Zeit.

»Wir waren total stinkig auf sie. Vor allem Ferdi. Der hatte beim Schulfest Anfang Juni mal wieder versucht, sie anzubaggern. Aber sie hat ihn in ihrer speziell üblen Weise abblitzen lassen. Sie konnte ja nicht einfach sagen, sie hat keinen Bock. Bei Jule musste es immer gleich wehtun. Man musste sich so richtig klein und dreckig fühlen. Eine Zicke war sie.«

David blinzelte. Überlegte vielleicht, dass es nicht schlau war, in seiner Situation so etwas zu sagen. Aber dann wiederholte er es sogar: »Ja, eine richtig linke Zicke konnte sie sein.«

»Und da haben Sie beschlossen, sie zur … zur Rede zu stellen?«, fragte Vangelis in einem Ton, als hätte sie jedes Verständnis für das, was nun folgte.

»Quatsch!« David bemühte sich, seine Stimme wieder unter Kontrolle zu bekommen. Es gelang ihm schlecht. »Gar nichts haben wir beschlossen! Das mit dem Spannen hatte ich längst wieder aufgegeben. Es war mir zu blöd geworden. Aber an dem Abend, da hab ich sie zufällig mal wieder zusammen gesehen. Und da war mir sofort klar, irgendwas war anders. Jule war so aufgebrezelt. Das war sie sonst nie.«

»Und dann sind Sie doch noch mal über den Zaun geklettert.«

»Es gibt da eine Stelle, da hat er eine Lücke. Da kann man ganz bequem rüber.«

Was dann kam, war so unglaublich banal, so niederschmetternd einfach – wie so oft, wenn am Ende etwas Grauenhaftes geschieht: Nichts war geplant gewesen. Alles war irgendwie von ganz allein gekommen. So leicht und selbstverständlich hatte sich eines ins andere gefügt. David hatte gesehen und gehört, was an jenem Abend in Seligmanns Haus vorging. Später, gegen elf, hatte er sich wie üblich mit seinen Freunden getroffen, man war ein wenig durch die Gegend gezogen, und natürlich war das Gespräch wieder einmal auf Jule gekommen.

»Wir sind so was von sauer gewesen, auf das …« Das nächste Wort verschluckte er. »Vor allem der Ferdi. Sauwütend war der. Weil sie ihn so hat abblitzen lassen.«

»Und vielleicht waren Sie auch ein bisschen scharf auf sie?«, fragte Vangelis leise.

»Klar waren wir alle geil auf sie! Wir wussten doch, die … die treibt's da mit diesem alten Sack, und uns guckt sie nicht mal an!«

»Und da haben Sie einen Plan gefasst.«

»Nein«, erwiderte David todmüde, aber entschieden. »Wir wollten einfach nur gucken, wie es weitergeht. Es war alles … irgendwie ein Spiel, Abenteuer, ein Streich, irgend so was. Gegen eins hat er sie heimgefahren. Wir sind mit Abstand hinterher, in Ferdis Fiat. Hat sogar Spaß gemacht. Wir haben viel gelacht. Und getrunken auch. Ja verdammt, es hat uns Spaß gemacht«, wiederholte er fassungslos. »Selig, so haben wir ihn genannt, hat sie dann eine Ecke vor ihrem Haus abgesetzt. War ja klar, dass der von den Eltern lieber nicht gesehen werden wollte.«

»Und dann haben Sie …?«

»Wir haben sie angequatscht. Aus dem Auto. Erst nur so. Wollten sie ein bisschen ärgern. Ey, Jule, war's schön mit dem alten Bock und so. Aber sie ist sofort frech geworden, megamäßig frech. Und da hat Ferdi die Wut gekriegt.«

»Und Sie haben sie in den Wagen gezerrt«, half Vangelis nach.

David schwieg lange. Unten auf der Straße hupte ein Auto. Irgendwo im Gebäude klirrte ein Fenster, jemand schrie auf.

Endlich nickte er.

»Ich war's. Ich und der Ralf. Wir haben sie gepackt und ins Auto gestopft. Sie hat mir ziemlich eine verpasst.« Er betastete sein Gesicht, als könnten dort noch immer Spuren zu finden sein von dem Handgemenge.

»Was haben Sie sich davon versprochen?«

»Versprochen?« Er sah Vangelis verständnislos an. »Nichts. War alles nur so. Alles ist einfach so gekommen, irgendwie. Das lief … wie auf Schienen lief das auf einmal. Keiner hat mehr durchgeblickt. Wir wollten sie doch bloß ein bisschen ärgern, mehr nicht. Vielleicht, wenn sie nicht gleich so frech geworden wäre. Wir waren ja alle schon ziemlich blau, und …«

»Und?«

»Wahrscheinlich wollte keiner der Feigling sein, der sagt: Stopp!«

Die Burschen hatten Jule zunächst ein wenig durch die Nacht gefahren, und auf dem Rücksitz war es äußerst lebhaft zugegangen. Das Mädchen hatte sich natürlich mit Krallen und Zähnen gewehrt.

»Und dann waren wir irgendwann bei der Hütte. Da haben wir sie aus dem Auto geworfen. Ich hab vorgeschlagen, lassen wir sie heimlaufen. Wär ja Strafe genug gewesen, fünf Kilometer, mindestens, auf ihren Schühchen. Aber da ist der Ferdi ausgetickt. Der war ja die ganze Zeit gefahren und hatte bisher nichts gehabt von dem ganzen … Spaß. Und, ehrlich, was dann passiert ist, ich hab's nicht mehr genau im Kopf. Ich hab so oft dran gedacht, und jedes Mal wurd alles immer nur unklarer. Aber bitte!« David sah uns beschwörend an. »Verstehen Sie das bitte nicht falsch. Ich will mich nicht rausreden! Ich war dabei, und deshalb hänge ich mit drin und bin mit schuld.«

»Ich kann Ihnen sagen, was dann gekommen ist«, entgegnete Vangelis in plötzlicher Kälte. »Bei uns heißt das versuchte gemeinsame Vergewaltigung in Tateinheit mit schwerer Körperverletzung.«

David senkte den Blick.

»Wer? Wer war es?«

»Alle«, erwiderte er, nachdem er wieder eine halbe Ewigkeit geschwiegen hatte. »Wir alle. Ich auch.«

»Sie hat sich gewehrt.«

»Wie ein Tier! Und dabei hatte sie eine Stunde vorher noch mit diesem Seligmann … Ferdi hat die ganze Zeit rumgeschrieen, sie soll sich nicht so anstellen. Sie sei doch sonst auch nicht so zimperlich …«

»Und später?« Jetzt hatte Vangelis wieder diesen sanften, mütterlich besorgten Ton. »Als es vorbei war?«

Stöhnend hob David die Schultern. Bedeckte seine Augen mit der Rechten. »Es ging … alles total durcheinander. Wir waren alle so … so … ich weiß nicht. Sie hat gezappelt und getobt. Alle waren wir hinterher zerkratzt, dass wir zwei

Wochen den Sportunterricht schwänzen mussten. Ferdi hat ihr endlich das Höschen runtergerissen, sie lag auf dem Rücken, er auf ihr drauf, hat aber wohl die Hose nicht aufgekriegt oder irgendwas … und dann … auf einmal ist sie still – und da haben wir gemerkt, sie ist bewusstlos.«

»Hat jemand sie gewürgt?«

»Weiß nicht. Wohl schon. Ich aber nicht. Das war ich nicht. Das kann ich gar nicht. Obwohl … weiß man, was man alles kann? Vorher hätte ich ja auch nicht …«

Nun ergriff ich das Wort: »Was ich nicht verstehe: Weshalb haben Sie sie dann ausgerechnet zu Seligmanns Haus zurückgefahren?«

»Ja, warum?«, murmelte er. »Dass sie da nicht liegen bleiben konnte, bei dieser verfluchten Hütte, war ja klar. Dieser Förster ist ja jeden zweiten Tag gekommen und hat geguckt, dass wir bloß nichts anstellen. Der hätte sich sofort an uns erinnert. Einer hat vorgeschlagen, wir bringen sie ins Krankenhaus, heimlich. Aber das haben wir uns dann doch nicht getraut.«

»Sie wollten also, dass sie gefunden wird?«

»Wir hatten auf einmal eine solche Wahnsinnsangst, dass sie stirbt!«

»Sie mussten damit rechnen, dass Jule Sie anzeigt, sobald sie wieder bei Bewusstsein ist.«

David verzog gequält das Gesicht. »Wir waren doch längst total durch den Wind. Besoffen, bekifft, geil. Keiner hat mehr irgendwas geblickt. Nur eines war klar: Sie konnte da nicht liegen bleiben. Einer, ich meine, es war Basti, Sebastian, der hat vorgeschlagen, werfen wir sie doch ins Wasser, einfach in den Neckar und fertig. Aber sie hat geatmet! Sie hat doch noch geatmet!«

»Und dann sind Sie auf die Idee gekommen, sie zu Seligmann zu fahren.«

»Ja, kann sogar sein, dass es meine Idee war. Der wird sich schon um sie kümmern, hab ich gedacht. Und irgendwie war er doch auch schuld an allem, nicht? Wenigstens ein bisschen war er doch auch schuld an dem ganzen Scheiß. Hätte er nichts mit ihr angefangen, dann …«

Es kostete mich eine Menge Beherrschung, still zu bleiben.

»Kommen wir zum Schluss«, sagte Vangelis ruhig.

»Wir haben sie in den Kofferraum gestopft«, murmelte David, tief in Gedanken. »War gar nicht mal so einfach. Da war nicht viel Platz. Aber zum Glück war Jule ja ziemlich schmal und gelenkig. Und dann haben wir sie auf den Gehweg gelegt, ich bin zu seiner Tür geschlichen und hab geläutet. So lange, bis innen Licht anging.«

»Und wenn er nicht auf die Straße gegangen wäre?«, fragte ich mit rauer Stimme. »Wenn er sie nicht gefunden hätte?«

»Ich weiß nicht. Er ist eben hingegangen. Er hat sie gefunden. Wir haben gesehen, wie er sie in sein Auto geschleppt hat, dann sind wir abgehauen.«

Vangelis warf mir einen fragenden Blick zu. Ich nickte. Aber dann hob ich doch die Hand. »Ein paar kurze Fragen hätte ich noch.«

David Braun sah mich ausdruckslos an.

»Sie haben ein recht enges Verhältnis zu Ihrer Mutter.«

Er nickte zögernd.

»Weiß sie von dieser Geschichte?«

Wieder nickte er. »Ich hab es ihr noch in derselben Nacht gebeichtet. Ich wäre krepiert, wenn ich nicht hätte drüber reden können. Rebecca hat gesagt, sie hält zu mir. Immer, hat sie gesagt. Harry war nicht da. Zum Glück. War vermutlich bei einer anderen. Er ist ein Arschloch. Er betrügt sie. Aber das wissen Sie ja vermutlich auch schon.«

»Zweite Frage: Weiß Ihre Mutter auch von Ihrer Beteiligung an dem Bankraub?«

»Was?« Er blinzelte verwirrt. »Nein. Natürlich nicht.«

»Warum natürlich?«

»Weiß nicht. Ich hab es ihr eben nicht gesagt.«

»Letzte Frage, und dann machen wir wirklich Schluss für heute: Warum? Normalerweise raubt man eine Bank aus, weil man Geld braucht. Brauchten Sie Geld? Oder wollten Sie Ihren Vater für irgendwas bestrafen? Ihm mal so richtig eine reinwürgen?«

»Beides«, erwiderte er nachdenklich. »Ich denke, es war beides.«

Als ich mein Büro betrat, läutete mein Telefon schon eine Weile. Es war Möricke.

»Vielleicht interessiert es Sie, dass Ihr sauberer Herr Seligmann verduftet ist?«, rief er schadenfroh und entschieden zu laut.

»Seit wann?«

»Vor zwei Stunden ist er mit seinem Auto weg. Wie ein Bekloppter ist der gefahren. Um ein Haar hätte er noch meinen Fotografen umgenietet!«

»Sie meinen, er ist geflohen?«

»So hat's jedenfalls ausgesehen, als wäre er auf der Flucht. Was unternehmen Sie jetzt? Gibt's eine Fahndung?«

»Herr Seligmann steht nicht mehr unter Verdacht. Er hat keinen Grund, vor irgendwem zu fliehen, außer vor Ihnen vielleicht. Deshalb darf er reisen, wohin er will. Und, falls es Sie interessiert, der Fall Ahrens ist aufgeklärt.«

»Wer war's?«, fragte er sofort.

»Morgen Vormittag gibt es eine Pressekonferenz. Da werden Sie es erfahren.«

Mit einem Mal war Jupp Möricke überaus freundlich. »Herr Gerlach, bitte! Nur ein winziger Tipp! Sie kostet er nichts, und ich ernähre Frau und sieben Kinder von solchen Informationen.«

Vangelis, die ich gebeten hatte, mich zu begleiten, nahm Platz und strich den Rock ihres hellgrauen, auf Taille geschnittenen Nadelstreifen-Kostüms glatt.

»Zufällig weiß ich, dass Sie weder verheiratet sind, noch Kinder haben. Morgen Vormittag sehen wir uns.«

Ich legte auf und sah Vangelis an.

»Also, was denken Sie?«

»Er lügt«, sagte sie. »Was den Bankraub betrifft, lügt er.«

»Wen will er decken?«

Sie seufzte. »Und ich dachte schon, ich hätte ihn. Aber vorhin, bei Ihren letzten Fragen, da war mir auf einmal klar, dass er lügt. Ich vermute, genau das war Ihre Absicht?«

»Er deckt den Täter. Das Handy ist das gesuchte. Er hat es erwiesenermaßen in der Hand gehabt. Er hat es in Seligmanns Mazda versteckt, um uns auf eine falsche Spur zu locken.«

»Mir fällt jetzt nur noch eine Person ein, an die wir noch nicht gedacht haben.« Vangelis sprang auf, und ich zog mein Jackett wieder an, das ich eben erst über die Sessellehne geworfen hatte.

27

Niemand öffnete auf mein stürmisches Läuten. Wieder und wieder drückte ich den polierten Messingknopf. Der Dreiklang-Gong im Inneren des Hauses dröhnte und dröhnte. Vom Gehweg her beobachteten uns Möricke und sein Fotograf. Alle anderen Vertreter der Presse hatten sich inzwischen anscheinend wichtigeren Ereignissen zugewandt.

»Versuchen wir es hinten!«, rief ich hablaut.

Wir liefen um das Haus herum, und wie ich gehofft hatte, stand die Terrassentür ein wenig offen. Innen war alles still. Niemand antwortete auf unser Rufen.

Es war diese Art von Stille, die einen sofort das Schlimmste fürchten lässt.

Wir fanden Rebecca Braun im ehelichen Schlafzimmer. Gekleidet war sie in demselben dunkelgrünen Kleid, das sie auch getragen hatte, als ich sie zum ersten Mal sah, und das so schön mit der Farbe ihres Haars harmonierte. Der scharfe Geruch verbrannter Nitrozellulose hing in der Luft.

In der Schläfe ein kleines, unscheinbares Loch.

Sie konnte noch nicht lange tot sein.

Wie aufgebahrt lag sie auf diesem Bett, unter ihr eine schwere karmesinrote Tagesdecke. Frau Braun trug Ohrringe, ihr Mund war heute sogar ein wenig geschminkt. Offenbar hatte sie sich eigens fein gemacht für die letzten Sekunden ihres Lebens. Ihre linke Hand ruhte entspannt auf dem Bauch, die rechte hing seitlich vom Bett herab. Sie hatte kaum Blut verloren.

»Nahschuss«, konstatierte ich und sah unters Bett. »Aber ich sehe hier keine Waffe. Das war vielleicht doch kein Selbstmord.«

»Sehen Sie nur«, murmelte Vangelis erschüttert, »jemand hat ihr die Augen zugedrückt!«

»Da kommt eigentlich nur einer in Frage.«

Sie telefonierte schon nach der Spurensicherung.

Ich zückte ebenfalls mein Handy und ließ mich mit der Einsatzzentrale verbinden.

»Fahndung nach Xaver Seligmann.« Ich beschrieb seinen hellblauen Mazda. »Die Nummer und alles, was Sie sonst noch brauchen, erfahren Sie von meiner Sekretärin. Dringende Warnung: Der Mann ist vermutlich bewaffnet und unberechenbar.«

»Da, ein Brief.« Vangelis deutete auf einen schmalen Umschlag, der auf dem Nachttisch an einem teuer aussehenden Tiffany-Lämpchen lehnte. »Er ist an Sie adressiert.«

Also doch Selbstmord?

»Stopp!«

Ihre Hand zuckte zurück. Auch sie schien inzwischen erschöpft zu sein, denn in wachem Zustand wäre meiner Kollegin ein solcher Anfängerfehler niemals unterlaufen. Durch das offen stehende Fenster hörte ich Möricke draußen aufgeregt telefonieren. Er musste gerochen haben, dass etwas Außergewöhnliches geschehen war.

»Aber warum?«, fragte Vangelis tonlos. »Weil wir ihren Sohn verhaftet haben?«

»Nein, da steckt mit Sicherheit mehr dahinter. Vergessen Sie nicht den Bankraub, den sie ja möglicherweise organisiert hat. Warten Sie, bis wir den Inhalt des Briefs kennen. Dann wissen wir mehr.«

Vangelis betrachtete mich mit dem dunklen Blick eines angeschossenen Rehs.

»Es gibt Tage, da hasse ich diesen Job aus tiefster Seele«, sagte sie rau.

Mein Handy.

Es war Sönnchen.

»Das Auto von dem Seligmann ist vor ungefähr einer Stunde in Ladenburg gesehen worden. In der Nähe von dem Haus, wo seine geschiedene Frau wohnt. Die Streife wollte ihm nur ganz freundlich sagen, dass er im Parkverbot steht. Aber da ist er gleich durchgedreht und hat rumgeschrien wie ein Verrückter. Drum haben sie sich auch gleich an ihn erinnert, als die Fahndung über den Funk ging.«

»Und wo steckt er jetzt?«

»In Ladenburg jedenfalls nicht mehr.«

Unten rief jemand meinen Namen. Ich ging hinunter und ließ die zwei Kollegen von der Spurensicherung herein. Mörickes Fotograf schoss eine Bilderserie von diesem sensationellen Ereignis.

Hoffentlich machte Seligmann keinen Unsinn! Hoffentlich drehte er jetzt nicht durch! Ein Mann in seiner Verfassung und mit einer geladenen Pistole …

Mutlos stapfte ich hinter den zwei Kollegen die Marmortreppe hinauf. Unter uns nannten wir sie Dick und Doof.

Mit der üblichen makabren Heiterkeit betraten die zwei das Schlafzimmer. »Was haben wir denn heute Schönes?«, fragte Dick leutselig.

Vangelis warf ihm einen hasserfüllten Blick zu. Wir gingen hinunter. Ohne ein Wort zu wechseln, wussten wir beide, dass wir das, was nun kam, nicht ertragen würden.

Schon wieder mein Handy.

Wieder meine unermüdliche Sekretärin.

»Ich fürchte, Sie werden Ihren Job gleich noch viel mehr hassen«, sagte ich zu Vangelis, als ich gehört hatte, was Sönnchen mir mitzuteilen hatte.

»Geiselnahme in der Bergheimer Straße. Irgendein Irrer mit einer Pistole in einer Arztpraxis.«

»Was wissen wir sonst?«, fragte sie ergeben.

»Nichts. Aber ich denke, uns beiden ist klar, wer der Geiselnehmer ist.«

Noch während der rasenden Blaulicht-Fahrt in Richtung Stadt erfuhren wir mehr. Einer geistesgegenwärtigen Sprechstundenhilfe war es gelungen, sich in der Toilette einzuschließen, und plötzlich fand ich es gar nicht mehr so verrückt, dass meine Töchter immer und überall ihre Handys mitschleppten. Sönnchen diktierte mir die Nummer, und Sekunden später hatte ich eine atemlose, nach der Stimme zu schließen blutjunge Frau am Telefon, die mit den Tränen kämpfte.

»Was ist passiert?«

»Ich weiß nicht«, jammerte sie im Flüsterton. »Ich weiß gar nichts. Nur, dass da auf einmal dieser Mann war. Er wollt mit Moni reden, sofort. Das geht aber nicht, hab ich ihm erklärt, weil, die war doch beim Doc, assistieren, und da kann ich sie doch nicht einfach so rausholen. Da hat er erst ein bisschen rumgemeckert, und dann hat er angefangen zu brüllen, und dann ist Robby gekommen, das ist unser Doc, und wollt wissen, was los ist. Der Typ ist immer mehr ausgeflippt, und da hat Robby gesagt, er soll jetzt verschwinden, oder er holt die Polizei. Aber der wollt einfach nicht gehen. Er muss mit Moni reden, hat er immer wieder gebrüllt, und dann geht er schon freiwillig. Da hat Robby das Telefon genommen, und da hat der Typ auf einmal eine Pistole gehabt! An mich hat er da zum Glück gar nicht mehr gedacht, weil, ich stand so halb hinter dem Schrank mit den Patientenakten, und zum Glück sind's von da nur ein paar Schritte zur Klotür. Und jetzt sitz ich hier und hab ganz furchtbare Angst.«

»Das ist nicht nötig. Wir kennen den Mann. Der ist gar nicht so gefährlich, wie er tut. Bleiben Sie einfach ganz ruhig sitzen. Er hat Sie bestimmt längst vergessen in der Aufregung.«

Vangelis bog mit quietschenden Reifen in den Czernyring ein. Blaulicht und Signalhorn scheuchten die Fahrzeuge aus unserem Weg. Ein kleiner Gemüselastwagen mit Mannheimer Kennzeichen wusste sich nicht zu helfen, ohne zu bremsen wich Vangelis auf die Gegenfahrbahn aus, trat das Gaspedal durch, um in der letzten Zehntelsekunde wieder in ihre Spur einzuscheren, zwang dabei den entgegenkommenden Tanklastzug zu einer Notbremsung. Währenddessen hatte sie ununterbrochen ihr Handy am Ohr. Falls wir die Fahrt überleben sollten, mussten wir in wenigen Augenblicken den Ort des Geschehens erreichen. Balke sei ebenfalls unterwegs, erklärte sie mir, als sie das Handy endlich beiseite legte.

»Hat es Verletzte gegeben?«, fragte ich die Sprechstundenhilfe.

Vangelis schaltete das Signalhorn aus und ging vom Gas. Die Bergheimer Straße kam in Sicht.

»Ich glaub nicht. Bisher hat er nicht geschossen.«

»Wie viele Menschen sind in dieser Praxis?«

»Robby, ich meine, Doktor Novotny. Moni natürlich, meine Kollegin. Dann der Herr Bayer, das ist der Patient, der in Zimmer zwei war, als es losging. Im Wartezimmer sitzt eine ältere Frau. Das Gesicht hab ich schon mal gesehen, aber der Name fällt mir nicht ein. Und dann ist da noch ein Mädchen, die wartet auch. Die hab ich aber noch nie gesehen. Meinen Sie, er wird durch die Tür schießen?«

»Ganz bestimmt nicht. Er weiß ja nicht mal, dass Sie sich da versteckt haben. Und im Moment hat der ganz andere Sorgen. Gibt es eine Möglichkeit, aus dem Fenster zu klettern?«

»Wir sind im zweiten Stock!«

Vangelis bremste. Wir waren da. Wir parkten in einer Seitenstraße, nur fünfzig Meter vom Ort der Geiselnahme entfernt.

»Hören Sie irgendwas? Reden sie? Streiten sie sich?«

»Es ist ganz still. Vorhin, da hat wer geschrieen, ich glaub, das war Moni. Dann hat sie geweint. Aber jetzt ist alles still. Vielleicht sind sie alle zusammen im Wartezimmer.«

Inzwischen telefonierte auch Vangelis wieder.

»In welche Richtung geht das Wartezimmer?«, fragte ich die junge Frau, die sich jetzt ein wenig beruhigt hatte. »Zur Straße oder nach hinten?«

»Zur Straße.«

Nahezu gleichzeitig drückten Vangelis und ich die roten Knöpfe unserer Handys.

»Was soll der Scheiß?« Balke war kurz vor uns angekommen, und nun standen wir zu dritt auf dem Gehweg gegenüber dem Haus, in dem sich die Arztpraxis befand, keine zweihundert Meter von unseren Büros entfernt. »Was will der Blödmann da oben?«

»Seine Frau besuchen«, antwortete ich. »Frau Eichner arbeitet da als Sprechstundenhilfe.«

Ratlos sahen wir die Fassade des hässlichen, sechs- oder siebenstöckigen grauen Gebäudes hinauf. Es stammte vermutlich aus den Sechzigerjahren. Im Erdgeschoss eine Metzgerei, die zum Glück gerade keine Kundschaft zu haben schien. Links daneben ein Altbau mit Apotheke im Erdgeschoss, dann ein Pelzgeschäft, wenn ich das merkwürdige Schild richtig entzifferte. Alles weitgehend menschenleer. Auch an der Straßenbahnhaltestelle in der Mitte der breiten Straße warteten nur drei Personen. Die Leute in den anderen Stockwerken des Hauses wussten noch nichts von dem Drama, das sich in ihrer Nähe abspielte. In sicherer Entfernung hielt ein Krankenwagen, der ebenfalls ohne Martinshorn angerückt war. Und in der für Seligmann nicht einsehbaren Thiebaut-Straße, einem Seitensträßchen, das zum Neckar hinabführte, kam inzwischen ein Einsatzfahrzeug nach dem anderen an. Sobald unser Truppenaufmarsch abgeschlossen war, musste ich das Gebäude räumen lassen.

Balke schlug vor, mit Hilfe der Feuerwehr die junge Frau aus der Toilette zu befreien. Aber nach kurzem Nachdenken verwarfen wir den Plan.

»Und sie hat wirklich den Bankraub organisiert?«, fragte Balke, der natürlich auch schon von Rebecca Brauns Tod erfahren hatte.

»Es sieht alles danach aus.«

Eine Straßenbahn hielt, fuhr dann friedlich summend weiter in Richtung Stadt. Jetzt war die Haltestelle mit den hellblau lackierten Wartehäuschen menschenleer. Zum Glück herrschte auch auf der Straße nicht viel Verkehr. Der Himmel war schwach bewölkt. Fast minütlich wechselten sich Schatten und Sonnenschein ab.

»Und Seligmann? Hat er von dem Bankraub gewusst?«

»Ich denke eher nicht«, erwiderte ich. »Er hätte versucht, ihr die Schnapsidee auszureden.«

»Ausgerechnet diese Frau.« Balke sah mich kopfschüttelnd an. »Auf mich hat die gewirkt wie eine Nonne!«

»Sie war Schauspielerin«, gab ich zu bedenken. »Und zwar eine ziemlich gute, wie es scheint. Jedenfalls hat sie ihre Rolle der betrogenen, hilflosen Ehefrau perfekt gespielt.«

Mein Handy vibrierte. Der Chef der Spurensicherer erstattete mir einen ersten, knappen Bericht.

»Punkt A: das Geld haben wir gleich gefunden. Im Keller, hinter einem alten Schrank. Und B: sie hat Schmauchspuren an der rechten Hand.«

»Also doch Selbstmord«, meinte Vangelis mit krauser Stirn, als ich das Telefonat beendet hatte.

»Den Abschiedsbrief öffnen Sie, sobald alle Spuren gesichert sind.«

Wieder sahen wir hinauf zu den Fenstern, hinter denen wir die Praxis vermuteten. »Ich nehme an, er hat sie heute Vormittag wie üblich erwartet«, überlegte ich laut, »aber sie ist nicht gekommen.«

»Und da ist er rüber«, ergänzte Balke, »und hat sie gefunden.«

»Und dann ist er ausgerastet, hat ihr die Augen zugedrückt und die Pistole an sich genommen.« Vangelis schüttelte den Kopf. »Wozu auch immer.«

Was mochte Seligmanns Plan sein? Ich atmete tief ein und aus. Meine Augen brannten. Ich schloss sie und riss sie wieder auf. Es half nichts.

»So ein Blödmann!«, schimpfte Balke. »Was für ein gottverdammter Mist!«

Ich war absolut seiner Ansicht.

Vangelis hatte sich inzwischen die Nummer der Zahnarztpraxis besorgt, aber dort nahm niemand ab.

»Wir müssen nach oben. An ein Fenster auf gleicher Höhe.«

Hinter uns, auf der Nordseite der Straße, stand ein rosa gestrichenes Haus. Unten ein Feinkostgeschäft und ein Frisör. Darüber anscheinend Wohnungen.

Inzwischen wimmelte die Gegend von Einsatzfahrzeugen und Polizisten. In Kürze konnten wir mit der Evakuierung beginnen. Und dann musste ich wohl oder übel die Straße sperren lassen.

Fünf Minuten später stellten wir fest, dass wir immer noch nicht in die Praxis hineinsehen konnten. Zwar versperrten uns die Bäume am Straßenrand nicht die Sicht, da genau vor uns eine Lücke war, aber die blickdichten Senkrecht-Jalousien an den Fenstern gegenüber waren zugeklappt.

Wir standen am Wohnzimmerfenster der nach Tannennadeln und Kaffee duftenden Wohnung einer aufgekratzten älteren Dame, Frau Glaser, die eindeutig zu viele Krimis sah. Ihr weißes Haar hatte sie färben lassen. Der Frisör musste jedoch ein Stümper sein, denn ihr Kopf schimmerte grünlich, was sie jedoch nicht zu stören schien.

Ständig wollte sie wissen, wann wir denn nun die Praxis stürmten, ob auch in ihrem Wohnzimmer Scharfschützen postiert würden, ob mit vielen Toten zu rechnen sei.

Sie schien etwas enttäuscht zu sein, dass unten nicht im Sekundentakt Streifenwagen mit heulenden Sirenen vorfuhren. Ich erklärte ihr, es sei für alle Beteiligten wesentlich günstiger, wenn sich der Aufmarsch in aller Stille vollziehe, und nur in billigen amerikanischen Filmen führen hundert Streifenwagen mit Karacho und qualmenden Reifen vor. Als sie hörte, dass wir dennoch inzwischen über vierzig Polizisten vor Ort hatten, von denen sie außer uns dreien nicht einen sehen konnte, machte sie große Augen und war fürs Erste zufrieden.

Das Fenster war zum Glück breit genug, sodass wir zu dritt hinaussehen konnten. Die Gardinen ließen wir in Ruhe. Balke telefonierte ständig und sorgte dafür, dass unten jeder wusste, was er zu tun hatte. Einige unserer Leute bereiteten sich darauf vor, auf mein Kommando hin sekundenschnell die Straße zu sperren. Aber noch ließ ich den Verkehr laufen. Jede Störung, jede plötzliche Veränderung konnte zum jetzigen Zeitpunkt eine Katastrophe auslösen. Einige Kollegen und Kolleginnen in Zivil klingelten jetzt drüben an jeder Tür und baten die Menschen, die sich dahinter aufhielten, leise und ohne Hektik das Haus zu verlassen. Im Sekundentakt drängelten sich unten kleine Gruppen durch die zweiflügelige, gläserne Haustür ins Freie und suchten das Weite. Das Sondereinsatzkommando war inzwischen im Anmarsch, hörten wir von Balke.

Seligmann bemerkte von all dem nichts. Noch konnte er sich in der Illusion wiegen, er sei allein mit seinen Geiseln.

»Was will er von seiner Frau?«, fragte Balke zwischen zwei Telefonaten. »Händchen halten? Die zwei sind doch seit Ewigkeiten geschieden!«

»Vermutlich genau das«, erwiderte ich. »Händchen halten. Wen hat er sonst noch, mit dem er reden könnte?«

Vangelis wählte wieder einmal erfolglos die Nummer der Praxis. Die Jalousien drüben bewegten sich kein einziges Mal.

Als mein Handy wieder Alarm schlug, kannte ich die Nummer schon.

»Ich hör was«, wisperte die junge Sprechstundenhilfe. »Er ...
Er kommt ... O Gott!«

Geräusche. Jemand rüttelte an einer Tür.

»Was ist denn ... Ist da einer drin?« Eindeutig Seligmanns
Stimme.

Es folgte ein Krachen. Dann brach das Gespräch ab.

Augenblicke später bimmelte mein Handy erneut.

»Das haben Sie ja sauber eingefädelt, Herr Gerlach«, bellte
mir Seligmann ins Ohr.

»Ich habe überhaupt nichts eingefädelt«, antwortete ich
ruhig. »Aber schön, dass Sie sich melden. Ich wollte sowieso
mit Ihnen sprechen.«

»Wo stecken Sie überhaupt?«

»In der Wohnung gegenüber.«

Auf meinen Wink hin schob Balke die Gardine beiseite. Ehrlich sein, mit offenen Karten spielen, Vertrauen schaffen. Das
war jetzt, in dieser ersten und kritischsten Phase der Geiselnahme, das Wichtigste. Seligmann musste mir glauben, sich
beruhigen, allmählich seine Angst verlieren. In den nächsten
Stunden würde ich der einzige Mensch sein, auf den er sich verlassen konnte. Sein Partner, sein Freund sogar, wenn alles gut
ging. Nur dann bestand die Chance, ihn zum Aufgeben zu
überreden. Drüben bewegte sich kurz die Jalousie.

»War das der Killer?«, flüsterte Frau Glaser ehrfürchtig.
»Warum haben Sie nicht geschossen?«

»Wir würden ihn von hier aus gar nicht treffen«, klärte Vangelis sie freundlich auf. »Und außerdem könnte er ja zurück-
schießen.«

Frau Glaser erblasste. Aber nur ein wenig.

»Was haben Sie vor?«, fragte ich Seligmann. »Was verlangen Sie?«

Das Gespräch in Gang halten. Bloß den Kontakt nicht abreißen lassen.

»Das kann Ihnen ja wohl egal sein.«

»Sie können nichts dafür, dass sie sich erschossen hat.«

»Und ob!« Sein heiseres Keuchen klang, als versuchte er zu
lachen. »Ich hab ihr gesagt, sie ist verrückt, als sie mir gestern
Abend das von dem Bankraub gestanden hat. Herrgott, ich

hätte bei ihr bleiben müssen, auf sie aufpassen, sie trösten. Und stattdessen schrei ich sie an und lasse sie allein in ihrem Zustand! Selbstverständlich bin ich schuld!«

»Sie können nicht für alles, was geschieht, die Verantwortung auf sich nehmen.«

»Reden Sie kein Blech.« Plötzlich klang er sehr erschöpft. »Hättet ihr mich sterben lassen, als ich die Tabletten genommen hatte. Dann würde Rebecca jetzt noch leben.«

»Was verlangen Sie? Wir können über alles reden.«

»Meine Ruhe. Lasst mich einfach nur in Ruhe. Wenn ihr Stress macht, dann gibt's ein Drama. Mir ist jetzt alles egal. Jetzt ist sowieso alles kaputt.«

»Komische Art, seine Ruhe zu finden, meinen Sie nicht auch?« Ich brachte sogar ein ziemlich echt klingendes Lachen zustande.

»Das lasst mal meine Sorge sein, ich werd schon …« Das Gespräch brach mitten im Satz ab.

»Und?«, fragte unsere Gastgeberin mit fiebrigem Blick. »Hat er ein Ultimatum gestellt? Droht er, seine erste Geisel abzuknallen?«

»Der wird nicht schießen.« Ich steckte das Handy in die Jackettasche. »Der Mann ist völlig harmlos. Er muss nur erst mal wieder zu sich kommen. Alles andere hier sind reine Vorsichtsmaßnahmen.«

Inzwischen hatten vor der Praxistür einige Kollegen in schusssicheren Westen Position bezogen, berichtete Balke. »Das Haus ist geräumt. Sie müssen nur noch das Kommando geben, dann legen wir los. In fünf Sekunden sind wir drin.«

»Niemand legt hier los!«, fuhr ich ihn an. »Wir warten, bis er sich wieder meldet.«

»Und wenn nicht?«

28

»Dürfte man den Herrschaften ein Käffchen anbieten?« Frau Glaser stammte unüberhörbar aus dem Rheinland. »Es wäre auch noch ein bisschen Kuchen da.«

Wir tauschten Blicke und nahmen das Angebot an. Es war schon später Nachmittag, das Mittagessen eine Weile her, und merkwürdigerweise war ich hungrig. Balke musste am Fenster bleiben und seinen Kaffee im Stehen trinken. Vangelis und ich nahmen auf dem Sofa Platz, in dem wir fast versanken und Mühe hatten, unsere Tassen zu erreichen. Das »bisschen Kuchen« erwies sich als eine halbe Schwarzwälder Kirschtorte, ein fast kompletter Marmorkuchen und diverse andere überaus appetitanregende Dinge. Wir erfuhren von der fröhlich plappernden Hausfrau, sie habe gestern zusammen mit einer Unzahl Freundinnen ihren fünfzigsten Hochzeitstag gefeiert.

»Wenn das mein Schorsch noch erlebt hätte!«, seufzte sie alle Augenblicke. Ihr Mann war vor einem halben Jahr gestorben, aber sie sprach mit erstaunlicher Gelassenheit über diesen Schicksalsschlag.

Nur aus Überzeugung lehnte ich ein zweites Stück Marmorkuchen ab. Vangelis hingegen griff freudig zu.

Balke telefonierte immer noch oder schon wieder.

»Wann kommen denn nun die Männer mit den Gewehren?«, wollte Frau Glaser wissen, die sich an die selbst gebackene und deutlich nach Schnaps riechende Kirschtorte hielt. »Ich dachte, das geht alles ein bisschen flotter bei Ihnen.«

»In einer halben Stunde müssten sie da sein«, antwortete Vangelis an meiner Stelle, die offenbar zu den glücklichen Menschen zählte, welche drei Stücke Kuchen verdrücken dürfen, ohne sich Gedanken um ihre Figur machen zu müssen.

»Aber sie werden nichts zu tun bekommen«, fügte ich hinzu.

Schade, meinte Frau Glasers Blick.

Balke schwieg endlich und schien ein wenig beleidigt zu sein, weil aus seinen Invasionsplänen nichts wurde.

»Dann lassen Sie uns mal Inventur machen.« Ich schob meinen Teller beiseite. »Soweit wir wissen, befinden sich sechs Personen in Seligmanns Gewalt.« Ich schlug einen Block auf, den mir Frau Glaser begeistert zur Verfügung stellte, und begann eine Liste.

»Erstens der Zahnarzt, Doktor Novotny. Dann seine beiden Sprechstundenhilfen, Monika Eichner und …«

Um Himmels willen! Novotny! Frau Eichner!

Schon hatte ich das Handy in der Hand. Louises Nummer. Zum Glück nahm sie gleich ab.

»Wo steckt Sarah?«, presste ich hervor.

»Na, wo wohl?« fragte sie patzig zurück. »Wo du sie hingeschickt hast.«

»Doch hoffentlich nicht beim Zahnarzt!«

»Die ganze Zeit nervst du an ihr rum, und jetzt ist sie endlich hingegangen, und jetzt ist es auch wieder verkehrt? Dir kann man einfach nie irgendwas recht machen!«

Ich fiel in dieses widerlich weiche Sofa zurück.

Und dann ist da noch ein Mädchen im Wartezimmer, hörte ich die Stimme der Sprechstundenhilfe. Oh mein Gott. Meine kleine Tochter dort drüben in der Gewalt dieses Wahnsinnigen! Ich nahm die Brille ab und bedeckte meine Augen.

»Ist Ihnen nicht gut?«, fragte Vangelis besorgt.

»Geht schon«, erwiderte ich. »Vielleicht zu viel Kaffee.«

»Wir bräuchten einen Internet-Anschluss«, hörte ich Vangelis sagen. »Jede ordentliche Praxis hat doch heutzutage eine Homepage. Wenn wir Glück haben, gibt's ein paar Fotos. Dann könnten wir uns ein Bild machen, wie es da drüben aussieht.«

»Oh, da kann ich helfen«, erklärte unsere reizende Gastgeberin freudestrahlend. »Mein PC ist rund um die Uhr online. DSL! Flatrate! Zwanzig Gigabyte!«

Ich muss Balke später fragen, was das bedeutet, dachte ich mechanisch und setzte die Brille wieder auf.

Sarah in der Hand eines bewaffneten Verrückten, der mir auf einmal ganz und gar nicht mehr harmlos erschien!

Vangelis und die alte Dame erhoben sich. Ich musste mit. Ich konnte jetzt nichts sagen. Noch nicht. Es würde sich eine Gelegenheit finden, Vangelis die katastrophale Wahrheit zu eröffnen und ihr das Kommando zu übertragen. Aber noch konnte ich es nicht. Schließlich war es meine Tochter, die sich in Gefahr befand. Nein, bestimmt war es besser, wenn ich die Sache erst mal weiterleitete. Wie durch Watte hörte ich die aufgeregte Stimme von Frau Glaser.

Plötzlich saßen wir in einem luftigen Zimmer nach hinten vor einem großen Flachbildschirm. Mit flinken Fingern hämmerte Frau Glaser auf die Tastatur ein. Nebenbei erzählte sie uns, den Internet-Anschluss habe ihr ein Neffe spendiert, zu ihrem Siebzigsten, und sie wolle das moderne Zeug nicht mehr missen. »Man wäre ja völlig aus der Welt ohne diese wunderbaren Sachen.«

Die Homepage der Zahnarztpraxis Doktor Novotny erschien, Frau Glaser kniff die Augen zu Schlitzen, ging mit der Nase nah an den Bildschirm und klickte auf »Unser Team«.

Monika Eichner lächelte uns Vertrauen erweckend an. Der Zahnarzt sah eigentlich ganz sympathisch aus. Die andere Sprechstundenhilfe war genauso jung, wie ich sie mir vorgestellt hatte.

Unter »Unsere Praxis« kamen tatsächlich, wie Vangelis gehofft hatte, Fotos von den hellen und in fröhlichen Farben gestalteten Räumen. Vangelis übernahm die Maus, klickte hin und her und zeichnete, leise vor sich hinmurmelnd, nach und nach einen ungefähren Plan. Ich war nicht im Stande, ihr zu folgen, aber zum Glück bemerkte das niemand.

Irgendwann ging es zurück ins Wohnzimmer. Vangelis verzichtete auf ein viertes Stück Kuchen. Die junge Auszubildende hieß Silke Ganz. Aus dem Gedächtnis schrieb ich den Namen des älteren Patienten auf, den sie mir genannt hatte: Bayer?

Sarah dort drüben, meine kleine Tochter, und ich hatte sie hingeschickt. Ausgerechnet ich.

»Sie haben völlig Recht, Stürmen wäre wirklich Wahnsinn.« Vangelis wischte ein paar Kuchenkrümel vom Tisch. »Wenn meine Skizze halbwegs stimmt, dann müssten unsere Leute durch drei Türen. Und zumindest die erste dürfte Zeit kosten. Ich schätze, fünf Sekunden reichen bei Weitem nicht.«

»Die Eingangstür könnten wir doch in aller Ruhe knacken«, widersprach Balke mürrisch, ohne sich umzudrehen. »Das geht praktisch lautlos. Dann sind es nur noch zwei Türen und maximal drei Sekunden.«

»Das ist alles Unsinn«, versetzte ich. »Solange es irgendeinen anderen Ausweg gibt, wird nicht gestürmt. Und ich bin absolut sicher, Seligmann wird früher oder später zur Vernunft kommen.«

Der letzte Satz hatte vor allem mir selbst gegolten.

Balke zuckte die Achseln. Vangelis nickte mit zweifelnder Miene.

Ich nahm die Brille ab und rieb mir die Augen.

»Was ist mit Gasgranaten?«, fragte Balke. »Wir könnten von hier aus problemlos …«

»Ich will nichts mehr davon hören!«, fuhr ich ihm ins Wort. »Er wird aufgeben. Es ist nur eine Frage der Zeit.«

Warum wollte es mir nicht gelingen, an meine eigenen Worte zu glauben?

Immerzu rotierte dieses Karussell in meinem Kopf. Meine Sarah in der Gewalt eines bewaffneten, vollkommen unzurechnungsfähigen Alkoholikers! Was, wenn Seligmann vorhatte, seinen Untergang möglichst spektakulär in Szene zu setzen? Alles in seinem Leben, was nur schiefgehen konnte, war schiefgegangen. Alle Menschen, die ihm etwas bedeuteten, waren tot oder im Unglück. Was, wenn er es uns anderen, uns Glücklichen, noch einmal zeigen wollte? Ich versuchte, mir meine aufkommende Panik nicht anmerken zu lassen.

»Ihnen geht's ja wirklich nicht gut«, sagte Vangelis mitfühlend. »Soll ich nicht besser übernehmen?«

Ich schüttelte erschrocken den Kopf. »Es geht schon wieder.«

Endlich ging Frau Glasers Wunsch in Erfüllung – die schwarzen Männer mit den Gewehren kamen. Balke verteilte sie per Telefon auf die umliegenden Gebäude. Einer der Kaugummi kauenden und mit Scharfschützengewehren bewaffneten Kraftprotze bezog Posten bei uns, ein zweiter im Schlafzimmer unserer Gastgeberin, wozu das Bett verschoben werden musste. Nun schien ihr doch ein wenig mulmig zu werden.

»Alles nur zur Sicherheit«, schärfte ich meinen Leuten wieder und wieder ein. »Es wird nichts passieren!«

Das Handy der Sprechstundenhilfe war inzwischen ausgeschaltet, das Praxistelefon tot. Sollte ich es über Sarahs Handy versuchen? Nein, besser nicht. Es war vielleicht günstiger, wenn Seligmann nicht wusste, dass meine Tochter sich in seiner Gewalt befand.

Vangelis und Balke überlegten halblaut, was Seligmanns Plan war.

»Er hat keinen, das ist ja das Problem«, stöhnte ich. »Er wollte nichts weiter, als mit seiner geschiedenen Frau reden. Und wenn der Zahnarzt sich nicht eingemischt hätte, dann wäre vermutlich überhaupt nichts passiert. Jetzt sitzt er in der Falle und kann nicht vor und nicht zurück. Wir können nur warten und hoffen, dass er irgendwann wieder zur Vernunft kommt.«

»Er ist jetzt seit fast zwei Stunden da drin«, sagte Vangelis. »Er könnte doch mal langsam begreifen, dass er sich verrannt hat. Was er wohl die ganze Zeit treibt?«

Plötzlich wurde klar, womit Seligmann seine Zeit verbrachte.

Sönnchen rief an. »Schalten Sie mal schnell das Radio ein, Herr Kriminalrat!«

Seligmann gab Interviews. Offenbar befanden sich dort drüben noch mehr Handys als nur das der Zahnarzthelferin. In kurzen, abgehackten Sätzen versuchte er, der Welt klarzumachen, dass er kein Kinderschänder sei. Dass er noch nie in seinem Leben etwas Schlimmes getan habe. Dass er dies selbstverständlich auch heute nicht vorhabe. Man solle ihm nur zuhören, betonte er wieder und wieder, er müsse doch Gelegenheit bekommen, sich zu rechtfertigen. Das sei doch sein gutes Recht.

Immer wieder brabbelte er von Schuld, die er auf sich geladen habe. Er schien eine regelrechte Manie für dieses Wort entwickelt zu haben. Auch Jules Schicksal wurde angesprochen.

»Wenn ich mich damals nicht auf diese unselige Geschichte eingelassen hätte«, hörte ich ihn mit müder Stimme sagen, »dann wäre alles andere doch niemals passiert.«

Selbst der Journalist, der das Interview führte, hatte leise Zweifel und warf ein, das könnte schließlich keiner wissen. Und strafrechtlich sei Seligmann ja wohl nicht zu belangen.

»Aber darum geht's doch nicht!«, erwiderte dieser zornig. »Es geht darum, dass ich mich schuldig fühle, verstehen Sie denn nicht?«

»Können wir das nicht abstellen?«, fragte ich entnervt.

»Solange er redet, schießt er nicht«, antwortete Balke ruhig.

So ließen wir das Radio an, aber nach einigen professionell-betroffenen Schlusssätzen des Sprechers erklang bald Musik.

Balke begann wieder zu telefonieren, aber ich achtete nicht darauf, mit wem. Natürlich hatte er Recht: Solange Seligmann Interviews gab, machte er keinen schlimmeren Unsinn. Und wenn es ihm Befriedigung verschaffte, seine Schuldgefühle der Welt zu offenbaren, warum sollten wir ihm die Freude nicht gönnen?

Vor wenigen Stunden erst hatte er Rebecca Braun gefunden, seine letzte, vielleicht nur kleine Liebe, durch ihre eigene Hand gestorben. Er hatte ihr die Augen geschlossen, die Waffe an sich genommen und war in völliger Auflösung geflohen, ohne zu wissen, wovor und wohin. Und nun saß er dort drüben mit seinen Geiseln, unter denen sich meine Sarah befand, und sah keinen Weg mehr zurück in ein lebenswertes Leben. Er war kein Gewalttäter, so viel stand fest. All diese martialischen Gestalten, aus deren Sprechfunkgeräten es in einem fort aufgeregt quäkte, waren hier vollkommen fehl am Platz. Er würde aufgeben, sobald er wieder halbwegs bei Verstand war. Davon war ich jetzt schon wieder ein bisschen überzeugt.

Sarah. Warum hatte ich ihr denn nicht den kleinen Gefallen getan, sie zu ihrem gefürchteten Termin zu begleiten? Meine Ausreden waren genau das gewesen, als was meine Mädchen sie ansahen: faul. Ich hatte mich gedrückt, das war die banale Wahrheit. Hätte ich wirklich gewollt, dann hätte ich mich problemlos irgendwann für eine Stunde frei machen können, um ihr den kleinen Gefallen zu tun.

Hatte ich aber nicht. Sollte ihr etwas zustoßen, dann würde es mir gehen wie Seligmann – zeitlebens würde ich mich schuldig fühlen.

Balke schreckte mich aus meinen Grübeleien. Er drückte mir einen Zettel mit einer Handynummer in die Hand.

»Ich habe mit dem Sender telefoniert. Das ist die Nummer, von der er angerufen hat. Vielleicht, wenn Sie schnell sind ...«

Es gelang mir, die Nummer schon beim ersten Mal richtig einzutippen.

Seligmann nahm sofort ab.

»Gut, dass Sie anrufen.« Er hustete. »Die Leute haben Hunger. Ich hab eine kleine Liste gemacht.«

Ruhig diktierte er mir die Bestellung. »Zweimal Pizza Quattro Stagioni, einmal vegetarisch und einmal Al Tonno. Zu trinken drei große Cola und ein paar Flaschen Wasser, bitte.«

Er sagte tatsächlich »bitte«.

Die vegetarische Pizza war bestimmt für Sarah. Herrgott, war mir schlecht.

»Wie kommt das Zeug zu Ihnen?«

»Das erfahren Sie früh genug. Sonst kommen Sie nur auf dumme Gedanken.«

Er sprach so langsam, stand er etwa unter Drogen? Ein Beruhigungsmittel vielleicht? Alkohol? Und wäre das gut oder schlecht?

Balke organisierte schon die Bestellung.

Der nächste Anruf kam wieder von den Kollegen in Eppelheim.

»Wir haben den Brief jetzt ausgewertet«, erklärte mir Doof in wichtigem Ton. »Möchten Sie die kurze oder die lange Fassung?«

»Die kurze reicht völlig.«

»Also, es war so: Anscheinend wollte die Frau ihren Mann verlassen und mit ihrem Nachbarn ein neues Leben anfangen. Der hat aber zu ihr gesagt, das geht nicht, sie haben ja kein Geld.«

»Und dann ist sie auf diese hirnrissige Idee gekommen ...?«

»Ein bisschen hat sie sich wohl auch gefreut, dass sie ihrem Mann eins reinwürgen kann. Er hat sie betrogen, seit Jahren, und sie hat es schon lange gewusst. Dass er angeschossen wird, war von Anfang an geplant.«

Der Kollege berichtete mir noch einige Details, dann legte ich auf.

»Wussten Sie, dass Rebecca Braun aus Mainz stammt?«, fragte ich Vangelis.

»Nein!«, antwortete sie erbleichend.

»Dann wissen Sie natürlich auch nicht, dass ihr Elternhaus neben dem der Familie Kräuter steht.«

Entsetzt starrte sie mich an. »Was für eine Schlamperei! Das hätten wir längst wissen müssen!«

»Vermutlich ist ihr Sohn nicht zufällig in diese WG in Marburg geraten, sondern sie hat ihn dort untergebracht. Bei alten Bekannten sozusagen.«

»Das hätte nicht passieren dürfen«, murmelte sie kopfschüttelnd. »Und ich bin auch noch schuld daran!«

Nun hatte also auch sie Grund, sich schuldig zu fühlen. Wäre ihr dieser Fehler nicht unterlaufen, dann säße Rebecca Braun vermutlich im Gefängnis, aber sie wäre immerhin noch am Leben.

Um kurz nach sieben war endlich alles bereit. Seligmann hatte Anweisung gegeben, eine junge, unbewaffnete Polizistin solle den Pizzaboten machen, während er dem Zahnarzt die entsicherte und durchgeladene Pistole an den Kopf hielt.

Die Aktion verlief gut, kurze Zeit später sahen wir aufatmend die Kollegin wieder ins Freie treten. Wie sie mir ein wenig atemlos berichtete, hatte sie außer Monika Eichner niemanden zu Gesicht bekommen. Sie habe ihr alles an der Tür übergeben und sich dann sofort zurückziehen müssen. Frau Eichner sei blass gewesen, habe aber gefasst gewirkt.

»Es wird alles gut«, hatte sie ihr zugeflüstert. »Sagen Sie bitte Ihrem Chef, er soll nichts Unüberlegtes tun. Es wird alles gut.«

»Hoffentlich isst er auch was.« Vangelis sah auf die Uhr. »Hungrige Menschen sind unberechenbar.«

»Wir hätten ein Schlafmittel in die Getränke tun sollen«, meinte Balke. »Dann hätten wir ihn in einer halben Stunde nur noch aufsammeln müssen.«

Die Scharfschützen hockten gut gelaunt am Boden und unterhielten sich angeregt und hin und wieder gähnend über ihre Abenteuer des letzten Wochenendes, ihre neuesten Eroberungen und Traumautos. Der Verkehr auf der Straße unten hatte im Lauf der letzten Stunde deutlich zugenommen. Feierabendzeit. Dann, gegen acht, wurde er allmählich wieder schwächer.

Balke lief im inzwischen etwas überfüllt wirkenden Wohnzimmer unserer Gastgeberin herum. Vangelis probierte die Klingeltöne ihres Handys durch, bis ich sie in nicht sehr höflichem Ton bat, es zu lassen. Frau Glaser hatte Mühe, die Augen offen zu halten.

Die elende Warterei zerrte an den Nerven aller. Seit fast einer Stunde hatten wir keinen Kontakt mit Seligmann gehabt. Und dort drüben, keine dreißig Meter entfernt, saß meine Tochter, vierzehn Jahre alt, völlig unschuldig an diesem Wahnsinn, hilf- und wehrlos und zu Tode erschrocken, und ich konnte nichts tun, um ihr zu helfen.

Das Warten ist immer das Schlimmste.

29

Um Punkt acht klingelten zwei Handys gleichzeitig. Mein Herz setzte zwei Schläge aus, als ich auf meinem »Sarah« las.

»Was ist los?«, wollte sie wissen. »Loui sagt, du wolltest was von mir?«

»Wo steckst du?«

»Daheim.«

»Und wo warst du die ganze Zeit?«

»In der Stadt. Ich musste was … für die Schule besorgen.« Vermutlich hatte sie eine Tour durch die Boutiquen gemacht.

»Warst du nicht beim Zahnarzt?«

»Doch … Ich … Ich bin auch hingegangen, ganz ehrlich. Ich war in der Praxis, aber da war das Zahnweh auf einmal wieder weg, und da …«

»Hast du gekniffen«, seufzte ich und hätte sie gerne in die Arme genommen und ganz fest und sehr lange an mich gedrückt.

»Ehrlich, ich kann das nicht, Paps«, sagte sie mit weinerlicher Stimme. »Ich geh da nur hin, wenn du mitgehst. Hast du vergessen, dass Mama gestorben ist, nachdem sie beim Zahnarzt war?«

Natürlich hatte ich es nicht vergessen. Wie könnte ich. »Ich liebe dich«, sagte ich zugleich erschöpft und überglücklich.

»Ähm … was?«

Balke bedeutete mir aufgeregt, ich müsse Schluss machen.

»Er verlangt, dass wir ihn erschießen!«

262

In der Zwischenzeit hatte er mit Seligmann gesprochen.

»Ähm … wie bitte?«

»Er tritt jetzt ans Fenster, sagt er, und dann sollen wir ihn erschießen. Er will sterben. Selbst kann er es nicht, sagt er. Er hätte es oft genug probiert.«

Wieder einmal versank ich in meinem Sofa. »Geben Sie ihn mir, um Gottes willen.«

Balke drückte ein paar Knöpfe und reichte mir sein Handy. Seligmann nahm sofort ab.

»Was soll denn das jetzt schon wieder?«, fragte ich. »Lassen Sie Ihre Geiseln frei, werfen Sie die Waffe weg und kommen Sie raus. Sie werden ein bisschen bestraft werden, klar, aber vermutlich kriegen Sie sogar Bewährung. Noch ist ja nichts passiert.«

»Nichts passiert?« Er lachte rau. »Sie sind gut. Nichts passiert!« Aber immerhin – er legte nicht auf.

Endlich ließ er mit sich reden.

»Was Sie Jule angetan haben, müssen Sie mit Ihrem Gewissen ausmachen, da kann Ihnen keiner helfen. Aber an dem, was danach geschah, tragen Sie keine Schuld.«

»Wäre ich vernünftig gewesen …«

»Niemand ist immer vernünftig.«

»Ich war ihr Lehrer!«

»Auch Lehrer nicht.«

Alle im Raum beobachteten mich mit starren Mienen. Ich nickte beruhigend in die Runde. Frau Glasers Mund stand halb offen. Ihre graublauen Augen glänzten. Seligmann legte immer noch nicht auf. Noch fünf Minuten, und ich hatte ihn so weit.

»Sie haben wirklich nichts zu fürchten.«

»Ich fürchte mich vor mir selbst. Jetzt habe ich auch noch Rebecca auf dem Gewissen.«

»Sie war eine erwachsene Frau, die wusste, was sie tat. Sie hat sich ins Unglück gestürzt und die Konsequenzen gezogen.«

Vangelis schob mir einen Zettel zu. Ich las zwei Worte: Davids Geständnis.

»Wir wissen übrigens jetzt, wer wirklich an Jules Unglück schuld ist«, sagte ich ins Telefon. »Wollen Sie es hören?«

»Das weiß ich seit Jahren. Rebecca hat es mir gesagt. Aber er war es ja nicht allein.« Er hustete seinen schleimigen Raucherhusten. »Und die Burschen waren ja noch halbe Kinder, und ...«

»Für jeden finden Sie eine Entschuldigung, nur für sich selbst nicht.«

»Ich kann's nicht ändern.«

Die Mienen meiner Zuhörer entspannten sich allmählich. Auch sie fühlten, dass es zu Ende ging. Zu einem glimpflichen Ende.

Seligmann schwieg lange.

»Was soll aus Jule werden ohne Sie?« Dran bleiben. Den Faden nicht abreißen lassen. »Sie dürfen sie nicht allein lassen.«

»Sie reden schon wieder Blech«, brummte er. Aber ich spürte das Zögern. Ich fühlte, wie er ins Schwanken kam. Die Perspektive, aufzugeben, alles hinzuschmeißen, endlich Ruhe zu haben, erschien ihm jetzt mit jeder Sekunde verlockender.

»Sie braucht Sie wirklich.«

»Ja, natürlich ...«

»Ich verspreche Ihnen, ich werde jeden Hebel ...«

»Sie müssen mir nichts versprechen«, fiel er mir mit plötzlicher Kälte ins Wort. »Ich brauche nichts mehr.«

Seine letzten Worte ließen meine Hoffnung wieder schwinden. »Herr Seligmann ...«

»Nein«, sagte er entschlossen. »Ich trete jetzt ans Fenster. Und Sie sorgen dafür, dass man mich erschießt. Die richtigen Leute dafür haben Sie inzwischen ja wohl zur Hand.«

»Aber ich bitte Sie!« Ich sagte das in einem Ton, als hätte er einen schlechten Scherz gemacht. »Das geht doch nicht!«

»Wieso? Die Straße ist nicht mal zwanzig Meter breit. Ihre Helden werden doch auf zwanzig Meter einen Menschen treffen?«

»Sie werden es nicht mal versuchen, weil ich den Befehl dazu nicht geben kann.«

Ächzend stemmte ich mich aus dem Sofa und trat neben Balke ans Fenster. Gegenüber fuhr langsam die Jalousie zur Seite. Seligmann trat wie angekündigt ans Fenster, öffnete es sogar, vermutlich damit es keinen unnötigen Sachschaden gab bei seinem irrwitzigen Plan. Das Handy hatte er am Ohr.

Ich hörte seinen gepressten Atem im Telefon.

»Selbst wenn ich es wollte, ich dürfte den Befehl nicht geben.«

»Wieso nicht? Sind Sie nicht der Boss hier?«

»Auch ich bin an Gesetze gebunden. Ich darf doch nicht einfach ...«

»Was muss geschehen, dass Sie dürfen? Muss man erst selbst jemanden umgelegt haben?«

»Von mir aus können Sie die ganze Nacht am Fenster stehen«, sagte ich so locker wie möglich. »Vielleicht sterben Sie am Ende an einer Lungenentzündung. Das ist dann Ihre Sache. Aber meine Leute werden Sie sogar ins Krankenhaus fahren, um es zu verhindern.«

Da stand er, in seinem rot karierten Flanellhemd, der Rücken ein wenig gebeugt, die Miene ratlos, fast blöde. Ich konnte sehen, wie er blinzelte.

»Ich meine es aber ernst«, sagte er nach Sekunden trotzig.

»Es ist trotzdem Unsinn. Das geht so nicht.«

Die letzten Worte waren falsch gewählt, das begriff ich, noch während ich sie aussprach.

»Was muss denn noch passieren, damit Sie schießen dürfen?«

Meine einzige Entschuldigung ist: Auch ich war inzwischen müde. Erschöpft. Nicht mehr Herr meiner Sinne. Und nur deshalb sagte ich: »Wenn zum Beispiel eine Geisel in unmittelbarer Gefahr ...«

Ich war im Begriff, den Fehler meines Lebens zu begehen. Nein, ich hatte ihn bereits begangen.

»Wenn das alles ist«, sagte er trocken und trat zurück. »Das können Sie haben.«

Auf einmal war es sehr still.

Unten war der Verkehrslärm verstummt. Erst nach einer Weile wurde mir klar, dass Balke an meiner Stelle dafür gesorgt hatte, dass die Straße gesperrt wurde.

»Ich sehe nur noch ihn und den Doktor«, murmelte Balke, der mit einem Feldstecher neben mir stand. »Wo ist der Rest?«

»Da!« Der Scharfschütze, der gelassen am Fensterrahmen lehnte, wies mit dem Kinn nach unten. »Da kommen sie.«

Als ich mich vorbeugte, verschwanden die beiden Sprechstundenhilfen und ein junges Mädchen gerade um die Ecke. Ein älterer, leicht gehbehinderter Mann folgte humpelnd mit einigem Abstand. Dann war auch er nicht mehr zu sehen.

»Er kommt!« Der Scharfschütze kniete sich hin und legte ohne meinen Befehl sein Gewehr auf der Fensterbank auf.

Seligmann hielt einen weiß gekleideten Mann im Schwitzkasten, dessen Alter ich auf vierzig schätzte. Er war relativ klein und ziemlich rundlich, und bei seinem Anblick verstand ich auch ohne Fernglas, warum diese Art, einen Menschen festzuhalten, »Schwitzkasten« genannt wird.

Der Mann dort drüben fürchtete um sein Leben.

Wieder mein Handy.

»Wir wären dann so weit«, sagte Seligmann ruhig. »Ich mache jetzt das Handy aus und halte ihm die Pistole an den Kopf. Die Geisel befindet sich in Lebensgefahr, wie Sie es wünschten. Sie haben sechzig Sekunden zum Nachdenken.«

Er schaltete das Handy nicht aus, er warf es aus dem Fenster auf die Straße, wo es fast ohne Geräusch zerschellte. Dann zog er Heribert Brauns Beretta aus dem Hosenbund und drückte den Lauf an Doktor Novotnys Schläfe. Dabei hielt er ihn so neben sich, dass er selbst nicht von seiner Geisel verdeckt wurde.

Sechzig Sekunden.

Würde er es tun, würde er wirklich abdrücken?

Natürlich nicht.

Aber konnte ich das Risiko eingehen?

Nein, konnte ich nicht.

War die Waffe überhaupt geladen? Konnte er damit umgehen? Ein Lehrer für Mathematik und Biologie?

Der Atem des Scharfschützen ging völlig ruhig und gleichmäßig.

Die Gewehrmündung zielte ohne jedes Zittern auf diesen Narren dort drüben.

Die anderen standen wie erfroren hinter und neben mir. Frau Glaser hielt sich die Hände vor den Mund.

Ich hätte sie wegschicken sollen.

Dafür war es jetzt zu spät.

Ich musste mich konzentrieren.

Schweiß lief meinen Rücken hinab.

»Chef«, sagte Balke leise. »Chef!«

Die Gewehrmündung bewegte sich kaum merklich und unendlich langsam ein klein wenig nach links.

Was für ein Glück, dass Sarah solche Angst vor Zahnärzten hatte.

Die Hälfte meiner Minute war schon vergangen.

Der Scharfschütze zog leise die Nase hoch.

Aber ich konnte das doch nicht! Ich war Polizist, mein Beruf war es doch, Menschen zu beschützen, Leben zu retten und nicht, über ihren Tod zu bestimmen!

Seligmann in seinem dämlichen karierten Hemd, an dem immer irgendein Knopf offen stand. Diese widerlichen Tränensäcke unter seinen Augen. Dieser hilflose Hundeblick, den sein Nachbar so verabscheute und der auf alle möglichen Frauen offenbar eine unerklärlich anziehende Wirkung hatte.

Ich musste etwas sagen, damit im entscheidenden Moment meine Stimme funktionierte.

»Sie schießen nur auf meinen Befehl«, sagte ich leise.

Es ging ganz gut.

Ob Braun wusste, dass seine Frau ein Verhältnis mit seinem verhassten Nachbarn hatte? Vielleicht rührte daher seine Antipathie gegen Seligmann?

»Zwanzig Sekunden«, sagte Balke leise.

Seligmann straffte sich. Ich konnte sehen, wie er die Augen schloss.

So sieht also einer aus, der auf seine Erschießung wartet.

Im Grunde ganz normal.

Und ich hatte ihn zu liefern, den Tod, weil er ein Feigling war.

Worauf wartete ich noch? Gefahr im Verzug, finaler Rettungsschuss, kein Mensch würde mir einen Vorwurf machen.

Was für ein Glück, dass Sarah …

»Fünfzehn«, sagte Balke etwas lauter.

Der Zahnarzt stand offensichtlich kurz vor der Ohnmacht.

Seligmanns Daumen spannte den Hahn.

Der wusste ganz genau, wie die Beretta funktionierte. Hoffentlich traf unser Schütze gut, damit Seligmann nicht noch im Augenblick seines Todes abdrückte, ohne es zu wollen.

Sein Zeigefinger krümmte sich langsam.

Wenn die Pistole überhaupt geladen war.

»Zehn.«

Und plötzlich war diese Wut da. Diese alles vernichten wollende, gnadenlose Wut, die meine Zähne ganz von alleine knirschen ließ. Sollte er doch verrecken dort drüben. Was ging es mich an.

»Kopfschuss«, wollte mein Mund sagen, »Feuer frei.«

Aber Jule …?

»Fünf!«, sagte Balke.

»Rechte Schulter.« Plötzlich war ich ganz ruhig. »Jetzt.«

Der Gewehrlauf ruckte eine Winzigkeit nach links. Die Kugel riss Seligmann in einer halben Drehung zurück, weg von seiner Geisel, die Beretta flog irgendwohin, und im nächsten Augenblick war drüben niemand mehr zu sehen.

Jemand atmete sehr geräuschvoll aus.

Eine kurze Weile war es vollkommen still. Diese Stille nach dem Schuss, der gar nicht so übertrieben laut gewesen war. Gewehrschüsse sind viel leiser als Pistolenschüsse. Was für ein Kaliber hatte eigentlich diese Beretta?

Drüben erschien der rote Kopf des Arztes am unteren Rand des Fensters. Er sah um sich, als wäre er eben erst in diese Welt gefallen, und wollte nun herausfinden, ob sie ihm gefiel. Er öffnete den Mund, um etwas zu rufen, es kam aber nichts. Wieder und wieder wischte er sich über die Stirn.

Irgendwer brüllte etwas, unten auf dem Gehweg, was ich nicht verstand, und dann war auf einmal überall Bewegung.

»Wir müssen rüber«, sagte Balke entschlossen und rannte davon.

Wir brauchten keine zwanzig Sekunden auf die Straße und weitere vierzig bis vor die Tür der Praxis. Balke blieb nicht einmal stehen, sondern rammte sie aus vollem Lauf mit der Schulter auf. Im selben Augenblick öffnete jedoch der Zahnarzt von innen, so dass beide ziemlich unelegant übereinanderpurzelten.

Dann standen wir schwer atmend vor Xaver Seligmanns blutendem Körper. Er war bewusstlos. Der Schuss hatte exakt die rechte Schulter getroffen und ihn mit großer Wucht einige Meter ins Wartezimmer hineingeschleudert.

Balke steckte seine Heckler & Koch weg und hob die Beretta auf, die unter einem Heizkörper lag.

»Das Magazin ist leer«, stellte er nach kurzer Überprüfung fest. »Sie haben richtig getippt.«

Inzwischen war auch ein Arzt da und kümmerte sich um den Verletzten.

»Was für ein Irrsinn!«, murmelte er vor sich hin. »Was hat er nur gewollt?«

»Sterben«, antwortete ich, »aber er hat kein Talent dazu.«

Vierzehn Patronen fand Balke in Seligmanns Hosentasche. Die fünfzehnte, die fehlende Kugel, war die, an der Rebecca Braun gestorben war.

»Mein Vater fragt mich jede Woche mindestens drei Mal, ob ich nicht die Taverne übernehmen will«, hörte ich die erschöpfte Stimme von Klara Vangelis neben mir.

»Und?« Balke zog eine Grimasse, die vielleicht ein Grinsen darstellen sollte, und rieb sich die schmerzende Schulter. »Wirst du?«

»Ach«, seufzte sie. »Ich hätte ja genauso bescheuerte Arbeitszeiten. Und besser verdienen würde ich vermutlich auch nicht.«

Balke wankte mit plötzlich unsicheren Schritten zum nächsten Stuhl und setzte sich vorsichtig. Dann stieß er die Luft aus seinen Lungen, als müsste er einen riesigen Ballon aufpusten.

Immer mehr Menschen kamen hinzu. Sanitäter brachten eine Trage. Mit einem dramatischen Seufzer fiel der Zahnarzt in Ohnmacht. Ein zweiter Arzt wurde gerufen, eine zweite Trage gebracht. Von draußen, durch das immer noch offen stehende Fenster, hörte ich auf einmal wieder Verkehr.

Klara Vangelis stand ratlos da und hielt sich an ihrem Handtaschenriemen fest.

Seligmann machte ein leises Geräusch und bewegte den Kopf wie im Schlaf. Zwei bullige Kerle hoben die Trage an. Als sie gingen, wackelte sein Kopf durch die Bewegung.

Natürlich würde er bestraft werden müssen. Aber bestimmt würde sich etwas organisieren lassen, sodass er auch weiterhin sein Julchen besuchen konnte.

Irgendwas geht immer, wie Balke zu sagen pflegte.

Nachwort

Krimis zu schreiben, sagte meine sehr geschätzte Kollegin Maeve Carels einmal, ist die Kunst, die immer gleiche Geschichte immer wieder anders zu erzählen. Und es stimmt ja: jeder Kriminalroman, der etwas auf sich hält, beschäftigt sich mit der Frage, aus welchen Gründen Menschen schlimme Dinge tun und wie verzweifelt und am Ende aussichtslos der Versuch ist, sie daran zu hindern. Diese bittere Erkenntnis kollidiert nun leider heftig mit meinem angeborenen Optimismus. Als Krimiautor bin ich nämlich mit drei schweren, ja geradezu Karriere schädigenden Handicaps gestraft.

Erstens glaube ich nicht, dass alles immer schlimmer wird. Merkwürdigerweise sind die meisten Menschen davon überzeugt, dass die Kriminalität in unserem Lande unentwegt zunimmt, während die Statistik (von bestimmten »Mode«-Delikten abgesehen) seit vielen, vielen Jahren hartnäckig das Gegenteil beweist. Unsere Gesellschaft ist eben nicht im Begriff, in einem Abgrund von Unmoral und Mord und Totschlag zu versinken, wie uns manche meiner Kolleginnen und Kollegen gerne weismachen möchten (und was viele Leser offenbar – vielleicht aus einer gewissen wohligen Freude an Untergangsvisionen – wieder und wieder bestätigt haben wollen).

Zum Zweiten, und das ist für einen Krimiautor vielleicht ein noch schwereres Manko, glaube ich nicht, dass es böse Menschen gibt. Meine Täter sind Pechvögel – ob bereits von Geburt an oder erst im Laufe ihres unglücklichen Lebens dazu geworden, sei dahingestellt. Diese Grundhaltung nimmt einem sehr viel Gestaltungsfreiraum beim Schreiben eines Kriminalromans. Wie schön und spannend ist es doch, einen durch und durch verdorbenen, gruselig perversen Massenmörder durch die verregneten Nächte einer selbstverständlich immer müllübersäten Großstadt zu jagen. Am Ende ist er zur Strecke gebracht, endlich geht die Sonne auf, und die Welt ist wieder in Ordnung. Ist sie eben nicht.

Denn das ist mein drittes Problem: Wenn ein Verbrechen aufgeklärt und der Täter gefasst ist, dann ist nichts in Ordnung. Das Verbrechen ist nicht ungeschehen gemacht, Opfer oder Hinterbliebene leiden noch immer unter seiner Tat, und auch der Täter selbst wird natürlich nicht froh durch den Ausgang der Geschichte. Erreicht wurde lediglich, dass er vorläufig keine weiteren Verbrechen begehen wird und dass Opfer und Gesellschaft eine gewisse Genugtuung erfahren. Und wenn es gut läuft – und das gelingt selbst bei Triebtätern viel öfter, als man denkt! – wird der Täter, der »Böse«, auf die rechte Bahn zurückgebracht, in ein Leben ohne Kriminalität.

Wie soll man nun auf dieser Basis Kriminalromane schreiben? Nach langem Nachdenken wurde mir klar, es kann nur so gehen: Die müllübersäte Metropole wird durch eine überschaubare Stadt ersetzt, in der das Leben zumindest scheinbar noch in Ordnung ist. Heidelberg kenne ich, seit ich kurz vor dem Abitur zum ersten Mal per Anhalter dort war. Später habe ich es oft besucht, immer wieder genossen und bald lieben gelernt. Eine kleine Großstadt mit so unendlich vielen Facetten, so voller Schönheit und Brüche, Romantik und an manchen Stellen, die Heidelberger mögen mir verzeihen, eben doch Dreck und Müll und den Problemen, die jede Stadt dieser Größe nun einmal hat. Schon nach den ersten hundert Seiten des »Heidelberger Requiems« war offensichtlich, dass diese Stadt als Handlungsort für einen Kriminalroman nach meinem Geschmack geradezu eine Idealbesetzung ist.

Kriminalrat Alexander Gerlach, mein Protagonist, ist kein verlorener Trinker, kein am Leben und seinem Job Verzweifelter, kein von Chef und Kollegen gemobbter einsamer Wolf, sondern ein Mensch wie Sie und ich. Er hat seine Probleme, er hat auch seine Stärken. Er hat seine Sorgen und Nöte und auch seine Erfolge und schönen Momente. Manchmal mogelt er sich durch wie wir alle, hin und wieder ist er sogar richtig gut. Oft wächst ihm alles über den Kopf, aber irgendwie klappt es dann am Ende meistens doch.

Er hat (natürlich nicht ganz ohne Absicht) eine Menge mit mir gemein. Wie ich ist auch er Vater – allerdings habe ich keine Zwillinge, und meine Töchter haben die Pubertät schon ein Weilchen hinter sich – und durchlebt alle damit verbundenen Freuden und Leiden. Seine berufliche Situation ähnelt meiner stark: Als Leiter eines relativ großen Forschungslabors sitze ich im steten Spannungsfeld zwischen einem Chef, der Erfolge erwartet, Untergebenen, die sie nicht immer liefern, und Umständen, die sie nur zu oft fast unmöglich machen. Gerlach zerreißt sich als Kripochef zwischen der Verwaltungsbürokratie, deren Teil er ist, der Ermittlungsarbeit auf der Straße, von der er nicht lassen kann, und seinem bewegten und oft kräftezehrenden Privatleben.

Und auch mein Gerlach glaubt natürlich nicht an das Böse im Menschen, auch wenn er das in Gesprächen hartnäckig anders darstellt. Tief drinnen trägt er nämlich dieselben Überzeugungen, denselben Grundoptimismus wie sein Schöpfer. Dennoch möchte ich nicht in seiner Haut stecken, und vermutlich möchten das auch nicht viele meiner Leser. Ständig muss man Angst um ihn haben, manchmal will man ihn an den Ohren packen und ausschimpfen, hin und wieder möchte man ihn in den Arm nehmen und trösten. Aber am Ende freue ich mich regelmäßig mit Gerlach, wenn es wider alle Erwartung noch einmal gut gegangen ist. Auch wenn es ihm wieder nicht gelang, das Böse aus der Welt oder wenigstens Ordnung auf seinem Schreibtisch zu schaffen.